D0728571

À Adam, George et Anna.
Et à Amelia.

« L'erreur est humaine, le pardon divin. »

Alexander POPE

Pauvre, pauvre Pandore. Zeus lui confie une mystérieuse jarre et l'envoie ici-bas pour épouser Épiméthée, un type passablement intelligent qu'elle n'a jamais vu de sa vie. Personne ne lui dit de ne pas ouvrir la jarre. Bien évidemment, elle l'ouvre. De toute façon, elle n'a rien d'autre à faire. Comment pouvait-elle savoir que les maux les plus vils s'en échapperaient pour tourmenter l'humanité à jamais, et que seul l'espoir y resterait enfermé ? Une étiquette de mise en garde, c'était trop demander ?

Ensuite, tout le monde y va de son petit commentaire : « Ah, Pandore ! N'as-tu donc aucune volonté ? Petite fouineuse, on t'avait bien dit de ne pas l'ouvrir, cette boîte. Typiquement féminin, cette curiosité dévorante. Regarde ce que tu as fait. » Alors primo, c'était une jarre, pas une boîte ; et deuzio – combien de fois va-t-il falloir qu'elle le répète ? –, personne ne lui avait dit de ne pas l'ouvrir !

LUNDI

1

Tout ça, c'était à cause du Mur de Berlin.

S'il n'avait pas été question du Mur de Berlin, Cecilia n'aurait jamais trouvé la lettre et ne serait pas là, assise à la table de sa cuisine, à tenter d'ignorer la petite voix qui lui disait de l'ouvrir.

L'enveloppe, recouverte d'une fine pellicule de poussière, tirait sur le gris. Dessus, quelques mots d'une écriture aussi familière que la sienne, griffonnés au stylo-bille bleu. Au dos, une bande de ruban adhésif jauni. Quand l'avait-il écrite ? Visiblement, des années plus tôt, mais comment s'en assurer ?

Elle ne l'ouvrirait pas. Elle ne devait pas l'ouvrir, c'était très clair. D'ailleurs, elle avait déjà décidé de ne pas l'ouvrir, et il n'y avait pas plus déterminé qu'elle, alors inutile de revenir là-dessus.

Quoique, honnêtement, si elle l'ouvrait, ce ne serait pas la fin du monde. N'importe quelle femme en ferait autant, sans l'ombre d'une hésitation. Comment réagiraient ses amies si elle les appelait, là maintenant, pour leur demander leur avis ?

Miriam Openheimer : Bien sûr ! Tu l'ouvres.

Erica Edgecliff : T'es sérieuse ? Tu l'ouvres direct.

Laura Mark : Oui. Tu l'ouvres et ensuite tu me la lis.

Sarah Sacks : Inutile de lui poser la question, Sarah était incapable de prendre la moindre décision. Quand Cecilia lui demandait si elle voulait du thé ou du café, elle fronçait les sourcils, tergiversait pendant une bonne minute puis déclarait : « Du café ! Non, attends, du thé ! » Dans le cas présent, elle risquait une attaque cérébrale.

Mahalia Ramachandran : Sûrement pas ! Ce serait un véritable manque de respect envers ton mari. Tu ne dois pas l'ouvrir.

Avec ses grands yeux marron, Mahalia pouvait se montrer un chouïa trop catégorique et moralisatrice.

Laissant la lettre sur la table, Cecilia se dirigea vers le comptoir.

Au diable le Mur de Berlin, la guerre froide et le type qui, en 1940, euh, c'était-quand-déjà ?, après s'être longuement demandé quel avenir réserver à ces ingrats d'Allemands, avait claqué des doigts en s'écriant : « J'ai trouvé, sacré nom de Dieu ! On va leur flanquer un bon gros mur en plein milieu et empêcher ces salauds de passer ! »

Elle n'imaginait pas un sergent-major de l'armée britannique dans le rôle.

Esther saurait qui avait eu l'idée du Mur de Berlin. Elle saurait même sa date de naissance. Un homme, sûrement. Seul un homme pouvait proposer une solution si brutale : d'une bêtise absolue mais d'une efficacité redoutable.

Point de vue sexiste ?

Elle mit l'eau à chauffer et passa un essuie-tout sur l'évier pour le faire briller.

La semaine précédente, juste avant la réunion du Comité des fêtes de l'école, une maman de trois garçons, du même âge ou presque que ses trois filles, lui avait reproché une remarque « un tantinet sexiste ». Cecilia ne se rappelait pas ce qu'elle avait dit mais elle plaisantait, rien de plus. De toute façon, les femmes n'avaient-elles pas le droit d'être sexistes pour les deux mille ans à venir, histoire de rééquilibrer la balance ?

Sexiste, elle ? Peut-être.

La bouilloire siffla. Elle fit tourner son sachet d'Earl Grey dans sa tasse, les yeux rivés sur les volutes noires qui se répandaient dans l'eau comme de l'encre. Il y avait pire que d'être sexiste. Par exemple, être du genre à abuser de l'expression « un tantinet » et du geste qui va avec.

Elle soupira. Elle aurait volontiers bu un verre de vin mais avait décidé d'arrêter l'alcool pendant le carême. Plus que six jours. Dimanche, elle ouvrirait une coûteuse bouteille de syrah qu'elle avait gardée exprès. Elle en aurait bien besoin avec les trente-cinq adultes et vingt-trois enfants qu'elle attendait pour le déjeuner. Même si, bien sûr, elle n'en était pas à son premier repas de famille. C'était chez elle qu'on célébrait Pâques, la fête des Mères, la fête des Pères et Noël. John-Paul était l'aîné d'une fratrie de six garçons, tous mariés et pères de famille. Ça faisait du monde. Le secret ? Tout organiser. Dans les moindres détails.

Elle regagna la table avec sa tasse. Pourquoi avait-elle renoncé à l'alcool ? Polly, plus maligne, avait décidé de se passer de confiture de fraises – dont elle n'avait jamais raffolé. Évidemment, depuis peu, Cecilia la surprenait souvent postée devant le réfrigérateur à regarder le pot avec convoitise. Comme quoi, quand on se prive…

« Esther ! » appela Cecilia.

Dans la pièce voisine, Esther et ses sœurs regardaient *Qui perd gagne !* tout en partageant un énorme paquet de chips au vinaigre, reste du barbecue organisé pour la fête nationale quelques mois plus tôt. Pourquoi ses filles, toutes trois minces et élancées, adoraient-elles regarder des obèses suer, pleurer et crever de faim ? Si encore elles en tiraient de meilleures habitudes alimentaires. Il aurait fallu leur confisquer le sachet de chips mais, au dîner, elles avaient mangé du saumon et des brocolis à la vapeur sans râler. Inutile de provoquer un conflit. De toute façon, Cecilia n'en avait pas l'énergie.

Elle entendit une voix provenant de la télévision : « On n'a rien sans rien ! »

Voilà un principe auquel elle ne trouvait rien à redire. Elle en savait quelque chose, d'ailleurs ! Pourtant, elle n'aimait pas la légère expression de dégoût que ses filles prenaient en regardant ce programme. Elle qui, en leur présence, veillait toujours à éviter les commentaires négatifs sur l'apparence physique. Son amie Miriam Openheimer ne pouvait pas en dire autant. « Mon Dieu, j'ai un de ces ventres ! » s'était-elle écriée l'autre jour en attrapant son bourrelet comme s'il n'y avait rien de plus repoussant. La scène n'avait pas échappé à leurs filles, toutes plus impressionnables les unes que les autres. Bravo, Miriam. Comme si nos gamines n'étaient pas déjà inondées de messages qui les poussent à détester leur corps.

Cela dit, Miriam commençait à s'arrondir.

« Esther ! répéta Cecilia.

— Quoi ? » demanda Esther d'une voix contrainte et patiente qui rappelait la sienne – sans doute le fruit d'un mimétisme inconscient.

« Sais-tu qui a eu l'idée de construire le Mur de Berlin ?

— Eh bien, on soupçonne Nikita Khrouchtchev », répondit-elle sans hésiter en imitant ce qu'elle croyait être un accent russe. « Il était, genre, Premier ministre, sauf qu'en Russie on dit premier secrétaire. On pense aussi que ça aurait pu être… »

Ses sœurs réagirent illico avec la délicatesse qui les caractérisait.

« Boucle-la, Esther !

— Esther, j'entends rien !

— Merci, ma chérie ! » fit Cecilia.

Puis, tout en sirotant son thé, elle s'imagina revenir dans le passé pour remettre ce Khrouchtchev à sa place.

Non, monsieur Khrouchtchev ! Hors de question de bâtir un mur. Ça ne prouvera pas que le communisme fonctionne. Ça n'arrangera rien. Le capitalisme n'est pas le but suprême, j'en conviens. Mon dernier relevé de carte de crédit en est la preuve. Je vous le montre si vous voulez. Mais il va quand même falloir trouver mieux. Allez ! Au boulot !

Voilà. Et cinquante ans plus tard, Cecilia ne serait pas tombée sur cette lettre qui lui donnait l'impression d'être… comment dire ?

À côté de ses pompes. C'était exactement ça.

Ce qu'elle aimait, c'était être à ce qu'elle faisait. Elle excellait en la matière, en retirait même une certaine fierté. Son quotidien se constituait d'un millier de petites tâches – « Acheter de la coriandre », « Emmener Isabel chez le coiffeur », « Trouver quelqu'un pour aller chercher Polly à la danse ce mardi pendant que j'emmène Esther chez l'orthophoniste » –, comme ces puzzles géants qui absorbaient Isabel pendant des heures. Si Cecilia n'avait aucune patience pour les puzzles, elle savait exactement où caser chacune des minuscules pièces qui composaient sa vie car toutes avaient une place précise.

L'existence qu'elle menait n'avait peut-être rien d'exceptionnel. Elle était déléguée des parents d'élèves et conseillère à temps partiel chez Tupperware – pas comédienne, ni même chercheuse ; encore moins poétesse dans le Vermont. (Cecilia avait récemment découvert que Liz Brogan, une copine de lycée, s'était installée dans le Vermont où elle écrivait des poèmes qui lui avaient valu un prix. Liz, celle-là même qui mangeait des sandwiches fromage-Vegemite et passait son temps à perdre sa carte de bus. Cecilia avait dû se faire violence pour ne pas céder à un certain dépit. Non qu'elle fût tentée par la carrière de poétesse. Mais tout de même. Si quelqu'un semblait taillé pour mener une vie ordinaire, c'était bien Liz Brogan.) Évidemment, Cecilia n'avait jamais aspiré à autre chose qu'à la normalité. *Moi ? Je suis mère de famille dans une banlieue tranquille*, se prenait-elle parfois à penser, comme pour se défendre de vouloir passer pour quelqu'un d'autre, quelqu'un de mieux.

Les autres mères se plaignaient d'être débordées, de ne pas savoir où donner de la tête. « Comment fais-tu pour y arriver, Cecilia ? » lui demandaient-elles. Elle ne savait jamais quoi leur répondre car au fond, elle ne comprenait pas ce qu'elles trouvaient si difficile.

Mais aujourd'hui, bizarrement, son équilibre semblait menacé.

Cela n'avait peut-être rien à voir avec la lettre. Ses hormones lui joueraient-elles un tour ? Le Dr McArthur ne lui avait-il pas dit qu'elle présentait vraisemblablement les premiers signes de la ménopause ? (« Oh, mais pas du tout ! » avait-elle répondu machinalement comme s'il la taquinait.)

Il s'agissait peut-être d'un vague accès d'anxiété. Certaines femmes y étaient sujettes. Oui, mais *pas elle*. Cecilia avait toujours eu un faible pour les anxieux. Ces petits êtres fragiles qui s'inquiétaient de tout. Comme son amie Sarah Sacks. Elle n'avait qu'une envie : les réconforter.

Si elle ouvrait la lettre pour s'assurer que ce n'était rien, tout rentrerait dans l'ordre, non ? Elle avait mille choses à faire : deux paniers de linge propre à plier, trois coups de fil urgents à passer, des pâtisseries sans gluten – allergie oblige – à préparer pour la réunion du groupe de projet chargé du site Web de l'école qui devait avoir lieu le lendemain.

Mais la lettre n'était pas son seul sujet d'inquiétude.

Sa vie sexuelle, par exemple, ne la laissait jamais complètement en paix.

Elle passa les mains sur sa taille en grimaçant. Ses « obliques », disait son professeur de Pilates. Oh, et puis ce problème de sexe, ce n'était rien. Ça ne la tracassait pas vraiment. Ça ne devait pas la tracasser. Ça n'avait aucune importance.

Il fallait bien reconnaître que depuis l'année précédente, depuis ce matin-là, un sentiment latent de fragilité l'habitait, comme si elle avait soudain compris qu'une vie ordinaire pouvait vous être retirée en un claquement de doigts – envolée, la banalité – et qu'il suffisait d'une fraction de seconde pour se retrouver dans la peau de cette mère agenouillée par terre, le visage levé vers le ciel, entourée de femmes qui volent à son secours et d'autres qui détournent les yeux en implorant Dieu de leur épargner un tel malheur.

Pour la énième fois, Cecilia revit la scène du petit Spiderman projeté dans les airs. Elle avait ouvert sa portière puis, sans hésiter, s'était précipitée tout en sachant que, quoi qu'elle fasse, cela ne changerait rien. Ce n'était pas son école, pas son quartier, pas sa paroisse. Ses filles n'avaient jamais joué avec le petit garçon. Elle n'avait jamais pris de café avec la femme à genoux sur la chaussée. Elle s'était simplement trouvée là, arrêtée au feu rouge de l'autre côté du carrefour au moment où c'était arrivé. Un petit garçon de cinq ou six ans, vêtu de la combinaison rouge et bleu de Spiderman, attendait sur le trottoir près de sa mère qui lui tenait la main. C'était la Semaine du Livre. D'où le déguisement. *Mmmm, Spiderman n'est pas à proprement parler un personnage littéraire*, songeait-elle en le regardant quand, sans raison apparente, l'enfant avait lâché la main de sa mère et fait un pas en avant. Cecilia avait poussé un cri puis, instinctivement, abattu son poing sur le klaxon, détail dont elle se souviendrait après coup.

Si elle était passée quelques instants plus tard, elle n'aurait pas vu l'accident. Dix petites minutes et la mort du garçonnet n'aurait été pour elle qu'une banale déviation de la circulation. Au lieu de cela, cette scène resterait gravée dans sa mémoire et un jour, ses petits-enfants lui diraient : « Tu me serres la main trop fort, mamie. »

Il n'y avait bien sûr aucun lien entre la lettre et le petit Spiderman.

Simplement, il s'invitait dans son esprit à des moments étranges.

Cecilia envoya l'enveloppe à l'autre bout de la table d'une pichenette avant de prendre le livre qu'Esther avait emprunté à la bibliothèque : *Mur de Berlin, de la construction à la chute*.

Voyons ça, le Mur de Berlin. Passionnant.

C'était en prenant son petit déjeuner le matin même qu'elle avait compris que le Mur de Berlin allait bientôt tenir une place non négligeable dans sa vie.

Seules Cecilia et Esther se trouvaient dans la cuisine. John-Paul était à l'étranger – à Chicago – jusqu'à vendredi. Quant à Isabel et Polly, elles dormaient encore.

D'ordinaire, Cecilia prenait son petit déjeuner sur le comptoir tout en vaquant à ses occupations. Elle préparait le panier-repas des filles, vidait le lave-vaisselle, vérifiait ses commandes de Tupperware sur son iPad ou envoyait des textos à ses clientes concernant les réunions qu'elle organisait chez elles. Mais pour une fois qu'elle avait l'occasion de passer un moment seule avec sa cadette – aussi adorable qu'étrange –, elle s'installa à table avec son muesli tandis qu'Esther finissait son bol de riz soufflé. Puis elle attendit.

Voilà ce qu'être maman de trois filles lui avait appris. Ne pas parler. Ne pas poser de questions. Il suffisait de laisser le silence s'installer pour qu'elles lui racontent ce qui les préoccupait. Du silence et de la patience. Un peu comme à la pêche en somme. (Enfin, d'après ce qu'elle avait entendu dire, car plutôt mourir que d'aller à la pêche !)

Pour Cecilia, qui était une bavarde, cette stratégie relevait de la prouesse. « Sérieux, ça t'arrive de te taire de temps en temps ? » lui avait demandé un de ses petits amis lors de leur premier rendez-vous. Il la rendait tellement nerveuse qu'elle ne l'avait pas laissé placer un mot. (Cela dit, elle n'était pas moins prolixe quand elle était à l'aise.)

Ce matin, donc, elle n'avait pas décroché un mot. Elle s'était contentée de manger et, en effet, Esther avait fini par parler.

« Maman, avait-elle commencé de sa petite voix rauque, tu savais que des gens ont réussi à franchir le Mur de Berlin grâce à une montgolfière qu'ils avaient fabriquée eux-mêmes ?

— Non, je l'ignorais », avait-elle répondu.

Quoique, elle l'avait peut-être su.

Bye bye, le Titanic *! Place au Mur de Berlin.*

Elle aurait préféré qu'Esther lui fasse part de ce qu'elle vivait en ce moment, de ses éventuels problèmes à l'école, ou avec ses amies, de ses questions sur la sexualité, mais non, elle voulait discuter du Mur de Berlin.

Dès l'âge de trois ans, Esther avait développé des lubies ou, plus exactement, des obsessions. Au début, ç'avait été les dinosaures. Bien sûr, un tas d'enfants aiment les dinosaures, mais l'engouement d'Esther s'était révélé franchement épuisant, et pour tout dire, un peu bizarre. Elle n'en avait que pour les dinosaures : dessins, figurines, histoires du soir. Elle se déguisait même en tyrannosaure. « Moi pas Esther ! disait-elle. Moi T-Rex. » Heureusement, John-Paul y avait trouvé un certain intérêt. Il organisait des sorties au musée rien que pour elle, lui rapportait des livres, devisait avec elle pendant des heures sur les herbivores et les carnivores. Cecilia, pour sa part, s'ennuyait à mourir au bout de cinq minutes. (Ils avaient disparu, non ? Alors, fin de la discussion.)

Depuis, Esther avait eu diverses « lubies » : montagnes russes, crapauds-buffles, et plus récemment, le *Titanic.* Du haut de ses dix ans, elle faisait ses recherches elle-même, à la bibliothèque ou sur Internet. Elle recueillait une foule d'informations, Cecilia n'en revenait pas. Quelle autre gamine de dix ans s'allongeait sur son lit avec un livre d'histoire trop gros pour qu'elle puisse le soulever ?

« C'est quelque chose qu'il faut encourager ! » avaient conseillé ses instituteurs. Mais parfois Cecilia se faisait du souci. Se pouvait-il qu'Esther soit un peu autiste ? Qu'elle souffre d'un trouble du développement ? Sa mère avait bien ri quand Cecilia lui avait confié ses angoisses. « Mais tu étais exactement pareille ! » (N'importe quoi ! Veiller à ce que sa collection de poupées Barbie soit toujours bien rangée, ce n'était pas comparable.)

« Maintenant que j'y pense, j'ai un petit bout du Mur de Berlin », avait-elle annoncé à Esther ce matin-là. Quel plaisir de voir une étincelle s'allumer dans les yeux de sa fille ! « J'étais en Allemagne après la chute du Mur.

— Tu pourras me le montrer ?

— Je vais même te le donner, ma chérie. »

Des bijoux et des vêtements pour Isabel et Polly ; un petit bout du Mur de Berlin pour Esther.

En 1990, quelques mois après l'annonce du démantèlement du Mur, Cecilia avait parcouru l'Europe pendant six semaines avec son amie Sarah Sacks. (L'indécision chronique de Sarah couplée à la détermination légendaire de Cecilia faisait des deux jeunes femmes un tandem idéal pour voyager. Elles ne se fâchaient jamais.)

En arrivant à Berlin, elles avaient vu d'innombrables touristes le long du Mur qui essayaient d'en détacher un fragment à l'aide d'une clé, d'une pierre, bref, de ce qui leur tombait sous la main. On aurait dit des corbeaux autour de l'immense carcasse d'un dragon qui aurait jadis fait régner la terreur sur la ville.

Sans outils, Cecilia et Sarah avaient décidé d'acheter leur part du cadavre aux gens du coin qui en vendaient sur des tapis à même le sol. Il y en avait pour tous les goûts : du petit bout gris de la taille d'une bille au gros morceau décoré d'un graffiti. On assistait là au triomphe du capitalisme.

Cecilia ne se rappelait pas combien elle avait déboursé pour son minuscule fragment couleur pierre qui ressemblait à un vulgaire caillou. « Si ça se trouve, le type l'a trouvé dans son jardin ! » avait dit Sarah dans le train le soir même. Elles s'étaient amusées de leur propre crédulité, mais au moins, elles avaient eu le sentiment de faire partie de l'Histoire. Cecilia avait rangé son morceau dans un sac en papier sur lequel elle avait écrit *MON MORCEAU DU MUR DE BERLIN* et, de retour en Australie, l'avait fourré dans une boîte avec tous les autres souvenirs qu'elle avait rapportés : dessous de verre, billets de train, menus, pièces de monnaie, clés d'hôtel.

Si seulement elle s'était un peu plus intéressée aux événements ! Elle aurait pris davantage de photos, écouté les anecdotes qui circulaient. Dire que le souvenir le plus vif de son séjour berlinois, c'était un baiser échangé dans une discothèque avec un bel Allemand aux cheveux châtains. Il avait passé la soirée à effleurer son décolleté avec des glaçons tirés de son verre, ce qui à l'époque lui avait semblé follement érotique. Avec le recul, elle trouvait ça poisseux et pas très hygiénique.

Si seulement elle avait été curieuse et politisée, le genre de fille à aborder les gens pour savoir comment c'était de vivre dans l'ombre du Mur. Au lieu de ça, les seules histoires qu'elle avait à raconter tournaient autour de baisers et de glaçons. Évidemment, Isabel et Polly auraient adoré les entendre. Polly, tout du moins. Isabel avait peut-être atteint l'âge où l'on préfère ne rien savoir sur la vie amoureuse de sa mère.

Cecilia ajouta *Chercher bout mur de Berlin pour E* à sa liste de tâches à accomplir, laquelle comptait pas moins de vingt-cinq éléments déjà enregistrés dans son iPhone. Aussi, à environ quatorze heures, elle monta au grenier.

« Grenier » était un bien grand mot pour désigner l'espace de rangement sous les combles. On y accédait par une échelle escamotable et une fois en haut, mieux valait garder les genoux fléchis si l'on ne voulait pas se cogner la tête.

John-Paul, qui souffrait de claustrophobie aiguë, refusait tout net d'y grimper. De même, il évitait de prendre l'ascenseur, ce qui l'obligeait à monter chaque jour six étages à pied pour rejoindre son bureau. Le pauvre faisait un cauchemar récurrent dans lequel il était pris au piège dans une pièce dont les murs se refermaient sur lui. « Les murs ! » criait-il juste avant de se réveiller, hagard et en sueur. « On ne t'aurait pas enfermé dans un placard quand tu étais petit ? » lui avait demandé Cecilia – pas devant sa belle-mère, cela va sans dire – mais il avait répondu que non, il en était presque sûr. D'ailleurs, sa mère avait dit un jour que, petit, John-Paul ne faisait jamais de cauchemars. « Il était tellement mignon dans son sommeil. Vous servez peut-être des plats trop riches le soir, ma chère. » Cecilia s'était habituée aux cauchemars.

Dans la petite pièce pleine à craquer, tout était rangé et parfaitement organisé, bien entendu. Depuis quelques années, le mot « organisé » semblait définir Cecilia à la perfection. Sa notoriété – toute relative – se fondait entièrement sur sa capacité à tout organiser. Curieusement, ce qui lui avait d'abord valu commentaires et autres taquineries de sa famille et de ses amis était devenu une seconde nature, au point qu'à présent sa vie était *incroyablement* organisée. Si être mère de famille était un sport, Cecilia serait championne olympique.

Voilà pourquoi le grenier de Cecilia – contrairement à ceux des autres où s'entassaient pêle-mêle des vieilleries poussiéreuses – était rempli de caisses de rangement en plastique blanc, toutes soigneusement étiquetées. Il y avait bien une pile de boîtes à chaussures dans un coin, mais c'était là l'œuvre de John-Paul qui conservait précieusement ses reçus de carte bancaire. Une habitude qu'il avait prise avant même de la rencontrer. Elle lui aurait volontiers suggéré d'utiliser un classeur – utilisation optimale de l'espace – mais il était tellement content de ranger sa nouvelle boîte chaque année qu'elle préférait tenir sa langue.

Grâce à son système d'étiquetage, elle trouva sans tarder la caisse qu'elle cherchait : *Cecilia : souvenirs de voyages, 1985-1990.* Dedans, le sac en papier désormais décoloré qui contenait son fragment du Mur de Berlin. Son petit bout d'Histoire. Dans le creux de sa main, la pierre – un éclat de ciment ? – lui sembla encore plus minuscule que dans ses souvenirs. Ce n'était rien d'impressionnant mais, avec un peu de chance, Esther se fendrait d'un petit sourire en coin, pour le plus grand bonheur de sa mère.

Puis, se laissant distraire (non, Cecilia n'était pas une machine ! Il lui arrivait de perdre quelques minutes), elle parcourut le contenu de la caisse. La photo d'elle avec son Allemand, également moins imposant que dans ses souvenirs, la fit sourire. La sonnerie du téléphone la ramena brusquement à la réalité. Elle se cogna violemment la tête en se relevant et laissa échapper un juron. Puis, cherchant à retrouver son équilibre, elle envoya valser trois ou quatre boîtes à chaussures d'un coup de coude malencontreux.

Le sol disparut sous une avalanche de papiers. Rangement inadapté. CQFD.

Cecilia se frotta la tête en maugréant et regarda les reçus de plus près : tous dataient des années quatre-vingt. Elle commença à les remettre en tas dans une des boîtes puis remarqua une enveloppe commerciale sur laquelle figurait son nom.

Elle la ramassa et reconnut l'écriture de John-Paul.

Pour ma femme, Cecilia Fitzpatrick,

À n'ouvrir qu'après ma mort.

Cecilia éclata de rire avant de comprendre avec un temps de retard qu'il ne s'agissait pas d'une plaisanterie.

Pour ma femme, Cecilia Fitzpatrick. Pendant un court instant, elle sentit le rouge lui monter aux joues. Pour qui était-elle gênée au juste ? Difficile à dire. Mais elle avait l'impression d'être tombée sur quelque chose qu'elle n'aurait pas dû voir. Comme Miriam Openheimer qui avait un jour surpris son mari en train de se masturber sous la douche. Pauvre Doug ! S'il savait que tout le monde était au courant. Malheureusement, au bout de deux coupes de champagne, Miriam n'avait plus de secrets pour personne, et une fois que les choses sont dites...

Qu'y avait-il dans cette lettre ? Cecilia fut tentée de l'ouvrir. Sur-le-champ. Sans réfléchir. Avant même que sa conscience ne le lui interdise. Comme elle avalait parfois le dernier biscuit ou le dernier chocolat.

Le téléphone sonna de nouveau. Quelle heure pouvait-il bien être ? Sans sa montre, Cecilia avait perdu toute notion du temps.

Elle finit de ramasser les papiers avant de redescendre avec son fragment du Mur de Berlin et la lettre.

Sitôt en bas, elle se laissa happer par le rythme trépidant de sa journée. Elle avait une livraison à faire, les filles à récupérer à l'école, le poisson à acheter pour le dîner (elles en mangeaient souvent lorsque John-Paul était en déplacement – il détestait ça), des gens à rappeler. Le père Joe, prêtre de la paroisse, lui avait laissé un message au sujet des obsèques de sœur Ursula qui auraient lieu le lendemain. Apparemment, il craignait qu'il n'y ait pas foule. Elle y assisterait, bien sûr. Elle posa la mystérieuse enveloppe sur le dessus du réfrigérateur. Juste avant de passer à table avec les filles, elle donna le fragment du Mur de Berlin à Esther.

« Merci, dit sa fille en manipulant la minuscule pierre avec révérence. Ça vient de quelle partie du Mur exactement ?

— Du côté de Checkpoint Charlie, il me semble », répondit Cecilia avec aplomb.

Elle n'en avait pourtant pas la moindre idée.

Tout ce qu'elle savait avec certitude, c'était que son Allemand portait un tee-shirt rouge, un jean blanc et qu'il lui avait dit « Très jolie ! » en faisant glisser sa queue-de-cheval entre ses doigts.

« Ça vaut des sous ? demanda Polly.

— Ça m'étonnerait, dit Isabel. Comment tu veux prouver que ça vient du Mur de Berlin ? On dirait un simple caillou.

— Avec un test ADM. »

Cette enfant regardait trop la télévision.

« ADN, Polly, pas ADM, rétorqua Esther. Et c'est sur les gens qu'on en fait.

— Je sais, d'abord ! »

Polly n'avait jamais supporté que ses sœurs aînées en sachent plus long qu'elle.

« Alors, pourquoi...

— Dites-moi, d'après vous, qui va être éliminé dans *Qui perd gagne !* ce soir ? » demanda Cecilia.

Et oui, elle changeait de sujet. D'un épisode passionnant de l'Histoire à une émission de télé aussi abêtissante qu'inintéressante. Le prix à payer pour maintenir le calme et s'éviter un mal de tête. En présence de John-Paul, elle se serait probablement abstenue. Être une bonne mère, c'est plus facile quand on a un public.

Les filles avaient parlé de leur programme favori jusqu'à la fin du repas tandis que leur mère s'efforçait de donner le change. Elle n'avait pourtant qu'une idée en tête : la lettre, qu'elle s'empressa de récupérer au-dessus du frigo sitôt la table débarrassée et les petites devant la télévision.

Elle ne put s'empêcher de sourire d'elle-même lorsqu'elle porta l'enveloppe à la lumière. Il s'agissait visiblement d'une lettre écrite à la main sur du papier réglé, mais impossible de déchiffrer le moindre mot.

John-Paul avait-il voulu faire comme ces soldats qui préparaient des lettres pour leur famille au cas où ils ne reviendraient pas du front ? Un message d'outre-tombe en quelque sorte.

Ça ne lui ressemblait pourtant pas. Trop sentimental.

En même temps, c'était touchant. Il tenait à ce qu'elles sachent combien il les aimait.

... après ma mort. Pourquoi pensait-il à la mort ? Cachait-il une maladie ? Peu probable. Cette lettre ne datait pas d'hier et il était toujours en vie. Sans compter que, lors d'un récent bilan, le Dr Kruger lui avait dit qu'il jouissait d'une « santé de cheval ». Il avait d'ailleurs passé les jours suivants à galoper dans la maison avec Polly qui, juchée sur son dos, brandissait un torchon au-dessus de sa tête en guise de lasso.

Le souvenir de cette scène suffit à chasser l'anxiété de Cecilia. John-Paul, dans un accès de sentimentalisme peu commun, avait un jour écrit cette lettre. Inutile d'en faire tout un plat. Elle n'allait quand même pas l'ouvrir pour satisfaire sa curiosité.

Elle jeta un œil à la pendule. Bientôt vingt heures. Il ne tarderait pas à téléphoner, comme il le faisait chaque fois qu'il s'absentait.

La lettre. Quelle lettre ? Elle ne la mentionnerait même pas. Ça le mettrait mal à l'aise et on n'aborde pas ce genre de sujet au téléphone.

D'accord, mais… s'il était arrivé malheur à John-Paul, qui dit qu'elle l'aurait trouvée, cette lettre ? Pourquoi ne l'avait-il pas confiée à leur notaire, Doug Openheimer ? Cecilia imagina le mari de Miriam sous la douche, comme chaque fois qu'elle pensait à lui. Cela ne changeait rien à ses talents d'homme de loi. En revanche, les talents de sa femme dans la chambre à coucher… (L'amitié qui liait Cecilia et Miriam n'interdisait pas une certaine rivalité.)

Cela dit, question sexe, Cecilia n'avait pas de quoi pavoiser depuis quelque temps. *Arrête ! Ne pense pas à ça !*

Bref. Comment John-Paul avait-il pu négliger de donner la lettre à Doug ? S'il était mort, Cecilia aurait sûrement jeté toutes ses boîtes sans même les ouvrir à la première crise de rangement. Quelle idée de la mettre dans une quelconque boîte à chaussures.

Sa place était dans le classeur qui contenait leurs testaments, leur assurance-vie et tout le reste.

John-Paul comptait parmi les gens les plus intelligents qu'elle connaissait, mais en matière de logistique, il n'avait aucun talent !

« Comment les hommes en sont-ils venus à dominer le monde ? » s'était-elle étonnée au téléphone avec sa sœur Bridget le matin même, à la suite d'un texto de John-Paul qui avait trouvé le moyen de perdre les clés de sa voiture de location à Chicago. Ça l'avait rendue dingue. Que pouvait-elle y faire ? Il n'avait rien demandé, mais quand même !

Ce genre de choses arrivait tout le temps à son mari. Lors de son dernier séjour à l'étranger, il avait oublié son ordinateur portable dans un taxi. Il perdait constamment ses effets personnels. Portefeuille, téléphone, clés, son alliance – autant d'objets qui semblaient se volatiliser, tout simplement.

« Ils sont balèzes en construction, avait répondu Bridget. Les ponts, les routes. Je veux dire, tu saurais construire une hutte, toi ? Une hutte toute bête, en terre ?

— Mais oui, sans problème.

— Pfff, tu en serais bien capable ! Cela dit, les hommes ne dominent pas le monde. Je te rappelle que notre Premier ministre est une femme. Et toi ! Tu régentes bien ton monde ! Ta famille, l'école. Tu règnes même sur l'empire Tupperware ! »

Non contente de présider la fédération des parents d'élèves de St Angela, Cecilia se classait parmi les meilleures vendeuses de Tupperware en Australie. Dans les deux cas, ça faisait beaucoup rire sa sœur.

« Je ne régente pas ma famille, protesta Cecilia.

— Non, bien sûr ! » s'esclaffa Bridget.

Il fallait bien l'admettre, si Cecilia venait à mourir, sa famille se... Rien que d'y penser, c'était insupportable. Pauvre John-Paul ! Une lettre d'outre-tombe ne ferait pas l'affaire ! Il lui faudrait tout un manuel. Et un plan de la maison avec des grosses flèches pour indiquer la machine à laver, le sèche-linge et la table à repasser.

La sonnerie du téléphone l'interrompit dans ses pensées.

« Je parie que les filles sont devant *Qui perd gagne !* » fit John-Paul. Elle avait toujours aimé sa voix au téléphone : profonde, chaleureuse, réconfortante. Alors, oui, son mari était impossible – toujours en train de chercher ses affaires, jamais à l'heure –, mais c'était un homme attentif et responsable, qui jouait son rôle de chef de famille « à l'ancienne ». Et, oui, Cecilia était aux commandes mais elle avait toujours su qu'en cas de crise – un tireur fou, une inondation, un incendie –, John-Paul les sortirait d'affaire. Il les protégerait de son corps quitte à se faire tuer, leur construirait un radeau, les sauverait des flammes et, une fois le danger écarté, il laisserait Cecilia reprendre le contrôle pour se remettre en quête de son portefeuille.

Le jour où le petit Spiderman était mort sous ses yeux, c'était le numéro de son mari qu'elle avait aussitôt composé d'une main tremblante.

« Je suis tombée sur cette lettre », commença-t-elle en effleurant le devant de l'enveloppe. À la seconde où elle avait décroché, elle avait su qu'elle ne pourrait pas s'empêcher de lui en parler. Après tout, en quinze ans de mariage, ils n'avaient jamais eu de secrets l'un pour l'autre.

« Quelle lettre ?

— Une lettre de toi », répondit-elle d'un ton qui se voulait enjoué, espérant que tout ceci resterait anodin, que le contenu de la lettre, quel qu'il soit, ne changerait rien. « Que je suis censée n'ouvrir qu'après ta mort », poursuivit-elle d'une drôle de voix.

Silence. Elle crut un instant qu'ils avaient été coupés. Mais non. Elle entendait au loin des bruits de conversations et de couverts. Il appelait vraisemblablement depuis un restaurant.

Son estomac se noua.

« John-Paul ? »

2

« Si c'est une blague, ça ne me fait pas rire du tout », répondit Tess. Tels deux serre-livres assortis, Will et Felicity posèrent chacun une main sur ses épaules, comme pour l'empêcher de défaillir.

« Nous sommes terriblement désolés, dit Felicity.

— Terriblement désolés », répéta Will en canon.

Tess venait de les rejoindre autour de l'imposante table en bois qu'ils utilisaient parfois pour recevoir leurs clients – plus souvent pour partager une pizza. D'un côté, Will, pâle comme la mort. Si pâle que, par contraste, elle discernait chaque poil de sa courte barbe noire, comme si elle examinait son visage à la loupe. De l'autre, Felicity, qui avait trois taches rouges sur le cou.

Tess ne pouvait les quitter des yeux, croyant peut-être y trouver l'explication qu'elle attendait. Trois taches rouges qui ressemblaient à des marques de doigts sur le cou désormais gracile de sa cousine. Puis, sortant de sa torpeur, elle se rendit compte que Felicity – avec ses magnifiques yeux verts en amande, ses yeux qui l'avaient toujours distinguée, au point qu'on l'avait longtemps appelée « la grosse aux beaux yeux » – était au bord des larmes.

« Si je comprends bien, commença Tess, vous avez pris conscience que tous les deux… » Elle déglutit.

« On veut que tu saches qu'il ne s'est rien passé, dit Felicity.

— On n'a pas… tu sais, insista Will.

— Couché ensemble », termina Tess, devinant qu'ils en tiraient une grande fierté.

Encore un peu, et il faudrait les applaudir.

« Jamais, précisa Will.

— Mais vous en rêvez. » Grotesque. Tess avait presque envie d'en rire. « C'est bien ça que vous êtes en train de me dire, hein ? Vous rêvez de coucher ensemble. »

Ils s'étaient sûrement embrassés. Ce qui était encore pire. Il n'y a rien de plus excitant qu'un baiser volé, tout le monde le sait.

Les rougeurs sur le cou de Felicity gagnaient sa mâchoire. On aurait dit qu'elle avait attrapé une maladie infectieuse rare.

« On est tellement désolés, reprit Will. On a tout fait pour… pour que ça n'arrive pas.

— C'est vrai, renchérit Felicity. Ça fait des mois qu'on…

— Des mois ? Parce que ça fait des mois que ça dure ?

— Techniquement non, puisqu'il ne s'est rien passé, rectifia Will d'une voix solennelle.

— Un peu, qu'il s'est passé quelque chose ! Et ça n'a rien d'anodin ! »

Qui aurait cru Tess capable de tant de véhémence ? Chacun de ses mots résonnait comme un missile.

« Désolé, balbutia Will. Bien sûr, je voulais juste dire, tu sais. »

La tête entre les mains, Felicity se mit à pleurer. « Oh, Tess. »

Par réflexe, celle-ci esquissa un geste de réconfort. Elles étaient si proches. Comme des siamoises, se plaisait-elle à répéter. Nées à six mois d'intervalle de mères sœurs jumelles, Tess et Felicity étaient restées filles uniques et avaient toujours tout fait ensemble.

Un jour, Tess avait envoyé un crochet du droit en pleine mâchoire à un garçon qui avait traité Felicity de grosse vache. Il faut dire qu'à l'époque, et jusqu'à récemment, elle était énorme. Ce qui n'enlevait rien à son joli minois. Elle buvait soda sur soda, ne faisait ni régime ni sport et semblait se moquer de son poids comme de sa première chemise. Mais, six mois plus tôt, elle avait décidé de suivre le programme Weight Watchers – adieu le Coca-Cola, gym obligatoire –, perdu quarante kilos et s'était métamorphosée. À présent, c'était une beauté. Une reine de beauté. Précisément le genre de candidate qu'on recherchait pour participer à *Qui perd gagne !* : une femme superbe enfermée dans un corps d'obèse.

Tess s'était réjouie pour elle. « Felicity va peut-être trouver quelqu'un de chouette, maintenant qu'elle a davantage confiance en elle », avait-elle dit à Will.

Voilà qui était fait. Et l'heureux élu était… Will. L'homme le plus chouette que Tess ait jamais rencontré. Il fallait en avoir de la confiance en soi, pour piquer le mari de sa cousine.

« Je m'en veux tellement ; je voudrais mourir », pleurnicha Felicity.

Tess retira sa main. La grosse Felicity, d'or
brillante, piquante, voire carrément sarcastiq
lait comme une héroïne de série B.

La tête penchée en arrière, les mâchoires serrées, Will s'efforçait de retenir ses larmes. Tess ne l'avait pas vu pleurer depuis la naissance de Liam.

Ses yeux à elle demeuraient secs. Terrifiée, le cœur battant la chamade, elle sentait que sa vie menaçait de s'écrouler. Le téléphone sonna.

« Laisse, dit Will. À l'heure qu'il est. »

Elle l'ignora.

« Agence TWF, j'écoute.

— Tess, ma jolie, je sais qu'il est tard, mais il y a comme un petit problème. »

Dirk Freeman. Directeur marketing des Laboratoires Petra, leur plus gros client. Le boulot de Tess, c'était de flatter son ego et de lui laisser croire que, même si sa carrière s'essoufflait – à cinquante-six ans, plus personne ne gravit les échelons –, il restait le grand manitou et elle, son humble servante. Qu'il pouvait tout se permettre : donner des ordres, se montrer grognon, séducteur, intransigeant. Et quand bien même elle faisait mine de le rabrouer, au final, lorsque Monsieur demandait, la petite soubrette s'exécutait. Bref, de toute évidence, le dévouement que Dirk Freeman attendait d'elle frisait l'indécence.

« Je n'aime pas du tout la couleur du dragon sur l'emballage de Stoptoux. Trop violet. Beaucoup trop violet. C'est parti à l'impression ? »

Affirmatif. Cinquante mille boîtes en carton étaient sorties de la presse le jour même. Cinquante mille dragons, violet de chez violet, qui souriaient à pleines dents.

Que d'heures passées sur ces dragons ! Mails, coups de fil, discussions sans fin. Et pendant ce temps, Will et Felicity tombaient amoureux.

« Non », répondit Tess en observant son mari et sa cousine, toujours assis à la table de réunion qui trônait au milieu de la pièce. Têtes baissées, examinant leurs mains, ils avaient l'air de deux adolescents pris en faute. « C'est votre jour de chance, Dirk.

— Oh, je pensais que ce serait trop tard ! Eh bien, tant mieux ! » dit-il d'un ton faussement soulagé.

Lui qui s'était réjoui d'avance à l'idée d'entendre la panique dans sa voix !

Il se racla la gorge et reprit d'un ton abrupt et autoritaire, comme un général qui mène ses troupes au combat : « Vous arrêtez tout sur ce packaging, compris ?

— Compris. On arrête tout.

— Je vous recontacte. »

Il raccrocha. Évidemment, la couleur du dragon n'avait rien à voir là-dedans. Freeman rappellerait dans les vingt-quatre heures pour dire que tout allait bien. Il avait juste besoin de sentir qu'il avait le pouvoir. Un jeune cadre aux dents longues avait dû l'humilier publiquement dans la journée.

« On a mis les boîtes sous presse aujourd'hui, dit Felicity d'une voix inquiète en gigotant sur sa chaise.

— Ça va aller.

— Mais s'il décide de changer… commença Will.

— Ça va aller, je vous dis. »

Elle n'était pas en colère. Pas encore. Pas vraiment. Mais au fond d'elle-même couvait une rage sourde, une rage extraordinaire, susceptible d'exploser et de détruire tout ce qui se trouvait alentour.

Elle resta plantée là, puis se tourna vers le tableau blanc sur lequel ils listaient les dossiers en cours.

Emballage Stoptoux !

Campagne de pub papier pour Décoplume !!

Site Internet de Literie & Co. :-)

Quelle humiliation de voir dans ces mots et ces points d'exclamation griffonnés à la va-vite l'expression de son insouciance et de sa désinvolture ! Sans parler de ce smiley qu'elle avait elle-même ajouté à côté de Literie & Co. en apprenant la veille qu'ils avaient décroché le contrat. Elle ignorait alors le secret de Will et Felicity. Avaient-ils échangé un regard contrit en la voyant se réjouir ? *Il y a peu de chances qu'elle garde le sourire quand on lui aura révélé notre petit secret.*

Le téléphone sonna de nouveau.

Cette fois, Tess ne répondit pas.

Agence TWF. Leurs initiales réunies pour former le nom de la petite entreprise qu'ils avaient un jour imaginée au détour d'une conversation. À ceci près que le rêve était devenu réalité.

Voilà presque deux ans, en vacances à Sydney pour les fêtes de fin d'année, ils avaient passé le réveillon de Noël chez les parents de Felicity, tante Mary et oncle Phil. À l'époque, la jolie cousine, qui avait toujours ses rondeurs, transpirait allègrement dans une robe taille 50. Ils avaient mangé des saucisses grillées, de la salade de pâtes crémeuse et la traditionnelle tarte meringuée aux fruits. Felicity et Will n'avaient pas arrêté de se plaindre de leur travail. Direction incompétente, collègues insupportables, bureau plein de courants d'air, etc.

« Ma foi ! Vous m'avez l'air bien malheureux ! s'était exclamé oncle Phil qui n'avait plus de sujet de récrimination maintenant qu'il était à la retraite.

— Pourquoi vous ne montez pas votre propre boîte ? Tous les trois ? » avait suggéré la mère de Tess.

Après tout, ils travaillaient dans des domaines similaires. Tess dirigeait le service marketing et communication d'une maison d'édition d'ouvrages juridiques plan-plan. Will chapeautait l'équipe créative d'une prestigieuse agence de publicité où tout le monde s'autocongratulait. (C'était comme ça qu'ils s'étaient rencontrés : Tess avait été cliente de Will.) Felicity, quant à elle, exerçait ses talents de graphiste pour le compte d'un tyran.

Une fois la discussion lancée, les idées avaient fusé. À peine finissaient-ils le dessert que tout était arrangé : Will s'occuperait de la création (qui d'autre ?), Felicity de la direction artistique (parfait !) et Tess de la partie commerciale – ce qui, pour le coup, n'allait pas vraiment de soi. Elle n'avait pas l'âme d'une vendeuse et se considérait comme une grande timide.

À vrai dire, quelques semaines plus tôt, tandis qu'elle attendait son tour chez le médecin, elle avait fait un test dans le *Reader's Digest.* « Souffrez-vous d'anxiété sociale ? » Elle avait coché la réponse « C » à toutes les questions et obtenu un résultat sans appel : vous êtes atteint de phobie sociale. Elle devait se faire soigner ou rejoindre un groupe de soutien. Pfff. Évidemment ! Ce test était fait pour les timides. Les autres, trop occupés à bavarder avec la réceptionniste, ne prenaient même pas la peine de le faire !

Consulter ? Hors de question. En parler ? Surtout pas. Le problème deviendrait palpable, indéniable. S'ils avaient le moindre soupçon, Will et Felicity se mettraient à l'observer dès qu'elle serait confrontée au regard des autres et, face à la preuve accablante de sa timidité, la traiteraient comme une pauvre petite chose. Mieux valait ne rien laisser paraître. Un jour, alors qu'elle n'était qu'une enfant, sa mère lui avait dit que la timidité tenait de l'égoïsme. « Tu sais, ma chérie, quand tu baisses la tête comme ça, les gens s'imaginent que tu ne les aimes pas ! » Ce n'était pas tombé dans l'oreille d'une sourde. En grandissant, Tess avait travaillé sur elle, s'obligeant à faire la conversation malgré ses crises de tachycardie, s'efforçant de soutenir le regard des autres quand tout son être lui dictait de détourner les yeux, prétextant un rhume quand sa voix s'étranglait. Elle avait appris à vivre avec, comme d'autres apprennent à gérer une intolérance au lactose ou une hypersensibilité de la peau.

Cela dit, Tess ne s'était pas inquiétée outre mesure lors de ce fameux réveillon de Noël. Ce n'étaient que des paroles en l'air, dites sous l'effet du punch de tante Mary. Ils n'allaient pas *vraiment* monter une boîte ensemble ; elle ne serait jamais directrice de comptes clients.

Pourtant, de retour à Melbourne pour le nouvel an, Will et Felicity avaient évoqué le projet à maintes reprises. Pourquoi ne pas installer leurs bureaux chez Will et Tess ? Une partie de leur vaste rez-de-chaussée ne restait-elle pas à ce jour inoccupée ? Sans compter qu'il y avait une entrée séparée. (Les précédents propriétaires en avaient fait une sorte de « tanière » pour leurs ados.) Leur start-up ne leur coûterait pas grand-chose. Will et Tess avaient remboursé leur emprunt. Felicity vivait en colocation. Qu'avaient-ils à perdre ? S'ils échouaient, ils pourraient toujours faire marche arrière et chercher du travail.

Tess s'était laissé emporter par leur enthousiasme et avait démissionné sans états d'âme. Ce qui ne l'avait pas empêchée d'être au bord de l'évanouissement la première fois qu'elle avait frappé à la porte d'un client potentiel. Aujourd'hui encore, dix-huit mois plus tard, la tête lui tournait et le trac la paralysait chaque fois qu'elle avait affaire à quelqu'un de nouveau. Bizarrement, elle s'en sortait très bien. « Vous n'êtes pas comme les autres, lui avait confié un client en lui serrant la main à la fin de leur première entrevue. Les commerciaux ont tendance à beaucoup parler. Vous, vous écoutez. »

Heureusement, sa peur n'était rien comparée à l'incroyable sentiment d'euphorie qui l'envahissait lorsqu'elle décrochait un contrat. Elle avait l'impression de flotter dans les airs. Elle était montée sur le ring et avait envoyé son démon intérieur au tapis. Cerise sur le gâteau : personne ne se doutait de rien. Les clients affluaient. Leur affaire prospérait. Une de leurs campagnes de lancement pour une entreprise de cosmétiques avait même failli gagner un prix.

En tant que directrice commerciale, Tess s'absentait souvent du bureau où Will et Felicity passaient de longues heures seuls. Si ça l'inquiétait ? « Pfff ! Ils sont comme frère et sœur ! »

Les jambes en coton, elle alla s'asseoir à l'autre bout de la table. Loin d'eux. Elle s'efforça de faire le point.

Il était six heures, un lundi soir. Elle était au mitan de sa vie.

Quand, un peu plus tôt, Will l'avait rejointe à l'étage en disant qu'il fallait qu'ils parlent – tous les trois –, Tess avait mille choses en tête. Sa mère venait de lui annoncer au téléphone qu'elle s'était cassé la cheville en jouant au tennis. Elle marcherait avec des béquilles pendant huit semaines et ne se voyait pas voyager dans son état. Était-il possible de fêter Pâques à Sydney cette année ?

Depuis qu'elle avait quitté la région de Sydney avec sa cousine quinze ans auparavant, Tess ne s'était jamais sentie coupable de vivre si loin de sa mère. Aujourd'hui, le remords l'avait envahie.

« On prendra le premier avion pour Sydney jeudi après l'école, avait-elle répondu. Tu vas pouvoir te débrouiller d'ici là ?

— Oh, ça ira. Mary va m'aider. Et puis, il y a les voisins. »

En réalité, tante Mary ne conduisait pas et oncle Phil n'allait pas s'amuser à l'amener chez sa sœur tous les jours. D'autant qu'ils commençaient tous les deux à prendre de l'âge. Quant aux voisins, difficile de compter sur eux : Lucy était entourée de très vieilles dames ou de jeunes couples avec enfants qui prenaient à peine le temps de dire bonjour quand ils partaient au volant de leur grosse voiture. Qui donc lui apporterait de bons petits plats mijotés ?

Inquiète, Tess avait envisagé de réserver un vol pour Sydney dès le lendemain. Elle trouverait une aide à domicile pour sa mère une fois sur place. Lucy serait furieuse d'avoir à supporter la présence d'une inconnue chez elle. Mais comment faire autrement ? Elle ne pouvait ni se laver ni se faire à manger.

Quel dilemme ! Ils croulaient sous le travail et elle détestait laisser Liam. D'autant qu'il n'était pas dans son état normal ces temps-ci. Il y avait ce garçon dans sa classe, un dénommé Marcus, qui lui menait la vie dure. Oh, il ne le persécutait pas vraiment – ce qui, soit dit en passant, aurait été plus simple : l'école aurait appliqué le règlement et, en matière de harcèlement, ils ne faisaient pas de cadeaux. Dans le cas présent, les choses étaient plus compliquées : Marcus était un petit psychopathe tout ce qu'il y avait de plus charmant.

Aujourd'hui, il avait encore fait des siennes, Tess en était convaincue. Elle l'avait compris en faisant manger Liam tandis que Will et Felicity bossaient au rez-de-chaussée. La plupart du temps, ils arrivaient à dîner en famille, mais le lancement du site qu'ils préparaient pour Literie & Co. était prévu pour vendredi : ils travaillaient sans relâche.

Liam s'était montré plus taciturne qu'à son habitude. Certes, ce n'était pas un bavard. Il était même plutôt rêveur et discret, mais ce soir-là, il avait l'air si triste et si sérieux en trempant ses morceaux de saucisse dans la sauce tomate que Tess avait cherché à lui tirer les vers du nez.

« Tu as joué avec Marcus aujourd'hui ? avait-elle demandé.

— Non, avait répondu Liam. Aujourd'hui, c'est lundi.

— Ah. Et qu'est-ce que ça change ? »

Plus un mot. Liam s'était refermé comme une huître, laissant sa mère en proie à une rage contenue. Elle irait de nouveau voir sa maîtresse. Dans son for intérieur, elle savait que Marcus imposait une relation malsaine à son fils, mais personne ne s'en rendait compte. La dure loi des cours de récréation.

Voilà ce qui préoccupait Tess lorsque Will lui avait demandé de descendre : sa mère et son fils.

Will et Felicity l'attendaient, assis à la table de réunion. Avant de se joindre à eux, Tess avait ramassé tous les mugs qui traînaient. Sa cousine avait le chic pour en prendre un nouveau chaque fois qu'elle se servait un café. Le pire, c'était qu'elle ne les finissait jamais. Tess avait aligné les tasses sur la table en disant : « Nouveau record, Felicity. Cinq cafés non terminés. »

Felicity n'avait rien dit. Bizarrement, elle regardait Tess d'un air coupable, comme si cette histoire de tasses importait vraiment. Puis Will avait lâché la nouvelle. Comme une bombe.

« Tess, je ne sais pas comment te le dire, mais Felicity et moi, on s'aime.

— Très drôle. » Tess avait regroupé les mugs en souriant. « Hilarant. »

Mais, visiblement, ce n'était pas une plaisanterie.

Elle avait alors posé les mains sur la table en pin massif couleur miel. Ses mains noueuses aux veines saillantes dont un ex-petit ami, elle ne savait plus lequel, avait dit être tombé amoureux. Will avait eu toutes les peines du monde à lui passer la bague au doigt le jour de leur mariage, ce qui avait beaucoup amusé leurs invités. Une fois l'anneau en place, il avait poussé un grand soupir de soulagement – histoire de donner le change – tout en lui caressant discrètement la main.

Levant les yeux, Tess surprit Will et Felicity échangeant des regards inquiets.

« Alors, c'est l'amour fou ? L'amour avec un grand A ? »

Will était parcouru de tics nerveux tandis que Felicity se triturait les cheveux.

Oui. L'amour fou ; l'amour avec un grand A, pensaient-ils tous les deux. *Nous sommes des âmes sœurs.*

« Depuis quand exactement ? Depuis quand vous êtes "amoureux" ?

— Ça n'a aucune importance, répondit Will aussitôt.

— Ça en a pour *moi* ! s'écria Tess.

— Je ne sais pas… depuis six mois peut-être ? marmonna Felicity en évitant le regard de Tess.

— Quand tu as commencé à perdre du poids, c'est ça ? »

Felicity haussa les épaules.

Puis, à Will : « Elle t'attirait moins quand elle était grosse ; plutôt drôle, non ? »

Le goût amer de la méchanceté la submergea. Elle n'avait pas été aussi mauvaise depuis l'adolescence.

Jamais elle n'avait traité Felicity de grosse. Jamais elle ne s'était permis de critiquer son poids.

« Tess, je t'en prie, intervint Will d'une voix où ne perçait pas le moindre reproche.

— Laisse, c'est mérité », dit Felicity en se redressant pour affronter le regard de sa cousine avec l'humilité d'une coupable.

C'était donc ça, leur plan ? Laisser Tess donner coups de pied et coups de griffes jusqu'à épuisement ? Encaisser sans rien dire jusqu'à ce que l'orage passe ? Will et Felicity appartenaient à la catégorie des gentils, des *vrais* gentils, elle le savait bien. Ils se montreraient bienveillants et compréhensifs ; ils accepteraient sa fureur, et à la fin, la méchante, la *vraie*, ce serait elle. Ils n'avaient pas couché ensemble, ils ne l'avaient pas trahie. Ils étaient tombés amoureux ! Il ne s'agissait pas d'une aventure banale et sordide. C'était le destin. On n'y pouvait rien. Personne ne les condamnerait.

Leur stratégie tenait du génie !

Tess se tourna vers Will. « Pourquoi tu ne me l'as pas annoncé en tête en tête ? » lui demanda-t-elle en le fixant, comme si ferrer son regard pouvait suffire à le ramener à elle. Ses yeux. D'étranges billes couleur cuivre bordées d'épais cils noirs dont Liam avait hérité, si bien que Tess les considérait comme siens, des joyaux pour lesquels elle acceptait les compliments avec grâce : « Votre fils a des yeux magnifiques. » « Il les tient de mon mari. Je n'y suis pour rien ! » Mais Tess, malgré ses yeux bleu clair tout à fait quelconques, n'en pensait pas un mot. Ces yeux lui appartenaient. D'habitude, Will avait un regard rieur ; il était toujours prêt à plaisanter et, la plupart du temps, il trouvait la vie plutôt drôle. Sa légèreté. Voilà ce qu'elle adorait chez lui, entre autres. Mais à cet instant précis, il la regardait d'un air implorant, comme Liam lorsqu'il réclamait quelque chose au supermarché.

S'il te plaît, maman, je peux avoir ce paquet de gâteaux – oui, tout est fait pour que l'emballage attire les petits et oui, ils sont bourrés de conservateurs – et je sais que j'avais promis de rien demander mais, maman, *s'il te plaît.*

S'il te plaît, Tess. Je peux avoir ta délicieuse cousine ? Je sais que j'ai promis de t'être fidèle, dans la joie et dans la douleur, dans la santé et dans la maladie, mais *s'il te plaît.*

Non. Tu ne l'auras pas. J'ai dit non.

« Il n'y avait ni bon moment ni bon endroit, commença Will. Et nous voulions te le dire ensemble. On ne pouvait pas s'y résoudre, et ensuite, on s'est dit que ça ne pouvait plus durer… alors on s'est dit… » Il s'enlisait. « Nous savions que ce ne serait jamais le bon moment. »

Nous. Il y avait un « nous ». Ils avaient discuté de tout ça. Sans elle. Évidemment qu'ils avaient discuté de tout ça sans elle. Ils étaient même « tombés amoureux » sans elle.

« J'ai pensé qu'il fallait que je sois là aussi, déclara Felicity.

— Tu m'en diras tant ! » Tess ne pouvait pas la regarder. « Et maintenant, il se passe quoi ? »

Le simple fait de poser la question lui donna la nausée. C'était du délire. Rien, voyons ! Il ne se passerait rien. Rien du tout. Felicity filerait à son nouveau cours de gym, Will monterait pour parler à Liam tout en lui donnant le bain – peut-être parviendrait-il à crever l'abcès à propos de Marcus ? –, tandis que Tess préparerait un wok pour le dîner. Elle avait tout ce qu'il fallait. Comme c'était étrange de penser à ces aiguillettes de poulet qui l'attendaient bien sagement sous cellophane dans le réfrigérateur. Quand Will la rejoindrait, ils boiraient un verre de vin – il fallait bien finir la bouteille – tout en échafaudant mille scénarios de rencontre pour la charmante Felicity. Le banquier italien ? Le grand gaillard taciturne qui tenait l'épicerie fine du coin ? Jusqu'à présent, Will n'avait jamais coupé court en disant : « Mais oui bien sûr ! Pourquoi je n'y avais pas pensé ? *Moi !* C'est moi qu'il lui faut ! »

C'était une plaisanterie. Tout ça n'était qu'une plaisanterie, se répétait-elle.

« Rien ne peut rendre les choses plus faciles, ou plus acceptables, nous en avons bien conscience, dit Will. Mais nous ferons ce que tu souhaites, ce que tu penses être le mieux pour toi et pour Liam.

— Pour Liam », répéta Tess, abasourdie.

Bizarrement, il ne lui était pas venu à l'esprit qu'il faudrait en parler à Liam, qu'on ne pourrait pas le laisser en dehors de tout ça. Liam qui, à l'étage, regardait la télévision allongé sur le ventre, obnubilé par ce Marcus qui l'embêtait. Il n'avait que six ans, bon sang !

Non, pensa-t-elle. *Non, non et non. Hors de question.*

Elle revit sa mère apparaître dans l'encadrement de sa porte. « Papa et moi voudrions te parler de quelque chose. »

Liam ne vivrait pas ce qu'elle avait vécu. Plutôt mourir. Son adorable petit garçon à la mine souvent grave ne connaîtrait pas le sentiment de vide et de confusion qu'elle avait éprouvé cet été-là. Il ne ferait pas son sac un vendredi sur deux. Il n'aurait pas à consulter un calendrier sur le réfrigérateur pour savoir avec qui il passerait le week-end. Il n'apprendrait pas à réfléchir à deux fois avant de répondre à une question apparemment anodine d'un de ses parents concernant l'autre.

Les pensées se bousculaient dans sa tête.

Le plus important, c'était Liam. Ses sentiments à elle ne rentraient pas en ligne de compte. Comment le préserver ? Comment arrêter ce cauchemar ?

« Tout ça nous est tombé dessus sans prévenir, dit Will le plus sincèrement du monde. On veut faire les choses bien. Le mieux possible pour tout le monde. On a même envisagé… »

Felicity lui fit un petit signe de tête qui ne passa pas inaperçu.

« Envisagé quoi ? » demanda Tess. Une preuve de plus. Ils en avaient bel et bien discuté. Elle les imaginait en tête à tête, vibrant d'émotion, les yeux mouillés à l'idée de la faire souffrir – eux qui ne feraient pas de mal à une mouche ! –, mais que pouvaient-ils faire d'autre ? Ignorer leur amour ?

« Il est bien trop tôt pour parler de ce que nous allons faire », répondit Felicity d'une voix plus ferme. Tess serra les poings. Quel culot ! Comment osait-elle prendre ce ton, comme s'il s'agissait là d'un problème lambda qui appelait une solution lambda.

« J'écoute. Vous avez même envisagé… » dit Tess en regardant Will.

Oublie-la. Tu n'as pas le temps d'être en colère. Réfléchis, Tess, réfléchis.

« Eh bien, commença Will en rougissant, on s'est dit que, peut-être, nous pourrions vivre tous ensemble. Ici. Pour Liam. Ce n'est pas une séparation comme les autres. Nous formons une… famille. Du coup, on s'est dit, enfin, c'est peut-être complètement dingue, mais on s'est dit, finalement, pourquoi pas ? »

Tess éclata d'un rire âpre, presque animal. Avaient-ils perdu la tête ? « Attends, si je comprends bien, je lui laisse ma place dans notre chambre ? Et puis Liam, on lui dit "T'inquiète pas, chéri, papa dort avec Felicity maintenant, et maman, elle dort dans la chambre d'amis".

— Bien sûr que non, répondit Felicity, confuse.

— C'est vrai que dit comme ça… commença Will.

— Et comment tu veux qu'on le dise ? »

Will se pencha en avant et se racla la gorge. « Écoute, on n'est pas obligés de décider quoi que ce soit aujourd'hui », dit-il de cette voix posée et autoritaire qu'il prenait parfois au bureau lorsqu'il tenait à ce que les choses soient faites à sa manière.

Felicity et Tess le remettaient à sa place sans ménagement.

Il ne manquait pas d'audace.

Tess abattit ses poings de toutes ses forces sur la table qui en trembla. Elle n'avait jamais rien fait de semblable – un geste grotesque, absurde, mais grisant. Elle jubilait de voir Will et Felicity dans leurs petits souliers.

« Je vais vous dire, moi, ce qu'on va faire », déclara-t-elle.

Tout à coup, les choses lui semblèrent évidentes.

Simples comme bonjour.

Qu'ils la vivent, leur liaison ! Le plus tôt serait le mieux ! Pour l'instant, ils se tournaient autour, tels les amants maudits qui se jettent des regards éperdus au-dessus du dragon violet de Stoptoux. Pour l'instant, c'était agréable et excitant, mais avec un peu de chance, leur doux remake de *Roméo et Juliette* ne survivrait pas longtemps aux étreintes suantes et moites et tomberait dans l'écueil de la banalité et de la médiocrité. Will aimait son fils ; une fois les limbes du désir charnel dissipées, il prendrait conscience de son erreur, terrible mais rattrapable.

Tout pouvait encore s'arranger.

La seule chose à faire, c'était de s'en aller. Tout de suite. « J'emmène Liam à Sydney, déclara Tess. Chez ma mère. Je viens de l'avoir au téléphone ; elle s'est cassé la cheville. Elle a besoin de quelqu'un.

— Oh, non ! Comment c'est arrivé ? Elle va bien ? » demanda Felicity.

Tess l'ignora. Le numéro de la nièce attentionnée, merci bien. À présent, Felicity était l'Autre. Tess, en tant qu'épouse, allait devoir se battre. Pour son fils. Se battre et gagner la partie.

« On y restera jusqu'à ce qu'elle récupère.

— Mais, Tess, tu ne peux pas emmener Liam à *Sydney* », répondit Will qui avait perdu de son éloquence.

Il avait grandi à Melbourne. Pour lui, vivre ailleurs n'avait jamais été une option.

La mine déconfite, il lui rappelait Liam lorsqu'il se faisait gronder injustement. Puis son visage s'éclaircit. « Et l'école ? Il ne peut pas rater l'école.

— Je l'inscrirai à St Angela pour le trimestre. Ça l'éloignera de Marcus. Ce changement de décor lui fera le plus grand bien. Il pourra y aller à pied, comme moi quand j'étais petite.

— Il n'est pas catholique ! protesta Will dans tous ses états. Ils ne l'accepteront jamais.

— Qui a dit qu'il n'était pas catholique ? On l'a fait baptiser, je te rappelle. »

Felicity voulut intervenir mais se ravisa.

« Ils le prendront », poursuivit Tess, espérant qu'elle ne se trompait pas. « Maman a des contacts à la paroisse. »

La simple évocation de St Angela, la petite école catholique où elle et Felicity avaient passé leur enfance, lui rappela mille souvenirs. Les jeux de marelle à l'ombre des flèches de l'église. Le son des cloches. L'odeur sucrée des bananes oubliées au fond des cartables. À cinq minutes à pied de la maison de Lucy, l'école s'élevait au bout d'une impasse bordée d'arbres qui, à la belle saison, formaient une voûte aussi majestueuse que celle d'une cathédrale. Malgré l'arrivée de l'automne, il ferait encore assez doux pour se baigner à Sydney. Les liquidambars prendraient leur teinte verte ou dorée. Leurs feuilles, une fois tombées, tapisseraient les sentiers cahoteux sur lesquels Liam se promènerait.

Parmi les anciens instituteurs de Tess, certains enseignaient toujours à St Angela. Nombre de ses camarades de classe, devenus parents, y envoyaient leurs propres enfants. Parfois, au détour d'une conversation, sa mère citait des noms familiers, et Tess n'en revenait pas : ils étaient encore là ? Les Fitzpatrick par exemple. Une fratrie de six garçons, tous coulés dans le même moule – blonds, mâchoire carrée et tellement beaux que Tess avait le rouge aux joues chaque fois qu'elle en croisait un. Ils avaient tous été enfants de chœur et leurs parents les avaient inscrits dans cette école réservée aux garçons de bonne famille près du port dès le CM1. Riches et beaux. D'après ce qu'elle avait compris, l'aîné avait trois filles toutes scolarisées à St Angela.

Était-ce bien raisonnable ? Emmener Liam à Sydney, l'envoyer dans son ancienne école primaire ? Expédier son fils dans sa propre enfance ? Impossible. L'espace d'un instant, la tête lui tourna de nouveau. Non, tout cela n'était qu'une farce. Retirer Liam de l'école ? Quelle idée ! Il devait rendre son dossier sur les animaux marins vendredi. Participer aux Olympiades des P'tits Loups samedi. De son côté, elle avait une lessive à étendre et un client potentiel à rencontrer à la première heure le lendemain.

Tess surprit un regard entre Will et Felicity. Il n'en fallut pas davantage pour qu'elle se décide. Elle jeta un œil à sa montre. Dix-huit heures trente. Le jingle de *Qui perd gagne !*, cette émission débile, lui parvenait depuis l'étage. Liam, qu'elle avait laissé devant un DVD, avait basculé sur la télévision. Il ne lui faudrait pas longtemps pour trouver un programme avec des armes à feu.

Une voix sonore se fit entendre : « On n'a rien sans rien ! »

Tess détestait ces formules toutes faites censées motiver les troupes.

« On prend l'avion dès ce soir, annonça-t-elle.

— Ce soir ? répéta Will. Tu ne peux pas embarquer Liam ce soir.

— Je vais me gêner. Il doit y avoir un vol à vingt et une heures. Ça fera l'affaire.

— Tess, intervint Felicity, tu t'emballes. Inutile de…

— Tu seras débarrassée de nous. Tu vas pouvoir coucher avec Will. Enfin. Prends mon lit, va, j'ai changé les draps ce matin. »

D'autres horreurs lui vinrent à l'esprit.

« Il aime bien être en dessous ; heureusement que t'as perdu du poids ! »

« Et toi, ne regarde pas de trop près ; elle a plein de vergetures. »

Mais non, elle ne s'abaisserait pas à leur niveau. À eux de se sentir minables. Elle se leva et lissa le devant de sa jupe.

« Sur ce, tâchez de faire tourner la boîte sans moi. Vous n'aurez qu'à raconter aux clients qu'on a un problème familial. »

Un problème familial. C'était le moins qu'on puisse dire.

Elle fit le tour de la table pour ramasser les tasses que Felicity avait laissées derrière elle. Et puis non, se ravisa-t-elle in petto tandis que Will et Felicity l'observaient, l'air hébété, grave et désolé. Elle se pencha au-dessus des mugs, en choisit deux – les plus pleins – et, visant aussi soigneusement qu'un joueur de netball, leur envoya le reste de café en pleine figure.

3

Rachel s'attendait à ce qu'ils lui annoncent l'arrivée d'un deuxième bébé. Pas étonnant que la nouvelle lui ait fait l'effet d'une bombe. À l'instant où ils avaient passé le pas de sa porte, elle avait compris, à leur mine empruntée et suffisante, qu'ils avaient des choses importantes à lui dire, que d'un instant à l'autre, ils allaient l'obliger à écouter attentivement.

Rob s'était montré plus bavard qu'à son habitude. Lauren, moins. Seul Jacob était resté fidèle à lui-même, courant dans tous les sens, ouvrant placards et tiroirs à la recherche des petits trésors que sa grand-mère y laissait pour lui.

Rachel s'était bien gardée de leur demander s'ils avaient quelque chose de particulier à lui faire savoir. Elle n'était pas ce genre de grand-mère. Pas elle. Lorsqu'elle les recevait, elle veillait toujours à se comporter en belle-mère exemplaire : prévenante sans être mielleuse, attentive mais jamais indiscrète. Elle ne se permettait aucune critique, ni même aucune suggestion concernant l'éducation de Jacob, y compris en l'absence de Lauren, car elle savait qu'il n'y a rien de pire pour une femme que d'entendre son époux dire : « Ma mère trouve que… » Pourtant, ce n'était pas facile de tenir sa langue. Mille conseils lui venaient à l'esprit en un flot ininterrompu, comme les informations qui défilent en bas de l'écran sur CNN.

Pour commencer, qu'attendaient-ils pour l'amener chez le coiffeur ? Jacob passait son temps à enlever ses cheveux de ses yeux ; il fallait être aveugle pour ne pas le voir. Sans parler de cet affreux tee-shirt Flash McQueen : le tissu était bien trop rêche. S'il le portait quand elle le gardait, elle s'empressait de le changer. Le soir, en voyant ses parents remonter l'allée, elle le rhabillait en deux temps trois mouvements. Ni vu ni connu.

Mais à quoi bon jouer les belle-mères parfaites ? Vu le résultat, elle aurait aussi bien pu se comporter en marâtre. Parce que maintenant, ils partaient à l'autre bout du monde et emmenaient Jacob avec eux. Comme s'ils en avaient le droit. Oui, bon, d'accord, techniquement, ils en avaient le droit.

Un deuxième bébé ? Pas du tout. En réalité, Lauren s'était vu proposer un nouveau job. Un poste génial. À New York. Pour deux ans. À les voir se réjouir, on aurait dit qu'elle avait décroché un boulot au paradis.

Ils lui avaient annoncé la nouvelle au dessert (chaussons aux pommes industriels et boules de glace), tandis qu'elle tenait Jacob sur ses genoux, son petit corps solide et anguleux s'abandonnant tout contre elle avec la délicieuse indolence d'un bambin épuisé. Les lèvres posées au creux de sa nuque, elle respirait le parfum de ses cheveux.

La première fois qu'elle l'avait pris dans les bras pour embrasser son front délicat et fragile, qu'elle avait humé son odeur de nouveau-né, elle avait eu le sentiment de revenir à la vie, comme une plante desséchée que l'on arrose enfin. D'être libérée d'un poids trop lourd qu'elle avait dû porter pendant des années. Ses poumons s'étaient emplis d'oxygène. Sa colonne vertébrale s'était redressée. Le monde s'était recolorisé sous ses yeux à l'instant où elle avait quitté la maternité.

« Il faudra venir nous voir », avait dit Lauren.

Lauren avait toujours donné la priorité à sa carrière. Elle occupait un poste haut placé et stressant à la Commonwealth Bank. Elle gagnait beaucoup d'argent. Plus que Rob – ce n'était un secret pour personne. À vrai dire, Rob semblait en tirer fierté, évoquant le sujet un peu trop souvent au goût de Rachel. Si Ed avait entendu son fils se vanter du salaire de sa femme, il aurait fait une attaque. Heureusement, ce bon vieux Ed n'était plus de ce monde.

Avant son mariage, Rachel avait elle aussi travaillé à la Commonwealth Bank, mais bizarrement, la coïncidence n'était jamais venue sur le tapis. Elle s'était souvent demandé si son fils avait oublié ce détail de sa vie, s'il l'ignorait ou si, tout simplement, il s'en moquait. Évidemment, Rachel savait bien que son job de guichetière (qu'elle avait quitté sitôt la bague au doigt) n'avait rien à voir avec la brillante carrière de sa bru. Pourtant, elle n'avait pas la moindre idée de ce que Lauren fabriquait à longueur de journée. Chef de projet. Vous parlez d'un métier !

En tout cas, Madame était incapable de préparer le sac de Jacob correctement quand il passait la nuit chez elle ! Il fallait toujours qu'elle oublie quelque chose.

Mais Jacob ne viendrait plus dormir à la maison. Terminé, le bain. Itou, l'histoire du soir. Adieu, les moments passés au salon à danser sur son disque préféré. C'était comme s'il mourait. Tout juste si elle n'avait pas besoin d'un mémento pour se rappeler qu'il était encore en vie, là, sur ses genoux.

« Oui, il faudra que tu viennes à New York, maman ! » reprit Rob. D'où sortait cet accent américain ? Et ce sourire Ultra Bright ? Pas de doute, avec ses grandes dents parfaitement alignées – qui, soit dit en passant, avaient coûté une petite fortune à ses parents –, il serait comme chez lui, aux États-Unis.

« Fais-toi faire un passeport, maman. Toi qui n'as jamais quitté l'Australie ! Tu pourrais en profiter pour voir du pays ! Voyager en car ou, tiens, pourquoi pas une croisière en Alaska ? »

Parfois, elle se demandait quel genre d'adulte Rob serait devenu si leurs vies n'avaient pas basculé, comme balayées par un raz-de-marée, le 6 avril 1984. Qu'en aurait-il été de son optimisme à toute épreuve ? De son petit côté agent immobilier ? Enfin, c'était son métier, alors il ne fallait pas s'étonner de le voir se comporter comme tel.

« Une croisière en Alaska ! s'exclama Lauren en posant la main sur celle de Rob. J'en ai toujours rêvé ! Un beau projet pour nos vieux jours ! »

Elle se mit à tousser, consciente de sa maladresse à l'égard de sa belle-mère qui n'était plus toute jeune.

« Une région digne d'intérêt, sans aucun doute », répondit Rachel. Elle but une gorgée de thé avant d'ajouter : « Quoique légèrement froide. »

Quelle idée ! Rachel n'avait aucune envie d'aller se geler au pôle Nord ! Ce qu'elle voulait, elle, c'était s'asseoir au soleil dans son jardin, jouer à faire des bulles avec Jacob, le regarder rire aux éclats. Le voir grandir, semaine après semaine.

Et ce deuxième bébé, alors ? Il fallait se dépêcher. Lauren avait trente-neuf ans ! La semaine précédente, Rachel avait dit à Marla qu'il n'y avait pas d'urgence, que les femmes, aujourd'hui, faisaient des enfants jusque tard. Soit. Mais, à ce moment-là, elle espérait secrètement qu'ils allaient lui annoncer la bonne nouvelle incessamment ! À vrai dire, elle s'était *préparée* à cette naissance, comme toutes les belles-mères intrusives. Pour commencer, elle prendrait sa retraite. Elle aimait beaucoup son travail à St Angela mais dans deux ans, elle soufflerait ses soixante-dix bougies. Soixante-dix ! Elle se fatiguait plus vite qu'avant. Garder ses petits-enfants deux jours par semaine lui suffirait amplement. C'était comme cela qu'elle voyait sa vieillesse. D'ailleurs, elle le sentait presque dans ses bras, ce nourrisson !

Pourquoi sa détestable bru ne voulait-elle pas de deuxième enfant ? Un petit frère ou une petite sœur pour Jacob ? Sans compter que ça ne risquait pas de mettre sa carrière en danger, d'avoir un bébé. Après la naissance de Jacob, elle avait repris le chemin du bureau au bout de trois mois à peine. Et qu'y avait-il de si extraordinaire à New York ? Des chauffeurs qui klaxonnent en veux-tu en voilà, de la vapeur qui s'échappe des bouches d'égout ?

Ce matin encore, Rachel pensait être heureuse. Si on le lui avait demandé, elle aurait dit qu'elle menait une vie bien remplie. Elle s'occupait de Jacob le lundi et le vendredi. Le reste du temps, il allait à la garderie pendant que Lauren sévissait en ville dans ses habits de chef de projet. Rachel, quant à elle, travaillait comme secrétaire à St Angela. Entre son boulot, son jardin, son amie Marla, ses lectures et deux jours complets avec son adorable petit-fils, elle ne voyait pas les semaines passer. Sans parler des week-ends où Rob et Lauren lui laissaient Jacob. Car ils aimaient sortir, ces deux-là. Et ils ne se refusaient rien : restaurants chic, théâtre, *opéra* ! Excusez du peu ! aurait dit Ed en se tenant les côtes.

Bref, Rachel était aussi heureuse qu'on peut l'être.

Qui eût cru que sa vie, tel un château de cartes, pouvait s'écrouler en un claquement de doigts ? Qu'un lundi soir, Rob et Lauren pouvaient débarquer chez elle et retirer LA carte qui maintenait la structure en place sans sourciller ? Jacob, son mur de soutien. Sans lui, elle allait s'effondrer.

Les yeux emplis de larmes, Rachel embrassa Jacob sur la tête.

Injuste. Terriblement injuste.

« Ce n'est que pour deux ans, dit Lauren en regardant Rachel. Ça va passer vite.

— Comme ça », ajouta Rob en claquant des doigts.

Parlez pour vous, songea Rachel.

« Si ça se trouve, on n'y restera même pas jusqu'au bout, fit Lauren.

— Si ça se trouve, vous y resterez toute votre vie ! » rétorqua Rachel avec un grand sourire, histoire de leur faire savoir qu'elle n'était pas née de la dernière pluie.

Ce genre de choses, ça finissait toujours pareil.

Lucy et Mary, les jumelles Russell, par exemple. Quand leurs filles étaient parties s'installer à Melbourne, Lucy lui avait dit tristement en sortant de l'église un dimanche : « Elles ne reviendront peut-être jamais. » Ça ne datait pas d'hier, mais Rachel n'avait pas oublié car Lucy ne s'était pas trompée. Aux dernières nouvelles, les cousines – la fille de Lucy la petite timide, et celle de Mary, la grassouillette aux beaux yeux – vivaient toujours à Melbourne sans la moindre intention de rentrer au bercail.

Cela dit, Melbourne était tout près ! On pouvait y faire un saut en avion pour la journée. Ce dont Lucy et Mary ne se privaient pas. New York, en revanche, était à l'autre bout de la planète.

Et puis, il y avait les gens comme Virginia Fitzpatrick, la femme qui partageait – si l'on peut dire – le poste de secrétaire de l'école avec Rachel. Elle avait six garçons et quatorze petits-enfants, dont la majorité vivait à moins de vingt minutes de chez elle, au nord du port. Si l'un de ses fils venait à s'exiler avec femme et enfants à l'autre bout de la planète, elle ne s'en rendrait même pas compte, tellement ils étaient nombreux !

Rachel se disait parfois qu'elle aurait dû avoir plus d'enfants. Six au moins, comme toute bonne catholique qui se respecte. Mais elle en avait décidé autrement, par pure vanité, car secrètement, Rachel s'était crue spéciale, différente des autres femmes. Dieu seul savait en quoi elle se sentait si spéciale car, en réalité, elle n'aspirait à rien de particulier. Contrairement aux femmes d'aujourd'hui qui rêvaient de faire carrière, de parcourir le monde et que sais-je encore.

Jacob descendit de ses genoux avant de filer au salon comme une flèche. Un instant plus tard, elle entendit le son de la télévision. Le petit futé savait se servir de la télécommande !

« Quand partez-vous ? demanda-t-elle.

— Pas avant le mois d'août, répondit Lauren. On a pas mal de choses à régler, à commencer par nos visas. Et puis, il faut qu'on trouve un appartement, une nounou pour Jacob. »

Une nounou pour Jacob.

« Un boulot, en ce qui me concerne, ajouta Rob, l'air un peu inquiet.

— Oh, bien sûr, chéri », fit Rachel qui s'efforçait de s'intéresser au problème. « Tu vas devoir chercher du travail. Dans l'immobilier, tu penses ?

— Pas sûr. On verra. Je vais peut-être me transformer en homme au foyer.

— Si j'avais su, je lui aurais appris à cuisiner », ironisa Rachel en se tournant vers Lauren.

À vrai dire, elle n'avait jamais été un cordon-bleu ; faire à manger n'était qu'une corvée de plus, au même titre que la lessive ou le ménage. L'engouement récent pour la cuisine lui échappait totalement.

« Ce n'est pas grave, répondit Lauren en souriant jusqu'aux oreilles. À mon avis, on dînera souvent dehors à New York. Vous savez ce qu'on dit : la ville qui ne dort jamais !

— Cela dit, Jacob aura besoin de dormir, lui. Ou peut-être comptez-vous sur la nounou pour le faire manger pendant que vous courrez les restaurants ? »

Lauren perdit son sourire et se tourna vers Rob qui, bien sûr, semblait ailleurs.

Le volume de la télévision augmenta tout d'un coup. Une voix d'homme retentit dans toute la maison : « On n'a rien sans rien ! »

Rachel reconnut la voix d'un des coachs de *Qui perd gagne !* Elle aimait bien ce programme. Ça la rassurait de voir des gens enfermés dans une bulle artificielle et colorée où seules les calories engrangées et les calories brûlées comptaient, où les souffrances endurées se résumaient à quelques séries de pompes – rien de tragique – et où on pleurait de joie à chaque kilo perdu. Ils maigrirent et vécurent heureux jusqu'à la fin des temps !

« Tu joues encore avec la télécommande, Jake ? » demanda Rob en se levant de table pour rejoindre son fils au salon.

C'était toujours lui qui réagissait en premier. Dès le début, il avait changé les couches. Dire que Ed ne savait même pas à quoi ça ressemblait ! Bien sûr, aujourd'hui, tous les papas mettaient la main à la pâte. Ça ne leur faisait probablement pas de mal. Mais Rachel trouvait ça un peu gênant, inapproprié en quelque sorte. Trop… féminin ? Elle n'oserait jamais avouer une chose pareille en présence de jeunes femmes !

« Rachel », dit Lauren.

Rachel vit que sa bru la regardait nerveusement, comme si elle avait un énorme service à lui demander. *Oui, Lauren, je veux bien m'occuper de Jacob pendant que vous serez à New York avec Rob. Deux ans ? Pas de problème. Partez tranquilles. Amusez-vous bien.*

« Vendredi prochain, poursuivit Lauren, c'est Vendredi saint. Je sais que c'est… euh, l'anniversaire… »

Rachel se figea. « Oui, répondit-elle froidement. En effet. » Elle n'avait aucune envie de parler de vendredi. Encore moins avec Lauren. Depuis plusieurs semaines déjà, son corps lui rappelait à chaque instant que ce triste anniversaire arrivait. C'était comme ça tous les ans, à la fin de l'été, lorsque les premières fraîcheurs se faisaient sentir. Ses muscles se raidissaient, un sentiment d'horreur l'envahissait, et tout à coup, elle se souvenait. *Eh oui. Un nouvel automne qui commence.* Quel dommage. Avant, elle adorait l'automne.

« J'ai cru comprendre que vous alliez au parc, dit Lauren comme s'il s'agissait d'un lieu de rendez-vous mondain. Voilà, je me demandais si… »

Rachel ne pouvait pas le supporter.

« J'aimerais autant ne pas en parler, si ça ne vous dérange pas. Pas maintenant. Une autre fois ?

— Bien sûr », fit Lauren en rougissant.

Rachel regretta aussitôt d'avoir joué cette carte. Les rares fois où elle l'avait fait, elle s'était sentie minable.

« Je vais préparer le thé », dit-elle.

Puis elle commença à débarrasser.

« Je vais vous aider, proposa Lauren en se levant.

— Laissez, ordonna Rachel.

— Comme vous voudrez. »

Lauren coinça une mèche de cheveux derrière son oreille. C'était une jolie fille – blonde avec de beaux reflets roux. La première fois que Rob l'avait amenée chez Rachel pour faire les présentations, il rayonnait de fierté. Comme lorsque tout petit et joufflu, il rapportait sa dernière œuvre de l'école.

La tragédie qui avait frappé leur famille en 1984 aurait dû décupler l'amour de Rachel pour son fils, mais il n'en avait pas été ainsi. Comme si elle avait perdu sa capacité à aimer – jusqu'à la naissance de Jacob. À cette époque-là, elle entretenait des rapports parfaitement cordiaux avec Rob, mais c'était un peu comme une friandise à base de caroube : il suffisait d'y goûter pour savoir que ce n'était qu'une pâle copie du chocolat. Rob lui enlevait Jacob ? Bien fait pour elle. Elle n'avait qu'à mieux l'aimer. Pour votre pénitence, vous direz deux cents *Je vous salue Marie* et serez privée de votre petit-fils pendant deux ans. Il y avait toujours un prix à payer et Rachel n'avait jamais été épargnée. Pas de rabais. En 1984, son erreur lui avait coûté cher. Très cher.

Dans la pièce voisine, Jacob gloussait de plaisir. Son père devait le pendre par les pieds ou jouer à la bagarre, tout comme Ed l'avait fait avec lui.

« C'est le monstre Chatouille qui arrive ! » s'écria Rob.

Chaque éclat de rire flottait jusqu'au salon comme des milliers de bulles, emplissant Rachel et Lauren d'une gaieté contagieuse. C'était irrésistible, comme si le monstre les chatouillait elles. Leurs regards se croisèrent et le rire de Rachel se transforma en sanglots.

« Oh, Rachel », fit Lauren en esquissant un geste de réconfort, d'une main parfaitement manucurée. (Toutes les trois semaines, Madame passait son samedi à se faire bichonner – manucure, pédicure, massage et cetera. C'était « du temps pour elle », comme elle disait. Rob en profitait pour rendre visite à Rachel avec Jacob. Ils pique-niquaient dans le parc à côté de chez elle tous les trois.) « Je suis navrée, poursuivit-elle. Je sais à quel point Jacob va vous manquer, mais... »

Rachel reprit sa respiration et rassembla toutes ses forces pour se ressaisir, comme une alpiniste suspendue au bord d'une falaise qui fait un effort surhumain pour se hisser sur la terre ferme.

« Ne soyez pas ridicule, répondit-elle d'un ton si brusque que Lauren resta figée sur place. Je survivrai. C'est une occasion en or pour vous. »

Elle vida les restes peu ragoûtants de dessert dans une assiette et empila les autres.

« Pendant que j'y pense, qu'est-ce que vous attendez pour emmener Jacob chez le coiffeur ? »

Puis elle tourna les talons.

4

« John-Paul ? Tu es là ? » demanda Cecilia, le téléphone collé à l'oreille.

« Tu l'as ouverte ? » dit-il après un long silence d'une voix faible et aiguë, comme un petit vieux acariâtre sorti tout droit d'une maison de retraite.

« Non. Tu n'es pas mort, alors je me suis dit : pas la peine ! » répondit-elle sur un ton teinté de reproche malgré ses efforts pour paraître détachée.

De nouveau, un blanc. Puis une voix avec un fort accent américain : « Monsieur, par ici, s'il vous plaît. »

« Allô ?

— Est-ce que tu peux ne pas l'ouvrir, s'il te plaît ? Je l'ai écrite il y a des années, quand Isabel était bébé, si je me souviens bien. C'est plutôt embarrassant. Je croyais l'avoir égarée à vrai dire. Où l'as-tu trouvée ? »

Il semblait gêné, comme s'il parlait devant des gens qu'il ne connaissait pas bien.

« Tu n'es pas seul ?

— Si. Je suis au restaurant de l'hôtel ; je prends mon petit déjeuner.

— Je suis tombée dessus par hasard dans le grenier. Je cherchais mon petit bout du Mur de… Peu importe. J'ai renversé une de tes boîtes à chaussures et elle était là.

— J'ai dû l'écrire au moment où je préparais ma déclaration de revenus. Quel imbécile je fais. Je me souviens de l'avoir cherchée comme un fou. Je n'en revenais pas de l'avoir perdue… » Il s'interrompit. « Bon. »

Sa voix semblait si contrite, empreinte de tant de remords.

« Eh bien, ce n'est pas grave, dit-elle doucement, comme si elle s'adressait à une de ses filles. Mais, qu'est-ce qui t'a poussé à l'écrire ?

— Un coup de tête, rien de plus. J'étais très ému, je crois, avec l'arrivée de notre premier bébé. J'ai beaucoup repensé à mon père à ce moment-là, à tout ce qu'il n'a jamais dit avant de mourir. Les clichés habituels. Pour être honnête, je ne me rappelle pas vraiment ce qu'il y a dedans. Juste des choses un peu mièvres, sur mon amour pour toi.

— Dans ce cas, chéri, je peux bien la lire. Inutile d'en faire tout un plat, dit Cecilia, un rien honteuse de chercher à amadouer son mari.

— Je n'en fais pas tout un plat, mais, Cecilia, s'il te plaît, je te le demande le plus sérieusement du monde, n'ouvre pas cette lettre. »

Mon Dieu ! Quelle histoire ! Les hommes pouvaient se montrer tellement immatures sur le plan émotionnel.

« Okay, je ne l'ouvrirai pas. Espérons d'ailleurs que je n'aurai pas à le faire avant une bonne cinquantaine d'années !

— Tu mourras peut-être avant moi.

— Impossible ! Tu manges beaucoup trop de viande rouge. Ma main au feu que ton assiette déborde de bacon !

— Et moi, je parie que ce soir, tu as encore servi du poisson à ces pauvres gamines ! »

John-Paul avait beau plaisanter, il restait tendu.

« C'est papa ? fit Polly en entrant en trombe dans la cuisine. Il faut que je lui parle ! C'est urgent !

— Voilà Polly, dit Cecilia en essayant de garder le combiné. Polly, arrête. Attends une minute. Bon, on se parle demain. Je t'aime.

— Moi aussi », répondit John-Paul tandis que sa benjamine s'emparait du téléphone.

« Papa, dit Polly en quittant la pièce. Tu m'écoutes ? J'ai quelque chose à te dire ; même que c'est un secret. »

Sacrée Polly ! Il fallait toujours qu'elle fasse des secrets ! Et ce, depuis qu'elle avait appris à parler.

« Tu n'oublieras pas de le passer à tes sœurs ! » lui recommanda Cecilia.

Elle prit sa tasse de thé et mit l'enveloppe de côté, au bout de la table. La voilà renseignée. Rien de grave. À présent, elle allait ranger cette lettre et ne plus y penser.

John-Paul avait semblé gêné. Pas de quoi fouetter un chat. Au contraire, c'était mignon.

Bien sûr, maintenant qu'elle avait promis de ne pas l'ouvrir, elle ne pouvait plus se le permettre. Elle aurait mieux fait de se taire. Elle n'avait plus qu'une chose à faire : finir son thé et s'atteler à ses pâtisseries sans gluten.

Elle tira l'énorme livre d'Esther à propos du Mur de Berlin jusqu'à elle et commença à le feuilleter. La photo d'un jeune homme au visage angélique et grave à la fois lui rappela un peu John-Paul à l'époque où elle était tombée amoureuse de lui. Il disciplinait sa tignasse avec une grande quantité de gel et arborait toujours un air merveilleusement sérieux (même lorsqu'il était ivre, à savoir, très régulièrement). En comparaison, Cecilia se faisait parfois l'effet d'une petite écervelée. John-Paul avait mis un temps fou à se montrer sous un jour plus enjoué.

Le garçon sur la photo répondait au nom de Peter Fechter, maçon de dix-huit ans qui fut parmi les premiers à tomber sous les balles au cours d'une tentative d'évasion. Atteint au niveau du bassin, il se vida de son sang sur la « piste de la mort », côté Est, et ne succomba à ses blessures qu'au terme d'une longue agonie, sous les yeux de centaines de témoins de part et d'autre du Mur. Certains lui lancèrent de quoi panser ses plaies mais personne ne s'approcha pour lui porter secours.

« Pour l'amour du ciel », fit Cecilia en repoussant le livre d'un geste brusque. Esther n'était-elle pas trop jeune pour apprendre que de telles horreurs avaient eu lieu ?

Cecilia aurait aidé le pauvre Peter. Elle aurait foncé vers lui sans la moindre hésitation, appelé une ambulance, hurlé : « Qu'est-ce qui ne va pas chez vous ? »

Mais comment savoir ce qu'elle aurait fait, en réalité ? Probablement rien. Elle n'aurait pas couru le risque de se faire tirer dessus. Elle était mère de famille. Une mère se doit de rester en vie. D'ailleurs, les pistes de la mort ne faisaient pas partie de son vocabulaire. Pistes forestières, pistes cyclables, pistes de ski, d'accord, mais pistes de la mort ? Elle n'avait jamais été confrontée à une situation pareille. Pourvu que ça dure.

« Polly ! cria Isabel. Ça fait trois plombes que tu parles à papa ; tu le barbes ! »

Pourquoi fallait-il toujours qu'elles crient ? John-Paul manquait cruellement aux filles quand il s'absentait. Plus patient que Cecilia, il s'impliquait volontiers dans leurs jeux et leurs histoires de petites filles, et ce depuis leur plus jeune âge. Il pouvait passer des heures à jouer à la dînette avec Polly, allant jusqu'à boire son thé le petit doigt levé. Quand Isabel lui racontait en long, en large et en travers sa dernière brouille avec ses copines, il l'écoutait religieusement. Leur mère ne se donnait pas tant de peine. Aussi, le retour de John-Paul à la maison s'avérait un soulagement pour tout le monde. « Si tu les emmenais quelque part ? » suggérait Cecilia. Et ils partaient tous les quatre à l'aventure pour revenir tout crottés en fin de journée.

« Je le barbe pas, d'abord ! répondit Polly, outragée.

— Donne le téléphone à tes sœurs, Polly ! Et que ça saute ! »

Des bruits de bagarre dans le couloir. Puis Polly apparut dans l'encadrement de la porte de la cuisine. La mine boudeuse, elle vint s'asseoir près de sa mère.

Cecilia glissa la lettre de John-Paul dans le livre d'Esther et regarda l'adorable frimousse en forme de cœur de sa petite dernière. Du haut de ses six ans, Polly était d'une beauté déconcertante. Soit, John-

Paul était très séduisant (ce qui lui avait longtemps valu le surnom de « bel étalon ») et Cecilia plutôt pas mal. Mais sans trop savoir comment – les mystères de la génétique –, ils avaient donné naissance à une enfant belle à couper le souffle. Les cheveux noirs, les yeux d'un bleu étincelant, les lèvres couleur vermeil, Polly ressemblait à Blanche-Neige. Ses deux sœurs, avec leurs cheveux blond cendré et leurs taches de rousseur, étaient aussi très jolies. Mais personne ne se retournait sur leur passage. Polly, elle, attirait tous les regards. « Son joli minois la perdra ! » avait déclaré la mère de John-Paul la semaine précédente. Cecilia n'avait pas apprécié, même si elle comprenait ce qu'elle voulait dire. Difficile de rester soi-même quand on a ce que toutes les autres femmes rêvent d'avoir, non ? L'attention permanente dont les jolies filles faisaient l'objet ne les poussait-elle pas à adopter un port différent, une démarche plus chaloupée que la moyenne ? Cecilia détestait l'idée que Polly se mette à tortiller des fesses. Qu'elle coure, qu'elle saute, qu'elle trépigne, si ça lui chantait !

« Tu veux que je te dise le secret que j'ai dit à papa ? » demanda Polly à sa mère en battant des cils.

Aucun doute : Polly saurait user de ses charmes.

« Rien ne t'oblige à m'en parler.

— J'ai décidé d'inviter Mr Whitby à ma fête de pirates. »

Polly soufflerait ses sept bougies une semaine après Pâques. Depuis un bon mois, elle ne parlait plus que de sa fête de pirates.

« Polly, je t'ai déjà dit ce que j'en pensais. »

Polly en pinçait pour Mr Whitby, le professeur de sport de St Angela. Cecilia ne savait pas trop s'il fallait ou non s'inquiéter pour l'avenir sentimental de sa fille. N'aurait-elle pas dû craquer pour une pop star de quinze ou seize ans, plutôt que pour un homme au crâne rasé de l'âge de son père ? Il fallait bien reconnaître que Mr Whitby avait certains... attributs. Large d'épaules, le torse bien dessiné, il roulait à moto et avait une façon bien à lui de vous regarder quand il vous écoutait. Passait encore que les mères succombent à ses charmes – rares étaient celles qui y restaient insensibles –, mais de là à faire fondre ses élèves de six ans !

« Il n'est pas question d'inviter Mr Whitby. Ça le mettrait dans une position délicate. Ensuite, il se sentirait obligé d'accepter toutes les invitations.

— Il se sentirait pas obligé, pour ma fête.

— J'ai dit non.

— On en reparlera, dit Polly d'un ton désinvolte tout en sautant de sa chaise.

— Certainement pas ! » répondit Cecilia, mais Polly n'écoutait déjà plus.

Bon, songea-t-elle en soupirant. Elle avait beaucoup à faire. Elle se leva et récupéra l'enveloppe dans le livre d'Esther. D'abord, ranger cette maudite lettre.

Qu'avait-il dit, déjà ? Qu'il l'avait écrite juste après la naissance d'Isabel et qu'il ne se souvenait pas vraiment de ce qu'elle contenait. Soit. Isabel avait douze ans, et John-Paul était un homme distrait. Cecilia lui rappelait toujours mille choses.

Mais dans son for intérieur, elle savait qu'il avait menti.

5

« On n'a qu'à enfoncer la porte, maman », suggéra Liam d'une voix aiguë dans le silence de la nuit. « Ou casser une vitre avec un caillou. Attends… là, regarde, j'en ai trouvé un ! Regarde, maman, regarde, t'as vu…

— Chut ! Tais-toi un peu », fit Tess en tambourinant à la porte d'entrée.

Toujours pas de réponse.

Vingt-trois heures. Tess venait de se faire déposer devant chez sa mère avec Liam. La maison semblait déserte : les stores étaient baissés, aucune lumière ne filtrait de l'intérieur. À l'angle de la rue, un unique réverbère éclairait la nuit sans étoiles et sans lune. Seuls le chant plaintif d'une cigale qui résistait au début de l'automne et le lointain ronron de la circulation rompaient le calme sinistre du voisinage. Personne ne veille donc devant le dernier journal télévisé ? se demanda Tess, envahie par le doux parfum des gardénias de Lucy. Si la batterie de son téléphone n'était pas à plat, elle aurait pu appeler quelqu'un – un taxi au moins, histoire de se réfugier à l'hôtel. Ils n'allaient quand même pas entrer par effraction. D'autant que depuis quelques années, la mère de Tess ne plaisantait pas avec la sécurité. Elle avait dû faire installer une alarme. La sirène réveillerait tout le quartier.

J'y crois pas ; comment une chose pareille peut m'arriver, là, maintenant ?

Elle n'avait pas envisagé une seule seconde de se retrouver à la porte. Évidemment, elle aurait dû appeler sa mère pour l'informer de leur arrivée. Mais quelle soirée ! Il avait fallu réserver les billets, glisser quelques vêtements dans une valise, courir à l'aéroport, trouver la porte d'embarquement avec Liam qui trottinait à ses côtés en disant tout ce qui lui passait par la tête. Il était tellement excité ! Pendant le vol, impossible de le faire taire et, à présent, la fatigue le rendait presque délirant.

Dire qu'il croyait être en mission commandée pour sauver sa grand-mère !

« Mamie s'est cassé la cheville, lui avait annoncé Tess. On va passer quelque temps chez elle pour l'aider.

— Et l'école ?

— Tu peux bien manquer quelques jours. »

Le visage de Liam s'était illuminé, comme un sapin de Noël. Tess s'était bien entendu gardée de lui parler de St Angela.

Après le départ de Felicity, Tess était montée emballer quelques affaires avec Liam, laissant Will, livide, déambuler dans la maison en reniflant.

Il avait profité d'un moment où elle était seule pour essayer de lui parler. Elle s'était tournée vers lui et, tel un cobra qui se dresse pour attaquer, avait sifflé entre ses dents : « Laisse-moi tranquille.

— Je suis désolé, avait-il répondu en reculant. Si tu savais à quel point je suis désolé. »

Désolé ! Il n'avait que ce mot à la bouche. Entre lui et Felicity, elle avait dû l'entendre une bonne centaine de fois à présent.

« Au cas où tu aurais le moindre doute, avait-il ajouté à voix basse, je te jure, tu m'entends, je te jure que nous n'avons jamais couché ensemble.

— Tu l'as déjà dit, Will. Je ne comprends pas pourquoi tu t'imagines que ça rend les choses plus acceptables. C'est encore pire, en fait. Comme si j'avais pensé deux secondes que mon mari et ma cousine allaient s'envoyer en l'air ! Tu voudrais que je vous remercie, peut-être ? Pour l'amour du ciel, fit-elle d'une voix tremblante, arrête un peu.

— Je suis désolé », répéta-t-il en s'essuyant le nez avec la main.

Devant Liam, Will s'était comporté tout à fait normalement. Il l'avait aidé à trouver sa casquette de base-ball préférée puis, au moment de monter dans le taxi, lui avait fait une prise de judo avant de le serrer dans ses bras, comme le font les pères avec leurs petits garçons. Pas étonnant que Will ait pu cacher sa pseudo-liaison avec Felicity si longtemps, s'était dit Tess en l'observant. La vie de famille, même avec un seul enfant, est réglée au millimètre, si bien qu'on peut parfaitement passer en mode automatique et faire illusion, même quand on a la tête ailleurs.

Et voilà qu'à présent elle se retrouvait coincée au beau milieu de la banlieue résidentielle de Sydney avec un garçon de six ans totalement incontrôlable.

« Bon, fit-elle doucement. Je crois que la seule chose à faire, c'est… »

Quoi, au juste ? Réveiller un voisin ? Prendre le risque de déclencher l'alarme ?

« Attends ! » l'interrompit Liam en posant le doigt sur ses lèvres. Ses grands yeux foncés brillaient comme des billes. « J'entends du bruit à l'intérieur. »

Liam colla l'oreille à la porte, bientôt imité par sa mère.

« Tu entends ? »

Tess percevait en effet un drôle de bruit sourd et régulier venant de l'étage.

« C'est sûrement les béquilles de mamie », dit-elle.

Sa pauvre maman. L'obliger à s'extraire de son lit, dans son état. Sans compter que sa chambre se situait à l'autre bout de la maison. Tout ça, c'était leur faute, à ces deux salauds.

Ça remontait à quand exactement, leur histoire ? Y avait-il eu un moment où tout avait basculé ? Comment avait-elle pu passer à côté alors qu'elle les voyait ensemble jour après jour ? La dernière fois que Felicity était restée dîner, le vendredi précédent, Will s'était montré moins bavard que d'habitude. Tess avait mis ça sur le compte de ses douleurs de dos. Et de la fatigue. Ils avaient tous bossé comme des fous. Felicity, elle, avait l'air en très grande forme. Rayonnante, même. Tess s'était surprise à la dévisager à plusieurs reprises. Tout en elle irradiait : son rire, sa voix.

Pourtant, Tess ne s'était pas méfiée. Naïvement, elle avait pensé que son mari l'aimait. Qu'elle pouvait se permettre de porter son vieux jean et le tee-shirt noir qui, selon Will, lui donnait des airs de motarde. De le taquiner sur sa mauvaise humeur. Après tout, il lui avait fouetté les fesses avec le torchon tandis qu'ils remettaient de l'ordre dans la cuisine ce soir-là.

Ils n'avaient pas vu Felicity jusqu'au lundi matin, ce qui était inhabituel. Pas eu le temps, avait-elle dit. Le froid et la pluie les avaient dissuadés de sortir. Ils avaient passé le week-end à la maison avec Liam, à regarder la télévision, jouer à la bataille et faire des pancakes. Un moment agréable en somme. À moins que…

Voilà pourquoi Felicity rayonnait vendredi : elle était amoureuse.

La porte d'entrée s'ouvrit pour laisser apparaître Lucy dans une robe de chambre bleue matelassée. « Ma parole ! » fit-elle, les yeux plissés, le visage déformé par la douleur et l'épuisement, en s'appuyant de tout son poids sur ses béquilles.

Voyant la cheville bandée de sa mère, Tess l'imagina se traîner hors du lit et partir clopin-clopant à la recherche de sa robe de chambre et de ses cannes.

« Oh, maman, dit-elle, je suis désolée.

— De quoi ? Qu'est-ce que vous fabriquez là ?

— On est venus… »

Sa gorge se noua.

« Pour t'aider, mamie s'écria Liam. À cause de ta cheville ! Même qu'on a pris l'avion dans le noir !

— Eh bien, c'est très gentil de votre part, mon chéri. Entrez, entrez, fit Lucy en se poussant pour les laisser passer. Désolée de vous avoir fait attendre. Je ne me débrouille pas très bien, avec ces satanées béquilles. Elles me font affreusement mal aux aisselles. Moi qui croyais pouvoir sauter comme un cabri. Liam, va allumer la lumière dans la cuisine. On va se faire un bon lait chaud et des toasts à la cannelle.

— Super ! » Liam se faufila entre sa mère et sa grand-mère et, sans raison apparente, se mit à marcher d'un pas saccadé, comme un robot. « Reçu – cinq – sur – cinq. Déclenchement – opération – toasts – cannelle. »

Tess rentra leurs bagages.

« Je suis désolée, reprit-elle en regardant sa mère. J'aurais dû te prévenir. Cette cheville, c'est très douloureux ?

— Que s'est-il passé ?

— Rien.

— À d'autres.

— Will.

— Ma petite fille chérie. »

Esquissant un geste de tendresse, Lucy pencha dangereusement en avant.

« Une cheville, ça suffit », dit Tess en l'aidant à reprendre son équilibre. Le parfum familier de sa mère – ce mélange musqué de dentifrice, de savon et de crème – envahit ses narines. Derrière elle, Tess aperçut une photographie encadrée de deux fillettes en communiantes. Affublées d'un voile et de la traditionnelle robe blanche en dentelle, Tess et Felicity, alors âgées de sept ans, joignaient pieusement les mains devant leur poitrine. Tante Mary avait accroché le même portrait dans son entrée. Aujourd'hui, Felicity se disait athée et Tess non pratiquante.

« Allez, ma chérie, raconte-moi tout.

— Will, dit Tess. Will et, et…

— Felicity ? C'est bien ça ? Je vois », dit-elle en donnant un grand coup de béquille sur le sol qui fit trembler le cadre. « La petite salope. »

1961. La guerre froide est à son apogée. Des milliers d'Allemands de l'Est fuient vers l'Ouest. « Personne n'a l'intention de construire un mur », annonce Walter Ulbricht, président du Conseil d'État de la RDA. Interloqués, les gens échangent des regards inquiets. Quoi ? Un mur ? Qui parle d'un mur ? Des milliers d'autres font leurs valises.

Sydney, Australie. Assise sur le haut mur qui surplombe la plage de Manly, la jeune Rachel Fisher balance distraitement ses longues jambes bronzées tandis qu'à son côté, son petit ami, Ed Crowley, feuillette le Sydney Morning Herald. *Il ne s'arrête pas sur l'article rapportant les derniers développements en Europe. C'est si loin, l'Europe.*

Enfin, il rompt le silence : « Hé, Rachel, ça te dirait quelque chose dans le genre ? » demande-t-il en lui mettant le journal sous les yeux.

Rachel baisse la tête et découvre une publicité en pleine page pour la joaillerie Angus & Coote. Au milieu, une bague de fiançailles. Elle manque tomber à la renverse.

Ils étaient partis. Rachel était au lit, le téléviseur allumé, un magazine féminin sur les genoux, une tasse de thé Earl Grey et la boîte de macarons que Lauren avait apportée sur la table de chevet. Elle aurait dû en proposer à la fin du repas, mais elle n'y avait pas pensé. Quoique. C'était peut-être un oubli délibéré. Rachel n'aurait su dire à quel point sa bru lui déplaisait. Peut-être la détestait-elle carrément.

Vas-y en solo, à New York ! Toi qui adores avoir du temps pour toi, deux ans, ça devrait te faire plaisir, non ?

Rachel prit la boîte sur sa table de chevet et inspecta les six gâteaux colorés. Qu'avaient-ils de si extraordinaire ? Apparemment, il n'y avait pas plus tendance comme gourmandise. Enfin, pour quelqu'un qui s'intéresse aux tendances. Ceux-là provenaient d'une boutique du centre-ville où les gens n'hésitaient pas à faire la queue pendant des heures. Les imbéciles ! À croire qu'ils n'avaient rien d'autre à faire. Cela dit, ce n'était pas le genre de Lauren, d'attendre sur le trottoir. Madame avait un agenda de ministre ! Maintenant qu'elle y pensait, Rachel se rappelait vaguement avoir entendu Lauren lui raconter comment elle s'était procuré ces macarons. Mais elle n'écoutait sa bru que d'une oreille, sauf quand elle lui parlait de Jacob.

Elle en prit un rouge et y goûta du bout des dents.

« Mmm, divin », grommela-t-elle. Et, pour la première fois depuis une éternité, un plaisir charnel l'envahit. Elle prit une autre bouchée. Plus grosse, cette fois. « Jouissif ! » fit-elle en riant. Voilà qui expliquait les files d'attente interminables devant la boutique. La crème fondante au goût de framboise était comme une délicieuse caresse sur sa peau ; la meringue, légère et délicate, fondait dans la bouche, comme un nuage. Exquis.

Une minute. Qui avait dit ça ?

« C'est comme manger un nuage, maman ! » Et ce visage extasié...

Janie. Elle avait quoi... dans les quatre ans ? Sa première barbe à papa. Au Luna Park ? À la fête de la paroisse ? Difficile à dire ; l'arrière-plan de ce souvenir restait flou. Rachel ne voyait que la frimousse rayonnante de Janie qui s'exclamait : « C'est comme manger un nuage, maman ! »

Le macaron lui échappa et Rachel plongea en avant, comme pour esquiver un coup. Trop tard. Un choc brutal, comme elle n'en avait pas connu depuis longtemps. Une déferlante de souffrance, aussi vive, aussi atroce qu'au lendemain du drame. La première année, lorsqu'elle se réveillait, elle avait tout oublié. Mais le répit ne durait qu'un instant. À peine posait-elle le pied à terre que la réalité la frappait de plein fouet : Janie n'était pas dans sa chambre au bout du couloir à s'asperger de déodorant et à se tartiner de fond de teint orange en se dandinant sur un disque de Madonna.

Un sentiment d'injustice intolérable, effroyable, lui déchira le cœur. *Ma fille ne goûtera jamais ces stupides gâteaux ; elle ne fera jamais carrière, n'ira jamais à New York.*

Un étau d'acier se resserra autour de sa poitrine, l'empêchant de respirer. Mais malgré la peur panique qui l'étreignait, la voix de l'expérience, lasse mais calme, se fit entendre : *Tu es déjà passée par là. Tu n'en mourras pas. Tu as l'impression de suffoquer, mais en réalité, tu respires. Tu as le sentiment que tu ne cesseras jamais de pleurer mais un jour, tes larmes ne couleront plus.*

Peu à peu, l'étau se desserra. Juste assez pour que Rachel reprenne son souffle. Cette sensation d'étouffement ne disparaissait jamais complètement, réalité qu'elle avait acceptée depuis longtemps. Son chagrin l'asphyxierait jusqu'au jour de sa mort. Elle ne souhaitait pas qu'il en soit autrement. Son supplice était la preuve que Janie avait bel et bien existé.

Elle repensa aux cartes de vœux qu'ils avaient reçues la première année. *Un joyeux Noël et une bonne année à tous les trois.*

Comme si le vide laissé par Janie pouvait être colmaté comme une vulgaire fissure ! *Joyeux Noël* ! À quoi pensaient-ils, bon sang ? Elle avait déchiré chacune de ces cartes en mille morceaux tout en proférant d'horribles injures.

« Maman, laisse tomber, ils ne savent pas quoi dire d'autre, c'est tout », avait répété Rob avec lassitude. La tristesse lui tirait les traits, si bien qu'à tout juste quinze ans et malgré ses boutons d'acné, il en paraissait cinquante.

Rachel balaya les miettes qui jonchaient ses draps d'un revers de la main. « Des miettes ! Pour l'amour du ciel, regarde ces miettes ! » aurait pesté son mari qui trouvait immoral que l'on puisse manger au lit. S'il savait que Rachel y regardait aussi la télévision, il se retournerait dans sa tombe. « Faiblesse ! Dépravation ! » s'écrierait-il. Pour Ed, la chambre servait à trois choses : le recueillement – à genoux, le front baissé, il débitait ses prières à toute vitesse, histoire de ne pas Lui faire perdre trop de temps –, l'accouplement – de préférence tous les soirs – et le sommeil. Dans cet ordre, évidemment.

Elle alluma le poste.

Un documentaire sur le Mur de Berlin.

Trop triste.

Un de ces sordides magazines de faits divers.

Plutôt mourir.

Une sitcom tous publics.

Pourquoi pas ? Mais bientôt, une vive scène de ménage éclata ; mari et femme hurlaient, leurs voix aiguës lui cassaient les oreilles. Rachel zappa de nouveau. Une émission culinaire. Elle baissa le son. Depuis qu'elle vivait seule, elle ne s'endormait jamais sans la télévision. La banalité réconfortante des voix qui murmuraient et le tressautement des images éloignaient le sentiment de terreur absolue qui la saisissait parfois.

Elle s'allongea sur le côté et ferma les yeux. Elle dormait les lumières allumées. Après la mort de Janie, elle n'avait plus supporté le noir. Ed non plus. Impossible pour eux d'aller se coucher comme tout le monde. Ils devaient faire comme si c'était « pour de faux », comme s'ils n'allaient pas vraiment dormir.

Derrière ses paupières closes, elle imagina Jacob accroupi dans une rue de New York, vêtu de sa salopette en jean, ses petites mains dodues sur les genoux à observer la vapeur s'échapper d'une bouche d'égout. Risquait-il de se brûler ?

Ce soir au dîner, qui avait-elle pleuré ? Janie ou Jacob ? Tout ce qu'elle savait, c'était qu'une fois privée de son petit-fils, son existence redeviendrait invivable, à ceci près que – et c'était là le pire – elle n'en mourrait pas ; elle verrait, jour après jour, le soleil se lever puis se coucher sans que sa fille puisse assister à ce magnifique spectacle.

As-tu demandé après moi, Janie ?

L'idée que sa fille l'avait réclamée dans son dernier soupir la torturait comme la pointe d'un couteau qui transperce les entrailles.

Elle avait lu quelque part qu'avant de mourir sur le champ de bataille, les soldats blessés suppliaient qu'on leur donne de la morphine et qu'on fasse venir leur mère. Les Italiens criaient plus fort que les autres : « *Mamma mia !* »

Oubliant ses douleurs de dos, Rachel se redressa brusquement et sauta du lit, vêtue, comme toujours depuis qu'elle était veuve, d'un pyjama qui avait appartenu à Ed. Il ne sentait plus vraiment son odeur, mais avec un effort, elle parvenait encore à se persuader du contraire.

Elle s'agenouilla devant la commode pour en sortir un vieil album de photos dont la couverture en plastique souple, d'un vert passé, trahissait l'âge.

Elle se remit au lit et commença à le feuilleter lentement. Janie qui rit aux éclats. Janie qui danse. Janie qui se lèche les doigts. Janie qui boude. Janie et ses amis.

Dont lui. Ce garçon plein de taches de rousseur qui la regardait comme si elle venait de faire un bon mot. Qu'avait-elle dit ? Rachel ne pouvait pas s'empêcher de se poser la question. Que lui as-tu dit, Janie ?

Elle posa un doigt noueux sur le visage souriant du jeune homme puis referma lentement sa main marquée par la vieillesse en un poing vengeur.

6 avril 1984

Par ce frais matin d'avril, Janie Crowley sauta du lit pour bloquer la porte de sa chambre en calant le dossier de sa chaise sous la poignée. Inutile de courir le risque que ses parents entrent sans prévenir. Puis, à genoux près de son lit, elle récupéra une boîte bleu clair sous son matelas et en sortit un minuscule comprimé jaune qu'elle observa tranquillement au bout de son doigt avant de le poser religieusement sur sa langue, telle une fidèle qui communie. Elle remit la boîte dans sa cachette, replongea dans son lit tout chaud et alluma son radio-réveil qui diffusait une version grésillante de *Like a Virgin*.

La petite pilule avait un goût artificiellement sucré, un goût délicieusement coupable.

« Tu dois concevoir ta virginité comme un don. Ne l'offre pas à n'importe qui », lui avait dit Rachel au cours d'une de ces conversations où elle jouait à la mère cool. Comme si sa fille pouvait coucher avant le mariage sans que ça pose le moindre problème ! Son père prierait à genoux pendant neuf jours rien qu'à l'idée qu'un homme puisse toucher sa petite fille pure et chaste.

Mais Janie n'avait aucunement l'intention de se faire déflorer par n'importe qui. Bien au contraire. Les candidats en lice avaient fait l'objet d'une étude de cas rigoureuse et aujourd'hui, elle devait aviser l'heureux élu de son choix.

Le bulletin d'informations commença. C'était d'un ennui ! Rien qui mérite qu'on s'y attarde, sauf peut-être la naissance du premier bébé-éprouvette canadien. L'Australie avait déjà réussi cette prouesse ! Et toc ! (Janie avait des cousins canadiens plus âgés qui lui donnaient toujours un sentiment d'infériorité avec leurs manières délicates et sophistiquées et leur accent pas tout à fait américain.) Elle se redressa, attrapa son agenda et y dessina un bébé à l'étroit dans un long tube à essai. Les mains contre la paroi en verre, la bouche grande ouverte, il s'écriait : *Laissez-moi sortir, laissez-moi sortir !* Ça ferait bien rire les filles au lycée, songea-t-elle en refermant son agenda. L'idée d'un bébé-éprouvette avait quelque chose de répugnant. Elle repensa au jour où le professeur de biologie, en plein cours sur la reproduction, avait parlé d'« œufs ». Beurk ! Le pire dans tout ça ? Le prof en question était un HOMME. Un homme qui parlait d'ovules en disant « œufs ». Totalement dé-pla-cé. Janie et ses copines étaient furieuses. Sans compter qu'il rêvait probablement de laisser son regard s'attarder sur leurs décolletés. Elles ne l'avaient jamais pris en flagrant délit, mais elles sentaient son désir lubrique peser sur elles.

Dire que Janie allait mourir dans tout juste huit heures. C'était d'autant plus triste que, depuis quelque temps, elle se montrait particulièrement désagréable. Elle qui avait toujours été si mignonne, timide et douce. Et puis, en mai dernier, autour de ses dix-sept ans, elle s'était changée en garce. Elle en avait d'ailleurs vaguement conscience, mais c'était plus fort qu'elle. Tout la terrifiait – l'université, le permis de conduire, un simple coup de fil pour prendre rendez-vous chez le coiffeur. Ses hormones la rendaient dingue et tant de garçons, un rien trop agressifs, lui tournaient autour. C'était à la fois plaisant – se pouvait-il qu'ils la trouvent jolie ? – et déroutant, car son miroir lui renvoyait l'image d'un visage quelconque, voire carrément ingrat, et d'une silhouette maigre et dégingandée. Une fille du lycée lui avait dit qu'elle ressemblait à une mante religieuse. Et c'était vrai : ses membres étaient démesurément longs. Ses bras, surtout.

Et puis, sa mère se comportait bizarrement en ce moment. Elle s'était toujours entièrement consacrée à Janie – ce qui était très agaçant –, mais depuis peu, elle semblait avoir la tête ailleurs. Franchement, à quarante ans, que pouvait-il se passer de si intéressant dans sa vie ? Janie supportait mal de ne plus être le centre d'attention de sa mère. Elle était même blessée, sans en avoir nécessairement conscience. En tout cas, elle ne l'aurait jamais admis.

Si seulement elle n'était pas morte ! Rachel serait redevenue cette mère aimante et dévouée, et Janie, deux ou trois ans plus tard, une charmante jeune fille. Elles auraient été très proches et Janie aurait enterré sa mère. Pas l'inverse.

Si elle n'était pas morte, elle aurait goûté aux drogues douces, frayé avec les mauvais garçons, essayé l'aquagym, le jardinage, les injections de Botox, le sexe tantrique. Au cours de sa vie, elle aurait eu trois accidents de voiture sans gravité, trente-quatre vilains rhumes et deux opérations lourdes. Elle aurait fait une bonne graphiste – sans plus –, une plongeuse téméraire, une campeuse geignarde, une adepte de la randonnée dans le bush, une pionnière des produits Apple. Elle aurait divorcé de son premier mari, donné naissance à des jumeaux-éprouvette avec le second. Elle aurait posté une photo d'eux sur Facebook pour ses cousins canadiens tout en souriant au souvenir que lui évoquaient les mots « bébé-éprouvette. » Elle se serait fait appeler Jane à vingt ans et de nouveau Janie à trente.

Elle aurait voyagé, suivi régime sur régime, dansé, cuisiné, ri, pleuré, regardé la télé. Fait de son mieux.

Mais rien de tout cela n'arriverait, car elle vivait son dernier jour. Voir ses amies se donner en spectacle, le visage strié de larmes noires de mascara au pied de sa tombe, dans une démonstration orgiaque de chagrin, lui aurait certes fait plaisir, mais elle aurait vraiment préféré avoir la chance de découvrir ce que la vie lui réservait.

MARDI

6

Cecilia écouta la messe d'adieu à sœur Ursula d'une oreille distraite, incapable d'ignorer les pensées érotiques qui l'assaillaient.

Oh, rien d'obscène. Des pratiques tout ce qu'il y a de plus sages, prescrites par le mariage, approuvées par le pape. Mais quand même.

Cela n'aurait probablement pas été du goût de la défunte.

Les mains posées sur le pupitre, l'air grave, le père Joe observait les quelques fidèles regroupés dans l'église – même si, honnêtement, on pouvait se demander qui pleurait vraiment la religieuse. « Sœur Ursula était entièrement dévouée aux enfants de St Angela », dit-il en cherchant le regard approbateur de Cecilia qui lui adressa un petit sourire rassurant.

Difficile de comprendre ce qui avait poussé un bel homme de trente ans comme le père Joe à entrer dans les ordres. À faire vœu de célibat.

Oups ! Décidément, tout la ramenait au sexe.

Cecilia s'était rendu compte que quelque chose allait de travers dans leur vie sexuelle au Noël précédent. Étrangement, John-Paul et elle n'arrivaient jamais à se coucher au même moment. Soit il veillait tard, accaparé par son travail ou Internet, et elle s'endormait avant qu'il la rejoigne, soit il annonçait de but en blanc qu'il était épuisé, à vingt et une heures, et allait au lit sans plus de cérémonie. Les semaines passant, Cecilia se disait de temps à autre « Eh bien ! Ça fait un petit moment, maintenant ! » mais elle n'y pensait jamais longtemps.

Et puis, il y avait eu ce fameux soir de février. En rentrant d'un dîner bien arrosé avec d'autres mamans d'élèves de CM1 – elle n'avait pas conduit, cela va sans dire –, Cecilia s'était allongée tout contre lui et avait pris les choses en main. John-Paul l'avait repoussée en marmonnant : « Mort de fatigue. Laisse-moi, tu es ivre. » Ça l'avait fait rire et elle s'était endormie sans se formaliser. La prochaine fois qu'il aurait envie de lui faire l'amour, elle lui ferait une petite remarque taquine, du genre : « Ah, ce soir, tu ne dis pas non ! » Enfin, c'était ce qu'elle avait prévu, car il ne lui en avait jamais donné l'occasion. Depuis, elle comptait les jours en se demandant ce qui se passait.

Cela devait bien faire six mois à présent. Plus le temps passait, plus elle se sentait perdue. Pourtant, lorsqu'elle essayait de lui en parler, quelque chose l'en empêchait. Contrairement à beaucoup d'autres couples, ils ne s'étaient jamais disputés à cause du sexe. Cecilia n'en faisait ni une arme ni une monnaie d'échange. Entre eux, c'était simple, harmonieux, évident. Elle ne voulait pas gâcher ça.

Peut-être craignait-elle ses explications.

Ou, pire, son silence. Comme l'année précédente, lorsque John-Paul s'était mis à l'aviron. Il adorait ça. Tous les dimanches, il rentrait à la maison absolument ravi. Et puis, subitement, sans raison, il avait quitté l'équipe. « Je ne veux pas en parler, avait-il dit quand elle avait cherché à comprendre. Inutile d'insister. »

Il était si étrange parfois.

Mais Cecilia ne s'était pas appesantie sur le sujet. Les hommes n'étaient-ils pas tous étranges à certains moments ?

Et puis, six mois, ce n'était pas si long que ça. Pour un couple de quadragénaires mariés, s'entend. Penny Maroni, qui l'avait ramenée chez elle ce fameux soir de février, lui avait confié qu'elle et son mari faisaient l'amour une fois par an, et encore.

Pourtant, ces derniers temps, Cecilia s'était sentie comme un garçon de quinze ans en proie à ses hormones : obnubilée par le sexe. Elle visualisait des scènes érotiques en permanence. En payant la note au restaurant, par exemple. Quelques jours plus tôt, tandis qu'elle parlait avec d'autres parents de la prochaine sortie scolaire à Canberra, elle s'était rappelé la fois où, dans un hôtel de la capitale, John-Paul l'avait attachée au cadre du lit avec la bande en plastique bleue destinée à la rééducation de sa cheville. Ils avaient oublié ladite bande dans la chambre.

Aujourd'hui encore, la cheville de Cecilia claquait dans certaines positions.

Le cas du père Joe restait un mystère pour elle qui, malgré la menace de la ménopause et une vie de famille harassante, ne rêvait que d'une chose : faire l'amour ! Comment cet homme, qui semblait dans une forme olympique et dormait tout son soûl, faisait-il pour supporter l'abstinence ?

La masturbation ? Pas sûr que les prêtres aient le droit de s'adonner à cette pratique, probablement jugée contraire à leur vœu de célibat par l'Église.

D'ailleurs, l'Église ne considérait-elle pas la masturbation comme un péché, qu'on soit prêtre ou pas ? Voilà une question à laquelle Cecilia devrait savoir répondre. Du moins, d'après ses amis non catholiques qui voyaient en elle une Bible ambulante.

Pour être honnête, Cecilia n'était plus très sûre de sa ferveur religieuse – en admettant qu'elle prenne le temps de s'interroger sur ce point. Le Créateur n'assurait plus vraiment depuis un bon moment. Il n'y avait qu'à voir les horreurs qui pouvaient arriver aux enfants, jour après jour, aux quatre coins du monde. Impardonnable.

Le petit Spiderman, par exemple.

Elle ferma les yeux pour chasser cette image de son esprit.

Et qu'on ne lui sorte plus le couplet sur le libre arbitre et les voies soit-disant impénétrables du Seigneur ! Voilà belle lurette qu'elle Lui aurait adressé une lettre de réclamation bien sentie s'Il disposait d'un service après-vente ! *Ne comptez pas sur moi pour Vous faire de la pub.*

Elle regarda le père Joe, dont le visage glabre respirait l'humilité. Selon lui, s'interroger sur ses croyances était une démarche passionnante. Pourtant, Cecilia trouvait que ses doutes manquaient singulièrement de pertinence. Après tout, rien ne pouvait ébranler sa foi en son monde à elle : St Angela, l'école, la paroisse, la communauté tout entière. « Aimez-vous les uns les autres » n'était-il pas un joli précepte selon lequel mener sa vie ? Sans parler du charme intemporel des cérémonies religieuses. Elle avait toujours défendu les couleurs de l'Église catholique. De là à dire que de là-haut, le patron – ou la patronne, pour ce qu'elle en savait – faisait du bon boulot, c'était une autre histoire.

Pourtant, de l'avis de tous, Cecilia était catholique jusqu'au bout des ongles.

Quelques jours plus tôt, tandis qu'ils dînaient en famille, Cecilia avait évoqué en passant la première communion de Polly, prévue pour l'année suivante. Bridget lui avait dit : « C'est fou que tu sois devenue si catho ! » Venant de sa sœur qui, à l'école, courait au catéchisme comme d'autres courent au manège, c'était un peu fort de café !

Cecilia lui aurait donné un rein sans hésiter, mais parfois, elle mourait d'envie de la coincer sur un lit et de lui coller un oreiller sur la tête – une méthode largement éprouvée dans leur enfance. À l'époque, Bridget se tenait tranquille ! Hélas, à l'âge adulte, on doit refréner ses désirs.

Bridget lui ferait aussi don d'un rein si nécessaire. Mais elle passerait sa convalescence à se plaindre, exigerait que Cecilia paie toutes ses dépenses et lui rappellerait sa dette envers elle à la moindre occasion.

Le père Joe venait de conclure. Les fidèles dispersés dans l'église se levèrent pour le chant final. On entendit quelques soupirs discrets et des raclements de gorge contenus accompagnés de craquements de genoux. Cecilia croisa le regard de Melissa McNulty de l'autre côté de l'allée centrale. Celle-ci leva les sourcils, l'air de dire : Avec les vies qu'on mène, on est des saintes d'être venues à l'enterrement de cette affreuse bonne sœur, non ?

Cecilia lui répondit d'un léger haussement d'épaules désabusé qui signifiait : A-t-on vraiment le choix ?

Elle avait laissé la commande de Tupperware de Melissa dans sa voiture. Elle devait penser à la lui remettre à la sortie de l'église. Elle en profiterait pour lui rappeler de s'occuper de Polly à la danse cet après-midi. Elle-même devait emmener Esther chez l'orthophoniste et Isabel chez le coiffeur. À ce propos, Melissa serait bien inspirée d'y faire un saut. Ces racines noires, quelle horreur ! Cecilia, d'ordinaire plus charitable, n'aurait probablement rien remarqué si, le mois précédent, alors qu'elles donnaient de leur temps à la cantine, son amie ne s'était pas plainte de son mari qui voulait faire l'amour tous les deux jours. Régulier comme un coucou, avait-elle dit.

Tout en fredonnant l'hymne, Cecilia repensa à la réflexion de sa sœur pendant le dîner et comprit pourquoi ça l'avait chagrinée.

La faute à cette histoire de sexe. Car si elle ne faisait plus l'amour, Cecilia n'était plus qu'une mère pas cool habillée comme une mémé. Oh, et puis d'abord, elle ne s'habillait pas comme une mémé ! La veille encore, un camionneur l'avait sifflée tandis qu'elle traversait en courant au feu rouge.

Si, si. Le sifflement lui était bien destiné. Elle avait regardé aux alentours et n'avait trouvé ni plus jeune ni plus jolie qu'elle ! Il faut dire que la semaine précédente, Cecilia avait fait une expérience on ne peut plus déconcertante : tandis qu'elle se promenait avec ses trois filles au centre commercial, elle avait entendu quelqu'un siffler et vu Isabel rougir malgré ses efforts pour regarder droit devant elle. Isabel avait poussé d'un coup. Déjà aussi grande que Cecilia, elle commençait à avoir des formes : sa taille était marquée, ses hanches et ses seins s'arrondissaient. Depuis quelque temps, elle se faisait une queue-de-cheval haute et portait une frange épaisse qui lui tombait sur les yeux. Une vraie jeune fille, en somme. Ce qui n'échappait ni à sa mère ni à la gent masculine.

Ça commence, s'était dit Cecilia tristement. Elle aurait voulu lui donner un bouclier – comme ceux de la police antiémeute – pour la protéger de l'attention des hommes, lui épargner les regards insistants qui donnent l'impression d'être évaluée en permanence dans la rue et les commentaires dégradants lancés par les automobilistes. Une discussion mère-fille s'imposait, mais elle qui, aujourd'hui encore, était partagée sur la question ne savait pas quel discours tenir. Ce n'est pas grave ? Ou au contraire, c'est inadmissible ? Ils n'ont aucun droit de te traiter comme ça ? Ou, ignore-les, un jour, tu auras quarante ans, tu te rendras compte que tu ne sens plus ces regards sur toi, tu te sentiras soulagée, libérée, mais quelque part, ça te manquera, et quand un camionneur te sifflera dans la rue, tu te demanderas : *C'est pour moi ? Vraiment ?*

Quand même, il lui avait semblé sincère et avenant, ce sifflement.

Cela dit, ce n'était guère reluisant de passer tout ce temps à le décortiquer.

Bon, en tout cas, elle n'était pas inquiète quant à la fidélité de John-Paul. Pas inquiète du tout. Il ne la trompait pas. Aucun risque. Même infime. Il n'aurait pas le temps ! Ce n'était pas si facile de caser une maîtresse.

Quoique, il lui arrivait de voyager. Se pouvait-il qu'il voie quelqu'un d'autre lors de ses déplacements ?

Le cercueil de sœur Ursula remonta l'allée centrale, porté par quatre jeunes hommes impassibles en costume-cravate. Larges d'épaules, les cheveux en bataille, ces beaux garçons qu'on disait être les neveux de la religieuse – difficile d'imaginer qu'ils partageaient le même ADN – avaient probablement passé la messe à rêver de sexe eux aussi. Libido oblige. Le plus grand, avec ses yeux noirs brillants, était particulièrement craquant…

Au secours ! La voilà qui s'imaginait en train de coucher avec le porteur de cercueil ! Un gamin, à le voir. Probablement encore au lycée. Ses pensées, inappropriées et immorales, n'étaient-elles pas en plus illégales ? (Était-il interdit de penser ? De désirer le neveu de son ancienne institutrice de CM2 ?)

John-Paul rentrerait de Chicago vendredi ; ils feraient l'amour tous les soirs. Objectif : se redécouvrir. Ce serait génial. Comme avant. Cecilia était toujours partie du principe que, question sexe, ils surpassaient tous les autres couples. Ce qui la mettait de bonne humeur lors des événements organisés par l'école.

John-Paul ne trouverait pas de meilleure amante. (Cecilia avait lu de nombreux livres. Elle s'informait sur les dernières pratiques en vogue comme d'autres actualisaient leurs compétences professionnelles.) Il n'avait nul besoin d'aller voir ailleurs. Sans compter qu'il n'était pas du genre à braver les interdits – il ne traverserait au rouge pour rien au monde, par exemple ! L'adultère n'avait pas sa place dans son monde. Il ne ferait jamais une chose pareille.

Cette lettre n'avait rien à voir avec une éventuelle aventure. Elle n'y pensait même plus. Inquiète, elle ? Pas le moins du monde. Ce court instant, la veille, pendant lequel elle s'était dit qu'il mentait, n'avait existé que dans sa tête. L'embarras de John-Paul au téléphone tenait à la distance qui les séparait. C'était un peu bizarre de se parler d'un bout à l'autre de la planète, l'un prêt à attaquer sa journée, l'autre à se coucher.

Découvrirait-elle un terrible secret si elle lisait la lettre ? L'existence d'une autre famille cachée, par exemple ? Impossible ! Il fallait être super-organisé pour mener une double vie. John-Paul aurait commis un faux pas depuis longtemps. Mélangé les prénoms, débarqué ou laissé ses affaires à la mauvaise adresse.

À moins bien sûr que ses oublis permanents ne fassent partie d'une odieuse stratégie de couverture.

Ou alors il préférait les hommes. Ce qui expliquerait son désintérêt pour elle. Si c'était le cas, il fallait reconnaître que, pendant toutes ces années, il avait parfaitement fait illusion dans le rôle de l'hétéro ! Au début de leur relation, ils faisaient l'amour jusqu'à trois ou quatre fois par jour, se remémora Cecilia. Qui pourrait simuler à ce point-là ? Non, le sens du devoir avait ses limites !

Oui mais, il aimait beaucoup les comédies musicales. *Cats*, notamment. Et il était plus doué qu'elle pour coiffer les filles. Quand Polly avait un spectacle de danse, elle insistait toujours pour que son père lui fasse son chignon. Il pouvait parler tutu avec Polly, football avec Isabel et avait toujours su s'adapter aux lubies d'Esther. Il adorait sa mère. Les homos n'entretenaient-ils pas des rapports privilégiés avec leur mère ? Ou n'était-ce qu'une légende ?

Il avait un polo abricot qu'il repassait lui-même.

Voilà, il devait être gay.

La dernière note de l'hymne retentit. Le cercueil de sœur Ursula quitta l'église tandis que les fidèles ramassaient sacs et manteaux en se félicitant intérieurement d'avoir fait une bonne action. Ils pouvaient à présent retourner à leur vie.

Cecilia laissa son livre de cantiques sur le banc. Pour l'amour du ciel, son mari n'était pas homosexuel. Elle le revit au bord du terrain de football en train d'encourager Isabel lors de son dernier match, portant sur ses joues mal rasées deux autocollants violets représentant une danseuse (l'œuvre de Polly). Ce souvenir, telle une vague d'amour, lui réchauffa le cœur. John-Paul n'avait rien d'efféminé. Bien dans sa peau, il n'avait rien à prouver.

La lettre n'avait rien à voir avec cette pause dans leur vie sexuelle, ni avec quoi que ce soit d'autre. Elle était rangée en lieu sûr, dans l'enveloppe rouge qui contenait la copie de leurs testaments.

Elle avait promis de ne pas l'ouvrir. Elle ne pouvait plus se permettre de le faire. Elle ne le ferait pas.

7

« Sais-tu qui est mort ? demanda Tess.

— Quoi ? »

Sa mère, les yeux fermés, profitait du soleil radieux qui inondait la cour de récréation de St Angela.

En dépit des craintes de Tess, Lucy semblait tout à fait à son aise dans le fauteuil roulant qu'elles avaient loué à la pharmacie du coin. La cheville calée sur le repose-pieds, elle se tenait parfaitement droite, comme à un dîner mondain.

Liam, quant à lui, explorait les lieux. Ils avaient quelques minutes devant eux avant d'aller au secrétariat pour procéder à son inscription.

La mère de Tess avait tout arrangé dans la matinée. De son propre chef. Aucun problème, avait-elle annoncé fièrement à sa fille. Elles pouvaient venir le jour même si elles le souhaitaient ! « Il n'y a pas d'urgence, avait répondu Tess. Laissons passer Pâques. » N'avait-elle pas le droit de ne rien faire, sinon rester interdite, pendant au moins vingt-quatre heures ? Lucy, en prenant les choses en main, donnait à la situation un caractère bien trop réel, irrévocable, comme si cette épouvantable plaisanterie n'en était pas une.

« Je peux annuler le rendez-vous si tu veux, avait-elle dit en prenant des airs de martyr.

— Tu as pris rendez-vous ? Sans même me consulter ?

— J'ai pensé que c'était la meilleure chose à faire.

— Bon, avait dit Tess dans un soupir. Puisque tu le dis. »

Évidemment, Lucy avait tenu à l'accompagner. Elle répondrait probablement aux questions à sa place, comme au temps où sa fille était paralysée par la timidité dès qu'un étranger l'approchait. Elle n'avait jamais vraiment perdu cette habitude, ce qui pour Tess était à la fois gênant et reposant, comme le service d'étage dans un hôtel cinq étoiles. Après tout, rien ne lui interdisait de se détendre et de laisser quelqu'un d'autre faire le boulot à sa place.

« Sais-tu qui est mort ? répéta Tess d'une voix éraillée.

— Mort ?

— Les obsèques, maman. »

Depuis la cour de l'école qui jouxtait les jardins de l'église, Tess apercevait quatre jeunes gens porter un cercueil jusqu'à un corbillard.

Une vie venait de s'achever. Celle d'un homme, d'une femme, qui ne profiterait jamais plus du soleil du matin. Tess essaya de mettre sa propre souffrance en perspective, mais cela ne lui apporta aucun réconfort. Elle ne put s'empêcher de se demander si Will et Felicity étaient en train de faire l'amour dans son lit. Il était dix heures et demie. Ils n'avaient pas d'autre endroit où aller. Ce qu'elle voyait en les imaginant n'était rien moins qu'un inceste. Sale et dégradant. Elle en frissonna. Un goût amer coulait dans sa gorge, comme après une nuit passée à boire du vin bon marché. Ses paupières étaient lourdes.

Le beau temps ne l'aidait pas. Cette journée, radieuse, semblait se moquer de sa douleur. Devant l'école, les érables du Japon flamboyaient, les camélias en fleur rougeoyaient ; à l'entrée de chaque classe, des bégonias en pots resplendissaient de couleurs plus vives les unes que les autres. La haute silhouette de l'église en pierre de grès se détachait nettement sur le ciel cobalt au-dessus de Sydney. Regarde autour de toi, Tess, murmurait la ville, enveloppée dans une brume dorée. C'est si beau. Oublie tes problèmes.

Elle s'éclaircit la voix. « Tu ne sais pas qui on enterre ? »

Non pas que ça l'intéressait réellement. Tout ce qu'elle voulait, c'était qu'on lui parle ; peu importait le sujet, pourvu que les mots chassent la vision des mains de Will sur Felicity, son corps fin à la peau de porcelaine. Tess, plus mate de peau, avait hérité son hâle de la grand-mère de son père, une Libanaise qu'elle n'avait pas connue.

Will l'avait appelée sur son portable ce matin. Elle n'aurait pas dû répondre mais, en voyant son nom s'afficher sur l'écran, une lueur d'espoir l'avait envahie : il s'apprêtait sûrement à lui dire que tout cela n'était qu'une grossière erreur. Oui, sans aucun doute.

Pourtant, dès qu'elle avait entendu sa voix, si grave, si solennelle, si peu familière, elle avait perdu toute confiance. « Est-ce que tu vas bien ? Et Liam ? »

avait-il demandé, comme s'il était étranger au drame qui venait de bouleverser leurs vies.

Elle n'avait qu'une idée en tête : raconter au Will qu'elle avait toujours connu ce que le nouveau Will, cet intrus dénué d'humour, avait osé lui faire. Comment il lui avait brisé le cœur. Celui qu'elle aimait chercherait à arranger les choses. Il décrocherait son téléphone sur-le-champ pour se plaindre de la façon dont sa femme avait été traitée et exiger réparation ; il lui préparerait une tasse de thé, lui ferait couler un bain et l'aiderait à voir ce que les événements pouvaient avoir de drôle.

À ceci près que, cette fois, il n'y avait rien de drôle.

Lucy ouvrit les yeux et regarda sa fille du coin de l'œil. « Je crois que c'est cette horrible bonne sœur, celle qui était toute petite. »

Tess fronça les sourcils, quelque peu outrée par les propos de sa mère qui, contente d'elle-même, se fendit d'un large sourire. Bien décidée à dérider sa fille, Lucy jouait à l'amuseur de cabaret qui débite sketch sur sketch dans l'espoir de garder l'attention de son public. Quelques heures plus tôt, alors qu'elle se battait avec le couvercle du pot de Vegemite, elle avait dit « putain de merde » en détachant chaque syllabe, comme on répète un mot nouveau à un enfant.

Ces mots, les plus grossiers de son répertoire, étaient sortis de sa bouche car ce qui arrivait à sa fille la faisait bouillir de rage. C'était aussi surprenant que de voir un citoyen modèle et doux comme un agneau se transformer en milicien surarmé. Cela expliquait qu'elle ait téléphoné à l'école si rapidement : elle avait besoin d'agir, de faire quelque chose, n'importe quoi, pour sa fille. Et Tess le comprenait.

« Horrible et toute petite ? Comme s'il n'y en avait qu'une !

— Où est Liam ? demanda sa mère en se contorsionnant dans son fauteuil roulant.

— Juste là », répondit-elle en montrant son fils qui passait en revue les jeux de la cour de récréation d'un œil expert et critique.

Il s'agenouilla devant un énorme toboggan jaune en forme d'entonnoir et y passa la tête comme pour vérifier les normes de sécurité.

« Je l'avais perdu de vue.

— Ne te crois pas obligée d'avoir un œil sur lui en permanence, fit remarquer Tess gentiment. C'est comme qui dirait mon boulot.

— Et tu t'en acquittes parfaitement ! »

Au petit déjeuner, chacune avait essayé de prendre soin de l'autre. Tess avait eu le temps de mettre l'eau à chauffer et de faire griller les tartines avant même que Lucy ne récupère ses béquilles.

Sous le regard attentif de sa mère, Liam alla jusqu'au coin de la cour où, à l'ombre du grand figuier, Felicity et Tess déjeunaient autrefois en compagnie d'Eloise Bungonia. Eloise leur avait fait découvrir les cannellonis. Rien que d'y penser, Tess retrouva le goût divin des pâtes de Mrs Bungonia qui en mettait toujours assez pour trois. Une grave erreur quand on pense au métabolisme de Felicity, mais en ce temps-là, personne ne se souciait de l'obésité infantile.

Immobile, Liam regardait dans le vide, comme fasciné par la vision de sa mère en train de déguster des cannellonis pour la première fois de sa vie.

Quelle troublante expérience que de se retrouver dans la cour de son ancienne école avec la sensation que différentes époques, tels les plis d'une étoffe, se chevauchaient.

Les cannellonis de Mrs Bungonia ! Voilà un souvenir gourmand qu'elle pourrait évoquer avec Felicity !

Non. Elle n'en ferait rien.

Tout à coup, Liam tourna sur lui-même et donna un grand coup de pied dans la poubelle métallique.

« Liam, intervint Tess d'une voix trop faible pour qu'il l'entende.

— Liam ! Doucement ! » reprit Lucy plus fort en faisant un signe en direction de l'église.

Un petit groupe de gens s'attardaient près de l'entrée. Probablement soulagés, ils échangeaient quelques mots avec la réserve de circonstance.

Liam, obéissant, s'éloigna de la poubelle sans protester. Il ramassa un bâton qu'il brandit à deux mains, comme un fusil-mitrailleur, et fit mine de tirer aux quatre coins de la cour tandis que d'une classe de maternelle s'élevait un chœur de petites voix fredonnant « Une puce, un pou ». Oh, mon Dieu, pensa Tess en voyant son fils. Où avait-il appris ça ? Elle manquait probablement de vigilance avec tous ces jeux vidéo. Cela dit, elle ne put s'empêcher d'admirer la façon dont Liam plissait les yeux pour viser. Un vrai petit soldat ! Ça ferait bien rire son père quand elle lui raconterait la scène !

Non, non et non. Elle ne lui raconterait rien.

Décidément, son cerveau avait bien du mal à enregistrer la nouvelle. La preuve : la nuit précédente, voulant se rapprocher de Will dans son sommeil, elle n'avait cessé de se heurter au vide laissé par son absence ; chaque fois, elle s'était réveillée en sursaut. Ils dormaient si bien ensemble. Ni coups ni ronflements. Ils ne se disputaient même pas la couette. « Je dors mal quand je suis tout seul maintenant », s'était plaint Will quelques mois à peine après le début de leur relation. « Il va falloir que je t'emmène partout où je vais, comme un môme avec son doudou. »

« Alors ? Tu penses à quelle bonne sœur ? » insista Tess, les yeux rivés sur le corbillard. Inutile de déterrer ce genre de souvenirs en pareil moment.

« Elles n'étaient pas toutes horribles, fit remarquer sa mère. La plupart se montraient charmantes. Tu ne te rappelles pas sœur Margaret Ann ? Celle qui était venue à ta fête d'anniversaire en CM1. Une jolie femme. Ton père la trouvait à son goût, si je me souviens bien.

— Sérieux ?

— Peut-être même pas », répondit Lucy en haussant les épaules, comme si rester indifférent à une religieuse belle à croquer n'était qu'un manquement de plus à mettre à l'actif de son ex-mari. « Enfin bref. Il s'agit sûrement des obsèques de sœur Ursula. J'ai lu dans le dernier hebdo de la paroisse qu'elle était morte. Tu ne l'as jamais eue, je crois. On dit que pour donner des coups avec le manche de son plumeau, elle n'avait pas son pareil. Plus personne n'utilise de plumeau aujourd'hui, non ? Le monde est-il pour autant plus poussiéreux ? Va savoir…

— Sœur Ursula… je crois que je vois. Rougeaude, les sourcils broussailleux. On se cachait quand elle surveillait la récréation.

— Pour autant que je sache, les sœurs ne font plus la classe aujourd'hui. Elles se contentent d'attendre que le bon Dieu les rappelle à Lui.

— Voilà qui est fort à propos, maman. »

Lucy ne put réprimer un gloussement cynique. « Oh, Tess, loin de moi l'idée de… » Elle s'interrompit, visiblement refroidie par ce qu'elle voyait près de l'église. « Prépare-toi, ma douce, on est repérées. La dame patronnesse fonce droit sur nous.

— Quoi ? » bredouilla Tess, complètement paniquée.

À croire que sa mère venait de lui annoncer l'arrivée imminente d'un forcené armé jusqu'aux dents.

Une blonde toute menue approchait d'un pas vif en faisant coucou de la main.

« Cecilia Fitzpatrick, dit Lucy. Bell, de son nom de jeune fille. Elle a épousé John-Paul, l'aîné de la fratrie Fitzpatrick. Le plus beau, si tu veux mon avis, même s'ils se ressemblent tous. Cecilia avait une petite sœur, du même âge que toi, je crois. Comment s'appelait-elle déjà ? Bridget Bell, ça te dit quelque chose ? »

Tel un reflet sur l'eau, un lointain souvenir des filles Bell commençait à émerger dans l'esprit de Tess. Leurs visages restaient flous, mais elle voyait nettement leurs longues nattes blondes volant derrière elles tandis qu'elles couraient partout dans l'école, vaquant à mille occupations comme tous ces enfants vénérés par les autres.

« Cecilia vend des Tupperware, précisa Lucy. Et ses affaires marchent fort, très fort.

— Mais, rassure-moi, elle ne nous connaît pas ? » demanda Tess en jetant un coup d'œil derrière elle dans l'espoir d'y trouver quelqu'un qui répondait au salut de Cecilia.

Personne. Venait-elle leur servir son argumentaire de vente ?

« Elle connaît tout le monde.

— Et si on se sauvait ?

— C'est trop tard maintenant, répondit Lucy entre ses dents tout en affichant son plus beau sourire mondain.

— Lucy ! » s'écria Cecilia qui avait traversé la cour aussi vite que l'éclair. « Que vous est-il arrivé ? » demanda-t-elle après l'avoir embrassée.

Lucy ? Mais pour qui se prend-elle ? pensa Tess qui avait puérilement pris Cecilia en grippe à la seconde où elle avait ouvert la bouche. *Merci de vous en tenir à Mrs O'Leary.* Maintenant qu'elle l'avait sous les yeux, son visage lui était parfaitement familier. Impeccablement coiffée – un carré savamment arrangé avait remplacé ses tresses enfantines –, Cecilia avait un regard enthousiaste et franc, de grandes dents et deux énormes fossettes. Un minois de furet, en somme.

Dire qu'elle avait trouvé le moyen d'épouser un Fitzpatrick.

« Je vous ai vue en sortant de l'église. On a enterré sœur Ursula ce matin ; saviez-vous qu'elle était morte ? Bref, je vous ai aperçue et je me suis dit : Tiens, Lucy O'Leary en fauteuil roulant ! Que lui arrive-t-il ? Curieuse comme je suis, je n'ai pas pu m'empêcher de venir vous trouver ! Dites-moi, c'est le top du fauteuil roulant que vous avez là ! Où l'avez-vous loué ? Chez le pharmacien ? Mais que s'est-il passé, Lucy ? C'est votre cheville, n'est-ce pas ? »

Au secours. Tess se sentait totalement vampirisée. Ces gens débordants d'énergie, intarissables, lui faisaient toujours cet effet.

« Rien de bien grave, merci, Cecilia. Une simple fracture.

— Rien de bien grave ? Mais c'est atroce, vous voulez dire ! Comme je vous plains ! Comment vous vous débrouillez ? Ne serait-ce que pour vous déplacer ? Je vais vous préparer des lasagnes. Mais si ! J'insiste ! Vous n'êtes pas végétarienne, au moins ? Mais ceci explique votre présence, n'est-ce pas ? » Subitement, Cecilia se tourna vers Tess qui, prise au dépourvu, fit un pas en arrière. Elle n'avait pas tout suivi. « Vous êtes venue pour vous occuper de votre mère ? Cecilia. Vous ne vous souvenez pas de moi ?

— Cecilia, voici ma fille…

— Je sais ! Tess, n'est-ce pas ? » fit Cecilia en lui tendant la main à la manière d'un VRP.

Tess l'avait imaginée sortie d'un autre temps, le genre dévote et vieux jeu qui utilise des mots tels que « s'éteindre » au lieu de mourir et reste en retrait en souriant pendant que les hommes échangent des poignées de main musclées. Elle avait une petite main, mais une sacrée poigne.

« Votre fils, je suppose ? » fit Cecilia. « Liam ? »

Incroyable ! Elle connaissait le prénom de son fils. Comment faisait-elle ? Tess ne savait même pas si elle avait des enfants. Elle avait oublié jusqu'à son existence avant qu'elle ne vienne les débusquer dans la cour.

Jetant un œil dans leur direction, Liam visa Cecilia avec sa mitraillette imaginaire et appuya sur la détente.

« Liam ! » intervint Tess. Au même moment, Cecilia poussa un gémissement et fit mine de s'écrouler, les mains sur la poitrine. Elle était si crédible que, pendant un horrible instant, Tess se demanda si elle n'était pas en train de faire une attaque.

Liam leva son arme et souffla sur le canon, ravi.

« Combien de temps pensez-vous rester à Sydney ? » demanda Cecilia en regardant Tess droit dans les yeux. Elle était de ceux qui vous fixent un rien trop longtemps. Tout le contraire de Tess. « Jusqu'à ce que Lucy soit rétablie ? Vous avez monté une affaire à Melbourne, il me semble ? Difficile de s'absenter trop longtemps ! Sans compter que Liam a école. »

Tess, mal à l'aise, ne sut quoi répondre.

« Si vous voulez tout savoir, Tess va inscrire Liam à St Angela pour quelque temps, dit Lucy.

— Oh, quelle bonne nouvelle ! » s'écria Cecilia, le regard toujours rivé sur Tess. Cette femme ne clignait-elle jamais des yeux ? « Voyons voir, quel âge a-t-il ?

— Six ans, articula Tess en se tournant vers son fils, incapable de soutenir le regard de Cecilia plus longtemps.

— Eh bien, il sera dans la classe de Polly. Il reste une place suite au départ d'une petite fille au premier trimestre. On va pouvoir le prendre avec nous. Chez Mrs Jeffers. Mary Jeffers. Elle est fan-tas-tique ! Et très sociable, ce qui ne gâche rien !

— Génial, répondit Tess. Fabuleux.

— Liam ! Tu m'as eue ! Maintenant, tu peux venir me dire bonjour ! Mon petit doigt m'a dit qu'on allait t'inscrire à St Angela ! » s'exclama Cecilia en lui faisant signe d'approcher. Traînant son bâton derrière lui, il la rejoignit d'un pas nonchalant.

Cecilia se baissa et poursuivit : « Tu vas être dans la même classe que ma fille. Elle s'appelle Polly. Elle va avoir sept ans et elle fait une grande fête le week-end après Pâques. Ça te ferait plaisir de venir ? » Liam resta sans réaction, comme souvent lorsqu'il était confronté à des inconnus. Tess craignait toujours qu'on le prenne pour un attardé.

« Ce sera une fête de pirates. » Cecilia se redressa pour s'adresser à Tess : « J'espère que vous pourrez venir. Ce sera l'occasion pour vous de rencontrer les autres mamans. On boira quelques coupes de champagne dans un coin tranquille pendant que les petits pirates se défouleront. »

Tess se sentit blêmir. Inutile de chercher plus longtemps d'où Liam tenait son air catatonique. Rencontrer un nouveau groupe de mères ? C'était au-dessus de ses forces. L'exercice lui avait semblé suffisamment compliqué quand tout allait bien dans sa vie. Et bla-bla-bla, et ah ah ah ! Et toutes ces attentions (la plupart des mamans étaient adorables) qui cachaient mal les inévitables vacheries et autres jalousies. Elle avait joué le jeu à Melbourne où elle s'était fait quelques amies parmi les femmes qui, comme elle, se tenaient un peu à l'écart. Mais elle ne se voyait pas recommencer. Pas maintenant. Autant lui demander de courir un marathon à peine sortie d'une grippe carabinée.

« Super. » Elle trouverait bien une excuse pour se défiler d'ici là.

« Je vais fabriquer un costume de corsaire pour Liam, annonça Lucy. Un bandeau, un haut à rayures rouges et blanches et... une épée ! Ce serait chouette, une épée, hein, Liam ? » fit-elle en se retournant. Mais Liam s'était sauvé au fond de la cour où il faisait mine de percer la clôture avec son arme.

« Vous êtes évidemment la bienvenue, Lucy », ajouta Cecilia. Elle était très agaçante, mais elle maîtrisait les règles du savoir-vivre à la perfection. Tess était aussi admirative que devant le plus virtuose des violonistes.

« Oh, eh bien, merci, Cecilia ! » répondit Lucy, ravie. Elle adorait les fêtes. Surtout les amuse-bouches qu'on y servait. « Alors, un haut à rayures rouges et blanches... Dis-moi, Tess, aurait-il ça dans sa besace, notre petit corsaire ? »

Lucy, qui n'était pourtant pas du genre à faire des chichis, se donnait du mal pour se mettre au diapason.

« Mais je ne voudrais pas vous retenir. Rachel doit vous attendre pour l'inscription de Liam, n'est-ce pas ?

— Euh, nous avons rendez-vous avec la secrétaire, dit Tess.

— C'est bien ça : Rachel Crowley. Hyper-efficace. Elle fait tourner l'école comme une boîte à musique. Elle partage son poste avec ma belle-mère, mais entre nous, c'est Rachel qui fait tout le boulot. Virginia bavarde toute la sainte journée. Remarquez, j'ai beau jeu de parler, moi ! C'est l'hôpital qui se moque de la charité, comme dirait l'autre !

— Comment va Rachel, ces temps-ci ? » demanda Lucy, d'un ton plein de sous-entendus.

Le visage de Cecilia s'assombrit brusquement. « Je ne la connais pas très bien, mais je sais qu'elle a un adorable petit-fils. Jacob. Il vient d'avoir deux ans.

— Ah », fit Lucy, visiblement soulagée. À croire que ledit petit-fils pouvait tout effacer. « Je suis heureuse de l'apprendre. Jacob.

— Eh bien, c'était un plaisir de vous rencontrer, Tess, dit Cecilia en la fixant de nouveau. Il faut que je file. J'ai mon cours de zumba – la salle est à deux pas, c'est génial, vous devriez venir un de ces quatre, on rigole beaucoup. Et ensuite, je fonce au magasin de jouets à Strathfield, c'est un peu loin mais ils sont imbattables sur les prix, sérieusement, ils vendent un kit de cent ballons à gonfler à l'hélium pour moins de cinquante dollars, et j'ai tellement de réceptions à organiser dans les prochains mois – ne serait-ce que la fête d'anniversaire de Polly et le cocktail des parents d'élèves de CP – dont vous êtes, cela va sans dire. Et puis, j'ai plusieurs commandes à livrer – je suis conseillère Tupperware, Tess, donc si vous avez besoin de quoi que ce soit – avant de revenir ici pour récupérer les filles ! La course, quoi ! Mais vous savez ce que c'est ! »

Quelle avalanche de détails, songea Tess, désormais au fait de la logistique bien huilée du quotidien de Cecilia. Non pas que ce soit ennuyeux. Si, ça l'était. Ennuyeux et assourdissant. Un tel débit ! Et sans le moindre effort, avec ça !

Zut, elle s'est arrêtée, se dit Tess, comprenant avec un temps de retard que c'était son tour de parler.

« Vous n'avez pas le temps de vous ennuyer, finit-elle par articuler en se forçant à sourire.

— On se voit à la fête de pirates ! » lança Cecilia en direction de Liam qui la regarda avec cette drôle d'expression qu'il prenait parfois – impénétrable et déjà hyper-virile.

Le portrait craché de son père, pensa Tess tristement.

« Oh ! Hisse ! Matelot ! » s'exclama Cecilia en imitant un pirate boiteux.

En voyant Liam éclater de rire, comme malgré lui, Tess décida qu'elle l'emmènerait à cette fête, quoi qu'il lui en coûte.

« Quelle pipelette ! soupira Lucy une fois Cecilia hors de portée de voix. Exactement comme sa mère ! Adorable mais épuisante. Quand je la croise, il me faut une tasse de thé et une bonne heure de repos pour m'en remettre.

— Bon, et cette Rachel Crowley, c'est quoi, son histoire ? » demanda Tess tout en poussant le fauteuil de sa mère avec l'aide de Liam.

Lucy grimaça. « Janie Crowley. Ça te dit quelque chose ?

— Ce ne serait pas l'ado qu'on a retrouvée avec le chapelet…

— Si. C'était la fille de Rachel. »

Tandis qu'elles remplissaient ensemble le dossier de Liam, Rachel sentait bien que Lucy O'Leary et sa fille ne pouvaient pas s'empêcher de penser à Janie. Pour des femmes qui semblaient d'un naturel plutôt discret, elles parlaient un peu trop. Tess évitait son regard ; quant à Lucy, elle la fixait, tête penchée, d'un air compatissant, comme tant d'autres mères d'un certain âge. Rachel se disait qu'on ne l'aurait pas traitée différemment si elle avait été grabataire.

Lorsque Lucy lui demanda s'il s'agissait bien d'une photo de son petit-fils sur son bureau, elle et Tess se répandirent en compliments. C'était un beau portrait de Jacob, certes, mais même un âne bâté aurait su lire dans leurs pensées. *Votre fille a été assassinée il y a bien longtemps, nous le savons ; mais ce petit garçon ne compense-t-il pas votre perte ? Faites que ce soit le cas, qu'on cesse enfin de se sentir si mal à l'aise avec vous !*

« Je le garde deux jours par semaine », leur raconta Rachel tandis que, les yeux rivés sur son écran, elle imprimait des documents pour Tess. « Plus pour très longtemps, hélas. J'ai appris hier soir que ses parents l'emmènent à New York pour deux ans », poursuivit-elle sans parvenir à dissimuler son émotion. Agacée de s'être trahie ainsi, elle s'éclaircit aussitôt la voix.

Les O'Leary allaient-elles lui servir le même refrain que tous les autres ? « Une expérience passionnante pour eux ! » « Une opportunité en or ! » « Vous allez leur rendre visite ? »

« Alors ça, c'est le bouquet ! » explosa Lucy en frappant du poing sur l'accoudoir de son fauteuil tel un bambin capricieux.

Levant le nez des papiers qui l'occupaient, Tess fronça les sourcils. Elle était de ces femmes quelconques – cheveux coupés à la garçonne, traits prononcés et austères – qui peuvent tout à coup vous paraître d'une beauté aussi crue qu'inattendue. Son petit fils qui, en dehors de ses étranges yeux dorés lui ressemblait beaucoup, se tourna également vers sa grand-mère.

Lucy se frotta le coude avant de s'expliquer : « Bien sûr, ce doit être très excitant pour votre fils et votre belle-fille. Mais après tout ce que vous avez subi, le décès de Janie, dans les circonstances que l'on sait, puis celui de votre mari, je suis navrée, je ne me souviens pas de son nom mais je sais qu'il est mort lui aussi, eh bien, je trouve que ce n'est pas juste. »

Rachel comprit en voyant ses joues s'empourprer que Lucy était horrifiée par ses propres paroles. Les gens craignaient toujours de lui rappeler sans le vouloir la mort cruelle de sa fille. Comme si elle pouvait l'oublier, ne serait-ce qu'une seconde.

« Pardonnez-moi, Rachel, je n'aurais jamais dû… » bredouilla la pauvre Lucy, au comble du désarroi.

Rachel l'interrompit d'un geste de la main. « Ne vous excusez pas. Merci de votre franchise. C'est, en effet, le bouquet. Jacob va affreusement me manquer.

— Voyons voir, qui avons-nous là ? »

La directrice de l'école, Trudy Applebee, entra d'un pas léger dans la pièce, affublée, comme à son habitude, d'un châle au crochet qui glissait de ses épaules anguleuses. Quelques mèches de cheveux gris et crépus s'échappaient de sa coiffure ; sur sa joue gauche, une tache de peinture rouge. Elle avait probablement passé le début de la matinée par terre à peindre avec les maternelles. Fidèle à elle-même, Trudy s'approcha du garçonnet sans même accorder un regard à Lucy et Tess O'Leary. Les adultes ne l'intéressaient pas le moins du monde, ce qui l'amènerait un jour à sa propre perte. Depuis qu'elle travaillait à St Angela, Rachel avait vu défiler pas moins de trois chefs d'établissement, expérience qui lui avait appris qu'on ne dirigeait pas une école sans se soucier des parents. La mission revêtait un caractère politique.

De plus, Trudy n'était pas la fervente catholique qu'on aurait pu attendre à son poste. Non pas qu'on puisse l'accuser de désobéir aux dix commandements à longueur de journée mais, pendant la messe, son regard étincelait de manière fort inappropriée. Avant de mourir, sœur Ursula – dont Rachel venait de boycotter les obsèques (elle ne lui avait jamais pardonné d'avoir donné un coup de plumeau à Janie) – avait probablement écrit au Vatican pour dénoncer son manque de piété.

« Voici le garçon dont je vous ai parlé ce matin, annonça Rachel. Liam Curtis. Inscrit en CP.

— Je vois, je vois. Bienvenu à St Angela, Liam ! Tout à l'heure, en montant l'escalier, je me disais justement qu'aujourd'hui j'allais rencontrer quelqu'un dont le prénom commençait par un L. C'est une de mes lettres préférées. Alors, Liam, parmi ces trois créatures, laquelle choisirais-tu ? Le dinosaure, l'extra-terrestre ou le super-héros ? »

Liam réfléchit à la question gravement.

« Il aime bien les dino… commença Lucy avant que sa fille ne l'interrompe d'un geste de la main.

— L'extraterrestre, répondit enfin Liam.

— L'extraterrestre ! Bien, je m'en souviendrai, Liam Curtis. Et cette dame doit être ta maman, et celle-ci ta grand-mère, n'est-ce pas ?

— En effet, je suis Lu…

— Ravie de vous rencontrer », fit Trudy en souriant d'un air distrait sans vraiment les regarder. Puis, à Liam : « Quand fais-tu ta rentrée avec nous, Liam ? Demain ?

— Non ! s'écria Tess. Il commencera après Pâques.

— Oh ! Pourquoi attendre ? Il faut profiter ! Se jeter à l'eau ! Tu aimes les œufs de Pâques, Liam ?

— Oui, répondit-il catégoriquement.

— Ça tombe bien ! On a prévu une immense chasse aux œufs demain !

— Je suis super-fort à la chasse aux œufs !

— Ah oui ? Tant mieux ! Mais il va peut-être falloir mieux les cacher alors ! » Puis Trudy se tourna vers Rachel. « Tout est en ordre, question paperasse ? » demanda-t-elle en esquissant un geste coupable en direction du dossier d'inscription auquel elle n'avait pas jeté un œil.

« Tout est en ordre », répondit Rachel qui, ne voyant aucun mal à ce que les élèves aient une directrice tout droit sortie du royaume des fées, faisait son possible pour que Trudy conserve son poste.

« Parfait ! Parfait ! Je vous laisse vous en charger ! » conclut Trudy en retournant d'un pas nonchalant dans son bureau.

Puis elle referma la porte derrière elle, sans doute pour répandre un peu de poudre magique sur son clavier, ce qui, soit dit en passant, devait être la seule chose qu'elle faisait avec son ordinateur.

« Eh bien ! s'exclama Lucy à voix basse. Moi qui ai connu sœur Veronica Mary, je peux vous dire que c'est le jour et la nuit ! »

Rachel émit un petit rire approbateur. Elle se souvenait on ne peut mieux de sœur Veronica Mary qui avait dirigé St Angela de 1965 à 1980.

Quelqu'un frappa à la porte. Derrière le panneau de verre dépoli de la porte du secrétariat apparut l'imposante silhouette d'un homme qui entrouvrit la porte sans attendre.

Lui ! tressaillit Rachel comme si une énorme araignée velue venait d'entrer dans son champ de vision. Dire que la majorité des femmes se pâmaient devant ce type. Grotesque.

« Excusez-moi, hum, Mrs Crowley. »

Ayant connu Rachel au temps où il était lui-même écolier à St Angela, il lui était très difficile de l'appeler par son prénom comme le faisaient ses collègues. Leurs regards se croisèrent et, comme d'habitude, il détourna les yeux le premier pour les fixer juste au-dessus de sa tête.

Ses yeux mentent, songea Rachel – ce qu'elle faisait presque chaque fois qu'elle le voyait, un peu comme une incantation ou une prière. *Ses yeux mentent.*

« Désolé de vous interrompre, dit Connor Whitby. Je voulais simplement récupérer les fiches d'inscription au stage de tennis. »

« Le petit Whitby nous cache quelque chose », avait déclaré l'inspecteur Rodney Bellach à l'époque où il avait toujours ses incroyables boucles noires. « Ses yeux mentent. »

Aujourd'hui à la retraite, Bellach était chauve comme un œuf. Chaque année, il appelait Rachel le jour de l'anniversaire de Janie et se répandait en plaintes sur sa santé. Encore quelqu'un à qui il était donné de vieillir alors que Janie aurait éternellement dix-sept ans.

Connor prit les documents que Rachel lui tendait et son regard tomba sur Tess.

« Tess O'Leary ! » s'écria-t-il, le visage complètement métamorphosé. L'espace d'un instant, il redevint le jeune homme de l'album photo de Janie.

Tess leva le nez et marqua un temps d'arrêt. Elle ne semblait pas le reconnaître.

« Connor ! fit-il en posant la main sur son large torse. Connor Whitby !

— Oh, Connor, bien sûr. Quel plaisir de... »

Tess commença à se lever mais se retrouva bloquée par le fauteuil de sa mère.

« Reste assise, je t'en prie ! » Il se baissa pour lui faire la bise au moment où elle retombait sur sa chaise si bien qu'il lui embrassa le lobe de l'oreille.

« Que fais-tu ici ? demanda Tess qui ne semblait pas particulièrement heureuse de le voir.

— Je bosse.

— Comme comptable ?

— Non, non, je me suis reconverti il y a quelques années. Tu as devant toi le professeur de sport.

— Vraiment ? Eh bien, c'est… chouette. »

Connor se racla la gorge. « Bon, ça m'a fait plaisir de te voir. » Il jeta un coup d'œil vers Liam, ouvrit la bouche mais se ravisa. « Merci, Mrs Crowley, dit-il en prenant la liasse de fiches d'inscription.

— Je vous en prie », répondit Rachel froidement.

À peine Connor avait-il tourné les talons que Lucy demanda à sa fille : « Peut-on savoir qui est ce monsieur ?

— Une vieille connaissance.

— Je ne crois pas me souvenir de lui. Tu es sortie avec lui ?

— Maman… dit Tess en montrant Rachel et le dossier qu'elle n'avait pas terminé de remplir.

— Désolée ! » murmura Lucy d'un air coupable tandis que Liam, les yeux rivés au plafond, étirait ses jambes en bâillant.

Rachel remarqua que la grand-mère, la mère et le fils avaient la même lèvre supérieure, pleine et bien dessinée. Comme un trompe-l'œil qui les faisait paraître plus beaux qu'ils ne l'étaient vraiment.

Tout à coup, une colère inexplicable s'empara d'elle. Qu'ils aillent au diable, tous les trois.

« Bien. Si vous pouviez signer la rubrique “allergies et traitements”, qu'on en finisse, lança-t-elle en mettant le doigt sur le document. Non, pas là. Ici. »

Tess venait tout juste de boucler sa ceinture de sécurité lorsque son téléphone portable sonna. Elle le récupéra sur le tableau de bord et, découvrant qui l'appelait, se tourna vers sa mère d'un air accusateur.

Après un bref coup d'œil sur l'écran, Lucy se carra dans son siège en haussant les épaules. « Il fallait bien que je le lui dise. Je lui ai promis de toujours le tenir au courant de ce qui se passe dans ta vie.

— J'avais dix ans quand tu lui as fait cette promesse ! s'exclama Tess, hésitant à répondre.

— C'est papa ? demanda Liam qui s'agitait sur la banquette arrière.

— *Mon* papa. » Il faudrait bien qu'elle lui parle à un moment ou à un autre. Autant en finir tout de suite. Elle respira un grand coup et décrocha. « Salut, papa. »

Silence. Comme toujours.

« Bonjour, ma grande.

— Comment vas-tu ? » demanda Tess sur le ton enthousiaste qu'elle lui réservait.

À quand remontait leur dernière conversation ? À Noël, probablement.

« Très bien », fit-il d'une voix triste.

De nouveau, un blanc.

« En fait, je suis dans la voiture avec… commença Tess.

— « Ta mère m'a raconté… » dit son père en même temps.

Tous deux s'interrompirent. C'était toujours un supplice. Quoi qu'elle fasse, Tess ne parvenait jamais à communiquer normalement avec son père. Même en face à face. Leur relation aurait-elle été plus naturelle si ses parents n'avaient pas divorcé ? Elle s'était toujours posé la question.

Son père s'éclaircit la voix : « Ta mère m'a dit que tu avais comme qui dirait un léger souci. »

Une pause.

« Tu m'en vois navré », reprit-il au moment où Tess bredouillait un « Merci, papa ».

Voyant sa mère lever les yeux au ciel, elle préféra se tourner vers la vitre, comme pour protéger son pauvre père du mépris de son ex-femme.

« Si je peux faire quoi que ce soit… tu sais que, enfin, n'hésite pas à m'appeler.

— Bien sûr. »

Un blanc.

« Bon, il faut que j'y aille, dit-elle.

— Je l'aimais bien, ajouta son père.

— Dis-lui que je lui ai envoyé un mail avec le lien du cours d'œnologie dont je lui ai parlé l'autre jour, fit Lucy.

— Maman, gronda Tess en lui faisant signe de se taire. Qu'est-ce que tu as dit, papa ?

— Will. Je trouvais que c'était un chouette type. Mais bon, je ne t'aide pas là, hein ?

— Il ne le fera jamais, de toute façon, maugréa Lucy en examinant ses ongles. Je me demande pourquoi je me donne tant de peine. Il refuse d'être heureux. Il n'y a qu'à voir où il est allé s'enterrer. »

Cinq ans plus tôt, son ex-mari avait mystérieusement élu domicile dans une petite bourgade aride de l'ouest du pays.

« Merci d'avoir appelé, papa.

— Comment va ton petit bonhomme ? demanda-t-il en même temps.

— Liam va très bien. Il est juste à côté. Tu veux lui…

— Je vais te laisser, ma grande. Prends soin de toi. »

Bip. Il avait le chic pour mettre fin à leurs appels sans même laisser à Tess le temps de dire au revoir. Un individu sur écoute ne s'y serait pas pris autrement pour éviter d'être localisé par la police.

« Je parie que Monsieur t'a donné un tas de conseils très utiles ? demanda Lucy.

— Il a fait de son mieux, maman.

— Oh, je n'en doute pas ! » répondit Lucy d'un air satisfait.

8

« Ils ont monté le Mur un dimanche. On l'a appelé le "dimanche des barbelés". Vous voulez savoir pourquoi ? » demanda Esther depuis la banquette arrière de la voiture. Question purement rhétorique : qui ne voudrait pas savoir ? « Parce que ce jour-là, quand les gens se sont réveillés, il y avait cette longue clôture de barbelés qui coupait la ville en deux.

— Ben quoi ? fit Polly. Une clôture de barbelés, ça existe.

— Sauf que là, ils n'avaient pas le droit de la traverser ! Ils étaient coincés ! Tu vois l'autoroute du Pacifique ? Nous, on vit ici et mamie, de l'autre côté, pas vrai ?

— Euh… ouais, répondit Polly, pour qui tout cela n'était pas très clair.

— Alors, imagine ! Tout le long de l'autoroute, il y aurait une grande clôture, et nous, on n'aurait plus le droit d'aller voir mamie.

— Ce serait vraiment dommage », murmura Cecilia en jetant un œil dans l'angle mort avant de changer de voie.

Ce matin, après son cours de zumba, elle avait rendu visite à sa mère et perdu vingt minutes – un temps précieux – à regarder, page après page, le « portfolio » de son neveu Sam. Sa sœur Bridget l'avait inscrit dans une école maternelle élitiste si chère que c'en était indécent. Ne sachant pas trop si elle devait s'en réjouir ou s'en indigner, la grand-mère versait dans l'hystérie.

« Je parie que tu n'as pas eu ce genre de portfolio dans la charmante petite école où tes filles sont allées ! » avait-elle dit tandis que Cecilia essayait d'accélérer le mouvement. Elle devait commencer les courses pour dimanche avant de récupérer les enfants à l'école.

« À vrai dire, je crois que toutes les maternelles font ce genre de choses aujourd'hui », avait-elle répondu. Mais sa mère, bien trop occupée à s'extasier sur l'autoportrait que Sam avait peint avec les doigts, ne l'avait pas écoutée.

« Tu te rends compte, maman, dit Esther. Si tu nous avais envoyées toutes les trois passer le week-end chez mamie quand ils ont construit le Mur, on aurait été séparées de vous. Papa et toi, à l'est, nous à l'ouest. Tu nous aurais interdit de revenir. “Restez chez mamie, les filles ! Là-bas, vous serez libres !” Voilà ce que tu nous aurais dit.

— Quelle horreur, commenta Cecilia.

— Moi, je rejoindrais quand même maman, dit Polly. Mamie, elle m'oblige à manger des petits pois.

— C'est l'histoire de Berlin, maman, poursuivit Esther. Ça s'est vraiment passé. Tout le monde a été séparé. Ils s'en moquaient. Regarde ! Eux, là, ils soulèvent leurs bébés pour les montrer à leur famille de l'autre côté du Mur.

— Je conduis, soupira Cecilia. Je ne peux pas regarder. »

Grâce à Esther, Cecilia venait de passer six mois à s'imaginer en train de sauver des enfants des eaux glaciales de l'Atlantique tandis que le *Titanic* sombrait dans ses profondeurs. Désormais, elle vivrait à Berlin-Est privée de ses filles à cause du Mur.

« Quand est-ce que papa rentre de Chicago ? demanda Polly.

— Vendredi matin ! » répondit Cecilia, en la regardant dans le rétroviseur. Ravie de changer de sujet, elle reprit en chantonnant : « Vendredi matin / l'empereur, sa femme et le petit prince / sont venus chez moi / pour me serrer la pince / mais… »

Un silence désapprobateur s'installa derrière elle. Pas question pour les filles de cautionner les propos ringards de leur mère.

Comme tous les jours après l'école, c'était la course. Cecilia venait juste de déposer Isabel chez le coiffeur et amenait à présent Polly à la danse et Esther à sa séance d'orthophonie. (Dans ce monde où les problèmes d'élocution sont montrés du doigt, seule Cecilia trouvait son léger zézaiement adorable.) Ensuite, elle devrait préparer le dîner, vérifier les devoirs – y compris la lecture – et filer à une réunion Tupperware une fois sa mère à la maison pour surveiller les filles.

« J'ai encore un secret à lui dire, poursuivit Polly. Quand il rentrera.

— Il y a même un monsieur qui a essayé de descendre la façade de son immeuble en rappel ; les pompiers de Berlin-Ouest ont voulu le rattraper avec un filet, mais ils l'ont manqué et il est mort.

— Mon secret, c'est que j'ai plus envie de faire une fête de pirates.

— Il avait trente ans. C'est jeune mais il avait déjà sûrement eu une vie bien remplie.

— Quoi ? fit Cecilia.

— Il avait trente ans. Le monsieur qui est mort.

— Pas toi. Polly ! »

Le feu passa à l'orange. Cecilia freina brusquement. Comparé au destin tragique de ce pauvre homme qui, à trente ans à peine, s'était écrasé au sol au nom de la liberté, le « secret » de Polly ne revêtait pas la moindre importance. Mais à ce moment précis, elle n'avait pas le temps d'honorer sa mémoire car un changement de thème de fête d'anniversaire, à la dernière minute de surcroît, lui sembla plus difficile à avaler que la mort d'un innocent. Voilà ce qui arrive quand on tient la liberté pour acquise : on perd le sens de la mesure.

« Polly, dit Cecilia en s'efforçant de rester calme et posée, nous avons envoyé les invitations. Tu as voulu une fête de pirates. Tu auras une fête de pirates. »

D'autant que pour son numéro de danse, Penelope, le Pirate qui danse et chante, avait exigé un acompte – une « rançon », pour être plus juste – non remboursable.

« C'est un secret rien que pour papa. Pas pour toi.

— Très bien, mais je ne change rien à ce qui est prévu. »

Elle voulait que tout soit parfait. Elle tenait notamment à faire forte impression sur cette nouvelle maman, Tess O'Leary. Étrangement, les femmes comme Tess, élégantes et énigmatiques, avaient toujours attiré Cecilia. Ses amies, toutes plus bavardes les unes que les autres, brûlaient d'une telle impatience à raconter leurs petites histoires qu'elles s'écoutaient à peine. « J'ai toujours détesté les légumes… en dehors des brocolis, mon fils refuse de manger le moindre légume… le mien adore les carottes crues… j'adore les carottes crues ! » Il fallait jouer des coudes pour pouvoir en placer une ! D'autres, comme Tess, n'avaient visiblement pas ce besoin viscéral de partager leur quotidien, ce qui suscitait chez Cecilia une irrésistible envie de les connaître. Et de se demander : *Il aime ça, les brocolis, son gamin ?* Ce matin encore, lorsqu'elle s'était approchée pour saluer Tess et sa mère après les obsèques de sœur Ursula, elle n'avait cessé de bavasser. *Un véritable moulin à paroles.* Parfois, elle s'entendait. Mais c'était plus fort qu'elle.

Cecilia prêta l'oreille : des voix métalliques, provenant de la vidéo qu'Esther regardait sur YouTube, criaient des messages passionnés en allemand.

C'était quand même fabuleux de pouvoir revivre un épisode tumultueux de l'Histoire, un mardi après-midi sur la route de Hornsby. Pourtant, un vague sentiment d'insatisfaction l'envahit. Vivre un instant capital – voilà ce à quoi elle rêvait. Sa vie lui semblait parfois si vaine. Si vide.

Mais avait-elle besoin d'un événement malheureux – un deuxième Mur de la honte, au beau milieu de

Sydney ? – pour apprécier la banalité de son existence ? Que voulait-elle ? Devenir une héroïne tragique, comme Rachel Crowley ? La mort atroce de sa fille l'avait presque défigurée, si bien que Cecilia devait parfois se faire violence pour ne pas détourner le regard lorsqu'elle la croisait, comme si cette femme charmante, aux pommettes saillantes et toujours bien coiffée s'était transformée en grande brûlée.

C'est ça que tu veux, Cecilia ? Une bonne grosse tragédie ?

Bien sûr que non.

Les voix allemandes qui sortaient de l'iPad d'Esther commençaient à lui porter sur les nerfs.

« Tu peux éteindre ta vidéo, s'il te plaît ? lui demanda-t-elle. Ça me déconcentre.

— Attends, c'est…

— Éteins ça ! Ce serait trop vous demander d'obéir du premier coup ? Sans négocier ? Pour une fois ? »

Le son s'arrêta net.

Dans le rétroviseur, Cecilia vit Polly adresser un regard interrogateur à sa sœur qui haussa les épaules, paumes ouvertes. *Qu'est-ce qu'elle a ? Aucune idée.* Le genre de conversations silencieuses qu'elle avait autrefois avec Bridget lorsque leur mère était au volant.

« Pardon, dit Cecilia, penaude. Je vous demande pardon, les filles. C'est juste que… »

Je m'inquiète à propos de votre père qui me cache quelque chose ? Je n'ai pas fait l'amour depuis des mois ? Je m'en veux d'avoir été trop bavarde ce matin quand j'ai rencontré Tess O'Leary dans la cour de récréation ? Mes hormones me jouent des tours ?

« … votre père me manque. J'ai hâte qu'il rentre à la maison, pas vous ? Il sera tellement content de vous retrouver !

— Ouais », fit Polly dans un soupir. Puis elle ajouta : « Isabel aussi.

— Bien sûr, répondit Cecilia. Isabel aussi.

— Papa la regarde d'une drôle de façon », poursuivit Polly sur le ton de la conversation.

Une remarque des plus saugrenues, comme Polly en faisait parfois.

« Que veux-tu dire ? demanda Cecilia.

— Tout le temps. Il la regarde bizarrement.

— N'importe quoi, dit Esther.

— Si, il la regarde comme si ça lui faisait mal aux yeux. Comme s'il était fâché et triste en même temps. Surtout quand elle porte sa nouvelle jupe.

— Eh bien, c'est idiot de dire une chose pareille », gronda Cecilia.

Mais enfin, qu'insinuait cette enfant ? Que John-Paul posait sur Isabel un regard charnel ? Heureusement, Cecilia avait suffisamment de bon sens pour ne pas prêter foi à une telle idée.

« Peut-être qu'il est fâché contre Isabel. Ou peut-être qu'il est triste d'être son papa. Maman, tu sais pourquoi il est fâché contre Isabel ? Elle a fait une bêtise ? »

Cecilia sentit une boule lui monter à la gorge.

« Si ça se trouve, elle l'a empêché de regarder le cricket à la télé, ou quelque chose comme ça », dit Polly.

Ces derniers temps, Isabel s'était montrée grognon – refus de répondre, claquements de porte –, mais quoi de plus normal pour une gamine de douze ans ?

Cecilia ne put s'empêcher de penser à ces histoires d'enfants victimes d'abus sexuels qu'elle avait lues dans la presse. Ces témoignages parus dans le *Daily Telegraph*, dans lesquels les mères affirmaient tout ignorer. Et Cecilia de se demander : *Comment une mère pouvait-elle ne rien voir ?* Elle refermait toujours le journal avec un agréable sentiment de supériorité : *Une chose pareille ne pourrait pas se passer sous mon toit.*

John-Paul pouvait être d'humeur exécrable. Dans ces moments-là, il se fermait comme une huître. Rien ne pouvait le dérider. Typiquement masculin, non ? se disait Cecilia pour se rassurer. Elle se souvenait très bien du temps où sa mère, sa sœur et elle marchaient sur des œufs quand son père était mal luné. Cela n'arrivait plus. Les années l'avaient adouci. Cecilia espérait que son mari aussi changerait. Le plus tôt serait le mieux.

De là à imaginer qu'il pourrait s'en prendre à ses filles ! Ridicule. Digne du plus mauvais talk-show. Que l'idée lui traverse l'esprit, ne serait-ce qu'une seconde, c'était déjà le trahir. John-Paul n'abuserait jamais d'une de leurs filles – Cecilia en mettrait sa tête à couper.

Mais risquerait-elle la vie de ses filles ?

Non. S'il y avait le plus petit doute…

Dieu du ciel, que faire ? Interroger Isabel ? *Est-ce que papa t'a déjà touchée ?* Et si elle mentait ? C'était classique chez les victimes d'abus sexuels. Cecilia lisait toujours les faits divers – sordides de préférence. Elle se plaisait à verser une petite larme cathartique avant de s'en retourner à ses occupations, non sans avoir pris la peine de recycler le journal. John-Paul, lui, refusait tout net de lire ces horreurs. Fallait-il y voir un signe de sa culpabilité ?

« Maman ! » appela Polly.

Comment aborder le sujet avec John-Paul, les yeux dans les yeux ? « As-tu eu un geste déplacé envers l'une de nos filles ? » À sa place, elle serait furax. Une question impardonnable. La fin de leur mariage. « Non, je ne me suis jamais livré au moindre attouchement sur nos filles. Peux-tu me passer le beurre de cacahuètes, s'il te plaît ? »

« Maman ! » répéta Polly.

« C'est fou que tu aies besoin de poser la question, lui dirait-il. Si tu ne connais pas la réponse, c'est que tu ne me connais pas. »

Mais si, elle connaissait la réponse. Évidemment !

Oui, mais les autres mères aussi semblaient certaines. Les imbéciles.

Sans compter que John-Paul avait réagi de manière plus qu'étrange lorsqu'elle l'avait interrogé à propos de cette lettre. Il avait menti. Elle en était convaincue.

Et puis, n'y avait-il pas ce problème de sexe entre eux ? Avait-il perdu tout intérêt pour elle parce qu'il désirait Isabel qui devenait une jeune fille ? C'était risible. Révoltant. À vomir.

« MAMAN !

— Hein ?

— Regarde ! Tu as dépassé la rue ! On va être en retard !

— Bon sang ! Désolée. »

Vite ! Demi-tour ! Elle pila. Aussitôt, un furieux coup de klaxon retentit. Oh, mon Dieu ! Un énorme camion approchait dangereusement dans son rétroviseur.

« Merde, dit-elle en faisant un signe de la main pour s'excuser. Désolée ! Oui, oui, je sais ! »

Visiblement rancunier, le chauffeur continuait de klaxonner.

« Pardon, pardon ! » s'exclama-t-elle en terminant sa manœuvre. Puis elle adressa un nouveau geste d'excuse au chauffeur, soucieuse de ne pas ternir la réputation de Tupperware dont le logo figurait sur un côté de sa voiture. Le visage déformé par la colère, il brandit un poing vindicatif dans sa direction.

« Oh, pour l'amour du ciel ! marmonna-t-elle.

— Je crois que tu l'as énervé, le monsieur, commenta Polly.

— Il est *très* vilain, le monsieur », répondit-elle sèchement. Le cœur battant, elle roula tout doucement jusqu'au studio de danse, jetant en permanence des coups d'œil nerveux dans son rétroviseur.

Polly ouvrit la portière et courut jusqu'à la salle, son jupon de tulle rose flottant autour d'elle, les fines bretelles de son justaucorps révélant ses délicates épaules qui semblaient battre comme des ailes.

Melissa McNulty apparut sur le seuil. D'un geste de la main, elle confirma à Cecilia qu'elle s'occupait de Polly. Rassurée, Cecilia reprit la route.

« Imagine qu'on soit à Berlin : si le cabinet de Caroline était de l'autre côté du Mur, je ne pourrais pas aller à ma séance, déclara Esther.

— Tout à fait.

— On pourrait l'aider à s'échapper ! La cacher dans le coffre de la voiture. Elle n'est pas très grande. Je pense qu'elle passerait. Sauf si elle est claustrophobe, comme papa.

— Quelque chose me dit que Caroline n'aurait besoin de personne pour organiser son évasion », répondit Cecilia.

Elle nous a coûté assez cher comme ça ! On ne va pas en plus l'aider à fuir Berlin-Est ! Avec ses voyelles parfaites, l'orthophoniste d'Esther lui donnait des complexes, si bien que Cecilia se prenait à détacher toutes ses syllabes bien dis-tinc-te-ment chaque fois qu'elle s'adressait à elle. Elle se faisait l'effet d'une gamine qui passe un test !

« Moi, je ne trouve pas que papa regarde Isabel bizarrement.

— Ah non ? » demanda Cecilia d'un ton qui trahissait un réel soulagement.

Bon sang ! Quelle affreuse tendance au mélodrame ! se reprocha-t-elle intérieurement. Une simple remarque de Polly et là voilà qui se mettait à imaginer les pires horreurs ! Des attouchements sexuels ! Et puis quoi encore ? Elle regardait trop d'émissions à la noix.

« Mais je l'ai vu pleurer l'autre jour, avant qu'il parte à Chicago.

— Quoi ?

— Sous la douche. Je suis allée dans votre salle de bains pour prendre les ciseaux à ongles et j'ai entendu papa pleurer.

— Et alors, ma puce, tu as cherché à savoir pourquoi il pleurait ? demanda Cecilia d'un air faussement détaché.

— Non, répondit-elle du tac au tac. Quand je pleure, j'aime pas qu'on me dérange. »

Raté ! Polly, elle, aurait tiré le rideau de douche en moins de deux et aurait exigé une explication sur-le-champ.

« Je voulais te demander à toi, précisa Esther, mais ensuite, j'ai oublié. J'avais plein de choses en tête.

— Je ne pense pas que papa pleurait, tu sais. Peut-être qu'il… reniflait, ou je ne sais pas. »

L'idée que John-Paul pleure sous la douche lui paraissait si étrange, si éloignée de son mari. À la naissance des filles, elle l'avait surpris les yeux mouillés, certes. Et quand il avait appris la mort subite de son père au téléphone, il avait émis un bruit curieux, à peine audible, comme si quelque chose de duveteux lui chatouillait la gorge. Mais en dehors de ça, elle ne l'avait jamais vu verser une larme.

« Il ne reniflait pas, affirma Esther.

— Il avait peut-être une de ses affreuses migraines », suggéra Cecilia tout en sachant pertinemment qu'en pareil cas la dernière chose dont il avait besoin, c'était de prendre une douche. Il se couchait, seul, dans le noir. Au calme.

« Euh… papa ne prend pas de douche quand il a la migraine, maman. »

Une dépression ? Par les temps qui couraient, cela semblait être un mal fréquent. Récemment, lors d'un dîner, la moitié des invités avait avoué être sous Prozac. Après tout, John-Paul avait toujours eu des

« mauvaises passes ». Le plus souvent, suite à ces fameuses migraines. Pendant environ une semaine, il semblait vivre en mode automatique, arborant un air totalement absent tout en s'acquittant parfaitement de ses devoirs. Comme si le vrai John-Paul avait pris le large et envoyé son clone à sa place. « Est-ce que ça va ? » lui demandait Cecilia. Après un moment de flottement, il répondait invariablement : « Oui, bien sûr. Ça va. »

Ensuite, il redevenait lui-même – ce mari et ce père hyper-présent, toujours à l'écoute. Cecilia se persuadait alors qu'elle avait tout imaginé, que ses phases « végétatives » n'étaient probablement rien d'autre que le contrecoup de ses migraines.

Mais, pleurer sous la douche ? Pour quelle raison aurait-il pleuré ? Tout allait bien, en ce moment.

John-Paul a fait une tentative de suicide.

Cette réalité, si abominable fut-elle, refit peu à peu surface dans son esprit. D'ordinaire, elle évitait soigneusement de trop y penser.

Pendant sa première année d'université – avant leur rencontre –, John-Paul avait visiblement perdu les pédales. Une nuit, il avait avalé tout un flacon de somnifères. Son colocataire, censé passer le week-end chez ses parents, était rentré à l'improviste et avait pu appeler les secours. « À quoi pensais-tu ? » avait demandé Cecilia lorsqu'elle l'avait appris. « Tout semblait si difficile, avait-il répondu. À ce moment-là, dormir pour l'éternité m'a paru plus simple. »

Au cours de leur mariage, Cecilia avait souvent cherché à en savoir davantage sur cette période de sa vie. « Mais *pourquoi* les choses te semblaient si dures ? Qu'est-ce qui te travaillait à ce point ? » Mais, visiblement incapable d'expliquer son geste, John-Paul demeurait vague : « Je crois que j'étais pétri d'angoisse, comme un tas de jeunes », répondait-il. Cecilia, qui avait eu une adolescence parfaitement sereine, ne comprenait pas. Puis elle avait laissé tomber pour finalement considérer la tentative de suicide de John-Paul comme un épisode singulier et atypique. « J'avais besoin de faire une belle rencontre », avait-il ajouté. Car avant Cecilia, on ne lui avait connu aucune histoire sérieuse. Un de ses frères lui avait dit un jour : « Je commençais à me demander s'il n'était pas homo ! »

De nouveau la question de sa sexualité.

Mais son frère plaisantait, non ?

Une tentative de suicide inexplicable à dix-huit ans, et maintenant, une crise de larmes sous la douche.

« Parfois, les adultes se font du souci », expliqua Cecilia à Esther. Ne devait-elle pas avant tout rassurer sa fille ? « Je suis certaine que papa ne…

— Hé, maman, j'aimerais bien avoir ce livre sur le Mur de Berlin pour Noël. Je peux le commander tout de suite sur Amazon ? Les critiques sont super-bonnes.

— Non, tu l'emprunteras à la bibliothèque. »

Avec un peu de chance, ils auraient quitté Berlin d'ici Noël.

Elle s'engagea dans le parking situé au sous-sol de l'immeuble de l'orthophoniste et baissa la vitre avant d'appuyer sur l'interphone.

« Oui ?

— Nous avons rendez-vous avec Caroline Otto », dit Cecilia. Même lorsqu'elle parlait au gardien, elle arrondissait ses voyelles.

En se garant, elle fit le point.

John-Paul regardait Isabel bizarrement. Comme s'il était « triste et fâché ».

Il avait pleuré sous la douche.

Il ne la désirait plus.

Il lui cachait quelque chose.

Une situation pour le moins bizarre et inquiétante qui suscita en elle une certaine satisfaction, voire une impatience grandissante.

Elle serra le frein à main et défit sa ceinture.

« Allons-y », dit-elle à Esther, consciente du plaisir inapproprié qui l'envahissait peu à peu. Elle venait de prendre une décision. Quelque chose ne tournait pas rond. Elle avait une obligation morale d'agir de manière immorale. Entre deux maux, mieux vaut choisir le moindre, n'est-ce pas ? Si. C'était tout à fait justifié.

Une fois les filles au lit, elle ferait ce qu'elle brûlait de faire depuis le début. Elle ouvrirait cette satanée lettre.

9

Quelqu'un frappa à la porte.

« N'y va pas », décréta Lucy sans même lever le nez de son livre.

Dans le petit salon qui donnait côté rue, Liam, Tess et sa mère lisaient chacun dans son fauteuil tout en grignotant des raisins secs enrobés de chocolat. Bouquiner avec Lucy en mangeant des confiseries était un rituel auquel Tess s'adonnait quotidiennement étant enfant. Elles enchaînaient toujours sur cinq minutes d'aérobic pour compenser.

« C'est peut-être papa », dit Liam en cornant sa page. À la grande surprise de Tess, il avait accepté de s'asseoir avec un livre sans négocier. Sûrement grâce aux raisins chocolatés. À la maison, elle n'arrivait jamais à le convaincre de lire les quelques pages données en devoir.

Dire qu'il faisait sa rentrée dans une nouvelle école. Comme ça, du jour au lendemain. Il avait suffi à cette drôle de femme de lui promettre une chasse aux œufs géante pour qu'il accepte de commencer tout de suite.

« Papa t'a appelé de Melbourne il y a tout juste quelques heures », répondit Tess sur un ton neutre.

Liam avait parlé avec son père pendant vingt bonnes minutes pour ensuite tendre le combiné à sa mère. « Je discuterai avec lui plus tard », avait-elle dit. Primo, elle l'avait déjà eu au téléphone dans la matinée. La situation demeurait inchangée. Deuzio, elle n'avait aucune envie de réentendre cette voix affreusement sérieuse qu'elle ne lui connaissait pas jusqu'alors. Tertio, que pouvait-elle lui dire ? Qu'elle était tombée sur un ex-petit ami à l'école dans l'espoir d'attiser sa jalousie ?

Connor Whitby. Elle n'avait pas dû le voir depuis plus de quinze ans. Ils s'étaient fréquentés pendant une dizaine de mois. Elle ne l'avait même pas reconnu lorsqu'il était entré dans le bureau. Il avait perdu tous ses cheveux et semblait être une version beaucoup plus baraquée de l'homme dont elle se souvenait. Elle s'était sentie tellement mal à l'aise. Comme si se retrouver nez à nez avec une femme dont la fille avait été assassinée ne suffisait pas.

« Papa a peut-être pris l'avion pour nous faire la surprise ! » s'exclama Liam.

Un coup sec à la fenêtre située derrière Tess se fit entendre. « Je sais que vous êtes là !

— Incroyable », fit Lucy en fermant son livre d'un geste brusque.

Tess se retourna et aperçut sa tante qui essayait de voir à travers le rideau, le nez collé à la vitre.

« Mary ! Je t'ai dit cent fois de ne pas venir ! » cria Lucy d'une voix beaucoup plus aiguë que d'ordinaire. Elle semblait toujours rajeunir de plusieurs décennies lorsqu'elle s'adressait à sa jumelle.

« Ouvrez-moi ! fit tante Mary en tapant de nouveau contre le carreau. Je dois parler à Tess !

— Elle ne veut pas, elle ! répondit Lucy en brandissant sa béquille en direction de sa sœur.

— Maman, intervint Tess.

— C'est ma nièce ! J'ai des droits ! insista Mary en essayant d'ouvrir la fenêtre à guillotine.

— Des *droits* ! s'étrangla Lucy. On croit rê…

— Pourquoi elle peut pas entrer ? » demanda Liam en fronçant les sourcils.

Tess et sa mère, qui, jusque-là, avaient fait très attention à ce qu'elles disaient devant lui, se regardèrent.

« Mais si, elle peut entrer, dit Tess en abandonnant son livre. Mamie plaisantait.

— Oui, Liam, renchérit Lucy. C'est juste un jeu idiot entre Mary et moi !

— Lucy ! Ouvre-moi ! Je vais faire un malaise ! Je te jure que c'est vrai ! Je ne voudrais pas m'effondrer sur tes précieux gardénias.

— Un jeu tellement rigolo ! » répéta Lucy en s'esclaffant.

En la voyant, Tess repensa au temps où sa mère se déguisait en père Noël, espérant perpétuer le mythe. Quelle piètre comédienne !

« Cours lui ouvrir, Liam ! » dit Tess. Puis, se tournant vers sa tante, elle désigna la porte d'entrée et lança : « On arrive ! »

Tante Mary traversa le jardin, écrasant au passage quelques fleurs. « Oups !

— Je vais t'en mettre des oups, moi », marmonna Lucy.

Tess se sentit en proie à un terrible sentiment de solitude à l'idée qu'elle ne pourrait pas raconter le spectacle auquel les jumelles venaient de se livrer à sa cousine. Comme si la vraie Felicity avait disparu en même temps que ses kilos de graisse. Désintégrée, Felicity. D'ailleurs, avait-elle jamais existé ?

« *Ma chérie*, dit Mary lorsque Tess apparut à la porte. Et voilà Liam ! Comme tu as grandi ! Tu ne t'arrêtes donc jamais ?

— Bonjour, oncle Phil », dit Tess en s'avançant pour lui faire la bise.

Celui-ci l'attira subitement à lui et la serra maladroitement dans ses bras. « Ma fille me fait honte, tu sais », lui glissa-t-il à l'oreille. Puis, se redressant : « Je vais tenir compagnie à Liam pendant que vous discutez entre femmes. »

Liam et oncle Phil se réfugièrent devant la télévision tandis que de leur côté, Mary, Lucy et Tess s'installaient dans la cuisine pour boire une tasse de thé.

« Il me semblait t'avoir dit clairement de ne pas venir », commença Lucy qui n'en voulait pas suffisamment à sa sœur pour renoncer aux délicieux brownies au chocolat qu'elle avait apportés.

Mary leva les yeux au ciel et, les coudes sur la table, ferma ses petites mains chaudes sur le bras de Tess. « Ma douce, je suis désolée de ce qui t'arrive.

— Ce qui lui *arrive* ? Comme si c'était la faute à pas de chance ! explosa Lucy.

— Eh bien, justement, je crois que Felicity n'a pas vraiment eu le choix, expliqua Mary.

— Oh ! Je n'y étais pas ! Pauvre Felicity ! On lui a mis le couteau sous la gorge, sans doute ! » ironisa Lucy en faisant mine qu'on l'égorgeait.

Tess se demanda si sa mère avait récemment fait vérifier sa tension.

Mary ignora superbement sa sœur et s'adressa directement à sa nièce : « Ma belle, tu sais bien que Felicity n'a pas *voulu* que ça arrive. C'est une torture pour elle. Une véritable torture.

— C'est une plaisanterie ? fit Lucy en attaquant sauvagement une deuxième part de brownie. Tu n'espères tout de même pas que Tess va la plaindre !

— J'espère simplement que tu trouveras la force de lui pardonner, poursuivit Mary en regardant Tess droit dans les yeux.

— Bon, ça suffit comme ça, reprit Lucy. Je ne veux plus entendre un mot sortir de ta bouche.

— Lucy ! Parfois, l'amour vous tombe dessus sans crier gare ! Ce sont des choses qui arrivent ! Ça ne s'explique pas ! »

Songeuse, Tess tourna lentement la cuillère dans son thé. Sans crier gare, vraiment ? Et si cet amour avait toujours été là, juste sous ses yeux ? Felicity et Will s'étaient entendus à merveille dès le début. « C'est une rigolote, ta cousine ! » lui avait dit Will à la suite de leur premier dîner à trois. Considérant Felicity comme un prolongement d'elle-même, Tess l'avait pris comme un compliment. La pétillante Felicity ne faisait-elle pas partie de ce que Tess avait à offrir ? Le fait que Will l'apprécie vraiment – ce qui n'avait pas été le cas de tous ses ex, loin s'en faut – avait nettement joué en sa faveur.

De même, Felicity s'était prise d'amitié pour Will dès le début. « Celui-là, tu peux l'épouser ! avait-elle déclaré le lendemain. C'est le bon. Voilà qui est dit ! »

Felicity avait-elle déjà le béguin pour Will à ce moment-là ? Ce qui arrivait aujourd'hui était-il prévisible ? Inéluctable ?

Tess se souvenait du sentiment d'euphorie qui l'avait envahie le jour où elle les avait présentés. Comme si elle avait réalisé son vœu le plus cher. « Il est parfait, hein ? avait-elle dit à Felicity. Il nous comprend. Il nous comprend tellement mieux que les autres. »

Nous. Elle avait dit *nous*.

Sa mère et sa tante continuaient de parler, faisant peu de cas du silence de Tess.

« Mais enfin, Mary, on ne parle pas d'une fabuleuse histoire de prince charmant, là ! » dit Lucy, outrée. Elle regardait sa sœur avec dégoût, comme si c'était la pire des criminelles. « Qu'est-ce qui te prend ? Sérieusement, qu'est-ce qui te prend ? Tess et Will sont mariés, bon sang. Et au cas où tu l'aurais oublié, ils ont un enfant. Mon petit-fils, en l'occurrence.

— Oui, mais ils voudraient tellement trouver un moyen d'arranger les choses. Ils t'aiment énormément, dit Mary à Tess. L'un comme l'autre.

— Super », fit Tess.

Au cours des dix années qui venaient de s'écouler, Will ne s'était jamais plaint de la présence quasi permanente de Felicity. C'était peut-être un signe. Un signe que Tess ne lui suffisait pas. Quel autre mari aurait accepté que la cousine de sa femme – obèse, de surcroît – s'incruste à toutes les vacances d'été ? Il l'aimait, forcément. Quelle idiote de ne pas l'avoir vu ! Dire qu'elle s'était plu à les regarder se chambrer et se chamailler à longueur de temps. Elle ne s'était jamais sentie exclue. Avec Felicity, la vie était plus amusante, plus intense. Tess avait le sentiment d'être davantage elle-même en sa présence, car sa cousine, qui la connaissait mieux que quiconque, agissait comme un exhausteur de saveur : elle rehaussait les contours de sa personnalité, révélant aux yeux de Will une Tess pétillante.

Sans parler du fait qu'avec sa chère cousine à ses côtés, Tess se sentait plus jolie.

C'était l'ignoble vérité, songea Tess en posant ses doigts gelés sur ses joues brûlantes. L'obésité de Felicity ne lui avait jamais inspiré le moindre dégoût. Bien au contraire. À côté d'elle, elle s'était sentie particulièrement mince et gracieuse.

Et pourtant, lorsque Felicity avait perdu tous ses kilos, rien n'avait changé dans l'esprit de Tess. L'idée que Will puisse désirer sa cousine ne l'avait pas même effleurée. Sa place allait tellement de soi dans cette étrange figure à trois : Tess était le sommet du triangle. Celle que Will aimait le plus. Celle que Felicity aimait le plus. Comment avait-elle pu être aussi égocentrique ?

« Tess ? » dit Mary.

Tess posa la main sur le bras de sa tante. « Parlons d'autre chose, tu veux bien ? »

Deux grosses larmes laissèrent des traînées brillantes sur les joues fardées de Mary. Elle se tamponna le visage avec un mouchoir en papier tout chiffonné. « Phil ne voulait pas que je vienne. Il avait peur que je fasse plus de mal que de bien. Mais je me disais que je trouverais un moyen d'arranger les choses. J'ai passé toute la matinée à regarder de vieilles photos de toi et Felicity. Comme vous avez pu vous amuser toutes les deux ! C'est ça, le pire. Je ne supporte pas l'idée que vous vous éloigniez l'une de l'autre. »

Les yeux secs, le cœur serré, Tess tapota le bras de sa tante.

« Je crois qu'il va falloir que tu t'y fasses », dit-elle sans ciller.

10

« Tu ne crois pas sérieusement que je vais venir à une réunion Tupperware ! » avait répondu Rachel lorsque Marla le lui avait demandé quelques semaines plus tôt, autour d'une tasse de café.

« Tu es ma meilleure amie, oui ou non ? » avait rétorqué Marla en remuant son cappuccino au lait de soja.

« Ma fille a été assassinée – ce qui me dispense de toute contrainte mondaine jusqu'à la fin de mes jours, comme un joker en quelque sorte. »

Marla lui avait décoché un de ses regards lourds de sens.

Et pour cause : le jour où ces deux policiers étaient venus frapper à la porte de Rachel, c'était elle qui l'avait accompagnée à la morgue. Ed, lui, se trouvait à Adélaïde pour le travail – comme souvent, soit dit en passant. Lorsqu'ils avaient soulevé l'habituel drap blanc qui couvrait le visage de Janie, Rachel s'était effondrée mais Marla, qui se tenait tout près, l'avait retenue sans hésiter, posant une main experte sous son coude, l'autre sur son bras. En tant que sage-femme, elle en avait rattrapé, des maris baraqués, avant qu'ils ne touchent le sol.

« Pardon, bredouilla Rachel.

— Janie, elle, serait venue à ma soirée, répondit Marla, les larmes aux yeux. Par affection pour moi, elle serait venue. »

Et c'était vrai. Janie adorait Marla. Elle répétait sans cesse à sa mère que, question vêtements, elle ferait mieux de prendre exemple sur sa copine. Évidemment, la seule fois où Rachel avait porté une robe choisie avec Marla, voyez comment ça s'était terminé.

« Je me demande si Janie aurait aimé les réunions Tupperware », dit Rachel en regardant une femme d'une quarantaine d'années gronder son enfant de sept ou huit ans à la table voisine. Comme d'habitude, elle essaya, en vain, d'imaginer Janie au même âge. Il lui arrivait parfois de croiser les anciens amis de sa fille dans les magasins. Quel choc pour elle de voir surgir derrière leurs visages gonflés par l'âge les traits des adolescents qu'elle avait connus. Au point d'ailleurs qu'elle devait se mordre la langue pour ne pas lâcher : « Mon Dieu, comme tu as *vieilli* ! »

« Je me souviens d'une jeune fille très ordonnée, répondit Marla. Elle aimait que chaque chose soit à sa place. Elle aurait adoré les Tupperware. »

Voilà pourquoi Rachel voyait en Marla une amie précieuse : elle comprenait son besoin inépuisable de parler de l'adulte que Janie serait devenue. Combien d'enfants aurait-elle eus ? Quel genre d'homme aurait-elle épousé ? Se livrer à ces conjectures aidait Rachel à se sentir en vie, au moins quelques instants. Ed avait toujours détesté ces conversations. L'attitude de sa femme, qui s'obstinait à échafauder des hypothèses au lieu d'accepter qu'il n'y aurait jamais plus d'avenir pour Janie, lui échappait totalement. Aussi, il tournait les talons, s'attirant les foudres de Rachel qui s'écriait : « Excuse-moi. Si je ne peux plus parler, maintenant ! »

« Je t'en prie, viens à ma réunion Tupperware, insista Marla.

— D'accord, répondit Rachel. Mais autant te prévenir, je n'achèterai rien. »

Ainsi, ce mardi-là, Rachel se retrouva dans le salon de Marla, entourée de femmes qui sirotaient des cocktails tout en bavardant bruyamment. Elle s'installa entre Eve et Arianna, les brus de son amie, qui attendaient leur premier enfant et n'avaient aucune intention de s'exiler à New York.

« La douleur, c'est pas mon truc, disait Eve à Arianna. J'en ai parlé à mon obstétricien. Je lui ai dit : "Écoutez, moi et la douleur, ça fait deux. Je ne veux même pas en entendre parler."

— Euh, je crois que personne n'aime souffrir, non ? répondit Arianna, peu sûre d'elle. En dehors des masochistes, peut-être ?

— C'est inadmissible, renchérit la première. Au vingt et unième siècle ? Moi, je dis non. Non à la souffrance. Merci bien. »

Ah, c'était donc ça, mon erreur, pensa Rachel. *J'aurais dû dire non à la souffrance. Merci bien.*

« Regardez qui voilà, mesdames ! » s'écria Marla qui, tenant un plateau de friands, entra dans la pièce accompagnée de Cecilia Fitzpatrick. Celle-ci, impeccablement mise, traînait derrière elle une valise noire à roulettes.

Apparemment, Cecilia était tellement demandée que s'assurer ses services pour une réunion Tupperware à domicile relevait de l'exploit. Selon sa belle-mère, elle n'avait pas moins de six conseillères sous ses ordres et on l'envoyait souvent à l'étranger.

« Bien, Cecilia, désirez-vous un verre ? » proposa Marla qui, au comble de l'excitation, ne se rendait pas compte que les friands menaçaient de tomber.

Cecilia lâcha sa valise et rattrapa le plateau in extremis.

« Un verre d'eau, Marla, ce sera parfait, répondit-elle. Laissez-moi me charger du service si vous voulez ; j'en profiterai pour me présenter, même s'il y a beaucoup de visages familiers bien sûr. Bonsoir. Cecilia. Vous êtes Arianna, n'est-ce pas ? Un feuilleté ? » Ébahie, Arianna prit un friand. « Ma fille Polly fait de la danse classique ; elle suit les cours de votre sœur cadette. J'ai tout à fait ce qu'il vous faut pour congeler les purées de votre bébé ! Je vous montrerai tout à l'heure. Et voilà Rachel ! Quel plaisir de vous voir. Comment va votre petit Jacob ?

— Il part à New York pour deux ans », répondit Rachel en grimaçant.

Cecilia s'arrêta net. « Mince », fit-elle avec sollicitude. Puis, fidèle à elle-même : « Mais attendez, vous pourrez y aller ! Quelqu'un me parlait l'autre jour de ce site génial pour trouver des appartements pas chers à New York ! Je vous enverrai le lien, promis ! » Elle poursuivit : « Bonjour, bonjour. Je suis Cecilia. Un friand ? »

Elle servit petits-fours et compliments à la ronde, prenant soin d'adresser à chacune des invitées ce regard perçant dont elle seule avait le secret, si bien qu'au moment où elle fut prête à commencer sa démonstration, toutes se tournèrent docilement vers elle, disposées à écouter et à se laisser persuader d'acheter des Tupperware, telle une bande de collégiennes turbulentes qui acceptent de se soumettre à un professeur strict mais juste.

À sa grande surprise, Rachel s'amusa comme une petite folle. Si les délicieux cocktails de Marla n'y furent pas étrangers, Cecilia contribua largement à son plaisir en proposant, en plus de sa présentation – vivante et digne du plus fervent prêcheur – un jeu-concours. Chaque bonne réponse rapportait une pièce en chocolat. À la fin de la soirée, la meilleure joueuse se verrait attribuer un prix.

Rachel ne put répondre aux questions portant sur les Tupperware : elle ne savait pas, et n'avait pas spécialement envie de savoir, qu'une réunion Tupperware débutait toutes les 2,7 secondes à travers le monde (« Un, deux – et voilà une autre réunion qui commence ! » dit Cecilia gaiement) ni qu'un dénommé Earl Tupper avait inventé la fameuse fermeture hermétique. Mais, dotée d'une bonne culture générale, elle s'était prise au jeu et jubilait en comptant les pièces dorées qui s'amoncelaient devant elle.

Une bataille acharnée avait opposé Rachel à Jenny Cruise, une ex-collègue de Marla. Rachel avait carrément levé le poing en l'air, remportant la victoire d'une courte avance – une malheureuse pièce, gagnée grâce à la question : « Qui jouait Kelly Capwell dans *Santa Barbara* ? »

Robin Wright ! Elle le savait grâce à Janie qui, à l'adolescence, ne ratait jamais un épisode de cette série à l'eau de rose. Merci, Janie ! avait-elle pensé.

Elle avait oublié à quel point elle aimait gagner.

En fait, elle se sentait si euphorique qu'elle finit par commander pour plus de trois cents dollars de Tupperware – lesquels, lui assura Cecilia, allaient lui changer la vie, en plus de métamorphoser son garde-manger.

Au moment de partir, Rachel était un peu éméchée.

À vrai dire, elles l'étaient toutes, à l'exception des brus de Marla qui étaient parties de bonne heure et de Cecilia, qui vivait vraisemblablement de Tupperware et d'eau fraîche.

On téléphona aux maris, on organisa le retour de chacune, tout cela dans une grande allégresse. Pendant ce temps, assise sur le canapé, Rachel venait tranquillement à bout de sa pile de pièces en chocolat.

« Et vous, Rachel, vous savez comment vous rentrez ? » demanda Cecilia tandis que, sur le pas de la porte, Marla saluait ses copines du club de tennis à grands cris. Cecilia avait remballé ses produits de démonstration dans son sac noir et était toujours aussi impeccable qu'en début de soirée, en dépit de deux taches rouges sur ses joues.

« Moi ? fit Rachel en s'apercevant qu'elle était la dernière. Tout va bien. Je vais conduire. »

Étrangement, il ne lui était pas venu à l'esprit qu'elle aussi devait trouver un moyen de rentrer chez elle – énième illustration de son sentiment permanent d'être à part, comme si, vaccinée contre la banalité de la vie, elle était à mille lieues des préoccupations des autres.

« Ne sois pas ridicule, lança Marla en revenant dans le salon, visiblement ravie du succès de la soirée. Conduire dans ton état ? Tu es folle ! Si on te fait souffler dans le ballon, tu seras largement au-dessus du seuil. Mac va te ramener. On ne l'a pas vu de la soirée. Il peut au moins faire ça.

— C'est bon. Je vais appeler un taxi. »

Rachel se leva et dut bien admettre que la tête lui tournait. Mais elle n'avait aucune envie de se faire raccompagner par Mac. C'était un bon bougre – Ed et lui s'entendaient à merveille – mais il était affreusement mal à l'aise avec les femmes. Surtout en tête à tête. Ce serait un supplice de rentrer seule avec lui.

« Vous habitez bien du côté des courts de tennis sur Wycombe Road, Rachel ? demanda Cecilia. Je vais vous ramener chez vous. C'est sur mon chemin. »

Quelques minutes plus tard, Rachel montait dans le confortable Ford Territory blanc de Cecilia. Une odeur agréable flottait dans l'habitacle à la propreté irréprochable. Au volant, Cecilia se révéla être comme dans tout ce qu'elle faisait : habile et vive. Rachel se laissa aller contre le repose-tête, prête à entendre le monologue apaisant de son chauffeur : tombolas, carnavals, bulletins d'informations et toute autre affaire relative à St Angela.

Pourtant, Cecilia n'ouvrit pas la bouche. Les yeux plissés, elle se mordillait la lèvre inférieure, visiblement peinée.

Crise conjugale ? Soucis avec les filles ? Rachel se souvenait d'avoir consacré d'innombrables heures à tourner et retourner ses problèmes : vie sexuelle, enfants terribles, malentendus, électroménager en panne, budget.

Plus aujourd'hui. Non qu'elle ait la sagesse de prendre du recul. Pas du tout. Elle ne demanderait pas mieux que d'avoir ce genre de préoccupations, d'être aux prises avec les difficultés de la vie de mère et d'épouse. Elle adorerait se retrouver dans la peau de Cecilia Fitzpatrick : rentrer à la maison où elle retrouverait ses filles après une réunion Tupperware particulièrement réussie, tout en ressassant ses petits problèmes.

Rachel finit par rompre le silence. « Je me suis bien amusée, ce soir. Vous avez été parfaite. Pas étonnant que vos affaires marchent si bien. »

Cecilia esquissa un haussement d'épaules. « Merci. J'aime ce que je fais. Même si ça m'attire les moqueries de ma sœur, ajouta-t-elle en souriant.

— Elle est jalouse ! »

Cecilia ne put réprimer un bâillement. Elle semblait si différente de la femme en perpétuelle représentation qu'elle donnait à voir à St Angela.

« Je serais curieuse de voir votre cellier, dit Rachel d'un ton songeur. Je parie que tout est à sa place, parfaitement étiqueté. Vous verriez le mien ! Une zone sinistrée !

— Je suis assez fière de mon garde-manger en effet ! John-Paul dit qu'on se croirait aux archives nationales ! Je ne suis pas commode avec les filles quand elles rangent mal.

— Comment vont-elles, à propos ?

— Très bien. » Une ombre passa sur son visage. « Elles poussent. Et me donnent du fil à retordre.

— Votre grande, Isabel. Je l'ai aperçue l'autre jour pendant l'appel. Elle me rappelle un peu ma fille. Janie. »

Pas de réaction.

Qu'est-ce qui m'a pris de lui dire ça ? pensa Rachel. *Ça doit être l'alcool.* Quelle femme a envie d'entendre que sa fille ressemble à une ado qu'on a retrouvée étranglée ?

Au bout d'un moment, sans quitter la route des yeux, Cecilia lâcha : « Je n'ai qu'un seul souvenir de votre fille. »

11

« Je n'ai qu'un seul souvenir de votre fille. »

Pas sûr que ce soit la meilleure chose à faire. Et si Rachel se mettait à pleurer ? Elle qui se réjouissait d'avoir gagné le set VentilOfrais.

Cecilia n'avait jamais été à l'aise en présence de Rachel. Elle se sentait futile. Le monde ne semblait-il pas forcément futile à une femme qui avait perdu un enfant dans de telles circonstances ? Aussi, Cecilia cherchait toujours à lui montrer, d'une manière ou d'une autre, qu'elle avait pleinement conscience de la vacuité de son existence. Quelques années plus tôt, elle avait vu des parents en deuil témoigner dans un talk-show. Face à l'impossibilité de créer de nouveaux souvenirs, ils bénissaient les gens qui leur racontaient des anecdotes sur leurs enfants. Depuis, chaque fois qu'elle croisait Rachel, Cecilia pensait à son unique souvenir de Janie – un tout petit souvenir de rien du tout – et se demandait comment le partager avec elle. L'occasion ne s'était jamais présentée : pas facile d'évoquer Janie au secrétariat de l'école entre deux conversations sur la boutique d'uniformes et les créneaux horaires du netball.

C'était le moment ou jamais. Le moment parfait. D'autant que Rachel avait elle-même parlé de Janie.

« Évidemment, je ne la connaissais pas du tout. Elle avait quatre ans de plus que moi. Mais je me souviens d'une scène en particulier. »

Elle hésita.

« Continuez, l'encouragea Rachel en se redressant sur son siège. J'adore qu'on me parle de Janie.

— Ce n'est vraiment pas grand-chose », prévint Cecilia, terrifiée à l'idée que son anecdote ait un goût de trop peu. Devait-elle enjoliver son récit ? « J'étais en CE1, Janie déjà au collège. Je savais comment elle s'appelait parce qu'elle était préfète de la maison Rouge.

— Ah, oui, fit Rachel en souriant. Il fallait tout teindre en rouge. Une fois, une chemise blanche de son père en a fait les frais. C'est drôle comme on oublie ce genre de choses.

— Donc, c'était le jour du carnaval de l'école. Vous vous souvenez comment on défilait à l'époque ? Chaque maison devait faire le tour des terrains. Je répète tout le temps à Connor Whitby qu'on devrait faire revivre cette tradition, mais il se moque de moi. »

Le sourire de Rachel s'estompa un peu. Cecilia se remit à douter. Était-ce trop pénible ? Pas spécialement intéressant ?

« J'étais le genre de gamine à prendre le défilé *très* au sérieux. Je voulais absolument que la maison Rouge l'emporte, mais j'ai trébuché, je me suis retrouvée par terre et tous les enfants me sont tombés dessus. Sœur Ursula a crié comme une damnée.

C'était fichu pour les Rouges. Je pleurais tout ce que je savais, je me disais que c'était le drame absolu, et Janie Crowley, votre Janie, s'est approchée, elle m'a aidée à me relever, a lissé mon uniforme et m'a glissé à l'oreille : "On s'en fiche. C'est débile, ce défilé, de toute façon." »

Rachel garda le silence.

« C'est tout, fit Cecilia humblement. Ce n'était pas grand-chose, mais j'ai toujours…

— Merci, c'est adorable », dit Rachel sur ce ton si spécial que prennent les adultes lorsqu'un enfant leur offre un cadeau fait de ses mains. Rachel frôla l'épaule de Cecilia avant de laisser retomber sa main sur ses genoux. « C'est tellement Janie. "C'est débile, ce défilé." Vous savez quoi ? Je crois que je m'en souviens. Cette ribambelle de gamins au sol. Marla et moi étions mortes de rire. »

Elle s'interrompit. Cecilia eut un haut-le-cœur. Allait-elle fondre en larmes ?

« Mince ! Vous savez, je suis un peu ivre, dit Rachel. Moi qui envisageais de conduire. J'aurais pu tuer quelqu'un sur la route.

— Ne dites pas de sottises.

— J'ai vraiment passé une bonne soirée », reprit Rachel en regardant au-dehors. Elle appuya sa tête contre la vitre – un geste qu'une toute jeune femme aurait pu faire après une nuit bien arrosée. « Je devrais faire l'effort de sortir plus souvent.

— Bien ! » s'exclama Cecilia, de nouveau dans son élément. Voilà un problème qu'elle pouvait régler. « Dans ce cas, venez à la fête d'anniversaire de Polly !

C'est le week-end après Pâques. Samedi, quatorze heures. Déguisement de pirate obligatoire !

— C'est très gentil de votre part, mais Polly n'a pas besoin qu'une vieille dame s'incruste à sa fête.

— Taratata ! Vous devez venir ! Vous connaîtrez plein de monde. La mère de John-Paul. La mienne. Lucy O'Leary, qui vient avec Tess et le petit Liam. » Tout à coup, Cecilia voulait à tout prix que Rachel soit de la fête. « Pourquoi ne pas amener votre petit-fils ! Mais oui, venez avec Jacob ! Les filles adoreraient avoir un tout-petit à bichonner ! »

Le visage de Rachel s'illumina. « J'ai effectivement promis de garder Jacob samedi après-midi. Rob et Lauren doivent voir plusieurs agents immobiliers pour organiser la location de leur maison durant leur séjour à New York. Oh, nous y sommes, juste là. »

Cecilia s'arrêta devant un petit pavillon en brique rouge où toutes les lumières étaient restées allumées.

« Merci de m'avoir ramenée, merci beaucoup. » Rachel descendit de la voiture en glissant tout doucement de son siège. Exactement comme la mère de Cecilia. Celle-ci avait remarqué que, avant d'être voûtés ou d'avoir les mains qui tremblent, les gens passaient par une phase où ils ne faisaient plus confiance à leur corps.

« Je vous enverrai une invitation à l'école ! » dit Cecilia tout en se demandant si elle devrait proposer à Rachel de la raccompagner jusqu'à sa porte. Sa mère s'en offusquerait à coup sûr. Sa belle-mère, au contraire, s'offusquerait qu'elle ne le fasse pas.

« Parfait », répondit Rachel avant de s'éloigner d'un pas vif. À croire qu'elle avait lu dans les pensées de Cecilia et tenait à lui prouver qu'elle n'était pas encore une vieillarde, merci bien.

Le temps que Cecilia fasse demi-tour dans le cul-de-sac, Rachel avait fermé la porte derrière elle.

Cecilia jeta un œil aux fenêtres dans l'espoir d'apercevoir sa silhouette. En vain. Que faisait-elle à présent ? Comment se sentait-elle, dans cette maison, avec pour seule compagnie les fantômes de sa fille et de son mari ?

Eh bien ! se dit-elle in petto, comme si elle avait eu le privilège de ramener quelqu'un d'important. Sans compter qu'elle lui avait parlé de Janie ! Ça s'était plutôt bien passé. Elle lui avait offert un souvenir. Exactement comme elle l'avait vu dans ce talk-show. Voilà une bonne chose de faite. Après tout ce temps. Mais son sentiment de satisfaction la fit bientôt rougir de honte : comment tirer fierté d'avoir bien agi envers une femme qui avait vécu une telle tragédie ?

S'arrêtant à un feu rouge, elle repensa au chauffeur de camion qui lui avait hurlé dessus dans l'après-midi. Il n'en fallut pas davantage pour faire resurgir tous ses soucis. Tandis qu'elle ramenait Rachel chez elle, Cecilia avait tout oublié. Les propos étranges de Polly et d'Esther sur John-Paul. Sa décision d'ouvrir la lettre sitôt rentrée.

Se sentait-elle toujours dans son bon droit ?

Après la séance d'orthophonie, la journée avait suivi son cours normalement. Pas d'autres révélations abracadabrantes des cadettes. Isabel, quant à elle, s'était montrée plus gaie qu'à son habitude en sortant de chez le coiffeur. À sa façon de se tenir, on devinait qu'avec sa nouvelle coupe à la garçonne, elle se sentait hyper-sophistiquée, alors qu'elle paraissait plus jeune et plus douce.

Les filles avaient reçu une carte postale de leur père. C'était un rituel : lorsqu'il partait en déplacement, il leur envoyait la carte la plus ridicule possible. Celle d'aujourd'hui représentait un de ces chiens pleins de plis, affublé d'un diadème et d'une parure de perles. Idiot mais en plein dans le mille, s'était dit Cecilia en voyant les filles rire aux éclats et aimanter la carte sur le réfrigérateur.

« Oh, c'est pas vrai », marmonna-t-elle au moment où un chauffard déboulait devant elle sans clignotant. Elle leva la main pour klaxonner avant de se dire que cela ne valait pas la peine.

Voyez, inutile d'aboyer comme un dingue, pensa-t-elle, comme si le camionneur psychotique pouvait l'entendre. La voiture devant elle, un taxi, n'arrêtait pas de freiner, accélérer, freiner, accélérer.

Super. Le taxi descendit sa rue puis, toujours sans clignotant, s'arrêta pile devant sa maison.

Le chauffeur alluma les loupiotes. Cecilia aperçut le client, assis à l'avant. Un des fils Kingston, songea-t-elle. Les voisins d'en face avaient trois garçons de plus de vingt ans qui vivaient encore chez papa-maman, histoire de poursuivre leurs études – ils prenaient leur temps, soit dit en passant – tout en fréquentant assidûment les bars du centre-ville. « Si je vois l'un d'entre eux s'approcher de nos filles, disait souvent John-Paul, ça se réglera à coups de fusil. »

Elle s'engagea dans l'allée et ouvrit la porte du garage à l'aide de la télécommande tout en jetant un coup d'œil dans son rétroviseur. Le chauffeur venait d'ouvrir le coffre et un homme, bien bâti et vêtu d'un costume, sortait ses bagages du coffre.

Un des fils Kingston ! Certainement pas.

C'était John-Paul. Il lui semblait si différent lorsqu'il arrivait à l'improviste dans ses vêtements de travail. Méconnaissable. Comme si elle le découvrait vieilli et grisonnant tandis qu'elle était restée la jeune femme de vingt-trois ans qu'il avait épousée.

Son mari. De retour avec trois jours d'avance.

Elle était partagée entre la joie et l'exaspération.

Trop tard. Elle ne pouvait plus ouvrir la lettre à présent. Elle coupa le moteur, défit sa ceinture et courut à sa rencontre.

12

« Oui, allô ? » dit Tess avec méfiance en regardant sa montre.

Vingt et une heures. Ça ne pouvait pas être un énième démarcheur.

« C'est moi. »

Felicity. Tess sentit son estomac se contracter. Sa cousine avait essayé de la joindre toute la journée, laissant message sur message, texto sur texto. Tess n'avait pas pris la peine de les consulter – ce qui lui avait semblé très étrange, comme si ignorer Felicity était contre nature.

« Je ne veux pas te parler.

— Il ne s'est rien passé. On n'a toujours pas couché ensemble.

— Pour l'amour du ciel », répondit Tess. Puis, à sa grande surprise, elle se mit à rire. Sans amertume aucune. D'un rire sincère. C'était ridicule. « Qu'est-ce qui vous retient ? »

Puis, croisant son propre regard dans le miroir accroché au-dessus de la table de la salle à manger, elle vit son sourire se figer, comme si elle comprenait soudain qu'il s'agissait d'une cruelle plaisanterie.

« On n'arrête pas de penser à toi. Et à Liam. Le site Web de Literie & Co. a planté – mais bon, je ne t'ai pas appelée pour ça. Je suis chez moi, Will chez vous. Il est anéanti.

— Vous êtes pathétiques, dit Tess en se détournant de son reflet. L'un comme l'autre.

— Je sais », répondit Felicity d'une voix si basse que Tess peinait à l'entendre. « Je suis une salope. Je suis cette femme que nous détestons.

— Parle plus fort, bon sang !

— J'ai dit : je suis une salope.

— C'est pas moi qui irai te contredire.

— Je me doute, je me doute. »

Silence.

« Vous voudriez que j'approuve. » Tess les connaissait par cœur. « Que j'arrange tout ça, hein ? »

C'était son rôle. Dans leur relation à trois, ç'avait toujours été son rôle. Will et Felicity, eux, étaient du genre à s'emporter, à taper du poing sur le volant en criant « Tu te fous de moi ? », à se laisser atteindre par les clients et les étrangers en général. Tess, elle, devait les apaiser, les consoler, leur montrer le bon côté des choses, leur dire que tout finirait par s'arranger. Comment pouvaient-ils avoir une liaison sans son aide ? Ils avaient besoin d'entendre « Ce n'est pas votre faute ! » et qui d'autre que Tess le leur dirait ?

« Pas du tout, répondit Felicity. Je n'attends rien de toi. Est-ce que ça va ? Et Liam ?

— On va bien », dit Tess, submergée par la fatigue et un sentiment de détachement presque doux. Ces pics d'émotion l'épuisaient. Elle tira une chaise et s'assit. « Liam fait sa rentrée à St Angela demain matin. »

Tu vois, la vie continue.

« *Demain ?* Pourquoi si vite ?

— Il y a une chasse aux œufs géante.

— Ah, le chocolat ! La kryptonite de Liam ! Rassure-moi, il n'est pas dans la classe d'une de ces bonnes sœurs complètement maboules qu'on a eues ? »

Comment oses-tu bavarder avec moi comme si de rien n'était ? songea Tess. Pourtant, elle poursuivit la conversation. Elle était si lasse. Sans compter qu'elle avait discuté avec Felicity chaque jour de sa vie – c'était ancré dans son psychisme. Sa cousine était sa meilleure amie. Sa seule amie.

« Elles sont toutes mortes. Mais on connaît le prof de sport, Connor Whitby. Tu te souviens de lui ?

— Connor Whitby. Ce type triste et sinistre avec qui tu sortais avant qu'on parte à Melbourne. Je croyais qu'il était comptable.

— Il s'est reconverti. Il n'était pas sinistre, si ? »

Ne s'était-il pas montré charmant ? Le gars qui adorait ses mains, c'était lui. Ça lui revenait à présent. Étrange. Elle avait pensé à lui pas plus tard que la veille au soir, et voilà qu'il réapparaissait dans sa vie.

« Carrément sinistre. Et franchement vieux, aussi.

— Il avait dix ans de plus que moi.

— En tout cas, il avait quelque chose de flippant. Je parie que ça ne s'est pas arrangé. Prof de sport, tu dis ? Je le vois d'ici avec son survêtement, son sifflet et son écritoire à pince. Quelle horreur ! »

Tess se raidit. Felicity dans toute sa splendeur : arrogante, convaincue de toujours tout savoir, de mieux cerner les autres, d'être plus subtile qu'elle.

« J'en conclus que tu n'étais pas amoureuse de lui, alors, dit Tess d'un ton sarcastique. Will est le premier sur lequel tu craques ?

— Tess…

— Inutile d'en rajouter », l'interrompit Tess, la gorge nouée, en proie à une autre vague d'émotion où se mêlaient rage et tristesse. Elle déglutit. *Comment était-ce possible ?* Elle les aimait. Tous les deux. Elle les aimait tellement. « Autre chose ?

— J'imagine que tu ne me laisserais pas dire bonne nuit à Liam, dit Felicity d'un ton docile qui ne lui allait pas.

— En effet. De toute façon, il dort. »

Ce qui n'était pas vrai. Quelques minutes plus tôt, elle avait jeté un coup d'œil dans sa chambre – l'ancien bureau de son père – et l'avait vu allongé sur le lit en train de jouer à la Nintendo DS.

« Fais-lui une bise de ma part, s'il te plaît », reprit Felicity, des trémolos dans la voix, telle une veuve qui tâche de rester digne.

Liam adorait Felicity. Une grande complicité les unissait, au point que le petit garçon riait d'une façon toute particulière avec elle.

La rage refit surface.

« Compte sur moi, je lui ferai la bise. Et en même temps, je lui dirai que tu cherches à détruire sa famille, hein ? C'est vrai, pourquoi ne pas le lui dire ?

— Oh, Tess, je suis tellement…

— Stop. Ne t'avise pas de répéter que tu es désolée. Ce qui arrive, tu l'as *choisi*. Tu as laissé faire. Tu l'as fait. À moi. Et à *Liam*. »

Elle pleurait à gros sanglots à présent, comme un enfant, en se balançant d'avant en arrière.

« Tess ? Où es-tu ? » appela Lucy de l'autre bout de la maison.

Se redressant aussitôt, Tess s'essuya le visage dans un effort désespéré pour sécher ses larmes. Elle ne supporterait pas de voir sa propre tristesse se refléter dans les yeux de sa mère.

« Je dois y aller, dit-elle en se levant.

— Je...

— Je me fiche que tu couches avec Will ou pas. À vrai dire, je pense que tu devrais le faire. Faut que tu évacues. Mais je ne laisserai pas Liam grandir avec des parents divorcés. Tu étais là quand papa et maman se sont séparés. Tu sais très bien comment je l'ai vécu. D'ailleurs, j'en reviens pas que... »

Une douleur fulgurante lui comprima la poitrine. Elle posa sa main sur son cœur. Felicity ne prononça pas un mot.

« Qu'est-ce que tu crois ? Que vous allez passer le reste de votre vie ensemble ? Tu rêves ! Et moi, je suis prête à attendre. J'attendrai que tu en aies fini avec lui. » Elle inspira à fond, réprimant un sanglot. « Vis-la ton histoire dégoûtante et rends-moi mon mari. »

7 octobre 1977 : Trois adolescents trouvent la mort au cours d'une échauffourée entre la police est-allemande et des manifestants qui scandent « À bas le

Mur ! ». Lucy O'Leary, enceinte de son premier enfant, pleure pendant des heures quand elle apprend la nouvelle à la télévision. Mary, sa sœur jumelle, également enceinte de son premier enfant, lui téléphone le lendemain pour lui demander si elle aussi est bouleversée par les événements. Toutes deux évoquent un moment les tragédies qui frappent le monde pour ensuite se concentrer sur ce qui les intéresse vraiment : leurs bébés.

« Je crois qu'on va avoir des petits gars, dit Mary. Et ils seront comme les deux doigts de la main.

— À mon avis, ils auront envie de s'étriper », répond Lucy.

13

Prise de vertiges, Rachel se cramponnait aux bords de la baignoire. Quelle idée stupide de prendre un bain fumant quand on est pompette ! Avec la chance qu'elle avait, elle glisserait en se levant et se casserait la hanche.

Mais, voilà qui pourrait faire son affaire ! Rob et Lauren feraient une croix sur New York. Ils resteraient à Sydney pour s'occuper d'elle. Tess O'Leary n'avait-elle pas débarqué de Melbourne à la minute où elle avait appris que sa mère s'était cassé la cheville ? Elle avait même changé son fils d'école – ce qui, à bien y réfléchir, était un peu excessif.

De fil en aiguille, Rachel repensa à Connor Whitby et à la façon dont il avait regardé Tess dans son bureau. Devrait-elle prévenir Lucy ? « Pour info, il se pourrait bien que Connor Whitby soit un assassin. »

Ou pas. Il n'était peut-être qu'un charmant professeur de sport.

Certains jours, lorsque Rachel l'apercevait sur les terrains ensoleillés au milieu des enfants, son sifflet autour du cou, une pomme rouge à la main, elle se disait qu'un homme aussi sympathique n'avait pas pu faire de mal à Janie. Mais quand elle le voyait marcher seul dans la grisaille et le froid, l'air impassible, elle se convainquait sans mal qu'un type d'une telle carrure pouvait tuer. *Tu sais ce qui est arrivé à ma fille.*

Elle s'allongea dans la baignoire, ferma les yeux et se remémora le jour où elle avait appris son existence. L'inspecteur Bellach l'avait informée que la dernière personne à avoir vu Janie vivante était un certain Connor Whitby du lycée public du quartier. *Comment est-ce possible ?* s'était-elle dit. *Je n'ai jamais entendu parler de lui.* Elle qui connaissait tous les amis de Janie. Et leurs mères.

Ed avait formellement interdit à Janie d'avoir une relation sérieuse avant la fin du lycée. Priorité aux examens. Il avait lourdement insisté. Janie n'ayant même pas contesté, Rachel s'était empressée d'en conclure que les garçons ne devaient pas beaucoup l'intéresser pour l'instant.

Les Crowley avaient rencontré Connor à l'enterrement de leur fille. Il avait serré la main d'Ed et embrassé Rachel sur la joue. Il faisait partie du cauchemar qu'ils vivaient, irréel et malvenu, à l'image du cercueil. Des mois plus tard, Rachel avait trouvé cette unique photo de Janie et lui à une fête. Il riait. Visiblement de ce que Janie venait de raconter.

Et puis un jour, bien des années plus tard, il avait été embauché à St Angela. Elle ne l'avait remis qu'après avoir lu son nom sur sa fiche de candidature.

« Je ne sais pas si vous vous souvenez de moi, Mrs Crowley, lui avait-il dit alors qu'ils étaient seuls dans son bureau, peu de temps après son arrivée.

— Comme si c'était hier, avait-elle répondu sur un ton glacial.

— Je pense toujours à Janie. Souvent. »

Elle n'avait pas su quoi répondre. *Ah oui ? Et pourquoi pensez-vous à elle ? Parce que vous l'avez tuée ?*

Dans son regard perçait indéniablement une pointe de culpabilité. Ce n'était pas le fruit de son imagination. Elle bossait comme secrétaire dans une école depuis quinze ans. Connor avait la tête d'un gamin convoqué chez le directeur. Mais de quoi se sentait-il fautif ? De meurtre ou d'autre chose ?

« J'espère que ça ne vous ennuie pas, que je travaille ici, avait-il dit.

— Pas le moins du monde », avait-elle répondu sèchement.

Il n'en avait plus jamais été question.

Elle avait songé à démissionner. Janie avait passé son enfance à St Angela. Y venir jour après jour avait toujours eu un goût doux-amer. Rachel la revoyait dans chaque écolière aux gambettes maigrelettes qui courait sous ses fenêtres. L'été, lorsque les mamans venaient récupérer leurs enfants, elle repensait au temps lointain où elle emmenait Janie et Rob manger une glace après l'école, leurs petits visages empourprés par la chaleur. Janie fréquentait le lycée lorsqu'elle avait été assassinée. Les souvenirs que Rachel gardait de ses années à St Angela n'étaient pas ternis par sa mort. Du moins, jusqu'à ce que Connor Whitby et son abominable moto ne viennent troubler la douce quiétude des images couleur sépia qu'elle gardait en mémoire.

En fin de compte, elle était restée. Par pure obstination. Après tout, elle aimait son boulot. Ce n'était pas à elle de partir. Et puis, quelque part, elle avait le sentiment qu'il était de son devoir envers Janie de ne pas s'enfuir, d'affronter cet homme, quoi qu'il ait pu faire.

S'il l'avait tuée, aurait-il accepté de travailler au même endroit que sa mère ? Aurait-il dit qu'il pensait toujours à elle ?

Rachel ouvrit les paupières et sentit la boule de rage au fond de sa gorge qui la faisait suffoquer sans relâche depuis des années. Ne pas savoir. Le pire, putain de merde, c'était de ne pas savoir.

Elle ouvrit le robinet d'eau froide. Son bain était beaucoup trop chaud.

« Ne pas savoir », avait dit une femme fluette et distinguée du groupe de soutien auquel Rachel et Ed avaient participé quatre ou cinq fois. Une salle municipale glaciale quelque part à Chatswood, quelques chaises pliantes, du café soluble servi dans des tasses en polystyrène, voilà ce qui attendait les familles des victimes de meurtre. Cette femme avait perdu son fils. Assassiné en rentrant de son entraînement de cricket. Personne n'avait rien vu, rien entendu. « Le pire, putain de merde, c'est de ne pas savoir », avait-elle dit d'une voix cristalline.

Il y avait eu dans l'assistance quelques battements de cils indulgents. Comme si la reine avait juré.

« Désolé de vous dire ça, ma petite dame, mais savoir n'est pas d'un grand réconfort », avait dit un homme trapu et rougeaud qui avait vu le meurtrier de sa fille condamné à la prison à perpétuité.

Rachel et Ed avaient tous deux pris ce type en horreur et cessé d'aller au groupe d'entraide.

Dire que les gens s'imaginent qu'après une tragédie on devient plus sage, plus spirituel. Foutaises. C'était tout le contraire. Une tragédie, ça rend mesquin et malveillant. On n'en sort ni plus lucide ni plus avisé. Pour Rachel, la vie n'avait aucun sens ; elle la trouvait cruelle et injuste. Pourquoi certains pouvaient tuer en toute impunité quand d'autres payaient le prix fort pour une toute petite erreur, une peccadille ?

Elle passa un gant de toilette sous l'eau froide puis l'appliqua sur son front.

Sept minutes. Son erreur tenait à quelques minutes.

Ed n'en avait jamais rien su. Seule son amie Marla était dans la confidence.

Janie se plaignait depuis un moment d'être tout le temps fatiguée. « Fais plus de sport », lui répétait Rachel. « Ne te couche pas si tard. Mange davantage. » Elle était si maigre, si grande. Puis elle avait eu cette vague douleur dans le bas du dos. « Maman, je commence sérieusement à me dire que j'ai la mononucléose. » Rachel avait pris rendez-vous avec le Dr Buckley, histoire que Janie entende de sa bouche qu'elle n'avait rien, qu'elle devait simplement obéir à sa mère.

D'ordinaire, après les cours, Janie rentrait en bus. L'arrêt sur Wycombe Road se trouvait à quelques minutes à pied de la maison. Ce jour-là, Rachel devait la récupérer au carrefour près du lycée pour l'emmener directement au cabinet du Dr Buckley à Gordon. Elle le lui avait rappelé le matin même.

Mais lorsque Rachel était arrivée au lieu de rendez-vous – avec sept minutes de retard – Janie ne l'y attendait pas. Elle a dû oublier, pensa Rachel en pianotant sur le volant. Ou alors, elle en a eu marre de poireauter. Dans son impatience, elle avait probablement considéré que si sa mère n'était pas passée à l'heure, comme le bus, c'était qu'elle l'avait ratée. À l'époque, les téléphones portables n'existaient pas. Aussi, Rachel n'avait guère eu d'autre choix que de patienter dans la voiture une dizaine de minutes (la patience n'était pas non plus son fort) avant de rentrer à la maison et de passer un coup de fil à la secrétaire du médecin pour annuler.

Elle ne s'était pas inquiétée. À vrai dire, elle était plutôt agacée. Rachel savait pertinemment que Janie n'avait rien de grave. Une fois de plus, elle s'était enquiquinée à prendre rendez-vous pour elle et mademoiselle n'avait pas daigné se déplacer. Ce ne fut que bien plus tard, lorsque Rob avait demandé en mangeant son sandwich « Où est Janie ? », que Rachel avait regardé l'heure dans la cuisine et ressenti cette première vague de peur panique.

Personne n'avait vu Janie attendre au carrefour. Ou du moins, personne ne s'était présenté à la police pour témoigner du contraire. Rachel n'avait jamais su si ces sept satanées minutes avaient fait la moindre différence.

L'enquête de la police révéla en revanche que Janie avait frappé à la porte de Connor Whitby aux environs de quinze heures trente et que les deux adolescents avaient regardé un film (*Comment se débarrasser de son patron ?* avec Dolly Parton). Janie avait ensuite annoncé qu'elle avait quelque chose à faire à Chatswood et Connor l'avait accompagnée à la gare. Personne d'autre ne se rappela l'avoir vue en vie après ça. Ni dans le train. Ni à Chatswood.

Son corps fut retrouvé le lendemain matin par deux garçons de neuf ans qui faisaient du BMX dans le Wattle Valley Park. Ils s'arrêtèrent à l'aire de jeux et la découvrirent allongée au pied du toboggan. Quelqu'un avait placé le blazer de son uniforme sur sa poitrine, comme pour lui tenir chaud, et un chapelet entre ses mains. Elle avait été étranglée. Cause de la mort : « asphyxie traumatique ». Aucune trace de lutte. Rien à prélever sous ses ongles. Ni empreintes exploitables ni poils. Pas d'ADN. Pas de suspects. Rachel en avait reparlé avec la police lorsqu'elle avait lu dix ans plus tard que les empreintes ADN permettaient de résoudre des crimes.

« Mais où allait-elle ? » lui demandait Ed en permanence, espérant en vain que la réponse finirait par lui revenir. « Pourquoi traversait-elle ce parc ? »

Parfois, emporté par la rage et la frustration, il éclatait en sanglots. Rachel ne pouvait pas le supporter. Qu'il aille au diable avec son chagrin. Elle avait assez du sien.

Aujourd'hui, elle se demandait pourquoi ils n'avaient pas réussi à se tourner l'un vers l'autre pour partager leur peine. Ils s'étaient aimés, sans aucun doute, mais à la mort de Janie, aucun d'eux n'avait su regarder l'autre pleurer. Incapables de tendresse l'un envers l'autre, ils s'étaient contentés d'une tape gênée sur l'épaule, comme deux étrangers après une catastrophe naturelle. Et ce pauvre Rob, au milieu de tout ça :

un ado maladroit qui essayait d'arranger les choses, avec ses sourires forcés et ses mensonges enjoués. Pas étonnant qu'il soit devenu agent immobilier.

L'eau était trop froide à présent.

Rachel se mit à trembler de tout son corps. Elle posa les mains sur les bords de la baignoire et tenta de se lever.

En vain. Elle était coincée là pour la nuit. Ses bras, pâles et décharnés comme la mort, ne pouvaient pas la soulever. Comment son corps, autrefois ferme et fort, avait pu devenir si fragile, et sa peau bronzée si veinée ?

« Joli bronzage pour un mois d'avril », lui avait dit Toby Murphy ce jour-là. « On aime lézarder au soleil, Rachel ? »

Voilà pourquoi elle avait sept minutes de retard. Elle flirtait avec Toby Murphy, le mari de sa copine Jackie. Plombier à son compte, il cherchait quelqu'un pour s'occuper de la paperasse. Rachel était venue passer un entretien, vêtue de la petite robe qu'elle avait choisie avec Marla. Elle était restée plus d'une heure dans son bureau, à se laisser draguer par cet incorrigible séducteur qui n'avait pas quitté ses jambes des yeux. Il adorait sa femme, et Rachel n'aurait jamais trompé Ed – pas de réelle menace sur leurs vœux de mariage respectifs. N'empêche, il regardait ses jambes et elle aimait ça.

Ed n'aurait pas du tout apprécié que Rachel décroche ce boulot. Elle s'était d'ailleurs bien gardée de lui parler de l'entretien, consciente du sentiment de rivalité qu'il nourrissait à l'égard de Toby. Primo, Ed avait un boulot moins viril – il était commercial dans l'industrie pharmaceutique –, deuzio, il perdait presque tous les matchs de tennis qu'il disputait contre Toby. Il avait beau dire qu'il s'en moquait, Rachel voyait bien que ça lui restait en travers de la gorge.

Ce n'était donc pas très chic de sa part d'être flattée par l'attitude de Toby.

Vanité, complaisance et petites trahisons. Tels furent ses péchés le jour de la mort de sa fille. Extraordinairement banals et pourtant affreux. L'assassin de Janie était probablement un malade, un déséquilibré, alors que Rachel, saine de corps et d'esprit, avait agi en toute conscience. Elle savait très bien ce qu'elle faisait en laissant sa robe remonter au-dessus de ses genoux.

La lotion qu'elle avait versée dans son bain flottait à la surface comme des gouttes d'huile. Rachel essaya de nouveau de se lever. Sans succès.

Ce serait peut-être plus facile si elle vidait la baignoire d'abord.

Elle retira la bonde avec ses doigts de pieds et l'eau commença à s'écouler dans un rugissement assourdissant. Enfant, Rob était terrorisé par le bruit de cette canalisation. Janie en rajoutait en imitant le cri du dragon, toutes griffes dehors. Une fois l'eau évacuée, Rachel se mit à quatre pattes. Ses rotules la torturaient.

Elle se leva à moitié, s'agrippa aux bords et sortit prudemment de la baignoire. Une jambe, puis l'autre. Ouf. Son cœur retrouva un rythme normal. Merci, mon Dieu. Rien de cassé.

Elle n'était pas près de reprendre un bain.

Elle s'essuya et enfila son peignoir en tissu éponge d'une douceur incroyable. Un cadeau soigneusement choisi par Lauren. La maison de Rachel regorgeait de cadeaux soigneusement choisis par Lauren. Comme cette bougie d'ambiance, senteur vanille, dans un bocal en verre posé sur son meuble de salle de bains.

« La bougie qui empeste », aurait dit Ed.

Rachel pensait à son mari à des moments incongrus. Leurs disputes lui manquaient. Leurs câlins aussi. À leur grande surprise, ils avaient continué à faire l'amour après la mort de Janie. L'idée que leur libido reste intacte leur répugnait, mais ils continuaient.

Elle les pleurait tous : sa mère, son père, son mari, sa fille. Quatre absents et autant de plaies ouvertes. Tous étaient morts de manière injuste. Cause naturelle ? Balivernes. Le meurtrier de Janie les avait tous tués.

T'as pas intérêt, fut sa première pensée en voyant Ed s'écrouler au sol dans l'entrée par un magnifique matin de février. *T'as pas intérêt de me laisser ici, à gérer cette souffrance toute seule.* Elle comprit sur-le-champ qu'il était mort. Attaque foudroyante, avaient dit les médecins. Mais Rachel n'était pas dupe : c'était son chagrin qui lui avait brisé le cœur. Littéralement. Même chose pour ses parents. Seul le cœur de Rachel avait obstinément refusé de cesser de battre. Elle en avait honte, comme elle avait eu honte de son désir. Elle continuait de respirer, de manger, de baiser, de vivre, pendant que Janie pourrissait six pieds sous terre.

Elle passa la paume de sa main sur le miroir embué et contempla son reflet troublé par les gouttes d'eau. Elle pensa à la façon dont Jacob l'embrassait, ses petites mains dodues posées sur ses joues ridées, ses grands yeux bleus plantés dans les siens, et chaque fois, cette même gratitude, teintée d'incrédulité, à l'idée que son visage puisse inspirer un tel amour.

Elle poussa doucement la bougie odorante du coude et la regarda se briser sur le sol. Que pouvait-elle faire d'autre ?

14

Cecilia s'envoyait en l'air avec son mari. Et c'était bon. Très bon. Divinement bon. Ils faisaient de nouveau l'amour. YES !

« Oh, mon Dieu ! » dit John-Paul qui allait et venait en elle, les yeux fermés.

« Oh, mon Dieu ! » fit Cecilia.

C'était comme s'il n'y avait jamais eu de problème. En se couchant ce soir-là, ils s'étaient tournés l'un vers l'autre aussi naturellement qu'au début de leur relation, à l'époque où s'endormir l'un près de l'autre sans avoir fait l'amour leur paraissait inconcevable.

« Doux Jésus ! » Parcouru d'un frisson de plaisir, John-Paul bascula la tête en arrière.

Cecilia gémit, histoire de lui faire savoir qu'elle aussi prenait son pied.

Le-pied-to-tal. Le-pied-to-tal, s'extasiait-elle in petto en décrochant chaque syllabe au rythme des mouvements de leurs corps.

Qu'est-ce que c'était ? Elle tendit l'oreille. Une des filles qui l'appelait ? Non. Rien. Et merde ! C'était fichu. Il suffisait d'une seconde et c'était fichu. Il fallait tout reprendre à zéro. Le sexe tantrique, il n'y a que ça de vrai, disait Miriam. Et voilà qu'elle pensait à Miriam. C'était vraiment la fin…

« Oh, je viens, je viens ! » John-Paul ne semblait pas avoir de mal à rester concentré.

Homosexuel ! N'importe quoi !

À l'heure qu'il était, les filles auraient dû dormir à poings fermés, mais elles venaient à peine de se mettre au lit (question horaires, la mère de Cecilia n'en faisait qu'à sa tête). Elles s'étaient fait une joie de voir leur père rentrer plus tôt que prévu. Elles lui avaient littéralement sauté dessus et s'étaient mises à lui raconter leurs histoires toutes en même temps – le dernier épisode de *Qui perd gagne !*, le Mur de Berlin, le truc complètement débile qu'Harriet avait dit au cours de danse l'autre jour, les tonnes de poisson que maman les avait obligées à manger, etc.

Cecilia n'avait pas manqué d'observer Jonh-Paul lorsqu'il avait demandé à Isabel de se tourner pour admirer sa nouvelle coupe de cheveux. Elle n'avait rien trouvé d'étrange dans son regard. Il avait les yeux cernés après son voyage interminable (il était resté coincé à Auckland presque toute la journée après avoir réussi à prendre un vol qui transitait par la Nouvelle-Zélande), mais semblait ravi de leur avoir réservé cette surprise. Il n'avait rien d'un homme qui pleure sous la douche en secret. Cerise sur le gâteau : ils faisaient l'amour ! Tout allait pour le mieux dans le meilleur des mondes. Il n'y avait aucune inquiétude à avoir. Il n'avait même pas évoqué la lettre. Ça ne devait pas être très important.

« Sen-sass. »

John-Paul frémit et s'affala sur elle.

« Tu as bien dit *sensass* ? Ringard !

— Oui, madame ! Façon d'exprimer que je suis pleinement satisfait ! Mais, j'ai l'impression que toi…

— Pas du tout ; c'était sensass, mec ! »

Elle jouirait la prochaine fois.

John-Paul s'allongea près d'elle en riant et l'enveloppa dans ses bras pour l'embrasser dans le cou.

« Ça faisait longtemps, dit Cecilia sur un ton qui se voulait neutre.

— C'est vrai. Bizarre, non ? C'est pour ça que je suis rentré plus tôt. J'ai eu une incroyable envie de faire l'amour tout à coup.

— Moi, je n'ai pensé qu'à ça pendant les obsèques de sœur Ursula.

— Bravo, fit John-Paul en bâillant.

— Je me suis fait siffler par un chauffeur de camion l'autre jour. Je n'ai pas perdu mon sex-appeal, au cas où tu en douterais.

— Je n'ai pas besoin d'un chauffeur de camion pour m'en rendre compte. Je parie que tu portais ton petit short de gym.

— Exact. » Puis, après une pause : « À propos, Isabel s'est fait siffler par un garçon au centre commercial l'autre jour.

— P'tit salaud, dit John-Paul plus mollement que Cecilia ne l'aurait cru. Elle fait beaucoup plus jeune avec sa nouvelle coupe de cheveux.

— Je sais. Ne lui dis pas.

— Je ne suis pas idiot », fit-il sur le point de s'endormir.

Tout allait bien. Cecilia sentit sa respiration ralentir. Elle ferma les yeux.

« Le Mur de Berlin, hein ? dit John-Paul.

— Ouais.

— J'en pouvais plus du *Titanic.*

— Pareil. »

Retour à la normale. Tout est parfait. Grosse journée demain, songeait Cecilia qui se laissait gagner par le sommeil.

« Qu'est-ce que tu as fait de cette lettre ? »

Elle rouvrit les yeux et fixa le plafond dans l'obscurité.

« Je l'ai remise dans une boîte à chaussures. Dans le grenier. »

Faux. Archi-faux. Ce vilain mensonge lui était sorti de la bouche aussi facilement que les demi-vérités qu'on dit pour rassurer l'autre – « J'adore ton cadeau », « C'était sensass, mec ! ». La lettre attendait sagement dans un des compartiments du secrétaire dans la pièce au bout du couloir.

« Tu l'as ouverte ? »

Il y avait quelque chose de pas naturel dans sa voix. Il feignait la désinvolture et la fatigue alors qu'en réalité il était aussi éveillé qu'on peut l'être. Une tension palpable, comme un courant électrique, émanait de tout son corps.

« Non, répondit-elle d'une voix endormie. Tu m'as dit de ne pas le faire, alors… je ne l'ai pas fait. »

Son étreinte se fit plus douce.

« Merci. Ça m'aurait gêné.

— Ne sois pas bête. »

Soulagé, sa respiration se fit plus lente. Cecilia ralentit la sienne aussi.

Elle avait menti car elle voulait garder une chance de lire la lettre. Un vrai mensonge les séparait à présent. Merde. Tout ce qu'elle voulait, c'était l'oublier, cette satanée lettre.

Elle se sentait si lasse. Elle y réfléchirait le lendemain.

Combien de temps avait-elle dormi ? se demanda Cecilia en se réveillant seule dans son lit. Elle jeta un coup d'œil au réveil à affichage numérique. Impossible de déchiffrer l'écran sans ses lunettes.

« John-Paul ? » dit-elle en se dressant sur ses coudes. Dans la salle de bains attenante à la chambre, pas un bruit. D'ordinaire, il dormait comme une souche après un vol long-courrier.

Elle entendit quelque chose au-dessus de sa tête.

Elle s'assit, les sens en éveil, le cœur battant. Elle comprit aussitôt. Il était au grenier. *Il n'y mettait jamais les pieds !* Elle avait vu la sueur lui perler à la moustache lorsqu'il faisait une crise de claustrophobie. Il devait la vouloir coûte que coûte cette lettre, pour s'aventurer là-haut.

N'avait-il pas dit un jour : « Il faudrait que ce soit une question de vie ou de mort pour que je grimpe au grenier » ?

C'était ça, cette lettre ? Une question de vie ou de mort ?

Cecilia n'hésita pas une seconde. Elle se leva et se dirigea droit sur le bureau. Elle alluma la petite lampe, ouvrit le tiroir supérieur du secrétaire pour en sortir le dossier rouge intitulé *Testaments*.

Assise sur la chaise en cuir, elle en retira l'enveloppe.

Pour ma femme, Cecilia Fitzpatrick,

À n'ouvrir qu'après ma mort.

Elle prit le coupe-papier.

Au-dessus, des pas dans tous les sens. Un bruit sourd. Il devenait fou. Elle pensa tout à coup que pour être en Australie à l'heure qu'il était, il avait dû retourner à l'aéroport juste après leur coup de fil.

Pour l'amour du ciel, John-Paul, que se passe-t-il ?

Elle décacheta l'enveloppe d'un geste brutal et en sortit une lettre manuscrite. Pendant un instant, elle eut du mal à accommoder. Les mots dansaient sous ses yeux.

notre petite Isabel

désolé de te laisser un tel fardeau

donné plus de bonheur que je n'en ai jamais mérité

Elle se força à la lire correctement. De gauche à droite. Phrase par phrase.

15

Tess se réveilla subitement, sans espoir de se rendormir. Elle regarda la pendulette à côté de son lit, et ne put réprimer un grognement. Il n'était que vingt-trois heures trente. Elle alluma la lampe de chevet d'un coup sec et se mit à fixer le plafond.

Presque plus rien n'évoquait son enfance dans cette chambre où elle avait grandi. À peine avait-elle quitté le nid que sa mère l'avait transformée en une élégante chambre d'amis, meublée d'un lit deux places confortable et de deux tables de nuit surmontées de lampes assorties. Tante Mary, au contraire, avait mis un point d'honneur à garder la chambre de Felicity telle qu'elle l'avait laissée. Jusqu'aux posters qui, aujourd'hui encore, couvraient les quatre murs. Un site archéologique parfaitement conservé, en somme.

Dans la chambre de Tess, seul le plafond restait intact. Elle balaya du regard la bordure irrégulière des moulures blanches, comme elle le faisait autrefois le dimanche matin tandis qu'elle se posait mille questions sur la fête de la veille. Qu'avait-elle dit ? À qui ? Sur quel ton ? Les fêtes l'avaient toujours paralysée – l'absence de cadre, la familiarité, le fait d'être plantée là sans savoir où s'asseoir. Si elle y allait, c'était pour Felicity. Celle-ci adorait se mettre dans un coin et lui chuchoter des horreurs sur les invités pour la faire rire.

Felicity, sa sauveuse.

Inutile de le nier.

Quelques heures plus tôt, tandis qu'elle buvait un verre de brandy tout en se gavant de chocolats avec sa mère (« C'est grâce à ça que je m'en suis sortie quand ton père est parti, avait expliqué Lucy. Le chocolat, c'est thérapeutique. »), Tess lui avait parlé du coup de fil de Felicity. « L'autre soir, tu as tout de suite compris pour Will et Felicity. Comment as-tu deviné ? avait-elle demandé.

— C'est bien simple, avec ta cousine, tu n'as jamais pu avoir quoi que ce soit rien qu'à toi.

— Ah bon ? avait-elle dit, perplexe. Mais, ce n'est pas vrai.

— Tu as voulu jouer du piano. Felicity s'est mise au piano. Tu t'es inscrite au netball. Felicity s'est inscrite au netball. Tu es devenue plus forte qu'elle et tout à coup, tu as voulu arrêter. Tu te lances dans la pub. Et, surprise ! Felicity se lance dans la pub.

— Oh, maman. Je ne sais pas. Tu présentes les choses comme si tout avait été calculé. On aimait les mêmes choses, c'est tout. Et puis, Felicity est graphiste. Rien à voir avec mon boulot. »

Pas convaincue, Lucy avait fait la moue avant de terminer son verre de brandy d'un trait. « Écoute, je ne dis pas qu'elle l'a fait exprès. Mais tu ne pouvais pas respirer ! Quand tu es née, j'ai remercié le ciel que tu n'aies pas de jumelle. Je me disais que tu pourrais vivre ta vie à toi, sans toute cette rivalité, toutes ces comparaisons. Et puis, au final, toi et Felicity êtes exactement comme Mary et moi. Des jumelles ! Pires que des jumelles, en fait ! Je t'ai regardée grandir en me demandant quel genre de femme tu serais devenue si tu ne l'avais pas eue sur le dos en permanence, quel genre d'amis tu aurais eus…

— Quel genre d'amis ? Je n'aurais pas eu d'amis, maman ! J'étais d'une timidité maladive ! Socialement inadaptée ! Je suis toujours un peu martienne de ce point de vue-là, avait lancé Tess, sans prendre la peine de livrer ses conclusions sur son état psychique à sa mère.

— Tu ne risquais pas de sortir de ta coquille avec elle. Ça l'arrangeait bien, va ! Tu n'étais pas si timide que tu le crois. »

À présent, Tess repensait à cette conversation tout en cherchant une position confortable sur son oreiller trop dur. Sa mère disait-elle vrai ? Venait-elle de passer la moitié de sa vie dans une relation dysfonctionnelle avec sa cousine ?

Elle se remémora cet horrible été où ses parents avaient divorcé. C'était comme se rappeler une longue maladie. Elle n'avait rien vu venir. Bien sûr, ses parents se disputaient. Ils étaient si différents. Mais c'étaient son papa et sa maman. Dans son entourage, certes restreint, cent pour cent catholique et très comme il faut, tout le monde vivait avec son papa et sa maman. Elle connaissait le sens du mot « divorce », mais ça restait très éloigné de sa réalité. Pourtant, dans les cinq minutes qui avaient suivi l'annonce, aussi inattendue que solennelle, son père était parti s'installer dans un meublé vieillot qui sentait le renfermé, emportant avec lui la totalité de ses vêtements dans la valise qu'ils utilisaient lorsqu'ils partaient tous les trois en vacances. Sa mère avait passé huit jours dans la même robe informe à faire les cent pas dans la maison en répétant sur tous les tons : « Bon débarras, mon pote. » Tess avait dix ans. Sans Felicity, elle n'aurait pas survécu à cet étrange été. Car qui l'avait emmenée à la piscine voisine pour rester allongée près d'elle pendant des heures sur le sol en béton en plein soleil ? Soit dit en passant, Felicity, avec sa délicate peau blanche, détestait s'exposer. Qui avait dépensé son argent de poche pour acheter une compilation de tubes, juste pour qu'elle se sente mieux ? Qui lui avait apporté un bol de glace nappée de chocolat chaque fois qu'elle s'était effondrée en larmes sur le canapé ?

Felicity avait toujours été là. Quand Tess avait perdu sa virginité. Le jour où elle s'était fait licencier. La première fois qu'elle s'était fait larguer. Le jour où Will lui avait dit : « Je t'aime. » Quand elle avait eu sa première vraie dispute avec lui. Quand il l'avait demandée en mariage. Quand elle avait perdu les eaux. Quand Liam avait fait ses premiers pas.

Elles avaient tout partagé. Tout au long de leurs vies. Les jouets. Les vélos. Leur première maison de poupée (qui restait chez leur grand-mère). Leur première voiture. Leurs premiers appartements. Leurs premières vacances à l'étranger. Le mari de Tess.

Tess avait bel et bien abandonné une part de Will à Felicity. Tout comme elle l'avait laissée jouer le rôle d'une mère auprès de Liam. Elle avait partagé sa vie avec elle. Toute sa vie. Parce que, de toute évidence, ses kilos en trop l'empêchaient de se trouver un mari, de vivre sa propre vie. Était-ce là ce que Tess se disait, inconsciemment ? Ou pire, que Felicity était trop grosse pour même *vouloir* une vie bien à elle ?

Et puis Felicity était devenue trop gourmande. À présent, elle voulait Will rien que pour elle.

S'il s'agissait d'une autre femme, n'importe quelle autre femme, Tess n'aurait jamais dit : « Vis-la ton histoire et rends-moi mon mari. » Ç'aurait été inconcevable. Mais c'était Felicity. Du coup, c'était... acceptable ? Pardonnable ? Était-ce bien là le sens de cette phrase ? Après tout, elle laisserait Felicity utiliser sa brosse à dents sans la moindre hésitation. Cela signifiait-il qu'elle pouvait faire pareil avec son mari ? En même temps, la trahison n'en était que plus cruelle. Mille fois plus cruelle.

Elle se mit sur le ventre et enfonça la tête dans l'oreiller. Ce qu'elle ressentait par rapport à Felicity n'avait aucune importance. La seule chose qui comptait, c'était Liam. (« Et moi, alors ? » s'était-elle répété du haut de ses dix ans lorsque ses parents s'étaient séparés. « Je n'ai pas mon mot à dire ? » Elle qui croyait être au centre de leur vie ! Elle avait découvert qu'elle n'avait pas voix au chapitre. Pas le moindre pouvoir.)

Pour les enfants, un divorce réussi, ça n'existe pas. Elle l'avait lu quelque part récemment, avant toute cette histoire. Les mômes en pâtissaient, même lorsque la séparation se faisait parfaitement à l'amiable, même lorsque les deux parents faisaient de gros efforts.

Pire que des jumelles, avait dit Lucy. Peut-être avait-elle raison.

Tess repoussa les couvertures et se leva. Il fallait qu'elle bouge. Qu'elle quitte cette maison, qu'elle échappe à ses pensées. *Will. Felicity. Liam. Will. Felicity. Liam.*

Elle irait faire un tour avec la Honda de sa mère. Elle considéra sa tenue : pantalon de pyjama à rayures, tee-shirt. Elle devrait peut-être se changer. Elle n'avait rien à se mettre de toute façon. Elle n'avait pas emporté assez de vêtements. Aucune importance. Elle resterait dans la voiture. Elle enfila des chaussures plates et sortit de la chambre à pas de loup. Elle s'arrêta un instant dans le couloir, le temps que ses yeux s'adaptent à l'obscurité. Tout était calme. Une fois dans la salle à manger, elle alluma une lampe et laissa un mot à sa mère. Juste au cas où.

Elle attrapa son portefeuille, récupéra les clés de la voiture suspendues dans l'entrée et, se glissant dans la douceur de la nuit, prit une longue inspiration.

Elle emprunta l'autoroute du Pacifique, vitres ouvertes, sans musique. Le nord de la ville était paisible, désert. Un homme avec une serviette, probablement arrivé en train après une longue journée de travail, pressait le pas sur le chemin.

Une femme ne prendrait sûrement pas le risque de rentrer seule à pied depuis la gare à cette heure avancée de la nuit. Tess repensa au jour où Will lui avait confié détester marcher derrière une femme la nuit, craignant d'être pris pour un tueur fou. « Chaque fois que ça arrive, je me retiens de dire : “Ne vous inquiétez pas ! Je ne suis pas un assassin !” » « Je me sauverais en courant si un mec me disait un truc pareil ! » avait répondu Tess. « Tu vois, quoi qu'on fasse !… » avait-il conclu.

Quand un événement malheureux frappait cette partie de la ville, les journaux insistaient sur sa luxuriance, si bien que ledit événement n'en paraissait que plus horrible.

Tess s'arrêta à un feu rouge. Sur le tableau de bord, elle vit que la jauge d'essence était dans le rouge.

« Et merde. »

Au carrefour suivant, une station-service ouverte vingt-quatre heures sur vingt-quatre. Elle y ferait le plein. Elle roula jusqu'à une pompe. Descendant de la voiture, elle aperçut, de l'autre côté de la station, un motard qui rajustait son casque. Il n'y avait personne d'autre.

Elle ouvrit le réservoir et tendit la main vers la pompe à essence.

« Bonsoir », fit une voix masculine.

Elle sursauta et se retourna. L'homme avait poussé sa moto à hauteur de la Honda. Il était tout près. Il retira son casque, mais Tess avait les lumières de la station dans les yeux. Incapable de distinguer ses traits, sa vision se résumait à un visage pâle et inquiétant.

Elle regarda en direction du comptoir à l'intérieur de la station. Personne. Mais où était le pompiste, bon sang ? Dans un geste d'autoprotection, Tess croisa les bras au niveau de sa poitrine. Elle repensa à un épisode d'*Oprah* qu'elle avait vu avec Felicity où l'invité, un policier, expliquait quoi faire lorsqu'on se faisait accoster. Il fallait être très agressive et crier. « Non ! Allez-vous-en ! Je ne veux pas d'ennuis. Allez-vous-en ! » Tess et Felicity avaient pris un malin plaisir à s'entraîner sur Will chaque fois qu'il entrait dans une pièce.

Tess s'éclaircit la voix et serra les poings comme elle l'avait appris à son cours de self-défense. Elle se sentirait tellement moins vulnérable si elle portait un soutien-gorge.

« Tess, dit l'homme. Ce n'est que moi. Connor. Connor Whitby. »

16

Rachel se réveilla sans parvenir à se souvenir de son rêve. Seules de vagues impressions s'attardèrent dans son esprit. Un sentiment de panique. La présence de l'eau. L'image de Janie enfant. Ou bien était-ce Jacob ?

Elle se redressa dans son lit et regarda l'heure. Une heure trente. Une odeur écœurante de vanille emplissait la maison.

Elle avait la bouche sèche d'avoir bu trop d'alcool chez Marla. La soirée lui semblait si lointaine. Elle se leva. À quoi bon essayer de se rendormir ? Elle savait pertinemment qu'elle resterait éveillée jusqu'à ce que la lumière grisâtre de l'aube envahisse la pièce.

Quelques instants plus tard, elle se tenait derrière la planche à repasser, la télécommande du téléviseur à la main. Elle commença à zapper sans rien trouver d'intéressant.

Elle s'approcha du tiroir où elle rangeait ses vidéocassettes. Elle avait gardé son vieux magnétoscope pour pouvoir regarder sa collection de classiques. « Maman, tous ces films existent en DVD maintenant », lui répétait Rob d'un air inquiet, comme si utiliser un VCR pouvait lui attirer des ennuis. Elle passa le doigt sur la tranche des cassettes, pas franchement tentée par Grace Kelly, Audrey Hepburn ni même Cary Grant.

Elle en sortit plusieurs au hasard et tomba sur celle qui servait à enregistrer leurs programmes préférés. Sur la jaquette, couverte de titres griffonnés puis rayés à la main, elle reconnut son écriture et celles d'Ed, de Janie et de Rob. Les jeunes d'aujourd'hui, habitués au téléchargement, considéreraient sûrement cette cassette comme la relique d'un autre temps. Elle s'apprêtait à la remettre de côté quand elle se laissa distraire par les noms des séries qu'ils regardaient dans les années quatre-vingt. *Les Sullivan, À cœur ouvert, Santa Barbara*. Janie avait visiblement été la dernière à l'utiliser.

Drôle de coïncidence. C'était grâce à *Santa Barbara* que Rachel avait gagné le jeu quelques heures plus tôt. Elle revoyait Janie allongée par terre dans le salon, à chanter le générique gnangnan comme si rien d'autre n'existait. Comment ça faisait déjà ? Rachel entendait presque l'air résonner dans sa tête.

Sans réfléchir, elle enfonça la cassette dans le magnétoscope et appuya sur « Lecture ».

Elle s'accroupit et regarda la fin d'une publicité pour de la margarine, amusée par le côté totalement démodé des images et du son. Puis *Santa Barbara* commença. Rachel se surprit à voir resurgir de son inconscient la totalité des paroles. Robin Wright apparut à l'écran, plus jeune et plus belle que dans son souvenir, suivie du visage torturé de l'acteur principal. À présent, il jouait dans une série policière.

La vie continuait. Y compris celle des stars de *Santa Barbara*. Seule Janie restait coincée à jamais en 1984.

Elle allait éteindre quand elle entendit la voix de Janie dire : « Ça marche ? »

Son cœur s'arrêta de battre. Sa main se figea devant elle.

Le visage de Janie apparut en gros plan, face caméra, l'air joyeux et espiègle. Elle portait un trait d'eye-liner vert et des tonnes de mascara. Sur l'aile de son nez, un petit bouton. Rachel croyait connaître le visage de sa fille par cœur, mais sans s'en rendre compte, elle avait oublié certains détails. L'alignement exact de ses dents, la courbe de son nez. Oh, sa dentition et son nez n'avaient rien d'extraordinaire, sauf que, précisément, c'étaient les siens, et voilà que Rachel les avait de nouveau sous les yeux. Sa canine côté gauche était légèrement en dedans, son nez un chouïa trop long. Malgré ces imperfections, ou peut-être grâce à elles, Janie était magnifique, plus encore que dans sa mémoire.

Ils n'avaient jamais eu de caméra. Ed trouvait que c'était trop cher pour ce que c'était. Les seules images qu'ils avaient de Janie remontaient à la fois où elle avait porté la traîne au mariage d'une amie.

« Janie », dit Rachel en posant la main sur l'écran.

« Tu es trop près de la caméra », dit une voix masculine.

Rachel laissa retomber sa main.

Janie recula. Elle portait un jean bleu taille haute avec une ceinture argentée et un haut violet à manches longues froncées.

Elle était vraiment jolie, comme un oiseau fragile, un héron peut-être, mais au nom du ciel, sa fille avait-elle été si maigre ? Ses bras et ses jambes étaient si fins. Était-elle malade ? Anorexique ? Comment Rachel avait-elle pu passer à côté ?

Janie s'assit au bord d'un lit simple dans une chambre que Rachel n'avait jamais vue. La housse de couette était rouge et bleu à rayures, les murs couverts de lambris foncé. Janie baissa le menton, leva les yeux vers la caméra d'un air faussement sérieux et prit un crayon à papier qu'elle plaça à hauteur de sa bouche en guise de micro.

Rachel joignit les mains et ne put réprimer un rire. Comment avait-elle pu oublier cette manie que Janie avait de jouer les reporters aux moments les plus incongrus ? Elle déboulait dans la cuisine, attrapait une carotte et lançait : « Dites-moi, Mrs Crowley, comment s'est passée votre journée ? Rien d'inhabituel à signaler ? » Puis elle approchait son micro improvisé de Rachel qui se penchait en avant et répondait : « Rien d'inhabituel. »

Qu'aurait-elle pu dire d'autre ? Les jours se succédaient, si semblables les uns aux autres.

« Bonsoir, ici Janie Crowley en direct de Turramurra où j'interviewe un jeune homme reclus du nom de Connor Whitby. »

Rachel retint son souffle. Elle tourna la tête et faillit appeler Ed – *Ed, viens. Il faut que tu voies ça* –, réflexe qu'elle n'avait pas eu depuis des années.

Janie reprit : « Si vous voulez bien approcher, Mr Whitby, que les téléspectateurs vous voient.

— Janie.

— *Connor* », fit-elle en imitant le ton de sa voix.

Un garçon brun, large d'épaules, vêtu d'un short et d'un maillot de rugby à rayures jaunes et bleues glissa jusqu'à elle sur le lit. Il fit face à la caméra puis, mal à l'aise, détourna le regard, comme s'il savait que, trente ans plus tard, la mère de Janie les observerait.

Malgré sa carrure d'homme, Connor avait gardé son visage de gamin : sur son front, quelques boutons, et cet air affamé, effarouché et revêche qu'ont la plupart des adolescents. On aurait dit deux parties d'un même être qui ne demandaient qu'à abattre le mur qui les séparait. Lui qui semblait si à l'aise avec son corps aujourd'hui ne savait visiblement pas quoi faire de ses membres. Ses jambes traînaient devant lui et il tapotait sa paume droite de son poing gauche.

Rachel s'entendait respirer de manière irrégulière. Elle n'avait qu'une envie : plonger dans le téléviseur et ramener Janie de force.

Que fabriquait-elle dans cette chambre ? Celle de Connor vraisemblablement. En aucun cas elle n'avait l'autorisation de rester seule dans la chambre d'un garçon. Ed allait piquer une crise.

Dis donc, jeune fille, tu rentres à la maison immédiatement.

« Pourquoi tu veux me filmer, en fait ? demanda Connor en regardant brièvement la caméra. Je ne peux pas rester hors-champ ?

— Quand tu interviewes quelqu'un, tu le laisses pas hors-champ. Je pourrais avoir besoin de cette cassette si je passe un entretien pour bosser à *60 Minutes* », expliqua Janie en souriant.

Il ne put s'empêcher de lui rendre son sourire. Un sourire fou d'amour.

Fou d'amour, il n'y avait pas d'autres mots. Ce garçon était raide dingue de sa fille. « On était juste copains, avait-il dit à la police. On ne sortait pas ensemble. » « Mais je connais tous ses amis. Et leurs mères », avait protesté Rachel, consciente que les policiers n'osaient pas la contredire. Des années plus tard, lorsqu'elle s'était enfin décidée à se débarrasser du lit une place de Janie, elle avait trouvé une plaquette de pilules cachée sous son matelas. Elle qui croyait connaître sa fille.

« Alors, Connor, parlez-moi un peu de vous, fit Janie en lui tendant le crayon à papier.

— Que voulez-vous savoir ?

— Eh bien, par exemple, avez-vous une petite amie ?

— Je ne sais pas. » Il regarda Janie très attentivement, paraissant soudain plus âgé. « À toi de me le dire.

— Ça dépend », répondit-elle en tortillant sa queue-de-cheval autour de son doigt. « Qu'avez-vous à offrir ? Quels sont vos atouts ? Vos faiblesses ? Allez, essayez de vous vendre un peu ! »

Elle faisait l'imbécile à présent, avec sa voix stridente et capricieuse. Rachel grimaça. *Oh, Janie, chérie, arrête ! Parle-lui gentiment. Tu ne peux pas lui parler sur ce ton.* Dans les films, les adolescents flirtaient avec une telle sensualité. Dans la vraie vie, ils pataugeaient ; c'était insoutenable.

« Putain, Janie, si tu ne peux toujours pas me donner une réponse claire, je veux dire, merde ! »

Connor se leva, poursuivi par un petit rire méprisant de Janie. Rachel vit pourtant le visage de sa fille se décomposer comme celui d'un enfant. Mais Connor, lui, n'entendit que son rire. Il fonça droit sur la caméra, sa main remplissant le champ.

Rachel esquissa un geste pour l'arrêter. Non, ne l'éteins pas. Ne me l'enlève pas.

L'écran se brouilla. Rachel rejeta la tête en arrière comme si elle venait de prendre une claque.

Salaud. Assassin.

Exaltée, Rachel vibrait de haine. Eh bien ! N'était-ce pas une *preuve* ? Un élément nouveau après toutes ces années ?

« N'hésitez pas, Mrs Crowley, si vous pensez à quoi que ce soit, appelez-moi. À n'importe quelle heure du jour ou de la nuit. » Bellach l'avait tellement répété que c'en était devenu lassant.

Elle ne l'avait jamais fait. À présent, elle avait quelque chose à lui montrer. Ils l'attraperaient. Un jour, dans une salle d'audience, elle entendrait un juge déclarer Connor Whitby coupable.

Ne tenant plus en place, elle composa le numéro de l'inspecteur Bellach, revoyant le visage décomposé de Janie.

17

« Connor, dit Tess. Je fais juste le plein.

— Sans blague ! » répondit-il.

Tess marqua un temps d'arrêt. « Tu m'as fait peur », avoua-t-elle avec une pointe de mauvaise humeur qui trahissait sa gêne. « Je t'ai pris pour un tueur fou. »

Elle empoigna la pompe tandis que Connor, immobile, le casque sous le bras, semblait attendre quelque chose. Bon, ben, assez bavardé, hein ? Enfourche ta moto et file. Connor Whitby appartenait à son passé ; il n'avait rien à faire dans sa vie. Cela valait pour ses ex, ses copains d'école, ses anciens collègues. Sérieusement, à quoi bon renouer avec ces gens ? Se souvenir d'eux, oui ; avec eux, non. Tess commença à remplir le réservoir, un sourire méfiant sur les lèvres. Comment ça s'était fini avec Connor ? se demanda-t-elle. Quand elle avait quitté Melbourne avec Felicity ? Il n'était qu'un petit ami parmi tant d'autres. En général, c'était elle qui les laissait tomber – la plupart du temps à la suite d'une remarque moqueuse de sa chère cousine. Un autre garçon prenait aussitôt la place. N'avait-elle pas juste ce qu'il fallait de charme pour plaire aux hommes sans les intimider ?

Elle acceptait toutes les invitations à sortir. Refuser ne lui serait d'ailleurs jamais venu à l'esprit.

Dans ses souvenirs, Connor était plus amoureux qu'elle ne l'était. Du haut de ses dix-neuf ans – elle était en première année de fac –, elle le jugeait trop vieux et trop sérieux. Le vif intérêt que lui portait cet homme plus âgé et un rien taciturne l'avait laissée perplexe.

À bien y réfléchir, elle avait peut-être été dure avec lui. Elle manquait cruellement de confiance en elle à l'époque, obnubilée par ce qu'on pouvait penser d'elle. Elle craignait tellement qu'on la fasse souffrir qu'elle faisait peu de cas des sentiments des autres.

« J'ai pas mal pensé à toi, en fait, commença Connor. Depuis qu'on s'est croisés à l'école ce matin. Je me demandais si tu voudrais bien prendre un café par exemple ? Histoire de se raconter un peu nos vies.

— Oh ! »

Un café avec Connor Whitby. Aussi ridicule que déplacé. Comme lorsque Liam lui proposait de faire un puzzle alors qu'elle était en train de gérer une urgence, genre un bug informatique ou un problème de tuyauterie. Sa vie venait d'imploser, bon sang ! Elle n'allait quand même pas prendre un café avec ce type, gentil mais franchement ennuyeux, sous prétexte qu'ils s'étaient bécotés sur les bancs de l'université !

Sans compter qu'elle était mariée ! Il devait le savoir, non ? Elle tourna les mains sur la pompe à essence de sorte que son alliance soit bien visible. Elle n'avait pas encore enterré son mariage.

Apparemment, rentrer à Melbourne, c'était comme ouvrir un compte Facebook à quarante ans : en moins de vingt-quatre heures, une ribambelle d'ex-petits amis montraient le bout de leur nez et vous invitaient à boire un verre histoire de voir s'ils avaient une ouverture. Et lui, il était marié ? Elle essaya de voir s'il portait un anneau à la main gauche.

« Je ne pensais pas à un rancard, si c'est ce qui te fait hésiter, dit Connor.

— Non, ce n'est pas ça.

— Je sais que tu es mariée, ne t'inquiète pas. Tu te souviens du fils de ma sœur, Benjamin ? Il vient de finir la fac et il veut se lancer dans la pub. C'est ton créneau, pas vrai ? Si tu veux tout savoir, j'espérais profiter de toi pour glaner quelques infos. » Il se mordilla l'intérieur de la joue. « Profiter n'est peut-être pas le mot approprié.

— Benjamin vient de finir la fac ? Mais, il était à la maternelle ! »

Une foule de souvenirs refit surface. Une minute plus tôt, elle avait oublié jusqu'à l'existence du neveu de Connor. À présent, elle revoyait très nettement le vert pâle des murs de sa chambre.

« C'était il y a seize ans ! Maintenant, il mesure un mètre quatre-vingt-dix, il est tout poilu et il a un code-barre tatoué sur le cou. Je ne plaisante pas. Un code-barre.

— On l'avait amené au zoo ! s'exclama Tess.

— Ça se peut.

— Ta sœur était malade ; elle dormait. » Tess avait gardé l'image d'une femme brune pelotonnée sur un canapé. N'était-elle pas mère célibataire ? Non que Tess en ait fait grand cas à l'époque ; elle aurait dû proposer de lui faire ses courses. « Comment va-t-elle, à propos ?

— Oh, eh bien, en fait, elle est décédée il y a quelques années, dit-il d'un air contrit. Crise cardiaque. Elle avait à peine cinquante ans. En pleine forme, pas de problème de santé. Ç'a été un choc. Je suis le tuteur de Benjamin.

— Mince, je suis désolée, Connor », fit Tess, bouleversée par cette nouvelle inattendue.

Décidément, le monde était bien triste. N'était-il pas particulièrement proche de sa sœur ? Comment s'appelait-elle déjà ? Lisa ? Oui, c'était ça.

« Un café, ce serait super, dit-elle soudain, sans réfléchir. Je te donnerai toutes les infos que tu veux. Pour ce que ça vaut ! » Elle n'était pas la seule à souffrir. Certains perdaient ceux qu'ils aimaient. D'autres perdaient l'amour de leur mari. Et puis, prendre un café avec quelqu'un d'étranger à sa vie d'aujourd'hui ne serait-il pas un bon moyen de se distraire ? Connor Whitby n'avait rien de sinistre.

« Super », dit-il en souriant.

Craquant, le sourire, songea Tess.

« Je t'appelle, poursuivit-il. Ou je t'envoie un mail.

— D'accord. Je te donne mon… » La pompe fit un clic – réservoir plein – et Tess la remit à sa place.

« Je te trouverai dans le registre de St Angela.

— Ah, bien. »

Le registre de St Angela. Tess se sentit étrangement vulnérable. Elle se tourna vers lui, les clés de la voiture et son portefeuille dans la main.

« Au fait, sympa, ton pyjama, fit Connor en la regardant de haut en bas, tout sourire.

— Merci. Sympa, ta moto. Je ne crois pas t'avoir vu avec ce genre d'engin à l'époque. »

Il conduisait une berline affreusement ordinaire, non ?

« La crise de la quarantaine !

— Je crois que mon mari est en plein dedans, lui aussi.

— J'espère que ce n'est pas trop pénible. »

Tess haussa les épaules. Ha ha ! Elle regarda de nouveau la moto. « Quand j'avais dix-sept ans, ma mère m'a fait promettre de ne jamais monter à l'arrière d'une moto avec un garçon en échange de cinq cents dollars.

— Tu as tenu ta promesse ?

— Jusqu'ici, oui.

— J'ai quarante-cinq ans. Ça ne compte pas. »

Leurs regards se croisèrent. Voilà qu'ils se mettaient à flirter. Tess se rappela s'être réveillée près de lui dans une chambre aux murs blancs dont la fenêtre donnait sur une nationale bruyante. Et il avait un matelas à eau, non ? Felicity et elle s'en étaient tenu les côtes. Il portait une médaille de saint Christophe qui se balançait au-dessus de son visage lorsqu'ils faisaient l'amour. Tout à coup, Tess se sentit nauséeuse. Minable. Tout ça était une grossière erreur.

Connor sembla percevoir ce brusque changement d'humeur.

« Allez, Tess, je te passe un petit coup de fil un de ces quatre. » Il mit son casque, ajusta ses gants noirs, fit vrombir son moteur et partit en lui faisant un signe de la main.

Tess le regarda s'éloigner et se souvint tout à coup qu'elle avait eu son premier orgasme sur ce satané matelas à eau. Maintenant qu'elle y repensait, elle avait vécu plusieurs premières fois dans ce lit au bruit si caractéristique. Floc-floc. Pour la bonne petite catholique qu'elle était, s'essayer au sexe lui avait semblé cru et obscène.

En entrant dans la station pour payer son plein, elle tomba sur son reflet dans un miroir de surveillance. Difficile de ne pas voir qu'elle avait le rouge aux joues.

18

« Tu l'as lue alors », dit John-Paul.

Cecilia le regarda comme si elle le voyait pour la première fois. Un homme qui, plus jeune, avait dû être très beau et qui portait la quarantaine comme un gant. John-Paul était de ces gens qui inspiraient confiance au premier regard. Le genre de type auquel on achèterait une voiture d'occasion les yeux fermés. Ça devait venir de sa mâchoire. La fameuse mâchoire des Fitzpatrick. Sa chevelure, grisonnante, restait bien fournie, ce dont il n'était pas peu fier. Malgré les moqueries continuelles de ses frères, il se faisait toujours des brushings. Vêtu de son boxer rayé bleu et blanc et d'un tee-shirt rouge, il se tenait debout dans l'encadrement de la porte du bureau, le visage pâle et moite de sueur comme quelqu'un qui souffre d'intoxication alimentaire.

Elle ne l'avait pas entendu descendre du grenier. Elle ne savait pas depuis combien de temps il l'observait, assise devant le secrétaire, le regard dans le vide, les mains jointes sur les genoux comme une petite fille pieusement installée sur un banc d'église.

« Je l'ai lue. »

Elle prit la lettre qu'elle avait laissée sur le bureau et la relut lentement, dans l'espoir insensé d'y trouver un message différent, à présent que John-Paul était là.

Il l'avait écrite au stylo-bille bleu sur du papier ligné creusé de points et de sillons, signe qu'il avait fortement appuyé sur la pointe, comme pour graver à jamais chacun de ses mots. Il n'y avait ni paragraphes ni espaces.

Cecilia mon amour,

Si tu lis cette lettre, c'est que je suis mort. Ces mots sonnent terriblement mélo mais tout le monde doit mourir un jour, n'est-ce pas ? À l'heure où je t'écris, tu es à la maternité avec notre petite Isabel, née tôt ce matin. Elle est si belle, si minuscule et si fragile. Ce que j'ai ressenti en la prenant pour la première fois dans mes bras est indescriptible et tellement nouveau. Je suis déjà terrorisé à l'idée qu'on lui fasse du mal. Ce qui m'amène à écrire cette lettre. S'il m'arrive quelque chose, au moins, je l'aurai fait. Au moins, j'aurai essayé de réparer les choses. J'ai bu quelques bières. Ce que j'écris n'a peut-être aucun sens. Je déchirerai probablement cette lettre de toute façon. Cecilia, je dois te le dire. Quand j'avais dix-sept ans, j'ai tué Janie Crowley. Si ses parents sont toujours en vie, s'il te plaît, dis-leur que je suis désolé et que c'était un accident. Ce n'était pas prémédité. J'ai perdu mon sang-froid. J'avais dix-sept ans. J'étais un petit con. J'ai toujours du mal à croire que j'ai pu faire ça. On dirait un cauchemar. Comme si j'avais été sous l'empire de la drogue ou de l'alcool. Sauf que non. J'étais parfaitement sobre. J'ai juste pété un plomb. Un énorme pétage de plomb, comme ils disent sur les terrains de rugby. J'ai l'air de chercher à me justifier mais je n'ai aucune excuse. J'ai fait ce truc inimaginable et je suis incapable de l'expliquer. Je sais ce que tu penses, toi pour qui tout est noir ou blanc. Tu te dis, pourquoi n'a-t-il pas avoué ? Mais qui peut comprendre mieux que toi pourquoi je ne pouvais pas aller en prison ? Tu sais que je n'aurais pas pu rester enfermé. Je suis un lâche, j'en conviens. C'est pour ça que j'ai fait une tentative de suicide à dix-huit ans mais je n'ai pas eu le cran d'aller jusqu'au bout. Je t'en prie, dis à Ed et Rachel Crowley que pas un jour n'est passé sans que je pense à leur fille. Dis-leur que tout est allé très vite. À peine quelques secondes plus tôt, Janie riait. Elle a été heureuse jusqu'à la fin. Peut-être que c'est horrible à dire. Oui, c'est horrible à dire. Ne leur dis pas ça. C'était un accident, Cecilia. Janie m'a dit qu'elle était amoureuse d'un autre garçon et elle s'est moquée de moi. C'est tout. J'ai perdu la tête. S'il te plaît, dis aux Crowley que je m'en veux ; je m'en veux terriblement. Dis à Ed Crowley que maintenant que je suis père, je prends la pleine mesure de ce que j'ai fait. La culpabilité est comme un cancer qui me ronge de l'intérieur et elle n'a jamais été si aiguë. Je suis désolé de te laisser un tel fardeau, Cecilia, mais je sais que tu es assez forte pour le supporter. Je vous aime tellement, toi et notre petite fille. Tu m'as donné plus de bonheur que je n'en ai jamais mérité. Ce bonheur, je n'en étais pas digne. Je suis désolé.

Avec tout mon amour,

John-Paul

Cecilia pensait savoir ce qu'était la colère – ne lui arrivait-il pas de s'emporter ? –, mais à ce moment précis, elle comprit qu'en réalité, elle n'en avait jamais fait l'expérience. C'était un sentiment insensé, formidable, absolu, d'une ardeur incomparable. Un sentiment qui lui donnait l'impression de pouvoir voler. Voler à travers la pièce comme un démon et lacérer le visage de John-Paul de ses serres.

« C'est vrai ? » demanda-t-elle d'une voix qui laissait mal deviner la rage qui l'habitait.

« C'est vrai ? » reprit-elle, plus fort.

Aucun doute n'était permis, mais un besoin impérieux de ne pas y croire la poussait à poser la question. Faites que ce ne soit pas vrai, brûlait-elle de supplier.

« Je suis désolé », répondit John-Paul, les yeux injectés de sang, incapable de la fixer.

— Mais tu ne ferais jamais… Toi ? Mais comment ? Comment as-tu pu ?

— Je ne peux pas l'expliquer.

— Tu ne connaissais même pas Janie Crowley. Non. En fait, je ne savais même pas que tu la connaissais. Tu n'as jamais parlé d'elle. »

En entendant le nom de Janie, John-Paul commença à trembler. Il se cramponna au chambranle de la porte. Le voir dans cet état était encore plus choquant que lire les mots qu'il avait écrits.

« Si tu étais mort, si tu étais mort et que j'avais trouvé cette lettre... »

Elle s'interrompit, submergée par la colère.

« Comment as-tu pu laisser ça pour moi ? Envisager de me laisser faire ça à ta place ? Espérer que j'allais sonner chez Rachel Crowley pour lui dire... cette... chose ? » Elle se leva et commença à tourner en rond, le visage enfoui dans les mains. Elle remarqua sans y porter grand intérêt qu'elle était nue. Elle n'avait pas pris la peine de chercher son tee-shirt échoué au fond du lit après leur câlin. « J'ai ramené Rachel chez elle ce soir ! Je l'ai ramenée chez elle ! Je lui ai parlé de Janie ! J'étais tellement contente d'avoir pu lui raconter cette anecdote dont je me souvenais sur sa fille alors que pendant tout ce temps, cette fichue lettre était chez nous. » Elle le regarda. « Et si elle était tombée entre les mains d'une de nos filles ? » L'idée, insoutenable, venait juste de lui traverser l'esprit. « *Et si elle était tombée entre les mains d'une de nos filles ?*

— Je sais », dit-il tout doucement. Il fit un pas dans le bureau et resta debout devant le mur comme s'il faisait face à un peloton d'exécution. « Je suis désolé. »

Les jambes flageolantes, il se laissa glisser sur le sol.

« Pourquoi l'écrire ? » demanda-t-elle en prenant la lettre par un coin avant de la laisser retomber sur le bureau. « Comment as-tu pu mettre un truc pareil par écrit ?

— J'avais trop bu. Le lendemain, je l'ai cherchée partout ; je voulais la déchirer, expliqua-t-il les larmes aux yeux. Mais impossible de mettre la main dessus.

J'ai cru devenir fou. Je préparais sûrement ma déclaration d'impôts. La lettre a dû glisser entre mes papiers. J'étais sûr d'avoir regardé…

— Arrête ! » cria-t-elle.

Comment osait-il parler sur ce ton mi-étonné mi-désespéré qu'il prenait chaque fois qu'il égarait quelque chose ? Il ne s'agissait pas d'une vulgaire facture impayée.

John-Paul mit le doigt sur ses lèvres. « Tu vas réveiller les filles », fit-il d'une voix tremblante.

Sa nervosité la dégoûtait. Elle avait envie de hurler : *Sois un homme. Fais disparaître cette horreur. Loin de moi.* C'était à *lui* de détruire cette chose immonde, de la débarrasser de ce poids écrasant. Mais Monsieur ne bougeait pas le petit doigt.

Une petite voix se fit entendre à l'autre bout du couloir : « Papa ! »

Polly. Contrairement à ses sœurs, elle se réveillait souvent la nuit. Elle réclamait toujours son père. Lui seul parvenait à faire fuir les monstres qui peuplaient ses cauchemars. Cet homme qui avait tué une fille de dix-sept ans puis gardé cet indicible secret pendant toutes ces années. Cet homme qui était lui-même un monstre. Tout à coup, Cecilia sembla saisir la situation dans son ensemble.

Elle en eut le souffle coupé et s'écroula sur la chaise en cuir noir.

« Papa !

— J'arrive, Polly ! »

John-Paul se leva lentement en s'appuyant sur le mur. Il regarda Cecilia d'un air désespéré avant de rejoindre Polly dans sa chambre.

Cecilia se concentra sur sa respiration. Inspiration. Le visage de Janie Crowley dans la cour de l'école surgit dans son esprit. « C'est débile, ce défilé. » Expiration. Janie à dix-sept ans, une longue queue-de-cheval blonde qui lui retombe sur l'épaule – le portrait en noir et blanc publié dans tous les journaux au moment du drame. Les victimes de meurtre se ressemblent toutes : jolies, innocentes, vouées au malheur. Comme si c'était écrit. Inspiration. Rachel Crowley, la tête appuyée contre la vitre de sa voiture. Expiration. Que faire, Cecilia ? Que faire ? Comment réparer ? Comment arranger les choses ? C'était sa partie, après tout. La plupart du temps, il suffisait de passer un coup de fil, de se connecter à Internet, de remplir le bon formulaire, de parler à la bonne personne, d'échanger, de rembourser.

Mais là, rien ne ramènerait jamais Janie. Cecilia ne cessait de penser à cette atroce vérité ; c'était un fait, immuable, qui se dressait comme un mur infranchissable.

Elle se mit à déchirer la lettre en petits morceaux.

Se dénoncer. John-Paul devrait se dénoncer. C'était l'évidence même. Passer aux aveux. Laver sa conscience. Expier. Suivre les règles. La loi. Aller en prison. Être puni. Condamné. Écroué. Mais on ne pouvait pas l'enfermer. Il deviendrait fou. Bon, un traitement médical, alors. Une thérapie. Elle parlerait aux gens. Ferait les recherches nécessaires. Il ne serait pas le premier détenu à souffrir de claustrophobie. Sans compter que les cellules n'étaient pas si petites que ça. Et puis, il y avait des cours pour faire du sport, non ?

La claustrophobie, ça ne tue pas vraiment. Ça vous donne juste *l'impression* que vous ne pouvez pas respirer.

Alors que deux mains qui se resserrent sur votre gorge, ça peut vous être fatal.

Il avait étranglé Janie Crowley. Il avait mis les mains autour de son cou gracile puis serré. Pour de vrai. Cela ne faisait-il pas de lui un monstre ? Si. Sans aucun doute. John-Paul était un monstre.

Elle continuait de déchiqueter la lettre ou ce qu'il en restait.

Un monstre. Sa place était donc derrière les barreaux. Cecilia deviendrait la femme d'un prisonnier. Existait-il une association pour les femmes de détenus ? Dans le cas contraire, elle en créerait une, songea-t-elle, saisie d'un rire convulsif. Bien sûr ! Elle en créerait une ! On est organisatrice ou on ne l'est pas ! Présidente de l'Association des femmes de détenus. Elle collecterait des fonds pour faire installer la climatisation dans les cellules de leurs chers et tendres. Les maisons d'arrêt en étaient peut-être équipées, contrairement aux écoles primaires. Elle s'imagina en grande conversation avec les autres épouses en attendant son tour pour passer sous le détecteur de métaux. « Qu'est-ce qu'il a fait, le vôtre ? Oh, braquage de banque ? Vraiment ? Le mien est tombé pour meurtre. Oui, il a étranglé une fille. Vous êtes en tenue de sport. Vous enchaînez avec la gym ? »

« Elle s'est rendormie », annonça John-Paul. Il venait de rentrer dans le bureau et se massait les tempes comme lorsqu'il était épuisé.

Il n'avait pas l'air d'un monstre. L'homme qui se tenait devant elle ressemblait bien à son mari. Mal rasé. Les cheveux en bataille. Des cernes sous les yeux. Son mari. Le père de ses enfants.

S'il avait déjà tué quelqu'un, comment être sûre qu'il ne recommencerait pas ? Elle l'avait laissé aller dans la chambre de Polly. Elle venait juste de laisser un assassin entrer dans la chambre de sa fille.

Mais c'était *John-Paul*. Son père. Papa.

Comment dire à leurs filles ce que John-Paul avait fait ?

Papa va en prison.

Pendant un instant, ce fut le trou noir. Le vide total.

Ils ne le leur diraient jamais.

« Je suis tellement désolé », dit John-Paul en ouvrant les bras sans s'approcher, conscient peut-être que l'espace qui les séparait était infranchissable. « Mon amour, je suis tellement désolé. »

Frissonnante, Cecilia serra les bras contre son corps nu et se mit à claquer des dents. *Je craque*, se dit-elle, soulagée. *Je deviens folle et c'est tant mieux, parce que je ne vois pas de solution. Il n'y a tout simplement pas de solution.*

19

« Là ! Vous voyez ? »

Rachel appuya sur « Pause ». Le visage furieux de Connor Whitby se figea à l'écran. Ses yeux formaient deux trous noirs maléfiques, ses lèvres un rictus cruel – le visage d'un monstre. Rachel, qui visionnait la séquence pour la quatrième fois, en était à présent convaincue. Voilà des images on ne peut plus parlantes, songeait-elle. N'importe quel jury rendrait un verdict de culpabilité.

Elle se tourna vers Rodney Bellach, ancien inspecteur de police qui, assis sur son canapé les coudes sur les genoux, s'efforçait de réprimer son envie de bâiller.

À sa décharge, Bellach – qui ne cessait de lui dire : « Appelez-moi Rodney, maintenant » – dormait à poings fermés lorsque Rachel avait appelé à son domicile au beau milieu de la nuit. Sa femme avait dû le secouer : « Rodney ! Rodney ! C'est pour toi ! » Il avait ensuite écouté les explications de Rachel pour finalement bafouiller d'une voix pâteuse : « Je serai là dans dix minutes, Mrs Crowley. – Où ça, Rodney ? Où dois-tu aller ? Ça ne peut pas attendre demain matin ? » avait protesté Mrs Bellach.

Le genre d'épouse à faire des reproches incessants.

Ç'aurait probablement pu attendre demain matin, se dit Rachel en voyant les yeux voilés de l'ex-inspecteur qui luttait vaillamment contre le sommeil. Au moins, il aurait été plus vif. Il avait confié à Rachel qu'on lui avait récemment diagnostiqué un diabète de type 2. Il avait dû changer ses habitudes alimentaires de manière radicale (« Je n'ai plus droit au sucre. Terminé, les glaces », avait-il dit d'un air penaud), et, en effet, il n'avait pas l'air dans son assiette.

« Mrs Crowley. Vous vous dites que cette vidéo prouve que Connor avait un mobile, quel qu'il soit, et je le comprends. Mais autant être honnête, ça me paraît un peu léger pour que les gars rouvrent le dossier.

— Il était amoureux d'elle ! s'écria Rachel. Amoureux d'elle ! Et elle ne voulait pas de lui.

— Votre fille était très jolie. Des tas de garçons devaient être amoureux d'elle. »

Rachel n'en revenait pas. Bellach ne comprenait rien. Comment cela lui avait-il échappé ? À croire que le diabète l'avait rendu stupide. Que son régime sans glace lui avait ravagé les méninges.

« Mais Connor est le dernier à l'avoir vue en vie, répondit-elle lentement, pour donner du poids à ses propos.

— Il avait un alibi.

— Fourni par sa mère. Vous parlez d'un alibi ! Elle a menti, c'est évident.

— Le petit ami de la mère a confirmé. Et, plus important, un voisin a vu Connor sortir les poubelles à dix-sept heures. Souvenez-vous : l'avocat, père de trois enfants. Un témoin parfaitement fiable. Je me rappelle parfaitement le dossier de Janie, Mrs Crowley. Je vous assure, si je pensais qu'on avait la *moindre* piste…

— Ses yeux mentent ! l'interrompit Rachel. Le petit Whitby nous cache quelque chose ! Vous l'avez dit vous-même ! Et vous aviez raison ! Vous aviez complètement raison !

— Mais tout ce que ça prouve, c'est qu'ils ont eu une prise de bec.

— Une prise de bec ? Regardez le visage de ce garçon ! Il l'a tuée ! Je *sais* qu'il l'a tuée. Je le sais, dans mon cœur et dans ma… »

Dans ma chair, faillit-elle lâcher. Mais elle se tut, de peur de passer pour une folle. C'était pourtant vrai : Connor avait assassiné Janie, elle le sentait dans sa chair. Tout son être se consumait de cette certitude.

« Bon, vous savez quoi ? Je vais voir ce que je peux faire. Attention, Mrs Crowley, je ne peux pas vous garantir que ça mènera quelque part. Mais je vous promets que cette vidéo tombera entre les mains de la bonne personne.

— Merci. C'est tout ce que je vous demande. »

Rachel n'en pensait pas un mot. Elle voulait bien plus. Une voiture de police toutes sirènes hurlantes devant chez Connor Whitby dans la minute, pour commencer. Le voir menotté pendant qu'un grand costaud à l'air sévère lui lirait ses droits. Oh, et pas question de lui protéger gentiment le crâne au moment où il monterait à l'arrière de la voiture, hein !

Qu'on lui éclate la tête, encore et encore, jusqu'à ce qu'il en crève.

« Comment va votre petit-fils ? Il pousse ? » demanda Rodney en prenant une photographie de Jacob sur la cheminée tandis que Rachel sortait la cassette du magnétoscope.

« Il va vivre à New York, répondit-elle en la lui tendant.

— Vraiment ? » Rodney replaça le cadre avec précaution. « L'aînée de mes petits-enfants part aussi pour New York. Emily. Elle a dix-huit ans maintenant. Elle a décroché une bourse dans je ne sais quelle université hyper-sélective. La Grosse Pomme, ils l'appellent, je crois. Vous savez pourquoi ? »

Rachel esquissa un sourire tout en le poussant vers la sortie. « Je n'en ai pas la moindre idée, Rodney. »

6 avril 1984

Ce matin-là – ce serait pour elle le dernier –, Janie Crowley se tenait assise à côté de Connor Whitby dans le bus.

Bizarrement, elle avait du mal à respirer. Elle essayait de se calmer en inspirant profondément. En vain.

Détends-toi, se répétait-elle.

« J'ai quelque chose à te dire », commença-t-elle.

Il attendit sans un mot. Il n'est pas du genre bavard, pensa Janie en le regardant. Il fixait ses mains posées sur ses genoux. Il avait de très grandes mains, remarqua-t-elle, parcourue d'un frisson. Un frisson qui trahissait sa peur. Ou son excitation. Peut-être les deux. Ses mains à elle étaient gelées. Comme toujours. Elle les glissa sous son pull-over pour les réchauffer.

« J'ai pris ma décision », annonça-t-elle.

Il se tourna vers elle brusquement. Le bus les secoua en prenant un virage. Il glissa plus près d'elle. Si près que leurs cils se touchaient presque.

Elle respirait tellement vite qu'elle se demanda si elle n'avait pas un problème.

« Je t'écoute », dit Connor.

MERCREDI

20

Le réveil tira violemment Cecilia du sommeil à six heures trente pétantes. Allongée sur le côté, face à John-Paul, elle ouvrit les yeux au même instant que lui. Ils étaient si près l'un de l'autre que leurs nez se touchaient presque.

Elle regarda le blanc de ses yeux, strié de petites veines rouges, les pores dilatés sur les ailes de son nez, le gris de sa barbe qui repoussait sur son large menton.

Qui était cet homme ?

La veille, ils étaient restés allongés côte à côte, dans l'obscurité, les yeux rivés au plafond pendant que John-Paul racontait. Et quel récit ! Elle n'avait pas eu à l'encourager. Pas posé la moindre question. Il avait besoin de parler, de tout lui révéler. Sa voix, basse et profonde, sans modulation – presque monotone – était devenue de plus en plus rauque. Écouter ce chuchotement râpeux et sans fin avait été un supplice. Elle avait dû se mordre les lèvres pour ne pas hurler *Ferme-la, ferme-la, ferme-la*.

Il aimait Janie Crowley. D'un amour fou. Obsessionnel. Il l'avait aimée comme on croit aimer quand on a dix-sept ans. Ils s'étaient rencontrés au McDonald's de Hornsby où chacun remplissait un formulaire dans l'espoir de décrocher un job à temps partiel. Janie l'avait tout de suite reconnu. Ils avaient fréquenté la même école primaire jusqu'à ce qu'il aille dans un établissement élitiste réservé aux garçons. Ils étaient du même âge mais n'avaient jamais été dans la même classe à St Angela. Il ne se souvenait pas d'elle mais son nom lui disait vaguement quelque chose. Finalement, on n'avait pas voulu d'eux chez McDonald's – Janie avait ensuite bossé chez un teinturier et John-Paul au milk-bar voisin –, mais ils avaient eu cette conversation passionnée sur Dieu sait quoi et elle lui avait laissé son numéro de téléphone. Le lendemain, il l'avait appelée.

Il la considérait comme sa petite amie. Il espérait faire l'amour avec elle. Ce serait la première fois. Leur histoire devait rester secrète car le père de Janie, fervent catholique, lui avait interdit d'avoir un copain avant l'âge de dix-huit ans. Ils se voyaient en cachette. Leur relation n'en était que plus excitante. Lorsqu'il appelait chez elle, si quelqu'un d'autre que Janie répondait il devait raccrocher. C'était la règle. Ils ne se donnaient jamais la main en public. Personne n'était au courant, pas même leurs amis. Janie avait beaucoup insisté là-dessus. Un jour, au cinéma, ils avaient profité de l'obscurité pour se tenir la main ; un autre, ils s'étaient embrassés dans le compartiment vide d'un train. La plupart du temps, ils s'installaient sous la rotonde du Wattle Valley Park, toujours déserte, pour fumer des cigarettes et parler du voyage en Europe qu'ils rêvaient de faire avant la fac. Il n'y avait pas grand-chose d'autre à dire. Si ce n'était qu'il pensait à elle jour et nuit. Et qu'il lui écrivait des poèmes qu'il n'osait pas lui donner.

Il ne m'a jamais écrit de poème, à moi, songea Cecilia malgré elle.

Ce soir-là, Janie lui avait donné rendez-vous au Wattle Valley Park où ils pourraient s'embrasser, assis sous la rotonde. Elle voulait lui parler de quelque chose. Probablement de sa visite au planning familial où elle avait dû se procurer la pilule – ils en avaient déjà parlé. Mais non. Elle lui avait dit qu'elle était désolée, qu'elle en aimait un autre. John-Paul n'en revenait pas. Il y avait un autre garçon dans la course ? « Mais je croyais qu'on sortait ensemble ! » s'était-il écrié. Et elle avait ri. Elle semblait si heureuse, si heureuse de ne pas être sa petite copine, et lui s'était senti anéanti, humilié, pris d'une rage folle. Quel coup pour son amour-propre. Il s'était fait l'effet d'un imbécile. Ça lui avait donné *envie de la tuer*.

John-Paul avait été d'une sincérité sans complaisance. Hors de question de justifier son acte, de la minimiser ou de laisser penser qu'il s'agissait d'un accident. Cecilia devait le savoir : l'espace d'un instant, il avait eu envie de la tuer. Ni plus ni moins.

Il ne se souvenait pas d'avoir décidé de passer ses mains autour de son cou gracile. En revanche, il revoyait parfaitement le moment où il avait pris conscience qu'il l'étranglait. Il n'était pas en train de chahuter avec un de ses frères. Il faisait du *mal* à une *fille*. *Putain, qu'est-ce que je suis en train de faire ?* s'était-il dit en desserrant son étreinte aussitôt. Et il s'était senti soulagé, convaincu d'avoir réagi à temps, d'avoir évité le pire. Mais le corps de Janie restait tout mou et ses yeux regardaient au-dessus de son épaule et il s'était dit, non, ce n'est pas possible. Sa rage l'avait aveuglé une seconde, peut-être deux ; pas assez pour la tuer.

Il n'arrivait pas à y croire. Aujourd'hui encore. Après toutes ces années. Il demeurait abasourdi et horrifié par son geste.

Le corps de Janie était encore chaud mais il savait, sans l'ombre d'un doute, qu'elle était morte.

Pourtant, après coup, il s'était demandé s'il n'avait pas pu se tromper. Pourquoi n'avait-il même pas essayé de la ranimer ? Il s'était posé la question des milliers de fois. Mais sur le moment, il en était sûr et certain. Elle était partie. Il le sentait.

Il l'avait alors allongée au pied du toboggan puis, sentant la fraîcheur du soir tomber, l'avait couverte de son blazer. Il avait sorti le chapelet de sa mère de sa poche – un porte-bonheur qu'il prenait les jours où il avait un examen – et l'avait soigneusement placé entre les mains de Janie. Sa façon à lui de demander pardon, à Janie, et à Dieu. Puis il s'était mis à courir. Courir jusqu'à en perdre haleine.

Il allait se faire prendre. Comment pouvait-il en être autrement ? Il s'attendait à tout moment à ce qu'un policier vienne poser la main sur son épaule.

Mais on ne l'avait même pas interrogé. Janie et lui ne fréquentaient ni le même lycée ni le même groupe de jeunes. Personne ne savait qu'ils se voyaient, ni leurs parents ni leurs amis. Apparemment, on ne les avait jamais aperçus ensemble. C'était comme s'il ne s'était jamais rien passé.

Si la police l'avait soumis à un interrogatoire, il aurait avoué sur-le-champ. Si quelqu'un d'autre avait été accusé du meurtre, il se serait rendu. Il n'aurait pas laissé un innocent tomber pour son crime. Il n'était pas mauvais à ce point.

Mais comme personne ne lui avait jamais posé la question, il n'avait jamais eu à répondre. Voilà tout.

Au cours des années quatre-vingt-dix, il avait commencé à entendre parler d'affaires résolues grâce aux analyses ADN. Il s'était demandé s'il avait laissé un infime fragment de lui-même sur les lieux. Un cheveu par exemple. Mais quand bien même, leur histoire avait été si brève et si bien cachée. On ne lui demanderait jamais un échantillon d'ADN : personne ne savait qu'il connaissait Janie. Il arrivait presque à se convaincre qu'il ne l'avait pas connue, que tout ça n'avait jamais eu lieu.

Et puis le temps avait passé. Le souvenir de ce qu'il avait fait s'estompait un peu plus chaque année. Parfois, il se sentait presque normal pendant plusieurs mois d'affilée. D'autres fois, il ne pouvait penser à rien d'autre qu'à ce geste épouvantable et il avait l'impression qu'il allait devenir fou.

« C'est comme un monstre pris au piège dans ma tête, avait-il expliqué d'une voix rauque. Quelquefois, il arrive à se libérer et il se déchaîne jusqu'à ce que je reprenne le contrôle et que je l'attache. Tu vois ce que je veux dire ? »

Non, pensa Cecilia. *Non, en fait, pas du tout.*

« Et puis ensuite, je t'ai rencontrée, poursuivit-il. Et j'ai senti quelque chose chez toi. Une profonde bonté. Je suis tombé amoureux de ta bonté. Comme on tombe amoureux d'un paysage. J'avais le sentiment que grâce à toi, quelque part, j'étais moins sale. »

Cecilia était consternée. *Ma bonté ? Je croyais que tu étais tombé amoureux de ma silhouette, de ma conversation brillante, de mon sens de l'humour, pas de ma bonté, bon sang !*

Il continuait de parler comme s'il fallait qu'elle sache tout, dans les moindres détails.

À la naissance d'Isabel, il avait pris la pleine mesure de ce qu'il avait fait à Rachel et Ed Crowley.

« Quand on habitait sur Bell Avenue, je croisais tout le temps le père de Janie qui sortait son chien en allant au travail. Et son visage… il avait l'air… je ne sais pas comment dire. Il souffrait tellement qu'on aurait pu s'attendre à le voir se traîner par terre. Mais non, il était debout, à promener son chien. Et je me disais, cet air sur son visage, c'est ta faute. Cette souffrance, c'est toi qui l'as créée. J'ai essayé de changer d'horaire et d'itinéraire, mais je continuais à tomber sur lui. »

John-Paul et Cecilia vivaient dans la maison de Bell Avenue à la naissance d'Isabel. Ses souvenirs à elle sentaient bon le shampooing pour bébé, la crème anti-érythème fessier et la compote poire-banane. Les jeunes parents étaient complètement gagas de leur fille. Parfois, John-Paul se mettait en retard pour rester plus longtemps avec Isabel qui gazouillait dans son Babygro. Mais tout cela n'était que mensonge. Il essayait simplement d'éviter le père de la fille qu'il avait assassinée.

« Je voyais Ed Crowley et je me disais : *Ça suffit, je dois avouer*. Mais ensuite, je pensais à toi et à notre bébé. Je ne pouvais pas te faire ça. Je ne pouvais pas t'en parler, ni te laisser élever notre fille toute seule. J'ai pensé qu'on pourrait quitter Sydney, mais je savais que tu ne voudrais pas t'éloigner de tes parents, et de toute façon, ça ne me semblait pas bien. Ç'aurait été comme fuir. Je devais rester ici et supporter de croiser les parents de Janie à tout moment pour me rappeler ce que j'avais fait. Je devais subir. C'est là que j'ai eu l'idée de trouver d'autres moyens de me punir. De souffrir sans faire souffrir les autres. De faire pénitence. »

S'il trouvait trop de plaisir à telle ou telle activité qu'il pratiquait en solo, il laissait tomber. L'aviron, par exemple. Il adorait ça ; mais Janie, elle, n'aurait jamais l'occasion d'essayer, alors il lui fallait arrêter. Pareillement, il avait vendu son Alfa Romeo parce que Janie ne conduirait jamais.

Il s'impliquait dans la vie de quartier comme s'il avait été condamné à des heures de travaux d'intérêt général.

Cecilia pensait qu'il nourrissait, comme elle, un vrai sentiment de communauté. En réalité, le John-Paul qu'elle croyait connaître n'existait même pas. C'était une invention, un personnage de sa composition. Sa vie entière n'était qu'une comédie destinée à amadouer le Très-Haut.

Participer à la vie locale s'était avéré délicat car ce n'était pas forcément une corvée. Être pompier volontaire, entre autres, lui plaisait beaucoup. L'esprit de camaraderie, les plaisanteries, l'adrénaline…

tout cela prenait-il le pas sur sa contribution à la communauté ? Il était toujours en train de calculer, de se demander ce que Dieu pourrait attendre de lui – jusqu'où il devrait payer. Bien sûr, il savait que cela ne suffirait pas. Quoi qu'il fasse, il finirait probablement par rôtir en enfer. *Il est sérieux*, se dit Cecilia. *Il pense vraiment qu'il va aller en enfer, comme s'il s'agissait d'un lieu matériel et non d'une idée abstraite.* Il évoquait Dieu comme une entité réelle ; cela faisait froid dans le dos. C'était tellement éloigné de leurs croyances. Ils étaient catholiques, certes. Ils allaient à l'église, mais ils n'étaient pas religieux, bon sang ! Dieu ne faisait pas partie de leurs conversations de tous les jours.

Mais il fallait bien reconnaître qu'il ne s'agissait pas d'une conversation comme les autres.

Il continuait de parler. Encore et encore. Cecilia ne put s'empêcher de penser à cette fable moderne qu'elle avait entendue un jour : l'histoire d'un ver exotique capable de s'installer à demeure dans votre ventre jusqu'à ce que vous décidiez de l'en déloger. Pour cela, un seul moyen : vous affamer, l'allécher en plaçant un mets fumant sous votre nez et attendre. Attendre que le ver, attiré par l'odeur, se déroule lentement, remonte votre œsophage et sorte de votre bouche. La voix de John-Paul lui faisait le même effet que ce ver : des mètres et des mètres d'horreurs qui glissaient entre ses lèvres.

À mesure que les filles grandissaient, poursuivit-il, la culpabilité et le remords devenaient presque intolérables. Ses cauchemars, ses migraines, ses périodes de déprime qu'il essayait à tout prix de dissimuler, n'avaient d'autre cause que son geste.

« Il y a quelques mois, Isabel a commencé à me rappeler Janie. Un je-ne-sais-quoi dans sa façon de se coiffer. J'étais comme hypnotisé. C'était horrible. Je n'arrêtais pas de l'imaginer aux mains d'un tueur, comme moi… Janie. Une petite fille innocente. J'ai cherché à ressentir la douleur que j'ai infligée à ses parents. J'ai pleuré. À chaudes larmes. Sous la douche. Dans ma voiture.

— Polly t'a surpris en train de pleurer avant que tu partes à Chicago. Sous la douche.

— Ah bon ? »

Un silence magistral s'installa entre eux. John-Paul enregistrait l'information.

Ouf, songea Cecilia, *ça y est. Il se tait.* Dieu merci. Elle éprouvait une fatigue physique et psychique qu'elle n'avait pas ressentie depuis son dernier accouchement.

« J'ai renoncé au sexe », dit John-Paul.

Pour l'amour du ciel.

Il voulait qu'elle sache qu'au mois de novembre, alors qu'il cherchait d'autres moyens de se punir, il avait décidé de ne pas faire l'amour pendant six mois. Il avait même eu honte de ne pas y avoir pensé plus tôt. Le sexe n'était-il pas un de ses plus grands plaisirs ? Ça l'avait presque tué. D'autant qu'elle s'imaginerait peut-être qu'il la trompait. Il ne pouvait décemment pas lui avouer la vraie raison de son soi-disant désintérêt.

« Oh, John-Paul », soupira Cecilia dans l'obscurité de la chambre.

Tout cela dans l'espoir d'obtenir la rédemption. Des années durant. Une quête aussi puérile qu'inutile. Et tellement peu *méthodique.*

« J'ai invité Rachel Crowley à l'anniversaire de Polly », annonça Cecilia de but en blanc, sidérée par l'absolue naïveté qui était la sienne quelques heures plus tôt. « Je l'ai raccompagnée chez elle ce soir. Je lui ai parlé de Janie. Moi qui me félicitais de… »

Sa voix se brisa.

John-Paul respira bruyamment à ses côtés.

« Je suis tellement désolé, dit-il. Je n'arrête pas de le répéter. Mais je sais que ça ne sert à rien.

— Ce n'est pas grave », répondit Cecilia en réprimant un rire nerveux. Pas grave. Tu parles.

À ce moment-là, tous deux sombrèrent probablement dans un profond sommeil car c'était la dernière chose dont elle se souvenait.

« Ça va ? » demandait John-Paul à présent. « Est-ce que tu te sens bien ? »

Cecilia sentit son haleine du matin. Elle-même avait la bouche sèche et la tête lourde, comme après une cuite. Elle ne se serait pas sentie plus minable s'ils avaient passé une nuit de débauche.

Elle se massa le front et ferma les yeux, incapable de soutenir son regard plus longtemps. Sa nuque lui faisait mal. Elle avait dû dormir dans une mauvaise position.

« Tu crois que… » Il se racla la gorge, plus par manie qu'autre chose et reprit à voix basse : « Tu crois que tu peux encore rester avec moi ? »

Elle lut une peur primale dans son regard.

Un seul et unique acte vous définissait-il à jamais ? Aussi impardonnable soit-elle, une erreur de jeunesse pesait-elle plus lourd que vingt ans de mariage ? Un mariage heureux, qui plus est. John-Paul n'avait-il pas été un mari aimant et un père affectueux ? Ôte une vie, et te voilà dans la catégorie des tueurs. C'est comme ça que ça marche. Pour les autres. Pour les étrangers. Pour ceux dont on lit les histoires dans les journaux. Cecilia n'était pas à convaincre. Mais dans le cas de John-Paul, les règles n'étaient-elles pas différentes ? Et si oui, pourquoi ?

Des pas se firent entendre dans le couloir et, tout à coup, un petit corps tout chaud atterrit sur leur lit.

« Coucou, maman », dit Polly en se glissant gaiement entre ses parents. Elle cala sa tête sur l'oreiller de Cecilia, si près que ses mèches d'un noir presque bleu lui chatouillèrent les narines. « Bonjour, papa. »

Cecilia détailla leur petite dernière comme si elle la voyait pour la première fois : sa peau parfaite, la longue courbure de ses cils, l'éclat de ses yeux bleus. Elle était d'une beauté virginale.

Cecilia croisa le regard de John-Paul et eut une révélation. Voilà pourquoi.

« Bonjour, Polly », dirent-ils à l'unisson.

21

Devant le portail de St Angela, Liam murmura quelques mots indistincts et lâcha la main de sa mère avant de s'arrêter net, obligeant un flot ininterrompu de parents et d'élèves à dévier de leur cap pour entrer dans l'école. Tess se baissa et reçut un coup de coude sur la tête.

« Qu'y a-t-il ? » demanda-t-elle en se frottant le crâne. Elle se sentait terriblement nerveuse, acculée. Ici ou à Melbourne, déposer son gamin à l'école s'avérait un cauchemar – sa version à elle de l'enfer. Ça grouillait de monde. Partout.

« Je veux rentrer à la maison, répondit Liam en regardant ses pieds. Je veux papa.

— Que dis-tu ? » Faisant mine de ne pas avoir entendu, Tess essaya de le prendre par la main. « Attends, ne restons pas dans le passage. »

Il fallait s'y attendre. Tout s'était passé un peu trop simplement jusque-là. Étrangement, Liam avait accueilli ce changement d'établissement aussi soudain qu'imprévu avec optimisme. « Il s'adapte tellement facilement ! » s'était extasiée sa grand-mère, mais Tess savait que son fils, loin d'être enthousiaste à l'idée d'entrer à St Angela, se réjouissait surtout d'en avoir fini avec Marcus.

Liam tira sur son bras, la forçant à se baisser de nouveau.

« Pourquoi toi et papa et Felicity, vous arrêtez pas de vous fâcher ? » lui demanda-t-il dans le creux de l'oreille. Son souffle chaud sentait le dentifrice. « Vous avez qu'à vous dire pardon. Et que vous le pensiez pas. Comme ça, nous, on peut rentrer à la maison. »

Tess se figea.

Idiote. Triple idiote. Comment avait-elle pu s'imaginer que Liam n'y avait vu que du feu ? Lui qui l'avait toujours ébahie par son sens de l'observation.

« Mamie peut venir s'installer chez nous. On s'occupera d'elle jusqu'à ce que sa cheville aille mieux. »

Intéressant. L'idée n'avait même pas effleuré Tess. À croire que, dans son esprit, sa vie à Melbourne et la vie de sa mère à Sydney ne se déroulaient pas sur la même planète.

« Ils ont des fauteuils roulants à l'aéroport », ajouta Liam d'un ton grave au moment où une petite fille qui passait tout près lui érafla le coin de l'œil avec son cartable. Il se décomposa et ses magnifiques yeux dorés se remplirent de larmes.

« Mon chéri », dit Tess, impuissante, à deux doigts de pleurer aussi. « Écoute, tu n'es pas du tout obligé d'aller à l'école. C'était une idée insensée…

— Eh bien, bonjour, Liam. Je me demandais si tu étais arrivé ! » l'interrompit l'extravagante directrice en s'accroupissant aussi aisément qu'un enfant à son côté.

Elle doit faire du yoga, se dit Tess. Un garçon de l'âge de Liam passa près d'elle en lui tapotant affectueusement la tête comme s'il s'agissait de la mascotte de l'école. « Bonjour, Miss Applebee !

— Bonjour, Harrison ! » répondit-elle en levant la main, si bien que son châle glissa de ses épaules.

« Je suis navrée, commença Tess. On crée un véritable embouteillage… »

Trudy Applebee se contenta d'un petit sourire avant de remettre son châle et de se concentrer sur Liam. « Sais-tu ce que ta maîtresse, Mrs Jeffers, et moi-même avons fait hier après-midi ? »

Liam haussa les épaules et sécha ses larmes d'un geste brusque.

« Nous avons transformé ta classe en galaxie, lui confia-t-elle, les yeux pétillants. Notre chasse aux œufs va se dérouler dans l'espace. »

L'air sceptique, il renifla. « Comment ? C'est même pas possible.

— Viens voir par toi-même. » Elle se redressa puis, prenant Liam par la main : « Dis au revoir à ta maman. Tu n'oublieras pas de compter tes œufs pour tout lui raconter quand elle viendra te chercher. »

Tess embrassa Liam sur la tête. « Bon. Passe une bonne journée, mon chéri, et rappelle-toi, je…

— Il y a un vaisseau spatial, tu t'en doutes. Devine à qui on a pensé pour être notre pilote ! » poursuivit Trudy en l'emmenant.

Tess eut tout juste le temps de le voir lever des yeux pleins d'espoir vers la directrice avant qu'il ne disparaisse dans une foule d'enfants en uniformes à carreaux bleus et blancs.

Elle s'éloigna, soudain envahie par cet étrange sentiment de liberté qu'elle éprouvait lorsqu'elle confiait Liam à quelqu'un d'autre. Comme si la pesanteur n'avait plus d'effet sur elle. Qu'allait-elle faire d'elle-même à présent ? Et que lui dirait-elle après l'école ? Que tout allait pour le mieux dans le meilleur des mondes ? Non, elle ne pouvait pas lui mentir. Cela dit, elle se voyait mal lui révéler la vérité. *Papa et Felicity sont amoureux. Papa est censé me préférer. Alors, je suis très en colère contre eux. Je suis profondément blessée.*

Il paraît qu'à choisir, il vaut mieux dire la vérité.

Elle avait quitté Melbourne sur un coup de tête. Dans sa précipitation, elle s'était persuadée qu'elle agissait dans l'intérêt de Liam, mais en réalité, elle avait arraché son fils à son foyer, à son école et à sa vie parce que tout ce qu'elle voulait, *elle*, c'était être le plus loin possible de Will et de Felicity. Résultat, le bonheur de Liam reposait entièrement sur Trudy Applebee, une femme excentrique dotée d'une invraisemblable chevelure.

Elle devrait peut-être lui faire cours elle-même. Au moins jusqu'à ce que les choses se tassent. Elle se débrouillerait dans la plupart des matières. L'anglais, la géographie… Ça pourrait être amusant ! Le hic, c'étaient les maths. Sa bête noire. À l'école, Tess se faisait aider par Felicity. Aujourd'hui, c'était elle qui suivait Liam. Quelques jours plus tôt, elle s'était déclarée impatiente de redécouvrir les équations du second degré lorsque Liam entrerait au lycée. Tess et Will s'étaient regardés d'un air complice avant d'éclater de rire. En y repensant, Will et Felicity avaient drôlement bien caché leur jeu. Pendant tout ce temps. Agrippés à leur petit secret.

Laissant derrière elle la haute silhouette de St Angela, Tess entendit quelqu'un appeler.

« Bonjour, Tess. »

Sortie de nulle part, Cecilia Fitzpatrick apparut à son côté, un gros trousseau de clés de voiture cliquetant dans la main. Sa démarche avait quelque chose d'étrange. On aurait dit qu'elle boitait.

Tess inspira à fond pour se donner du courage. « Bonjour !

— Vous venez de déposer Liam pour son premier jour ? » demanda Cecilia d'une voix enrouée. Ses lunettes de soleil dissimulaient son regard perçant, au grand soulagement de Tess. « Ça s'est bien passé ? C'est toujours un peu délicat.

— Oh, eh bien, pas terrible, mais Trudy... » Tess s'interrompit, distraite par les chaussures de Cecilia. D'un côté, elle portait une ballerine noire, de l'autre, une sandale dorée à talon. Ceci expliquait cela. Elle détourna le regard et se força à poursuivre : « ... mais Trudy a été parfaite.

— Oh, oui, Trudy est une perle ; ça ne m'étonne pas. Bon, je suis garée juste là. » Son 4 × 4 blanc étincelant portait le logo Tupperware. « Polly a gym aujourd'hui ; ça m'est complètement sorti de la tête. D'habitude, je ne... Enfin bref, on a oublié. Du coup, je dois filer à la maison pour récupérer ses baskets. Polly est raide dingue de son prof de sport, si je suis en retard, elle ne me le pardonnera jamais.

— Son prof de sport, c'est Connor, Connor Whitby ? fit Tess en le revoyant à la station-service avec son casque sous le bras.

— Oui, c'est ça. Les gamines sont toutes folles de lui. En fait, la moitié des mamans aussi !

— Vraiment. »

Floc-floc. Le matelas à eau.

« Bonjour, Tess. Coucou, Cecilia. » La secrétaire de l'école, Rachel Crowley, arrivait en sens inverse chaussée de tennis de course blancs malgré sa jupe de tailleur et son chemisier en soie. Tess se demanda si quiconque arrivait à la regarder sans penser à la mort brutale de sa fille, Janie, dans le parc. L'idée qu'un jour Rachel avait été une femme comme les autres que rien ne semblait destiner à la tragédie qui l'attendait était inconcevable.

Rachel s'arrêta à leur niveau. Parler. Parler encore. Ça ne s'arrêtait donc jamais ? Tess la trouva fatiguée et pâle. Son brushing, impeccable la veille, semblait négligé. « Merci encore de m'avoir ramenée à la maison hier soir », dit-elle à Cecilia. Puis, se tournant vers Tess : « J'étais à une réunion Tupperware organisée par Cecilia et j'ai trop bu. Voilà pourquoi aujourd'hui je suis à pied, expliqua-t-elle en montrant ses chaussures. Pas très glorieux, n'est-ce pas ? »

Un silence gêné s'ensuivit. Tess espérait secrètement que Cecilia embrayerait sur Dieu sait quel sujet. Hélas, elle regardait au loin, visiblement distraite, étrangement muette.

« Vous vous êtes bien amusée apparemment ! » dit Tess d'une voix trop forte et trop enjouée. Pourquoi n'était-elle pas capable de parler normalement ?

« En effet », répondit Rachel en regardant Cecilia d'un air perplexe – elle n'avait toujours pas desserré les lèvres – avant de poursuivre : « La rentrée de Liam s'est bien passée ?

— Miss Applebee l'a pris sous son aile.

— Tant mieux. Ça ira, ne vous en faites pas. Trudy accueille les petits nouveaux avec le plus grand soin. Je ferais bien d'aller travailler. Et d'enlever ses abominables godasses ; j'ai l'air ridicule. Je vous salue, mesdames !

— Bonne… » commença Cecilia d'une voix rauque. « Bonne journée, Rachel, reprit-elle après s'être raclé la gorge.

— À vous aussi, lança Rachel en se dirigeant vers l'école.

— Bien, fit Tess.

— Oh là là, dit Cecilia en portant la main à sa bouche. Je crois que je vais… » Elle regarda autour d'elle nerveusement. « Merde. »

La seconde suivante, elle vomissait tout ce qu'elle pouvait dans le caniveau.

Oh non, songea Tess tandis que Cecilia continuait de se vider avec des bruits peu ragoûtants. Quel spectacle, de bon matin. Que lui arrivait-il ? Gueule de bois ? Intoxication alimentaire ? Que faire ? S'accroupir près d'elle et lui tenir les cheveux en arrière comme le font les copines dans les toilettes des boîtes de nuit quand elles ont sifflé trop de tequilas ? Comme elle le faisait autrefois avec Felicity ? Lui frotter doucement le dos comme avec Liam lorsqu'il était malade ? Émettre quelques sons compatissants et rassurants, histoire de montrer qu'elle n'était pas totalement indifférente ? Elle ne pouvait quand même pas se contenter de détourner les yeux en grimaçant. Quoique. Après tout, elle la connaissait à peine.

Pendant sa grossesse, Tess avait vomi à peu près partout où elle allait. Les nausées du matin duraient, hélas, toute la sainte journée. Et franchement, elle n'avait qu'une envie : qu'on lui fiche la paix. Elle devrait peut-être s'éclipser. Pourtant, quelque chose la retenait d'abandonner Cecilia à son triste sort. Elle regarda autour d'elle dans l'espoir de trouver une autre maman, de préférence une de ces femmes épatantes toujours prêtes à aider ou une amie de Cecilia – elle devait en avoir des dizaines. Malheureusement, il n'y avait plus un chat dans la rue.

Puis une idée brillante lui vint à l'esprit. Des mouchoirs en papier ! Voilà ce qu'il lui fallait ! songea Tess, bêtement ravie d'avoir trouvé quoi faire. Elle fouilla dans son sac à main et y trouva un paquet de Kleenex compact neuf et une bouteille d'eau.

« Un vrai boy-scout », avait plaisanté Will lorsqu'elle avait sorti une lampe de poche de son sac après qu'il avait fait tomber ses clés de voiture dans une allée mal éclairée. C'était après une séance de cinéma au tout début de leur relation. « On pourrait se débrouiller même sur une île déserte, avec Tess ! Il y a de tout dans son sac ! » avait commenté Felicity – car bien sûr, elle était là ce fameux soir. À se demander s'il y avait eu des moments SANS Felicity.

« Oh, mon Dieu », dit Cecilia en se redressant. Puis, se laissant tomber sur le trottoir, elle s'essuya la bouche du revers de la main. « La honte.

— Tenez, dit Tess en lui tendant les mouchoirs. Ça va mieux ? Vous avez mangé quelque chose qui ne vous a pas réussi ?

— Je ne sais pas », répondit-elle, les mains tremblantes, le teint terreux. Elle se moucha et regarda Tess. Ses yeux larmoyants étaient cernés de croissants violets ; sur ses cils, des petits paquets de mascara. Elle avait une mine affreuse. « Je suis vraiment navrée de vous imposer ça. Sans compter que vous devez avoir mille choses à faire. Filez.

— À vrai dire, je n'ai rien à faire. Rien de rien. » Elle ouvrit la bouteille. « Un peu d'eau ?

— Merci. »

Cecilia but une gorgée et essaya de se lever mais ses jambes se dérobèrent. Tess lui attrapa le bras in extremis.

« Désolée, vraiment désolée, fit Cecilia, au bord des larmes.

— Il n'y a pas de mal. Tout va bien. Je crois que je vais vous ramener chez vous.

— Oh non, non, c'est adorable, mais je vais bien, je vous assure.

— Sottise. Je vous ramène, je vous mets au lit et je me charge des tennis de votre fille.

— Les tennis de Polly ! Merde ! Je n'y pensais plus ! »

Cecilia n'aurait pas eu l'air plus consternée si elle avait mis les jours de sa fille en danger.

« Allez », dit Tess en lui prenant les clés avant d'ouvrir la voiture à distance. Pour une fois, elle avait le sentiment de faire ce qu'il fallait au moment où il fallait.

« Merci, je suis très touchée. » Cecilia monta côté passager en s'appuyant lourdement sur Tess.

« Pas de problème », répondit-elle d'une voix brusque très éloignée de sa façon habituelle de parler. Elle ferma la portière et s'installa derrière le volant.

Quelle générosité ! Quel civisme ! entendit Tess dans la bouche de sa cousine. *Fais gaffe ! Tu vas finir par rejoindre l'association des parents d'élèves !*

Va te faire foutre, Felicity, rétorqua-t-elle in petto en mettant le contact d'un coup sec.

22

Qu'est-ce qui clochait, ce matin, chez Cecilia ? En tout cas, elle n'était pas dans son état normal, songea Rachel en traversant la cour de l'école, consciente que ses baskets lui donnaient une démarche plus rebondie que ses habituelles chaussures à talons. Malgré ses aisselles et son front humides, marcher depuis chez elle l'avait revigorée. L'espace d'un instant, elle avait envisagé d'appeler un taxi pour se rendre au travail tant elle se sentait épuisée. Incapable de trouver le sommeil après le départ de Rodney Bellach, elle s'était repassé la vidéo cent fois dans sa tête. Plus elle revoyait le visage de Connor, plus elle le trouvait malveillant. Rodney péchait par excès de prudence : il ne voulait pas qu'elle se fasse trop d'espoirs. Sans compter que l'âge l'avait rendu plan-plan. Mais dès qu'un jeune policier intelligent et plein d'entrain aurait visionné la cassette, il – ou elle – tirerait les conséquences qui s'imposaient et passerait à l'action.

Quelle attitude adopter aujourd'hui si elle croisait Connor Whitby à l'école ? L'affronter ? L'accuser, carrément ? Rien que d'y penser, elle en avait la tête qui tournait. Voilà qui la laisserait probablement en proie à des émotions incontrôlables : chagrin, fureur, haine.

Elle prit une profonde inspiration. Non, non, hors de question de l'affronter. Mieux valait faire les choses dans les règles. Inutile de le prévenir ou de dire quoi que ce soit qui pourrait compromettre le verdict qu'elle attendait. S'il était acquitté sur un point de procédure, tout ça parce qu'elle n'avait pas pu tenir sa langue, elle ne se le pardonnerait jamais. Un sentiment aussi inattendu qu'indéfinissable l'envahit. Ce n'était pas vraiment du bonheur, mais... pas loin. De l'espoir ? De la satisfaction ? Oui, elle éprouvait de la satisfaction car elle avait enfin l'occasion de faire quelque chose pour Janie. Rachel en avait rêvé si souvent ces dernières années. Bichonner sa fille. Se glisser dans sa chambre par une nuit froide pour couvrir ses épaules anguleuses (Janie était particulièrement sensible au froid), lui préparer son sandwich préféré – fromage et pickles, avec des tonnes de beurre (quelques kilos de plus ne lui feraient pas de mal), laver ses vêtements délicats à la main, lui donner dix dollars sans raison particulière. Bref, lui prodiguer ces petites attentions qui font de vous une maman. Et voilà qu'aujourd'hui, elle pouvait reprendre du service. *Je vais le coincer, ma chérie. Il n'en a plus pour longtemps.*

Son téléphone portable sonna. Vite ! songea-t-elle en fouillant dans son sac à main. Ce satané répondeur ne tarderait pas à se déclencher. C'était sûrement Rodney ! Qui d'autre appellerait si tôt ? Des nouvelles ? Déjà ? Non, quelques heures à peine s'étaient écoulées depuis qu'elle lui avait montré la vidéo. Ça ne pouvait pas être lui.

« Allô ? »

En effet, c'était Rob. Elle avait vu son nom sur l'écran juste avant de décrocher. Une lueur d'espoir l'avait envahie en lisant les premières lettres : Ro, Rodney… mais non.

« Maman ? Tout va bien ?

— Parfaitement, mon chéri, répondit Rachel en essayant de ne pas en vouloir à son fils. J'arrive juste au travail. Et toi ? »

Rob se lança dans une histoire interminable que sa mère écouta d'une oreille distraite tout en se dirigeant vers le secrétariat de l'école. Elle passa devant une classe de CP d'où s'échappaient des rires d'enfants. Elle y jeta un œil et aperçut sa patronne, Trudy Applebee, qui courait un bras levé à la manière de Superman tandis que la maîtresse pleurait de rire. Des rayons de lumière blanche éclairaient la salle. Elles avaient installé un stroboscope ? Eh bien, le petit garçon de Tess O'Leary ne risquait pas de s'ennuyer pour son premier jour à St Angela ! Dire que Trudy était censée bosser sur un rapport destiné au ministère… Si à dix heures, elle n'était toujours pas dans son bureau pour s'y atteler, Rachel l'y traînerait de force.

« Est-ce que ça te convient ? demanda Rob. Tu viendras chez les parents de Lauren dimanche ?

— Pardon ? »

Rachel entra dans son bureau puis posa son sac à main.

« Tu pourrais peut-être apporter une tarte aux fruits meringuée, qu'en dis-tu ?

— Où ça ? Quand ? »

Mais de quoi parlait-il ? se demanda-t-elle en l'entendant souffler.

« Dimanche prochain, pour le déjeuner pascal, chez les parents de Lauren. Je sais qu'on avait prévu de faire ça chez toi, mais on n'arrive pas à tout caser. On est débordés avec les préparatifs pour New York. On a pensé que si tu venais chez eux, on pourrait vous voir tous en même temps. Faire d'une pierre deux coups en quelque sorte. »

Les parents de Lauren. Comme d'habitude, sa mère aurait vu un spectacle *tout simplement fabuleux* la veille – Madame enchaînait pièces de théâtre, ballets et opéras. Son père, avocat à la retraite, échangerait quelques badineries avec Rachel avant de tourner brusquement les talons, arborant un air confus, comme s'il ne la remettait pas. Il y aurait forcément un inconnu à leur table – exotique à souhait et divinement beau, cela va sans dire. La conversation tournerait autour de lui et de son récent voyage fascinant en Inde ou en Iran, et tout le monde – à l'exception de Rachel (et Jacob) – serait subjugué. Des amis hauts en couleur, ils en avaient probablement tout un stock car Rachel n'avait jamais vu deux fois le même. À moins qu'en réalité, ils n'embauchent des étrangers pour pimenter les dîners qu'ils donnaient.

« Bien », dit Rachel d'un air résigné. Elle irait jouer dans le jardin avec Jacob. Elle pouvait tout supporter si elle avait son petit-fils avec elle. « Faisons comme ça. Tu peux compter sur moi pour le dessert. »

Ce cher Rob. Il adorait tellement sa fameuse tarte qu'il ne se rendait même pas compte qu'elle jurait totalement avec les mets chic et raffinés que sa belle-mère servait.

« Au fait, Lauren voulait savoir si tu aimerais qu'elle te reprenne des biscuits, tu sais ces petits machins qu'on t'a apportés l'autre soir.

— C'est gentil de sa part mais, pour être honnête, je les ai trouvés un peu trop sucrés.

— Elle demande aussi si tu t'es bien amusée à ta réunion Tupperware hier soir. »

Lauren avait dû remarquer l'invitation de Marla sur le réfrigérateur quand elle était venue récupérer Jacob lundi. Elle se faisait mousser sur son dos ! *Voyez comme je m'intéresse à la petite vie de mémé de ma belle-mère !*

« C'était très bien », répondit Rachel tout en se demandant si elle devait lui parler de la vidéo. Serait-il bouleversé ? Content ? Il avait le droit de savoir, après tout. Rachel rougissait parfois à l'idée d'être restée totalement indifférente au chagrin de Rob. Tout ce qu'elle voulait à l'époque, c'était qu'il lui fiche la paix. Mais si elle l'envoyait au lit ou le laissait devant la télévision, c'était pour pleurer seule dans son coin.

« Tu t'es ennuyée, non ?

— Pas du tout. À vrai dire, en rentrant à la maison, je…

— Au fait ! J'ai emmené Jacob chez le photographe hier avant d'aller au travail. Tu sais, pour son passeport. Il faut que tu voies ça ! Il est trop mignon ! »

Janie n'avait jamais eu de passeport. Jacob, à tout juste deux ans, pouvait désormais quitter le pays du jour au lendemain.

« J'ai hâte », répondit Rachel. Elle ne lui dirait rien. Monsieur était bien trop occupé pour se soucier d'une éventuelle enquête sur le meurtre de sa sœur.

Il y eut un silence. Rob était loin d'être idiot.

« On n'a pas oublié l'anniversaire, commença-t-il. Je sais que cette période de l'année est toujours difficile pour toi. D'ailleurs, pour vendredi… »

Il semblait attendre qu'elle dise quelque chose. Était-ce la vraie raison de son appel ?

« Je t'écoute, dit-elle impatiemment. Vendredi ?

— Lauren a essayé de t'en parler l'autre soir. C'est son idée. Euh, en fait, non. Pas du tout. C'est mon idée. Sauf que je l'ai eue à cause de quelque chose qu'elle a dit. Enfin bref, je sais que tu vas au parc chaque année. Je veux dire, le parc où… et que tu y vas seule d'habitude. Mais je me demandais si je… si je pouvais t'accompagner. Avec Lauren et Jacob, si tu n'y vois pas d'inconvénient.

— Je n'ai pas besoin…

— Je sais que tu n'as pas *besoin* de nous, l'interrompit Rob d'un ton brusque qu'elle ne lui connaissait pas. Mais *moi*, j'ai *envie* d'être là. Pour Janie. Pour qu'elle sache… » Sa voix l'abandonna. Il se racla la gorge et reprit d'un ton plus grave : « Ensuite, nous pourrions aller dans le café près de la gare. Lauren dit qu'il sera ouvert vendredi. On y prendrait le petit déjeuner tous ensemble. » Il toussa avant d'ajouter : « Ou un thé au moins. »

Rachel imagina Lauren au parc, solennelle et élégante dans son trench couleur crème ajusté à la taille. Elle porterait une queue-de-cheval basse, de sorte qu'elle reste en place, un rouge à lèvres discret et dirait les mots justes au bon moment, faisant de l'anniversaire du meurtre de la sœur de son mari un énième rendez-vous mondain rondement mené.

« Je crois que je préférerais vraiment… » Elle s'interrompit, repensant à l'émotion de Rob. Tout cela était à coup sûr une mise en scène orchestrée par sa bru, mais peut-être que son fils avait vraiment besoin d'être présent. Tant pis pour son besoin à elle d'être seule.

« D'accord, finit-elle par dire. Faisons comme ça. J'y vais de très bonne heure, d'habitude. Vers six heures. Mais Jacob se lève aux aurores ces temps-ci, non ?

— Oui ! En effet ! Bon. On y sera. Merci. Ça me touche énorm…

— J'ai beaucoup à faire aujourd'hui, alors, si ça ne t'ennuie pas… »

Assez parlé. Elle voulait libérer la ligne au cas où Rodney l'appellerait. Il avait peut-être déjà essayé.

« Au revoir, maman », dit Rob tristement.

23

Baignée de lumière grâce à d'immenses fenêtres qui donnaient sur un jardin avec piscine remarquablement entretenu, la maison de Cecilia était magnifique – un intérieur reluisant de propreté et parfaitement rangé, qui n'en restait pas moins vivant et accueillant. Sur les murs, des photos de famille rigolotes et quelques dessins d'enfants encadrés. Des canapés confortables ; des étagères remplies de livres et de curiosités. Partout, des objets épars trahissaient la présence de ses filles – chaussons de danse et autres équipements de sport, un violoncelle –, mais tout semblait être parfaitement à sa place. « La maison idéale pour couple avec enfants », dirait n'importe quel agent immobilier.

« J'aime beaucoup votre maison », déclara Tess tandis que Cecilia la précédait dans le couloir qui menait à la cuisine.

« Merci, c'est… oh ! » Cecilia s'arrêta net sur le pas de la porte. « Quel bazar ! Je suis désolée !

— Vous plaisantez, n'est-ce pas ? » fit Tess en entrant.

En dehors d'une pile de bols restés sur l'îlot central, d'un verre de jus de pomme abandonné sur le micro-ondes et d'une boîte de Kellogg's qui traînait sur la table à côté de quelques livres, la pièce était nickel.

En quelques secondes, Cecilia fit disparaître les bols dans le lave-vaisselle et rangea les céréales dans un immense garde-manger avant de se mettre à briquer l'évier avec un essuie-tout, sous le regard perplexe de Tess.

« On était en retard comme rarement ce matin, expliqua-t-elle tout en continuant de frotter comme si sa vie en dépendait. D'habitude, je ne quitte pas la maison avant que tout soit parfait. Je sais que c'est ridicule. Pathologique, d'après ma sœur. Elle dit que j'ai... Comment ça s'appelle déjà ? Un trouble obsessionnel compulsif. C'est ça. Un TOC. »

Pas totalement aberrant comme analyse, songea Tess.

« Vous devriez vous reposer, dit-elle.

— Asseyez-vous. Je peux vous offrir un thé ? Un café ? J'ai des muffins, des biscuits... » Elle s'interrompit et, portant la main à son front, ferma les yeux un instant. « Mon Dieu. C'est, ah, qu'est-ce que je disais ?

— Laissez-moi faire. Thé ?

— Je crois qu'en fait je vais avoir besoin de... »

Cecilia tira une chaise et, voyant ses chaussures, resta clouée sur place.

« Mes chaussures ! fit-elle, stupéfaite. Elles sont dépareillées !

— Personne n'aura remarqué », répondit Tess en remplissant une bouilloire rutilante.

Cecilia s'assit et posa les coudes sur la table. Levant des yeux contrits vers Tess, elle lui adressa un petit sourire. « Voilà qui fait mentir la réputation qu'on m'a faite à St Angela.

— Ma foi, avec moi, votre secret sera bien gardé. »

Puis, craignant d'avoir été maladroite – Cecilia pendrait-elle sa réponse pour une critique déguisée ? –, elle s'empressa de changer de sujet : « L'une de vos filles a un devoir à faire sur le Mur de Berlin ? » demanda-t-elle en montrant la pile de livres posés sur la table.

« Rien à voir avec l'école. Esther, ma cadette, s'est mis en tête de tout savoir sur la question. Elle a des lubies, comme ça. Quel que soit le sujet, on finit tous par être super-calés. Ça peut devenir épuisant. Enfin bref. » Elle respira à fond et pivota pour faire face à Tess, visiblement décidée à être plus attentive à son invitée. « Et vous, Tess ? Connaissez-vous Berlin ? »

Quelque chose clochait dans le ton de sa voix. Avait-elle encore envie de vomir ? Était-elle sous l'influence d'une drogue quelconque ? À moins qu'elle soit complètement déséquilibrée ?

« À vrai dire, non », répondit Tess en ouvrant le garde-manger pour y prendre du thé. La batterie de Tupperware qu'elle y découvrit – des petits, des grands, des ronds, des carrés, tous soigneusement étiquetés – la laissa pantoise. On ne voyait ça que dans les magazines, non ? « Je suis allée en Europe plusieurs fois, mais ma cousine Felicity… » Elle s'interrompit, à deux doigts d'admettre qu'elle n'avait jamais mis les pieds en Allemagne parce que Felicity n'avait aucune envie d'y aller. Pour la première fois de sa vie, Tess fut frappée par l'incongruité d'un tel discours, comme si son avis à elle ne comptait pas. Mais d'ailleurs, c'était quoi son avis sur l'Allemagne ? Elle trouva le thé. Des rangées et des rangées de sachets de thé disposés sur un plateau. « Waouh ! Il y a autant de choix qu'au supermarché ! Qu'est-ce que vous voulez ?

— Oh, de l'Earl Grey, sans lait ni sucre. Vraiment, je ne devrais pas vous laisser faire ! s'exclama Cecilia en se levant.

— Restez assise », répondit Tess d'un ton presque autoritaire.

Cecilia n'était pas la seule à se comporter bizarrement : parler ainsi à une femme qu'elle connaissait à peine…

« Polly a-t-elle besoin de ses chaussures de sport tout de suite ? demanda Tess. Je ferais peut-être mieux de retourner à l'école maintenant.

— Zut ! J'ai *encore* oublié cette histoire de tennis. Mais où ai-je la tête ? »

Tess ne put réprimer un sourire en voyant la mine consternée de Cecilia. À croire qu'elle n'oubliait jamais rien !

« Le cours de sport ne commence pas avant dix heures, dit Cecilia.

— Dans ce cas, je reste pour boire un thé. » Tess prit un paquet non entamé de biscuits de luxe au chocolat dans le cellier, quelque peu grisée par sa propre témérité. Quitte à vivre audacieusement ! se dit-elle. « Un biscuit ? »

24

Tess prit sa tasse de thé (un mug que la maîtresse de maison réservait d'ordinaire aux membres de la famille) en souriant, à mille lieues d'imaginer l'effroyable monologue que Cecilia débitait en silence dans sa tête.

Vous ne devinerez jamais ce que j'ai découvert hier soir, Tess. Mon mari a assassiné Janie Crowley. Je ne vous le fais pas dire ! Incroyable, hein ? Oui, c'est ça : la fille de Rachel Crowley, la gentille dame aux cheveux blancs qui a toujours un regard triste, celle qu'on a vue ce matin devant l'école, qui m'a regardée droit dans les yeux en me souriant. Et après ? Eh bien, comme dirait ma mère, me voilà dans de beaux draps. Ah non, vraiment.

Comment savoir ce que son invitée dirait si elle lui déballait ses pensées tout haut ? Cecilia, qui avait vu en Tess une femme mystérieuse et pleine d'assurance, une de celles qui n'ont nul besoin de combler les silences, songea tout à coup qu'elle dissimulait peut-être sa timidité. Sa façon de soutenir son regard, de se tenir bien droite sur sa chaise à la manière d'un enfant qui ne serait pas chez lui demandait visiblement une certaine forme de courage.

En tous les cas, elle avait fait preuve d'une grande gentillesse à son égard en la ramenant chez elle après cet épisode ô combien humiliant devant l'école. Pourvu que Cecilia ne se mette pas à vomir chaque fois qu'elle croiserait Rachel Crowley ! Ça deviendrait compliqué.

« J'adore lire les histoires de tentatives d'évasion, dit Tess en désignant la pile de livres consacrés au Mur de Berlin.

— Moi aussi, répondit Cecilia. Enfin… celles qui ont réussi. » Elle ouvrit un des volumes à la section Photographies située au milieu. « Vous voyez cette famille ? » dit-elle en montrant un cliché en noir et blanc sur lequel posaient un jeune couple et leurs quatre enfants dépenaillés. « Le père, chauffeur de train, a détourné une locomotive. Il a foncé droit sur les barrières à toute vitesse avec le chef de train à côté qui lui demandait s'il n'était pas complètement fou. Ça lui a valu le surnom de Harry le boulet de canon. Tout le monde a dû se réfugier sous les sièges pour éviter les balles. Vous vous imaginez à la place de la mère ? Je n'arrête pas d'y penser. Quatre enfants tapis sur le sol dans un train. Des balles qui fusent dans tous les sens au-dessus de leurs têtes. Pour la première fois de sa vie, elle a inventé une histoire pour qu'ils pensent à autre chose. Je n'invente jamais d'histoires pour mes filles. Je n'ai aucune imagination. Je parie que vos enfants ont plus de chance ! Je me trompe ?

— Ça n'arrive pas souvent », fit Tess en se rongeant l'ongle du pouce.

Je parle trop, se reprocha Cecilia in petto. Puis elle se rendit compte qu'elle avait dit « vos enfants » alors que Tess n'en avait qu'un. Que faire ? Se corriger ? Ne serait-ce pas maladroit si Tess rêvait d'agrandir sa famille sans pouvoir le faire.

Tess tourna le livre pour regarder la photo. « Cette histoire illustre bien ce qu'on est capable de faire pour être libre. Ça va tellement de soi pour nous.

— Mais je crois qu'à la place de la mère, j'aurais dit non », répondit Cecilia, dans tous ses états. À croire qu'un tel choix s'imposait réellement à elle. « J'aurais manqué de courage », reprit-elle en essayant de parler d'une voix plus calme. J'aurais dit : « Le jeu n'en vaut pas la chandelle. Qu'est-ce que ça peut faire d'être coincés de ce côté du Mur ; au moins, on est en vie. Nos enfants sont en vie. Mourir au nom de la liberté ? C'est trop cher payer. »

Et pour la liberté de John-Paul, que fallait-il sacrifier ? Rachel Crowley ? Sa tranquillité d'esprit ? Ne serait-ce pas une consolation pour elle de comprendre enfin ce qui était arrivé à sa fille ? De savoir que le coupable croupissait en prison ? Cecilia, elle, bouillait toujours de rage contre l'institutrice qui avait fait pleurer Isabel à la maternelle. Sa gamine ne s'en souvenait même pas, bon sang ! Alors *quid* de ce qu'éprouvait Rachel ? Cecilia sentit son estomac se nouer. Elle reposa sa tasse de thé.

« Vous êtes d'une pâleur à faire peur, dit Tess.

— J'ai dû attraper un virus », répondit Cecilia. *Mon mari m'a refilé un virus. Un sale virus.* « Ha, ha ! » Elle se rendit compte avec horreur qu'elle venait de rire tout haut. « Ou je ne sais quoi. En tout cas, ça ne va pas fort. »

25

En retournant à l'école au volant de la voiture de Cecilia, Tess songea que si Polly avait sport aujourd'hui, ce serait également le cas de Liam. Bien évidemment, il ne portait pas de tennis. Pourquoi personne ne l'avait informée que les CP avaient gym le mardi ? À moins qu'elle ait oublié. Peut-être devrait-elle en profiter pour récupérer les baskets de son fils chez sa mère ? Ou pas. Elle hésitait. Pour quelqu'un qui s'était toujours targué de ne pas être du genre à tergiverser ! Du moins, avant d'avoir Liam, car on ne l'avait pas prévenue qu'être mère exigeait de prendre mille et une décisions à tout bout de champ !

Bon, il était plus de dix heures. Mieux valait aller directement à l'école. Sinon, Polly n'aurait pas ses chaussures à temps. Ça semblait tellement important pour Cecilia. Tess s'en serait voulu de manquer à la mission qu'elle lui avait confiée, d'autant qu'elle n'avait vraiment pas l'air dans son assiette.

Cecilia lui avait suggéré de déposer les baskets dans la salle de classe ou de les apporter directement au professeur de sport. « Vous apercevrez sûrement

Connor Whitby sur les terrains. C'est peut-être le plus simple.

— Je connais bien Connor, s'était-elle surprise à répondre. Je suis sortie avec lui un moment. Il y a des années de ça. C'est de l'histoire ancienne, bien sûr. »

Tess frémit à ce souvenir. « De l'histoire ancienne. » Pourquoi dire un truc aussi inutile et ringard ?

L'information n'avait pas laissé Cecilia indifférente. « Eh bien, sachez qu'à l'heure actuelle, Connor est le célibataire le plus en vue de St Angela. Je me garderai bien de répéter à Polly que vous l'avez fréquenté ! Elle vous ferait la peau ! »

Puis elle avait de nouveau laissé échapper un petit rire aigu des plus déconcertants avant de s'excuser, déclarant qu'il fallait vraiment qu'elle s'allonge.

Tess trouva Connor en train de disposer des ballons de basket sur un immense parachute multicolore qu'il avait déplié sur la pelouse. Vêtu d'un tee-shirt blanc et d'un pantalon de survêtement noir, il avait l'air moins intimidant que la veille au soir à la station-service. La lumière du soleil accentuait les rides autour de ses yeux.

« Bonjour », fit-il tout sourire en prenant les tennis que Tess lui tendait. Pour Liam, je suppose. »

La première fois que tu m'as embrassée, c'était… sur une plage, se remémora Tess.

« Non, c'est pour Polly Fitzpatrick. Cecilia est malade, je lui ai proposé de revenir à sa place. Liam n'est pas en tenue de sport. Tu ne vas pas le coller, rassure-moi ? »

De nouveau, cette pointe de séduction dans la voix. Pourquoi s'amusait-elle à flirter avec lui ? Parce qu'elle venait de se souvenir de leur premier baiser ? Parce que Felicity ne l'avait jamais aimé ? Parce que son mariage venait de s'écrouler et qu'elle avait un besoin urgent de se sentir désirable ? Parce qu'elle bouillait de colère ? Mourait de chagrin ? Parce que, après tout, pourquoi pas ?

« Je tâcherai d'y aller mollo avec lui, répondit-il en posant les chaussures de Polly à l'extérieur du parachute. Il aime le sport ?

— Il aime surtout courir. Courir pour courir. »

Tess pensa à Will qui ne jurait que par le football. À la naissance de Liam, il s'était réjoui à l'idée qu'un jour, ils iraient voir les matchs ensemble, mais jusqu'à présent, Liam n'avait pas montré le moindre intérêt pour le ballon rond. Malgré sa déception, Will avait pris le parti d'en rire. Une fois, tandis qu'ils regardaient un match à la télévision, Liam avait dit : « Allez, papa, tu viens dehors ? On va courir ! » Son père, qui détestait la course, avait soupiré d'un air résigné à mourir de rire avant d'éteindre le poste pour rejoindre Liam dans le jardin.

Elle ne laisserait pas Felicity gâcher cette relation père-fils. Hors de question que Liam se retrouve un jour sans savoir trop quoi dire au téléphone à un père qui ne le connaîtrait pas vraiment.

« Il est content de changer d'école ? demanda Connor.

— C'est ce que je croyais, répondit Tess en jouant avec les clés de la voiture de Cecilia. Mais il n'était pas bien ce matin. Son père lui manque. On est en pleine… enfin bref. J'ai bêtement pensé que Liam ne se rendait pas compte de ce qui se passait.

— Les enfants sont parfois surprenants de perspicacité. » Connor sortit deux ballons de plus du sac en toile et les garda contre son torse. « Le plus déroutant, c'est que, l'instant d'après, ils peuvent se comporter comme des imbéciles. Mais si ça peut te rassurer, St Angela est une chouette école. Je n'ai jamais travaillé dans une école aussi attentive au bien-être des enfants. C'est grâce à la directrice. Elle est folle à lier mais sa priorité, c'est les gamins.

— Ça doit te changer du monde de la comptabilité, dit Tess en observant la bâche colorée qui ondulait sous la brise.

— Ha, ha ! Tu m'as connu au temps où j'étais comptable », s'exclama Connor avec un sourire plein de tendresse – une marque d'affection incongrue et excessive au regard de l'éternité qui s'était écoulée depuis leur dernière rencontre. « Bizarrement, j'avais oublié ce détail. »

Clontarf Beach, se rappela Tess subitement. *C'est là, précisément, que tu m'as donné ce premier baiser. Un baiser délicieux.*

« Tout cela remonte à tellement loin », dit-elle, consciente que les battements de son cœur s'accéléraient. « Je n'ai que de vagues souvenirs.

— Vraiment ? » s'étonna Connor. Il s'accroupit et posa un ballon sur le triangle rouge de la bâche. « Moi, je me rappelle un tas de choses. »

De quoi parlait-il ? De leur liaison ou des années quatre-vingt-dix ?

« Je ferais mieux d'y aller », dit Tess en détournant les yeux, comme si son attitude était on ne peut plus déplacée. « Tu as du boulot.

— Okay, fit Connor en faisant rebondir le ballon entre ses mains. Toujours partante pour ce café ?

— Bien sûr, répondit Tess en souriant sans le regarder. Vous allez vous amuser comme des petits fous avec ce parachute, on dirait !

— J'y compte bien. Et promis, je garderai un œil sur Liam. »

Elle tourna les talons en songeant tout à coup que Felicity adorait regarder le football avec Will. Un intérêt qu'ils partageaient. Tess lisait tranquillement un bouquin pendant qu'ils s'excitaient tous les deux devant l'écran. « Pourquoi ne pas boire un verre, plutôt ? » lança-t-elle en faisant volte-face. « Je veux dire, plutôt qu'un café », précisa-t-elle. Cette fois, elle le regarda droit dans les yeux, un regard aussi physique qu'une caresse.

Connor déplaça un ballon du plat du pied. « Tu es libre ce soir ? »

26

Assise à même le sol de son cellier, les bras autour des genoux, Cecilia pleurait à gros sanglots. Elle attrapa le rouleau de papier essuie-tout sur l'étagère du bas, déchira une feuille et se moucha bruyamment.

Elle ne se souvenait pas pourquoi elle était venue dans le cagibi. Peut-être espérait-elle simplement retrouver une forme de paix à la vue de ses innombrables Tupperware dont les formes géométriques s'emboîtaient parfaitement et les couvercles hermétiques bleus conservaient fraîcheur et croquant à tout ce qu'elle y rangeait. Un refuge où les secrets en putréfaction n'avaient pas leur place.

Une odeur d'huile de sésame parvint à ses narines. Elle prenait pourtant soin de bien essuyer la bouteille avant de la ranger. Elle devrait peut-être s'en débarrasser. Non, John-Paul raffolait de son poulet au sésame.

Et alors ? Qui se souciait de son avis ? L'équilibre au sein de leur couple était rompu à jamais. Dorénavant, elle aurait le dessus. Il n'aurait plus voix au chapitre.

Cecilia entendit sonner à la porte. *Mon Dieu, les flics*, se dit-elle.

Mais il n'y avait aucune raison pour que la police débarque maintenant, après toutes ces années, juste parce qu'elle était au courant. *Je te hais de m'imposer ça, John-Paul Fitzpatrick*, pensa-t-elle en se levant. Elle avait mal à la nuque. Elle prit la bouteille d'huile de sésame et la jeta à la poubelle avant d'aller ouvrir.

Tiens, la mère de John-Paul. Désorientée, Cecilia cligna des yeux.

« Vous étiez au petit coin ? demanda Virginia. Je commençais à me dire que j'allais devoir m'asseoir sur le perron. Pauvre de moi ! J'ai les jambes en coton. »

Typique de sa belle-mère. Elle trouvait toujours quelque chose pour vous faire culpabiliser. Toutes ses brus avaient, à un moment ou un autre, fini en larmes – de rage ou de frustration – à cause d'elle, à l'exception de Cecilia, qui avait une confiance inébranlable en ses talents d'épouse, de mère et de ménagère. *Tu peux toujours courir !* se disait-elle parfois tandis que Virginia, à l'affût d'un faux pli sur la chemise impeccable de John-Paul ou d'un grain de poussière sur les plinthes immaculées, scrutait la maison du sol au plafond.

Virginia « faisait un saut » chez Cecilia tous les mercredis après son cours de taï-chi pour prendre un thé et déguster une part de gâteau fait maison. « Comment fais-tu pour supporter ça ? » soupiraient les belles-sœurs de Cecilia. Mais ça ne la dérangeait pas vraiment. Elle voyait ce rendez-vous hebdomadaire comme un match de ping-pong : il suffisait de renvoyer la balle, et à ce jeu-là, elle perdait rarement.

Pourtant, aujourd'hui, l'énergie nécessaire lui faisait défaut.

« Je sens quelque chose. Qu'est-ce que c'est ? » demanda Virginia en s'avançant pour embrasser Cecilia. « De l'huile de sésame ?

— Oui, fit-elle en reniflant ses mains. Venez vous asseoir. Je vais mettre de l'eau à chauffer.

— Je n'aime pas du tout l'odeur du sésame. On s'en sert beaucoup dans la cuisine asiatique, non ? » Elle s'installa à la table de la cuisine et commença son tour d'inspection visuelle. « Ça allait, John-Paul, hier soir ? Il m'a appelée ce matin. Quelle bonne idée il a eu de rentrer plus tôt ! Les filles doivent être ravies. Elles l'adorent tellement ! Mais je n'en revenais pas quand il m'a dit qu'il devait retourner au bureau dès ce matin. Il doit être épuisé avec le décalage horaire. Le pauvre. »

John-Paul avait proposé de rester à la maison aujourd'hui. « Je ne veux pas te laisser seule avec ce poids, avait-il dit. Je ne vais pas au boulot. On pourra parler. »

Parler. Cecilia en frémissait rien que d'y penser. Elle avait donc insisté pour qu'il aille travailler, allant presque jusqu'à le pousser dehors. Elle avait besoin de mettre de la distance entre eux deux, besoin de réfléchir. Cela dit, John-Paul avait passé la matinée à lui laisser des messages désespérés. Peut-être s'inquiétait-il à l'idée qu'elle prévienne la police.

« John-Paul est très professionnel », répondit-elle tout en préparant le thé. *Si vous saviez ce que votre fils adoré a fait. Si vous saviez…*

Elle sentit peser sur elle le regard perspicace de sa belle-mère. Elle était loin d'être bête, cette chère Virginia. C'était d'ailleurs l'erreur des belles-sœurs de Cecilia : elles sous-estimaient l'ennemi.

« Vous n'avez pas l'air dans votre assiette. Vous êtes blanche comme un linge. Vous devez être épuisée. Vous faites trop de choses. Il paraît que vous avez organisé une réunion Tupperware hier soir. D'après Marla Evans, que j'ai vue au cours de taï-chi, c'était très réussi. Tout le monde a fini pompette si j'ai bien compris. Vous avez dû ramener Rachel Crowley chez elle.

— Rachel est adorable », dit Cecilia en posant une tasse de thé et un assortiment de douceurs tout juste sorties du four devant Virginia. (La gourmandise était son point faible, ce qui donnait un net avantage à Cecilia.) Parviendrait-elle à parler de Rachel sans avoir de haut-le-cœur ? « Je l'ai d'ailleurs invitée à la fête d'anniversaire de Polly. »

Quelle idée.

« Ah bon ? » Puis, après une pause : « John-Paul est au courant ?

— Oui. Je le lui ai dit. »

Étrange, cette question. Virginia savait pertinemment que John-Paul ne se mêlait jamais des invitations et autres préparatifs. Elle remit le lait au réfrigérateur puis se tourna vers sa belle-mère.

« Pourquoi me demandez-vous ça ? »

Virginia prit une tranche de gâteau citron-noix de coco. « Ça ne l'a pas dérangé ? insista-t-elle.

— Pourquoi ça le dérangerait ? » demanda Cecilia en tirant une chaise sans faire de bruit.

Elle avait l'impression qu'on lui enfonçait un doigt en plein milieu du front, comme si son crâne était une boule de pâte. Elle regarda Virginia dans les yeux. Les mêmes que John-Paul. Jadis une très belle femme, celle-ci n'avait jamais pardonné à une de ses malheureuses brus de ne pas l'avoir reconnue sur une photographie de famille accrochée au mur du salon.

Virginia ne put soutenir son regard. « Je me disais juste qu'il n'avait peut-être pas envie d'avoir trop de monde à l'anniversaire de sa fille. » Sa voix sonnait faux. Elle prit une bouchée de gâteau et la mâcha longuement, comme pour gagner du temps.

Elle sait, songea Cecilia. L'idée lui vint à l'esprit d'un coup.

John-Paul lui avait pourtant dit que personne n'était au courant. Il avait été catégorique.

Un long silence s'installa. Le réfrigérateur s'emballa. Au même instant, Cecilia sentit les battements de son cœur s'accélérer et sa gorge se serrer. Virginia, au courant ? Impossible. Au secours, de l'air.

« J'ai eu l'occasion de parler de Janie avec Rachel quand je l'ai ramenée, dit Cecilia d'une voix étranglée. Vous savez, sa fille. » Elle respira profondément dans l'espoir de se calmer. Virginia, qui avait mis son gâteau de côté, farfouillait dans son sac à main. « Vous vous souvenez bien de... quand c'est arrivé ?

— Je m'en souviens très bien. » Virginia sortit un mouchoir de son sac et se moucha. « Les journaux se sont régalés. Ils ont publié des tas de photos. Y compris du... » Elle garda le mouchoir en boule dans la main et se racla la gorge. « Du chapelet. Le crucifix était en nacre. »

Le chapelet. John-Paul avait en effet évoqué ce détail : ce jour-là, il avait un examen. Sa mère lui avait donc prêté son chapelet. Nul doute qu'elle l'avait reconnu dans la presse. Elle n'avait jamais posé la moindre question à ce sujet, si bien qu'elle n'avait jamais eu à entendre la réponse. Mais elle savait. Incontestablement, elle savait. Cecilia sentit un frisson lui parcourir le corps.

« Mais c'était il y a tellement longtemps, ajouta Virginia.

— Oui. Cela dit, ça doit être une vraie souffrance pour Rachel. De ne pas savoir. De ne pas savoir ce qui est arrivé. »

De nouveau, leurs yeux se croisèrent. Cette fois, Virginia ne détourna pas le regard. Au creux des rides que l'âge avait dessinées autour de sa bouche, Cecilia distinguait de minuscules particules de poudre de riz orangée. Du dehors lui parvenait la douce musique qui s'élevait du voisinage en semaine : le caquètement des cacatoès, le gazouillis des moineaux, le vrombissement lointain d'un souffleur de feuilles, le claquement d'une portière.

« Pour autant, cela ne changerait rien, vous en conviendrez, répondit Virginia en lui tapotant le bras. Rien ne peut ramener Janie. Vous avez assez à penser, je crois. Inutile de vous inquiéter à ce sujet. Votre famille passe avant tout. Votre mari et vos trois filles. C'est tout ce qui compte.

— Oui, bien sûr », conclut Cecilia.

Reçu cinq sur cinq. Le message était on ne peut plus clair. Le péché se répandait dans sa maison comme l'huile de sésame dans son cellier.

Virginia lui sourit gentiment en reprenant sa part de gâteau citron-noix de coco. « Mais je n'ai pas besoin de vous le dire, n'est-ce pas ? Vous êtes mère. Vous feriez n'importe quoi pour vos enfants. Tout comme moi. »

27

La journée d'école touchait à sa fin. Dans son bureau, Rachel tapait le bulletin d'informations, pianotant sur son clavier à toute vitesse. *La cafétéria propose désormais des sushis. Aussi sains que délicieux ! La bibliothèque a besoin de petites mains pour son opération « Un livre, une couverture ». N'oubliez pas la grande parade du bonnet de Pâques qui a lieu demain ! Connor Whitby est inculpé du meurtre de la fille de Rachel Crowley. Enfin ! Nos meilleures pensées vont vers Rachel. Le poste de professeur de sport est ouvert à la candidature.*

Elle appuya frénétiquement sur la touche « Supprimer » avec son petit doigt.

Son téléphone portable, posé à côté de son ordinateur, se mit à vibrer. Elle décrocha aussitôt.

« Mrs Crowley, Rodney Bellach à l'appareil.

— Rodney. Vous avez de bonnes nouvelles pour moi ?

— Eh bien, pas… C'est-à-dire… je tenais simplement à vous prévenir que j'ai confié la cassette à un bon copain de l'équipe des affaires non résolues. » On devinait à son ton guindé qu'il avait soigneusement préparé ses mots avant de prendre son téléphone. « Elle est entre les bonnes mains.

— C'est bien. Enfin, c'est un bon début ! Ils vont rouvrir l'affaire !

— Vous savez, Mrs Crowley, l'affaire n'est pas classée. Lorsque le coroner ne se prononce pas, comme dans le cas de Janie, l'enquête reste ouverte. Ce qui signifie que les gars jetteront un œil à la cassette. Ils la visionneront sûrement.

— Et ils interrogeront de nouveau Connor ? demanda Rachel en collant le combiné à son oreille.

— Possible, oui. Mais, n'y comptez pas trop, Mrs Crowley. Je vous en prie, n'y comptez pas trop. »

Rachel prit cet avertissement comme un échec personnel, comme si elle avait raté un examen. Elle n'était pas à la hauteur. Elle n'avait pas pu aider sa fille. Elle avait encore manqué à ses devoirs envers elle.

« Mais vous savez, ce n'est que mon avis. Les gars de l'équipe sont plus jeunes et plus malins que moi. L'un d'entre eux vous appellera dans la semaine pour vous dire ce qu'ils en pensent. »

Rachel raccrocha et se tourna vers son écran, les yeux baignés de larmes. Elle se rendait compte à présent qu'elle avait passé la journée plongée dans une attente fébrile, convaincue que le simple fait d'avoir trouvé la cassette relancerait la machine, qu'un dénouement inespéré était permis. Comme si cette maudite bande pouvait faire revenir Janie. Quelque part, une partie de son cerveau refusait encore d'accepter que Janie avait été assassinée ; la petite fille en elle continuait de croire qu'un jour, une figure d'autorité respectable prendrait la situation en main pour redresser le tort qu'on lui avait fait. Mais qui se cachait derrière cette entité raisonnable censée intervenir ? Dieu ? Comment avait-elle pu se bercer de tant d'illusions ? Même inconsciemment ?

Dieu S'en moquait. Comme de Sa première chemise. Qui, sinon Dieu, avait doté Connor Whitby du libre arbitre, lequel l'avait exercé en étranglant Janie ?

Rachel éloigna sa chaise de son bureau et se tourna vers la fenêtre, embrassant la cour de récréation du regard. Quelques parents y étaient dispersés çà et là en attendant la sonnerie. Des petits groupes de mamans en grande conversation ; des pères, moins nombreux, qui restaient en retrait et vérifiaient leurs mails sur leur téléphone. Rachel aperçut l'un d'entre eux se décaler pour laisser passer quelqu'un en fauteuil roulant. Lucy O'Leary, poussée par sa fille. Depuis son poste d'observation, Rachel vit Tess tendre l'oreille vers sa mère puis se redresser en riant. Un duo gentiment subversif, songea-t-elle avec envie.

Car cette complicité mère-fille, cette relation qui semblait impossible à créer avec un fils, Rachel ne la connaîtrait jamais. Voilà ce dont Connor l'avait privée : le lien qu'elle aurait eu avec Janie une fois adulte.

Je ne suis pas la première femme qui perd un enfant, se répétait Rachel en boucle dans les mois qui avaient suivi le drame. *Je ne suis pas la première. Je ne serai pas la dernière.*

Ça ne l'aidait pas, évidemment.

La sonnerie retentit, signalant la sortie des classes. Quelques secondes plus tard, les enfants envahirent la cour dans un brouhaha de rires et de cris propre aux fins de journées. Rachel aperçut le petit Liam s'élancer vers sa mère et sa grand-mère, gêné dans sa course par une énorme construction en carton couverte de papier aluminium qu'il tenait à bout de bras. Une fois près d'elles, il leur montra fièrement son engin – un vaisseau spatial ? Trudy Applebee était passée par là. Au diable le programme ! Aujourd'hui, c'est atelier bricolage pour les CP ! avait-elle dû décréter. Lauren et Rob ne reviendraient jamais de New York. Jacob prendrait l'accent américain. Il mangerait des pancakes au petit déjeuner. Rachel ne le verrait jamais sortir de l'école en courant avec une navette spatiale. La police n'exploiterait pas la cassette vidéo. Ils la mettraient aux archives. Si ça se trouve ils n'avaient même pas de magnétoscope pour la visionner.

Rachel retourna à son écran et posa mollement les mains sur son clavier. Elle venait de passer les vingt-huit dernières années à attendre quelque chose qui n'arriverait jamais.

28

Un verre plutôt qu'un café ? Que lui était-il passé par la tête ? Non, vraiment, sa proposition se révélait être une très mauvaise idée. Tess ne pouvait détacher les yeux de la foule de jeunes gens, tous aussi beaux qu'alcoolisés, qui se pressaient dans le bar. Des lycéens, tout au plus ! Que faisaient-ils dehors en semaine, à boire et à crier ? Leur place était à la maison à faire leurs devoirs ! Heureusement, Connor avait réussi à leur trouver une table. Cela dit, elle se trouvait juste à côté d'une rangée de machines à sous franchement bruyantes. Il avait beau essayer de se concentrer, Tess devinait à sa mine paniquée qu'il avait toutes les peines du monde à l'entendre. Le vin, passable, commençait à lui donner mal à la tête et, pour couronner le tout, ses jambes la faisaient souffrir après sa longue marche tout en côte depuis chez Cecilia. En dehors du cours de self-défense auquel elle assistait le mardi soir avec Felicity, elle n'arrivait pas à faire de sport. Où trouver le temps ? Entre son boulot et les allers-retours incessants entre l'école et les diverses activités de Liam ! Zut ! Le cours d'arts martiaux de Liam ! Il était censé commencer aujourd'hui. Ça lui avait quand même coûté cent quatre-vingt-dix dollars !

Et puis, cet endroit, quelle horreur ! Les bars de Sydney ne valaient pas ceux de Melbourne. Bizarrement, elle l'avait oublié. Pas étonnant que les plus de trente ans n'y mettent pas les pieds. Le mieux pour boire un coup quand on habitait au nord de la ville, c'était encore de rester chez soi. À vingt-deux heures, on était prêt pour aller se coucher !

Melbourne lui manquait. Will lui manquait. Felicity lui manquait. Sa vie lui manquait.

Connor se pencha vers elle. « Liam a une bonne coordination œil-main pour son âge. » Au secours ! Ce moment allait-il tourner au rendez-vous parent-professeur ?

À la sortie de l'école cet après-midi, Liam semblait ravi. Il n'avait pas dit un mot concernant Will et Felicity. En revanche, il avait été intarissable sur sa journée : il avait trouvé des tonnes d'œufs, les avait partagés avec Polly Fitzpatrick qui avait invité toute la classe à sa super-fête de pirates ; il avait joué à un jeu trop marrant avec un parachute en cours de gym, et le lendemain, pour la parade des bonnets de Pâques, sa maîtresse allait se déguiser en œuf géant. Tess ne savait pas trop si elle devait mettre son hilarité sur le compte de la nouveauté ou de la dose de chocolat qu'il avait ingurgitée ; en tout état de cause, Liam ne regrettait pas son ancienne vie. Pour l'instant.

« Marcus t'a manqué ? avait-elle demandé.

— Pas vraiment, avait-il répondu. Marcus était plutôt méchant. »

Liam avait tenu à fabriquer son bonnet de Pâques tout seul. Résultat : une création à la fois étrange et merveilleuse, confectionnée à partir d'un vieux chapeau de paille – un prêt de sa grand-mère – agrémenté de fleurs en plastique et d'un lapin en peluche. Il avait ensuite dîné sans rechigner, pris son bain en chantant et, à dix-neuf heures trente, il s'était écroulé dans son lit. Quelle que soit la suite des événements, il ne retournerait pas dans son école à Melbourne.

« Une bonne coordination ? Il tient ça de son père », soupira Tess. Will ne l'emmènerait jamais dans un endroit pareil, se dit-elle en buvant une longue gorgée de vin. Il connaissait tous les meilleurs bars de Melbourne, des endroits chic et intimes où ils pouvaient s'asseoir l'un en face de l'autre et papoter à la lueur des lampes tamisées. La conversation ne s'essoufflait jamais. Ils continuaient de se faire rire. Ils sortaient en amoureux régulièrement. Tous les deux mois environ. Ils allaient voir un spectacle ou dînaient dans un bon restaurant. N'était-ce pas ce que tous les couples mariés sont censés faire ? S'octroyer des moments en tête à tête pour « entretenir la flamme » ? (Elle détestait cette expression.)

Ces sorties étaient toujours l'occasion pour Felicity de s'occuper de Liam. À leur retour, ils lui racontaient leur rendez-vous autour d'un dernier verre. S'ils rentraient très tard, elle dormait chez eux et ils prenaient un bon petit déjeuner tous ensemble le lendemain.

Et oui, Felicity partageait même leurs tête-à-tête.

Se couchait-elle dans la chambre d'amis en rêvant d'être à la place de sa cousine ? Que dire de l'attitude de Tess ? Était-ce de la cruauté ? Involontaire mais redoutable ?

« Qu'est-ce que tu as dit ? demanda Connor en s'approchant.

— Qu'il tient ça…

— YES ! »

Une explosion de joie s'éleva du côté des machines à sous.

« Putain ! Le bol que t'as ! » s'écria une fille plutôt jolie – vulgaire, aurait dit Felicity – en gratifiant son ami d'une tape dans le dos tandis qu'une avalanche de pièces tombait de la machine.

« YES ! YES ! YES ! » s'excita un grand gaillard qui, se frappant le torse tel un gorille, manqua de bousculer Tess.

« Fais attention, mec ! intervint Connor.

— Désolé, mon pote ! C'est qu'on vient juste de… » Le jeune homme se retourna et se fendit d'un immense sourire. « Mr *Whitby* ! Hé, les gars, c'est mon prof de sport de primaire ! Il était top ! Genre, le meilleur ! » annonça-t-il en tendant la main. Connor se leva et le salua en jetant un regard contrit à Tess.

« Trop cool ! Comment ça va, Mr Whitby ? » Le garçon fourra les mains dans ses poches et regarda Connor avec de grands yeux, pris d'une émotion toute paternelle.

« Je vais bien, Daniel. Et toi ?

— Hé ! Vous savez quoi ? Je vais vous payer un verre, Mr Whitby. Ça me ferait trop plaisir, putain ! Sérieux. Je parle mal, désolé. C'est l'alcool. Alors, vous buvez quoi ?

— C'est gentil, Daniel, mais on s'apprêtait à partir. »

Connor tendit la main à Tess qui, machinalement, ramassa son sac, se leva et lui donna la sienne. Un vrai petit couple.

« *Mrs* Whitby ? » s'extasia Daniel en regardant Tess de haut en bas. Il se tourna vers Connor et lui adressa un clin d'œil complice, le pouce levé. Puis, à Tess : « Mrs Whitby. Votre mari, c'est une légende ! Un truc de dingue ! Il m'a tout appris ! Genre, le saut en longueur, le hockey, le cricket, et euh, putain, mais tous les sports de la terre, et voyez, j'ai plutôt l'air baraqué, hein, je sais, enfin, je suis baraqué, mais le truc, c'est que j'ai pas une super bonne coordination, mais Mr Whitby, eh ben, il…

— On doit y aller, Dan, l'interrompit Connor en lui donnant une tape sur l'épaule. Content de t'avoir vu.

— Oh, moi aussi, m'sieur, moi aussi. »

Connor précéda Tess vers la sortie et tous deux se retrouvèrent bientôt dans la douceur paisible de la nuit.

« Désolé. Je ne m'entendais plus penser là-dedans. Je crois que je deviens sourd. Et puis, un ancien élève qui veut me payer un verre… ça me fait un coup. Dis donc, on dirait que tu me tiens toujours la main !

— On dirait bien, oui. »

Tess O'Leary, à quoi tu joues ? se dit-elle sans pour autant le lâcher. Si Will et Felicity pouvaient tomber amoureux l'un de l'autre, elle pouvait bien donner la main à un ex-petit copain quelques instants, non ? Après tout, ça ne mangeait pas de pain.

« Je me souviens que j'aimais beaucoup tes mains », dit Connor. Il s'éclaircit la voix, puis : « Voilà qui frise l'indécence, non ?

— Pas grave. »

Il caressa ses doigts avec son pouce. De manière presque imperceptible.

Le cœur battant, Tess se laissa envahir par des sensations qu'elle n'avait pas connues depuis longtemps. Comme après un long sommeil, tout lui revint à l'esprit : les frissons du désir, les papillons dans le ventre – autant d'émotions qui ne résistent pas à dix ans de mariage. Mais tout le monde le sait, n'est-ce pas ? Ça fait partie du contrat. Tess ne s'en était jamais plainte. Elle ne s'était même pas rendu compte que ça lui manquait. Si d'aventure l'idée lui traversait l'esprit, elle se faisait l'effet d'une gamine doublée d'une idiote – ne va pas chercher d'histoires, se disait-elle. Tu as un enfant à charge, une boîte à faire tourner. Mais, ouah, elle avait oublié cette intensité ! Le sentiment que rien d'autre n'importait. Dire que c'était cela que Will avait ressenti avec Felicity pendant qu'elle se laissait accaparer par le quotidien.

Connor appuya un peu plus son geste, décuplant le désir de Tess.

Elle n'avait jamais trompé Will, certes, mais peut-être uniquement parce qu'elle n'en avait jamais eu l'occasion. À vrai dire, elle n'avait jamais trompé personne. En ce qui concernait sa vie sexuelle, Tess pouvait se vanter d'être irréprochable. Elle n'avait jamais eu de liaison sans lendemain avec un garçon mal choisi, n'avait jamais embrassé le petit copain d'une autre sous l'effet de l'alcool, n'avait jamais eu à se réveiller un matin en se reprochant son attitude. Elle n'avait jamais dérapé. Mais à quoi bon, hein ?

Comme hypnotisée, Tess continua de regarder la main de Connor qui effleurait ses doigts si doucement.

Juin 1987, Berlin. Lors de son discours à Berlin-Ouest, le président américain Ronald Reagan déclare : « Mr Gorbatchev, si vous cherchez la paix, si vous cherchez la prospérité pour l'Union soviétique et l'Europe de l'Est, si vous cherchez la libéralisation, venez jusqu'ici ! Mr Gorbatchev, ouvrez cette porte ! Mr Gorbatchev, abattez ce mur ! »

Juin 1987, Sydney : Andrew et Lucy O'Leary parlent à voix basse assis l'un en face de l'autre dans leur cuisine tandis que leur fillette de dix ans dort profondément à l'étage. « Ce n'est pas que je ne peux pas te pardonner, dit Andrew. C'est que je m'en fiche. Je m'en fiche complètement.

— Si j'ai fait ça, c'était uniquement pour que tu t'intéresses à moi », répond Lucy.

Mais Andrew regarde déjà en direction de la porte.

29

« Pourquoi on ne mange pas de l'agneau ? Tu nous fais toujours un gigot d'agneau quand papa rentre de voyage », dit Polly d'un air boudeur en donnant des coups de fourchette dans son morceau de poisson trop cuit.

« Pourquoi tu as cuisiné du poisson ? renchérit Isabel. Papa a horreur de ça.

— Je n'en ai pas horreur, dit John-Paul.

— Si, tu détestes ça, fit Esther.

— Bon, d'accord, ce n'est pas mon plat préféré, mais là, c'est très bon.

— Pfff, même pas vrai. »

Polly posa sa fourchette et souffla.

« En voilà des manières, mademoiselle, se fâcha John-Paul. Ta mère s'est donné la peine de nous préparer ce...

— Stop », intervint Cecilia d'un geste de la main.

Autour de la table, plus un bruit. Tous attendaient qu'elle poursuive. Elle posa ses couverts et but une longue gorgée de vin.

« Je croyais que tu arrêtais le vin pendant le carême, commenta Isabel.

— J'ai changé d'avis.

— T'as pas le droit ! s'exclama Polly, scandalisée.

— Tout le monde a passé une bonne journée ? s'enquit John-Paul.

— Ça sent l'huile de sésame dans cette maison, dit Esther en reniflant.

— Carrément, fit Isabel. J'ai même cru que tu nous avais fait ton poulet au sésame.

— Le poisson, c'est bon pour le cerveau, dit John-Paul. Ça rend intelligent.

— Si c'était vrai, les Eskimos seraient les plus intelligents du monde, d'abord, rétorqua Esther.

— C'est peut-être le cas, répondit son père.

— Ce poisson est vraiment dé-goû-tant, reprit Polly.

— Tu peux me citer un Eskimo qui a eu le prix Nobel ?

— C'est vrai qu'il a un goût bizarre, maman », dit Isabel.

Cecilia se leva et commença à débarrasser leurs assiettes restées intactes sous le regard stupéfait de ses filles. « Je vais vous faire des toasts.

— Inutile », protesta John-Paul en retenant son assiette du bout des doigts. « Je trouve ça plutôt bon. »

Cecilia lui retira son assiette. « À d'autres », fit-elle sans daigner le regarder. Hors de question de faire comme si de rien n'était. Laisser la vie reprendre son cours sans broncher ? Ça reviendrait à pardonner son acte, à l'accepter, à trahir la fille de Rachel Crowley, non ?

Mais, n'était-ce pas précisément ce qu'elle avait décidé de faire ? Franchement, à quoi bon jouer la carte de la froideur avec John-Paul ? Croyait-elle vraiment que ça changeait quelque chose ?

Ne vous inquiétez pas, Rachel, je me charge d'être *horrible* avec le meurtrier de votre fille. Voyez, ce soir, il est privé de gigot. Non mais !

Son verre de vin était de nouveau vide. Eh bien, ça descendait vite. Elle prit la bouteille dans le réfrigérateur et se resservit à ras bord.

Allongés sur le dos, Tess et Connor reprenaient leur souffle.

« Eh bien ! fit Connor au bout d'un moment.

— Comme tu dis, répondit Tess.

— J'ai l'impression que nous sommes dans l'entrée.

— En effet.

— J'ai pourtant essayé de pousser jusqu'au salon !

— Elle m'a l'air très bien ton entrée, pour ce que j'en vois ! »

Plongé dans l'obscurité, l'appartement de Connor sentait bon l'ail et la lessive. Étendue sur un petit tapis à côté de lui, Tess sentait les lattes du parquet sous son dos.

Elle l'avait suivi jusque chez lui dans la voiture de sa mère. À peine s'étaient-ils retrouvés devant la porte à code de son immeuble qu'il l'avait embrassée. Il avait recommencé dans la cage d'escalier, puis plus longuement sur le palier. Ensuite, ils s'étaient jetés l'un sur l'autre, arrachant leurs vêtements et se cognant contre les murs avec la fougue que les vieux couples ne connaissent plus. Trop théâtral et pas franchement nécessaire, surtout s'il y a un bon film à la télévision.

« Je vais chercher un préservatif, avait chuchoté Connor à un moment crucial des opérations.

— Je prends la pilule, avait répondu Tess. Tu sembles en parfaite santé, alors, laisse tomber, s'il te plaît. Oh, mon Dieu, je t'en supplie, viens.

— Okay. »

Il s'était exécuté sans tergiverser.

À présent, Tess réajustait ses vêtements tout en guettant le sentiment de honte qui l'envahirait bientôt. Non seulement elle était mariée, mais en plus elle n'était pas amoureuse de cet homme. La seule raison qui l'avait poussée dans ses bras, c'était que son mari s'était entiché d'une autre. En début de semaine, un tel scénario lui aurait paru ridicule, inconcevable. Et voilà qu'au lieu de se sentir sale, minable, coupable, elle éprouvait en fait… de la joie. Oui, de la joie. Une joie presque absurde. Elle repensa à Will et Felicity, à leur mine triste et grave juste avant qu'elle ne leur envoie le café à la figure. Sa chère cousine portait son nouveau chemisier en soie blanche. La tache ne partirait jamais.

S'habituant peu à peu à l'obscurité, Tess devinait derrière la silhouette encore indistincte de Connor un corps massif et fort. Will, lui, était court, trapu et poilu. Elle connaissait et chérissait chaque recoin de son anatomie, ce qui n'avait en rien étiolé son désir pour lui. Elle n'avait pas imaginé une seule seconde coucher avec un autre homme. Will serait désormais son seul et unique amant, avait-elle pensé le lendemain de leurs fiançailles. Et quel soulagement elle avait ressenti à l'idée de ne plus avoir à se familiariser avec le corps d'un autre, ni à évoquer le sujet délicat de la contraception ! Will. Juste Will. Il était tout ce dont elle avait besoin, tout ce qu'elle désirait.

Comment avait-elle échoué chez un ex ? À même le sol de son appartement, de surcroît ?

« La vie nous réserve bien des surprises », répétait souvent sa grand-mère, même quand elle parlait de choses tout à fait banales.

« Tu te rappelles pourquoi on a rompu ? demanda Tess.

— Toi et Felicity avez décidé de vous installer à Melbourne. Tu n'as jamais cherché à savoir si je voulais suivre ; j'en ai conclu que je venais de me faire larguer.

— J'ai été moche avec toi ? fit-elle en grimaçant. À t'entendre, on dirait que oui.

— Tu m'as brisé le cœur, répondit-il d'un ton pitoyable.

— Tu es sérieux ?

— Possible. C'est soit toi, soit cette autre nana que j'ai fréquentée à peu près à la même période. Teresa, elle s'appelait. Je vous ai toujours confondues, toutes les deux. »

Tess lui envoya un coup de coude dans les côtes.

« Je n'ai gardé que de bons souvenirs de notre histoire, dit-il. Sans rire. J'étais très content de te revoir l'autre jour.

— Moi aussi. Ça m'a fait plaisir.

— Menteuse. Tu as fait une de ces têtes !

— J'étais surprise. » Puis, changeant de sujet : « Tu dors toujours sur un matelas à eau ?

— Hélas, il n'a pas survécu. Je crois que je m'en suis débarrassé à cause de Teresa. Ça lui donnait le mal de mer.

— Arrête de parler de Teresa.

— Okay. On migre au salon ou dans ma chambre ? Ce sera plus confortable.

— Non, ça va. »

Ils restèrent allongés dans un silence complice pendant un moment. Puis Tess demanda : « Euh, qu'est-ce que tu fais, là ?

— Je m'assure juste que le mode d'emploi n'a pas changé.

— Dis donc, ce serait pas un rien macho, ça ? Mmm. Qu'importe.

— Alors ? Tu aimes ça, Teresa ? Zut, comment tu t'appelles déjà ?

— Tais-toi ! »

30

Assises sur le canapé, Cecilia et Esther regardaient des vidéos YouTube de cette froide nuit de novembre 1989 où le Mur de Berlin était tombé. La mère devenait aussi obsédée que la fille. Après le départ de Virginia, elle était restée dans la cuisine à lire un des livres d'Esther jusqu'à l'heure de la sortie de l'école. Elle avait pourtant mille choses à faire : livrer des commandes, commencer les préparatifs pour le déjeuner de Pâques, peaufiner l'organisation de la fête d'anniversaire de Polly. Mais, grâce au Mur de Berlin, elle pouvait faire mine de ne pas penser à ce qui l'obnubilait vraiment.

Esther buvait du lait chaud. Cecilia descendait son troisième ou quatrième verre de sauvignon blanc. John-Paul écoutait Polly faire sa lecture. Isabel téléchargeait de la musique sur son iPod. La douce lumière des lampes faisait de leur maison un parfait cocon familial. Cecilia renifla. Un cocon qui empestait l'huile de sésame.

« Regarde, maman, fit Esther en lui donnant un coup de coude.

— Je regarde. »

Les séquences diffusées aux informations en 1989 lui avaient laissé un souvenir plus tumultueux des événements. Elle revoyait une multitude de gens danser sur le Mur, des poings levés dans les airs en signe de victoire. David Hasselhoff n'avait-il pas chanté au milieu de la foule à un moment ou à un autre ? Mais un silence étrange, presque inquiétant, régnait dans les clips qu'Esther avait trouvés. Ceux qui laissaient Berlin-Est derrière eux semblaient abasourdis, euphoriques mais calmes et disciplinés. (Des Allemands, en somme. Des gens comme Cecilia.) Des hommes et des femmes aux coupes de cheveux typiques des années quatre-vingt buvaient du champagne au goulot et souriaient aux photographes. Ils sifflaient, s'enlaçaient, pleuraient, klaxonnaient, mais tout cela dans une grande retenue. Même ceux qui défonçaient le Mur à coups de masse semblaient mus par un sentiment de jubilation contenue plutôt que par la haine et la colère. Cecilia remarqua une femme de son âge qui dansait en cercles avec un barbu en blouson de cuir.

« Pourquoi tu pleures, maman ? demanda Esther.

— Parce qu'ils ont l'air si heureux », répondit-elle.

Parce qu'ils ont supporté l'intolérable. Parce que cette femme, comme tant d'autres, s'était probablement dit que le Mur tomberait tôt ou tard, mais sûrement pas de son vivant, qu'elle ne verrait jamais ce jour, et pourtant si, alors maintenant, elle dansait.

« C'est bizarre, tu pleures toujours de joie.

— Je sais. »

Les dénouements heureux lui arrachaient systématiquement des larmes. C'était le soulagement.

« Tu veux une tasse de thé ? » proposa John-Paul en se levant tandis que Polly rangeait son livre. Il chercha timidement son regard comme il l'avait fait toute la soirée. Sa sollicitude la rendait dingue.

« Non », répondit-elle brusquement sous le regard perplexe de ses filles. « Je ne veux pas de tasse de thé. »

31

« Je me souviens bien de Felicity, dit Connor. Elle était drôle. Incisive. Limite effrayante. »

Ils avaient finalement rejoint la chambre de Connor où ils s'étaient glissés entre des draps blancs unis en coton égyptien – voilà un détail que Tess avait oublié : il adorait le linge de lit de bonne qualité, comme dans les hôtels. Connor avait ensuite réchauffé un reste de pâtes cuisinées la veille qu'ils mangeaient au lit.

« Nous pourrions manger à table, avait-il suggéré. Ce serait plus convenable. Je pourrais mettre des sets, faire une salade.

— J'aime autant rester ici, avait répondu Tess. Je ne voudrais pas me sentir mal à l'aise tout à coup.

— Tu as raison. »

Tenaillée par la faim, comme à l'époque où elle ne dormait pas de la nuit pour donner le sein à Liam, Tess dévora les pâtes qu'elle trouva délicieuses.

Évidemment, la comparaison s'arrêtait là, car ce n'était pas l'allaitement qui lui avait creusé l'appétit, loin s'en faut. Elle venait de prendre son pied – deux fois, s'il vous plaît – avec un autre homme que celui à qui elle avait juré fidélité. Le genre de situation qui devrait plutôt vous faire perdre l'appétit !

« Donc, elle couche avec ton mari, dit Connor.

— Non, répondit-elle. Ils sont juste tombés amoureux. Ils vivent une idylle pure et romantique.

— C'est horrible.

— M'en parle pas. J'ai appris ça lundi, et me voilà ici… »

D'un geste de sa fourchette, Tess résuma la situation : elle, en petite tenue – Connor lui avait tendu un tee-shirt sans faire le moindre commentaire avant d'aller dans la cuisine –, dans cette chambre avec lui.

« En train de manger des pâtes, termina Connor.

— En train de manger des pâtes succulentes, renchérit Tess.

— Mais, Felicity n'était pas un peu… » Connor essaya de trouver le mot juste. « Comment dire sans être… ? Elle n'était pas un peu… robuste ?

— Carrément obèse, oui ! Ce qui a son importance, puisque cette année, elle a perdu quarante kilos et maintenant, elle est super-belle.

— Ah. » Puis, après une pause : « Et que va-t-il se passer, selon toi ?

— Aucune idée. Pas plus tard que la semaine dernière, je croyais que mon mariage marchait comme sur des roulettes. Enfin, comme un mariage, quoi. Et puis ils m'ont annoncé la chose. Ça m'a fait un choc. Je n'en reviens toujours pas. Mais bon, regarde-moi, au bout de trois jours. Non, en fait, deux jours, je… mange des pâtes avec un ex.

— Les hasards de la vie… Ne te prends pas la tête avec ça. »

Tess termina son plat, passa son doigt sur le bord du bol puis : « Comment se fait-il que tu sois célibataire ? Tu cuisines bien et, dans d'autres domaines, fit-elle avec un clin d'œil, tu te défends plus que bien.

— Je ne me suis jamais remis de notre rupture, dit-il d'un air impassible.

— N'importe quoi ! » Tess fronça les sourcils. « Tu plaisantes, hein ? »

Connor posa leurs bols sur la table de chevet puis se rallongea.

« Pour être honnête, ton départ m'a mis un coup. »

Tess se rembrunit. « Je suis désolée, je ne savais pas que…

— Tess, l'interrompit Connor. Du calme. C'était il y a une éternité et, en réalité, on n'est pas sortis ensemble très longtemps. Notre différence d'âge n'a probablement pas aidé. J'étais un petit comptable ennuyeux et toi une jeune femme audacieuse. Cela dit, il m'est arrivé de me demander ce que ça aurait pu donner. »

Tess, elle, ne s'était jamais posé la question. C'était tout juste si elle avait pensé à lui.

« Donc, tu ne t'es jamais marié ? demanda-t-elle.

— J'ai vécu en couple pendant un bon moment. Avec une avocate. On était bien partis pour s'associer. Se marier, même. Mais ma sœur est morte et tout a changé. J'avais Ben à charge. Je me suis lassé de la compta et Antonia de moi. Après ça, j'ai décidé de reprendre la fac pour devenir prof de sport.

— D'accord, mais quand même. Il y a un père célibataire à l'école de Liam à Melbourne et les femmes lui tournent autour comme les abeilles autour du miel. J'en suis gênée pour lui.

— Je n'ai jamais dit que je ne plaisais pas.

— Si je comprends bien, ça fait un certain temps que tu papillonnes ?

— Si on veut. »

Il ouvrit la bouche mais se ravisa.

« Quoi ?

— Non, rien.

— Vas-y, je t'écoute.

— J'allais te faire une confidence.

— Un truc croustillant ? Ne t'en fais pas, je suis hyper-ouverte depuis que mon mari a suggéré qu'on fasse ménage à trois. »

Connor lui sourit gentiment. « Pas vraiment, non. Le fait est que… je vois un psy depuis l'année dernière. Je cherche à – c'est quoi le terme ? – "assumer" deux ou trois choses.

— Oh, fit Tess avec circonspection.

— Voilà que tu ressors ton regard méfiant ! Je ne suis pas fou. J'ai juste ressenti le besoin de régler un certain nombre de problèmes.

— Graves, les problèmes ? » demanda Tess, pas sûre d'avoir envie de savoir.

Pourquoi risquer d'assombrir cette parenthèse, ce petit moment de folie loin de ses soucis, cette bouffée d'oxygène ? (Tess n'était pas dupe : elle essayait déjà de définir ce moment, de l'emballer dans du papier de soie pour le rendre plus acceptable. Le sentiment de honte qu'elle redoutait n'allait peut-être pas tarder à s'abattre sur elle.)

« Quand on sortait ensemble, je t'ai dit que j'étais la dernière personne à avoir vu Janie Crowley vivante ? La fille de Rachel Crowley ?

— Je sais qui c'est. Non, je suis presque sûre que tu ne m'en as jamais parlé.

— Exact. Et pour cause : je n'en ai jamais parlé. À personne. Sauf à la police. Seule la mère de Janie est au courant. Parfois, j'ai l'impression que Rachel pense que c'est moi qui l'ai tuée. À la façon dont elle me regarde. »

Tess sentit un frisson la parcourir. Il avait tué Janie Crowley, et maintenant il allait la tuer, et tout le monde saurait qu'elle avait profité de l'impasse affective dans laquelle se trouvait son mari pour se jeter dans les bras d'un ex.

« Est-ce qu'elle a vu juste ? »

Connor reçut la question comme une claque. « Tess ! Non ! Bien sûr que non !

— Désolée. »

Tess reposa la tête sur l'oreiller. Bien sûr que non.

« Putain, j'en reviens pas. Tu imagines deux secondes que…

— Désolée, je suis désolée. Et Janie, c'était une amie ? Ta petite copine ?

— Moi, je voulais une vraie histoire. J'étais plutôt accro. Elle venait chez moi après le lycée, on se pelotait sur mon lit et ensuite, je me braquais : "Bon, ça veut dire qu'on est ensemble, hein ?" J'avais besoin que ce soit clair, officiel. Ma première petite amie. Seulement, elle hésitait. Tout ce qu'elle disait, c'était :

“Je sais pas, j’ai pas encore décidé.” Ça me rendait dingue. Et puis un matin, le jour où elle est morte, elle m’a dit qu’elle avait pris sa décision. Elle était d’accord. J’étais fou de joie. J’avais l’impression d’avoir décroché le pompon.

— Connor, c’est affreux.

— Cet après-midi-là, elle est venue à la maison, on a mangé un *fish and chips* dans ma chambre, on a passé des heures à s’embrasser et puis je l’ai raccompagnée à la gare. Le lendemain matin, j’ai entendu à la radio qu’on avait retrouvé une fille étranglée au Wattle Valley Park.

— Mon Dieu », fit Tess.

Un commentaire bien inutile. Elle se sentait complètement déboussolée, comme l’autre jour, lorsqu’elle remplissait le dossier d’inscription de Liam assise en face de Rachel Crowley tout en se répétant *Sa fille a été assassinée*. Rien dans sa vie n’approchait, de près comme de loin, ce qu’avait vécu Connor. Elle ne semblait pas en mesure de communiquer avec lui normalement.

« C’est fou que tu ne m’aies jamais parlé de tout ça quand on était ensemble », finit-elle par dire.

Quoique, franchement, pourquoi l’aurait-il fait ? Leur histoire n’avait duré que six mois. Même les couples mariés ne se disent pas tout. Tess, par exemple, s’était bien gardée de révéler à Will qu’elle était convaincue de souffrir de phobie sociale. Elle rougissait de honte rien qu’à l’idée qu’il soit au courant.

« Je vivais avec Antonia depuis des années quand je lui ai finalement raconté tout ça. Elle en a été profondément blessée. On a d'ailleurs passé plus de temps à parler de ça que de ce qui était arrivé. C'est probablement ce qui nous a séparés au final. Mon incapacité à *partager*.

— Ah, les filles. Elles adorent tout savoir.

— Je n'ai pourtant pas tout dit à Antonia. J'ai gardé une partie de l'histoire pour moi, jusqu'à ce que j'arrive à cracher le morceau à ma psy. »

Il marqua une pause.

« Tu n'es pas obligé de me le dire, fit Tess, magnanime.

— Bien, changeons de sujet. »

Tess lui donna un petit coup de coude.

« Ma mère a menti pour moi, reprit Connor.

— C'est-à-dire ?

— Tu n'as jamais eu le plaisir de rencontrer ma mère, n'est-ce pas ? Elle est morte avant qu'on se rencontre. »

De nouveau, un détail de leur histoire resurgit dans la mémoire de Tess. Lorsqu'elle l'avait interrogé sur ses parents, Connor s'était montré pour le moins laconique : « Mon père est parti quand j'étais bébé. Ma mère est morte quand j'avais vingt et un ans. C'était une alcoolique. Je n'ai rien d'autre à dire sur elle. » « Des trucs pas réglés avec sa mère ? À ta place, je prendrais mes jambes à mon cou », avait déclaré Felicity lorsque Tess lui avait rapporté la conversation.

« Ma mère et son petit ami ont raconté à la police que j'étais rentré à dix-sept heures et que j'avais passé toute la soirée avec eux à la maison. C'est faux. J'étais tout seul. Ils se soûlaient quelque part en ville. Je ne leur ai jamais demandé de mentir pour moi. Ma mère l'a fait, comme ça. Sans réfléchir. Et elle a *adoré* ça. Mentir à la police. Quand elle les a raccompagnés à la porte, elle m'a fait un clin d'œil. Un clin d'œil ! Comme si on était de mèche. Elle m'a fait me sentir coupable. Comme si l'assassin, c'était moi. Mais qu'est-ce que je pouvais faire ? Leur dire que ma mère avait menti ? Ils en auraient tout de suite conclu que même elle était convaincue que j'avais quelque chose à cacher.

— Mais elle ne pensait pas vraiment que c'était toi ?

— À peine les policiers partis, elle a levé la main comme pour dire stop de manière hyper-théâtrale et m'a dit : “Connor, mon grand, je ne veux rien savoir.” Et je lui ai dit : “Maman, *ce n'est pas moi.*” Et là, elle a dit : “Sers-moi un verre, chéri.” Par la suite, chaque fois qu'elle avait l'alcool mauvais, elle sifflait : “Tu as une dette envers moi, sale petit ingrat.” J'ai porté ça comme un fardeau pendant des années, dit-il en frissonnant. Bref. J'ai grandi. Ma mère est morte. J'ai soigneusement évité de parler de Janie. Ou même de penser à elle. Ensuite, c'est ma sœur qui est morte, j'ai pris Ben avec moi et on m'a proposé le poste à St Angela dès que j'ai eu mon diplôme. Je ne savais pas que la mère de Janie y bossait jusqu'à ce que je tombe sur elle au bout de deux jours.

— Ça ne doit pas être évident.

— On ne se croise pas si souvent que ça. J'ai essayé de lui parler de Janie au tout début, mais elle m'a clairement fait comprendre qu'elle n'avait aucune envie de discuter avec moi. Je n'ai pas insisté. Si je raconte tout ça, c'est parce que tu m'as demandé pourquoi j'étais célibataire. Ma chère thérapeute, qui, soit dit en passant, me coûte un bras, pense qu'inconsciemment je sabote toutes mes histoires parce que je ne m'estime pas digne d'être heureux, tout ça à cause de ce sentiment de culpabilité à propos d'un crime que je n'ai même pas commis. » Il sourit d'un air penaud. « Voilà ce qui se cache derrière le petit comptable devenu prof de sport. Un type profondément *atteint.* »

Tess lui prit la main et passa ses doigts entre les siens. Elle marqua un temps d'arrêt, prenant soudain conscience du caractère profondément intime de son geste. Plus intime encore que les ébats auxquels ils s'étaient livrés quelques instants plus tôt.

« Je suis désolée, dit-elle enfin.

— Désolée ? Pourquoi ?

— Je suis désolée pour Janie. Désolée pour ta sœur. » Puis, après un silence : « Et je suis désolée de t'avoir quitté comme je l'ai fait. »

Connor fit le signe de la croix au-dessus de sa tête. « Je t'absous de tes péchés, mon enfant. C'est comme ça qu'ils disent ? Je ne me suis pas confessé depuis une éternité.

— Pareil. Je crois qu'il fallait d'abord me donner une pénitence.

— Ah ah, j'ai ma petite idée sur la question, ma belle. »

Tess pouffa de rire tout en retirant sa main. « Je ferais mieux d'y aller.

— Je t'ai fait fuir avec tous mes "problèmes"?

— Non, pas du tout. C'est juste que je ne voudrais pas que ma mère s'inquiète. Elle ne se couchera pas avant que je sois rentrée et il est déjà tard. » La raison première de leur rendez-vous lui revint subitement à l'esprit. « Hé, on n'a même pas parlé de ton neveu. Tu ne voulais pas que je te donne quelques tuyaux pour sa carrière ? »

Connor ne put s'empêcher de sourire. « Ben a déjà un boulot. C'était juste un prétexte pour t'inviter à boire un verre.

— Sérieux ? » fit Tess, ravie.

Quoi de mieux que de se sentir désirée ? N'était-ce pas l'essentiel ?

« Affirmatif. »

Ils se regardèrent un moment.

« Connor… commença Tess.

— Ne t'inquiète pas. Je n'attends rien de toi. Je sais exactement ce qui se passe entre nous.

— Développe, je t'en prie ! »

Il réfléchit un instant. « Je ne suis pas sûr. J'en parle à mon psy et je te tiens au courant. »

Tess rit de nouveau. Puis : « Il faut vraiment que j'y aille maintenant. »

Elle ne se rhabilla que trente bonnes minutes plus tard.

32

Cecilia rejoignit John-Paul dans la salle de bains attenante à leur chambre. Comme lui, elle commença à se brosser les dents en évitant de croiser son regard dans le miroir.

Puis elle suspendit son geste.

« Ta mère est au courant », déclara-t-elle.

John-Paul se pencha au-dessus du lavabo pour cracher. « Qu'est-ce que tu veux dire ? » demanda-t-il en se redressant. Il s'essuya la bouche et reposa l'essuie-mains sur le porte-serviettes n'importe comment. À croire qu'il le faisait exprès.

« Elle sait. »

Il se tourna vers elle. « Tu lui as *dit* ?

— Non, je…

— Mais qu'est-ce qui t'a pris ? »

Le visage blême, il semblait plus ébahi qu'en colère.

« John-Paul, je ne lui ai rien dit du tout. Quand elle a appris que Rachel venait à la fête d'anniversaire de Polly, elle m'a demandé comment tu le vivais. J'ai compris qu'elle savait. »

John-Paul se détendit. « Tu as l'imagination fertile. »

Difficile d'être plus catégorique. Lorsqu'ils n'étaient pas d'accord sur une chose ou une autre, il se montrait toujours affreusement sûr de lui. Il n'envisageait pas une seule seconde qu'il puisse se tromper, ce qui la rendait complètement dingue. Une irrésistible envie de lui mettre une paire de claques la submergea.

Et c'était bien là le problème. Les défauts de John-Paul prenaient désormais des proportions considérables. Qu'un gentil petit mari respectueux des lois ait quelques petits travers, passait encore. Tout bien considéré, sa rigidité, qui se manifestait aux plus mauvais moments, ses passages à vide, rares mais éprouvants, son intransigeance lorsqu'ils se disputaient, son côté désordonné ou encore sa manie de toujours tout perdre se révélaient jusque-là anodins, voire même insignifiants. Mais ces « travers », qui étaient à présent ceux d'un assassin, devenaient des failles incommensurables ; pire, des caractéristiques qui le définissaient. Ses qualités ? Quelles qualités ? Probablement le fruit de l'imposture. Pourrait-elle un jour le regarder comme avant ? Pouvait-elle encore l'aimer ? Un étranger, voilà ce qu'il était. Toutes ces années d'amour n'étaient en réalité qu'un mirage. Pauvre Janie. Qu'avait-elle vu, terrifiée, à quelques secondes de la mort, dans ces yeux bleus qui s'étaient faits si tendres, passionnés et rieurs au cours de sa vie conjugale avec Cecilia ? Et ces mains puissantes qui s'étaient resserrées sur son cou, comment croire que c'étaient celles qui avaient bercé trois bébés fragiles et sans défense ?

« Ta mère est au courant. Elle a reconnu son chapelet sur les photos publiées dans la presse. En gros, elle m'a dit que, comme toutes les mères, elle ferait n'importe quoi pour ses enfants, que je devrais en prendre de la graine et faire comme si de rien n'était. J'en avais la chair de poule. *Ta mère me donne la chair de poule.* »

Une limite venait d'être franchie. John-Paul n'appréciait pas du tout que Cecilia critique sa mère. D'ordinaire, elle s'en abstenait, même si ça lui coûtait.

John-Paul s'affaissa sur la paroi de la baignoire. L'essuie-mains glissa au sol. « Tu crois vraiment qu'elle sait ?

— Oui. Comme ça, c'est clair. Le fifils à sa maman peut tout se permettre, même un meurtre ! »

Estomaqué, John-Paul cligna des yeux. L'espace d'un instant, Cecilia songea à lui demander pardon, mais elle se ravisa. Il ne s'agissait pas d'une prise de bec ordinaire concernant le rangement du lave-vaisselle. Les règles du jeu avaient changé. Elle pouvait taper là où ça faisait mal.

Elle reprit sa brosse à dents et se mit à frotter d'un geste rapide et brusque. Son dentiste l'avait pourtant mise en garde la semaine précédente : elle y allait trop fort, c'était mauvais pour l'émail. « Tenez votre brosse du bout des doigts, comme un archet », lui avait-il conseillé en joignant le geste à la parole. Sa brosse à dents électrique était-elle en cause ? Fallait-il qu'elle en change ? Il préconisait plutôt les brosses manuelles, sauf pour les personnes âgées et les patients atteints d'arthrite, mais Cecilia avait insisté : elle n'avait pas la même sensation de propreté avec une brosse classique. Dieu que cette conversation lui avait paru importante – sa santé buccodentaire – seulement quelques jours auparavant.

Elle se rinça la bouche et posa sa brosse à dents avant de ramasser la serviette que John-Paul avait fait tomber.

Elle le regarda du coin de l'œil. John-Paul tressaillit.

« La façon dont tu me regardes maintenant, dit-il. C'est… » Il se tut et inspira de manière fébrile.

« Qu'est-ce que tu espères ? demanda Cecilia, abasourdie.

— Je suis tellement désolé, désolé de te faire vivre une chose pareille. Je ne voulais pas t'impliquer dans tout ça. Quel *imbécile* d'avoir écrit cette lettre. Mais je suis toujours le même, Cecilia. Je te promets. Je ne suis pas un monstre, tu le sais, n'est-ce pas ? J'avais dix-sept ans, Cecilia. C'était une erreur, une terrible erreur.

— Une erreur pour laquelle tu n'as jamais payé.

— Je sais. » Il la regarda sans broncher. « Je le sais. »

Puis, plus rien.

« *Merde !* s'exclama Cecilia tout à coup en ouvrant de grands yeux. Putain de merde !

— Quoi ? Qu'est-ce qui se passe ? » demanda John-Paul avec un mouvement de recul.

Sa femme ne jurait jamais. Lorsqu'un gros mot lui venait, elle s'autocensurait et le rangeait soigneusement dans un Tupperware réservé à cet effet quelque part dans sa tête. À présent, elle avait ouvert le couvercle et savourait la fraîcheur et le croquant des mots emmagasinés pendant toutes ces années.

« Les bonnets de Pâques. Je n'ai pas fait les putains de bonnets de Pâques d'Esther et de Polly pour cette putain de parade. »

6 avril 1984

Janie faillit bien changer d'avis lorsque, regardant par la fenêtre du wagon, elle aperçut John-Paul qui l'attendait sur le quai en lisant un bouquin, ses longues jambes étendues devant lui. À l'approche du train, il se leva d'un bond, fourra son livre dans la poche arrière de son pantalon et lissa ses cheveux d'un geste furtif. Il était à *tomber par terre*.

Elle se dirigea vers les portières, le sac à l'épaule.

La façon dont il s'était recoiffé trahissait une anxiété surprenante pour un garçon comme John-Paul. Comme s'il avait tellement envie de lui plaire que ça le rendait nerveux.

« Asquith, deux minutes d'arrêt. Le train desservira toutes les gares jusqu'à Berowra, son terminus. »

Le train s'arrêta bruyamment.

Le moment fatidique était arrivé. Elle allait lui annoncer qu'elle ne le verrait plus. Elle aurait pu lui faire faux bond, le laisser poireauter comme un idiot, mais elle n'était pas ce genre de fille. Elle aurait pu se contenter d'un coup de fil, mais ça ne semblait pas correct. D'autant qu'ils ne s'appelaient jamais de peur que leurs mères ne les espionnent.

(Si seulement elle avait pu lui envoyer un texto ou un mail, les choses se seraient passées autrement. Hélas, ni les téléphones portables ni Internet n'existaient à l'époque.)

Elle se doutait que ce serait un moment délicat, que peut-être John-Paul serait blessé dans son amour-propre, qu'il lui jetterait au visage des propos revanchards, du genre : « Je t'ai jamais vraiment aimée de toute façon. » Mais jusqu'à ce qu'elle le surprenne en train de remettre ses cheveux en place alors qu'il ne se savait pas observé, elle n'avait pas imaginé un seul instant qu'elle lui ferait vraiment du mal. Rien que d'y penser, elle en était malade.

Lorsqu'elle descendit du train, John-Paul, tout sourire, lui fit un signe de la main. Elle l'imita et, tandis qu'elle se dirigeait vers lui, elle eut une révélation, quelque peu amère, sur son choix. Non, elle ne préférait pas Connor. En réalité, elle aimait beaucoup trop John-Paul. Sortir avec un garçon si beau, intelligent et drôle serait épuisant. Elle admirait John-Paul. Connor l'admirait *elle*. À ce jeu-là, autant être l'objet de l'admiration. N'était-ce pas le rôle des filles ?

L'intérêt que lui portait John-Paul lui faisait l'effet d'une farce. D'une supercherie. Parce qu'il avait dû se rendre compte qu'elle n'était pas assez bien pour lui. Elle s'attendait à tout moment à voir apparaître une bande de filles moqueuses qui la montreraient du doigt en disant : « Tu n'as quand même pas cru que tu lui plaisais vraiment ! » Voilà pourquoi elle n'avait rien dit à ses copines. Elles savaient pour Connor, mais elles ignoraient jusqu'à l'existence de John-Paul Fitzpatrick. Qui comprendrait qu'un garçon comme lui puisse s'intéresser à une fille comme elle ? Même elle n'y croyait pas.

Elle repensa au sourire complètement niais qui s'était dessiné sur le visage de Connor lorsqu'elle lui avait annoncé qu'il était désormais son petit ami en titre. Elle l'aimait bien. Perdre sa virginité dans ses bras serait doux, amusant, tendre. Elle ne pourrait jamais se déshabiller devant John-Paul. Rien que d'y penser, elle en frémissait. Il méritait une fille aussi bien faite que lui. Il pourrait se mettre à rire en découvrant son étrange corps maigre et pâle, ses bras trop longs, ses seins minuscules.

« Salut, lança-t-elle.

— Salut », répondit-il.

Et elle dut retenir son souffle car, au moment où leurs regards se croisèrent, elle se sentit de nouveau envahie par cette sensation, cette impression qu'entre eux, il y avait quelque chose de fort, d'indéfinissable – quelque chose qu'elle aurait appelé « passion » à vingt ans et, de manière plus cynique, « simple réaction chimique » à trente. Une toute petite part de la femme qu'elle aurait pu devenir songea : *Allez, Janie, cesse de te défiler. C'est lui que tu préfères. C'est lui que tu dois choisir. Ça pourrait être énorme. Ça pourrait être l'amour.*

Mais son cœur battait si fort qu'elle en avait mal. Paniquée, elle pouvait à peine respirer. Une douleur écrasante, logée en plein milieu de sa poitrine, lui donnait l'impression qu'on essayait de la broyer. Tout ce qu'elle voulait, c'était que ça s'arrête.

« Il faut que je te parle », commença-t-elle d'une voix glaciale et dure, sans savoir qu'elle s'apprêtait à sceller son sort à jamais.

JEUDI

33

« Cecilia ! Tu as eu mes messages ? J'ai essayé de te joindre je ne sais pas combien de fois !

— Cecilia, vous aviez raison à propos de ces billets de tombola.

— Cecilia ! Tu as raté le cours de pilates hier !

— Cecilia ! Ma belle-sœur veut que tu animes une réunion Tupperware chez elle.

— Cecilia, dis-moi, à tout hasard, tu pourrais garder Harriette une petite heure après le cours de danse la semaine prochaine ?

— Cecilia !

— *Cecilia !*

— Cecilia ! »

À l'occasion de la parade des bonnets, les mères de St Angela s'étaient mises sur leur trente et un – jolis foulards soyeux autour du cou, jeans moulants et bottes à talons aiguilles – pour fêter Pâques bien sûr, mais aussi la première vraie journée d'automne. L'été, chaud et pluvieux, avait laissé place à un vent frais qui, ajouté à la perspective d'un week-end de quatre jours où chacun pourrait déguster de délicieux chocolats, avait mis ces dames d'excellente humeur.

Elles avaient pris place sur des chaises pliantes bleues disposées en double cercle dans la cour de l'école.

On avait autorisé les élèves du collège, qui ne participaient pas au défilé, à quitter leurs classes pour regarder les plus jeunes depuis les balcons qui surplombaient la cour. Les bras ballants, ils affichaient une mine indulgente, comme pour signifier que s'ils étaient évidemment trop vieux pour s'adonner à de tels enfantillages, les petits n'en étaient pas moins adorables.

Cecilia aperçut Isabel entre ses deux grandes copines, Marie et Laura, au milieu des élèves de sixième. Les trois gamines se tenaient bras dessus bras dessous – preuve que leurs rapports étaient pour l'heure au beau fixe. Une chance que l'école soit fermée jusqu'au lundi suivant car aux périodes fastes du trio infernal succédaient invariablement des crises où l'une se retrouvait rejetée par les deux autres. S'ensuivaient alors moult larmes et autres récits de trahisons absolument épuisants.

Une maman fit discrètement passer un panier de chocolats belges, lesquels suscitèrent des gémissements de plaisir à la ronde.

Je suis la femme d'un assassin, pensa Cecilia tandis que le chocolat fondait délicieusement dans sa bouche. *Je suis complice d'un meurtre*, se répétait-elle tout en arrêtant des rendez-vous de jeu pour ses filles et des dates pour ses réunions Tupperware. *Je suis Cecilia Fitzpatrick et mon mari est un assassin. À me voir papoter, plaisanter et câliner mes enfants, personne ne s'en douterait, n'est-ce pas ?*

Voilà comment il fallait s'y prendre. Voilà comment on vivait avec un secret. Il suffisait de se lancer. De faire comme si tout allait bien. D'ignorer le nœud qui vous tordait l'estomac. De vous anesthésier de sorte que vos émotions restent égales. La veille, elle avait vomi dans le caniveau et pleuré à chaudes larmes dans son cagibi, mais aujourd'hui, elle s'était levée à six heures du matin, avait préparé deux plats de lasagnes qu'elle décongèlerait dimanche, repassé une panière entière de linge, envoyé un mail à trois clubs de tennis dans l'éventualité d'y inscrire Polly, répondu à quatorze requêtes concernant l'école, enregistré sa commande de Tupperware suite à la soirée chez Marla et étendu une machine – tout ça avant même que John-Paul et les filles ne se lèvent. Elle s'était remise en selle, sautant les obstacles qui jonchaient le parcours de sa vie avec habileté et grâce.

« Dieu du ciel ! Quel accoutrement ! » s'exclama une mère d'élève lorsque la directrice de l'école fit son apparition. Affublée de longues oreilles de lapin et d'une queue duveteuse épinglée sur le derrière, Trudy Applebee ressemblait à une hôtesse Play-Boy, version soft.

Les mains repliées au niveau de la poitrine, Trudy sautilla jusqu'au micro situé au milieu de la cour, déclenchant l'hilarité des mamans et les acclamations des collégiens sur les balcons.

« Chers parents, chers élèves ! » commença-t-elle en remettant ses oreilles en place. « Bienvenus à la parade des bonnets de Pâques de St Angela !

— Elle est géniale, dit Mahalia, assise à la droite de Cecilia, mais quand je pense qu'elle dirige une école !

— Je t'arrête, intervint Laura Marks installée de l'autre côté. Trudy ne dirige pas l'école. C'est Rachel Crowley qui fait tout le boulot. Avec l'aide de notre charmante voisine. »

Laura se pencha vers Mahalia en montrant Cecilia du doigt.

« Taratata ! Vous savez bien que ce n'est pas vrai », fit Cecilia avec un sourire malicieux.

Une petite voix en elle s'éleva : *À quoi tu joues ? On dirait un clown, une caricature de toi-même.* Pourtant, personne ne semblait s'en rendre compte.

La sono – un système dernier cri acheté l'année précédente grâce à l'argent d'une tombola brillamment orchestrée par Cecilia lors de l'exposition des œuvres des enfants – se mit en marche à plein volume. Autour d'elle, la conversation se poursuivit :

« Qui a choisi la playlist ? C'est plutôt sympa.

— Carrément. Ça me donne envie de danser.

— Oui, mais personne n'écoute les paroles ! Tu sais de quoi ça parle ?

— Vaut mieux pas !

— Je demanderai à mes enfants ! Ils les connaissent par cœur. »

Les tout-petits ouvrirent le cortège, emmenés par leur institutrice, la ravissante brune à forte poitrine qui répondait au nom de Miss Parker. Vêtue d'une robe de princesse beaucoup trop petite – elle savait comment mettre ses atouts en valeur –, elle se dandinait au rythme de la musique de manière un rien olé-olé. Derrière elle, les enfants souriaient fièrement tout en dodelinant sagement du chapeau.

Les mères échangèrent quelques compliments sur les couvre-chefs de leurs bambins.

« Ouah ! *Sandra*, hyper-original !

— Merci Internet ! Ça m'a pris dix minutes !

— À d'autres.

— Mais si, je te jure !

— Vous avez vu l'instit ? Elle est habillée comme pour aller en boîte !

— Son décolleté ne fait pas franchement princesse.

— Sans compter qu'un diadème, ce n'est pas réglementaire.

— Je crois qu'elle essaie d'attirer l'attention de Mr Whitby. La pauvre ! Il ne la regarde même pas ! »

D'ordinaire, Cecilia se réjouissait de ces moments de fête où régnaient douceur, simplicité et convivialité. En résumé, tout ce qui faisait le sel de sa vie. Mais aujourd'hui, la parade lui paraissait dénuée de sens, les enfants insupportables et les mères mauvaises langues. Elle étouffa un bâillement derrière sa main, toujours imprégnée de l'odeur d'huile de sésame. Voilà ce qu'il y avait de plus prégnant dans sa vie à présent. Elle bâilla de nouveau – la faute à ces satanés chapeaux qu'elle et John-Paul avaient confectionnés jusque tard dans la soirée, dans un silence pesant.

La classe de Polly entra en piste, l'adorable Mrs Jeffers en tête. Elle s'était donné un mal fou à se déguiser en œuf de Pâques rose géant.

Juste derrière elle, Polly se pavanait, portant son chapeau de travers pour se donner un air désinvolte. John-Paul lui avait fabriqué un nid d'oiseau avec des tuteurs pour plantes et l'avait rempli d'œufs, dont l'un, tout juste éclos, laissait apparaître un poussin en peluche.

« *Grands dieux !* Cecilia, tu nous épateras toujours ! » s'écria Erica Edgecliff en se retournant. « Le chapeau de Polly est fabuleux.

— C'est John-Paul qui l'a fait, répondit Cecilia en faisant un petit signe à sa fille.

— Sans blague ? Il a tout pour plaire, ton homme !

— N'est-ce pas ! » fit Cecilia en montant bizarrement dans les aigus, ce qui ne sembla pas échapper à Mahalia.

Erica poursuivit : « Moi, comme d'habitude, j'ai complètement oublié cette histoire de parade. Du coup, ce matin, pendant qu'Emily prenait son petit déjeuner, je lui ai collé une vieille boîte d'œufs sur la tête et je lui ai dit : "Faudra bien que ça aille, ma grande !" » Erica n'était pas du genre mère poule et elle en tirait une grande fierté. « La voilà ! Emily ! Coucou ! » fit-elle avec force gestes tout en se levant. Elle retomba aussitôt sur sa chaise. « Vous avez vu le regard noir qu'elle m'a lancé ? Son chapeau est nul, elle n'est pas dupe. Vite, un chocolat avant que je me tire une balle !

— Tout va comme tu veux, Cecilia ? » demanda Mahalia en s'approchant d'elle.

Cecilia respira le parfum musqué que son amie portait depuis toujours et lui jeta un bref coup d'œil.

Oh, non, Mahalia, pas de ça, je t'en supplie. C'est déjà assez compliqué de te voir avec ton teint de pêche et tes yeux reposés sans qu'en plus tu joues les supercopines. En se regardant dans le miroir ce matin,

Cecilia avait découvert de minuscules taches de sang dans le blanc de ses yeux. Les vaisseaux sanguins qui éclatent, ce n'était pas ce qui arrive quand quelqu'un essaie de vous étrangler ? Comment savait-elle une chose pareille ? Elle frissonna.

« Mais tu as froid ! s'exclama Mahalia. Remarque, ce petit air est glacial.

— Ça va », répondit Cecilia qui brûlait d'envie de déballer tout ce qu'elle savait. Elle s'éclaircit la gorge : « Je crois que je suis en train d'attraper un rhume.

— Tiens, mets ça », dit Mahalia en enlevant un magnifique foulard qu'elle posa sur les épaules de Cecilia.

« Non, non », fit-elle dans une vaine tentative de résister.

Elle savait exactement comment Mahalia réagirait si elle lui confiait la terrible vérité. *C'est très simple, Cecilia. Dis à ton mari qu'il a vingt-quatre heures pour se livrer à la police, sinon, c'est toi qui t'en charges. Oui, tu aimes ton mari, et oui, tes enfants en subiront les conséquences, mais ce n'est pas la question. C'est très simple.* Simple. Le mot préféré de Mahalia.

« Raifort et ail, dit Mahalia. Comme remède, il n'y a pas plus simple !

— Quoi ? Ah, pour mon rhume, oui, absolument ; j'en ai à la maison. »

Cecilia aperçut Tess O'Leary de l'autre côté de la cour en compagnie de sa mère, installée au bout de la rangée de chaises dans son fauteuil roulant. Elle devait absolument remercier Tess pour son aide la veille. Et s'excuser, car elle ne lui avait même pas proposé d'appeler un taxi. La pauvre. Ça avait dû lui faire une trotte de remonter à pied chez sa mère. Ah, et puis, elle avait promis ces fameuses lasagnes à Lucy. Mais comment avait-elle pu oublier ? Peut-être se surestimait-elle. Les multiples petites erreurs qu'elle commettait finiraient par lui coûter cher.

Dire que deux jours plus tôt, tandis qu'elle emmenait Polly à la danse, Cecilia rêvait de connaître un raz-de-marée émotionnel ! Quelle sotte ! Elle se serait parfaitement contentée d'être émue aux larmes devant une scène de film que la bande-son aurait rendue encore plus intense. Elle n'avait pas demandé à souffrir.

« Oh là là ! Elle va tomber ! » s'écria Erica. Dans l'autre classe de CP, un petit garçon portait une vraie cage à oiseaux sur la tête. S'efforçant de maintenir ladite cage droite, Luke Lehaney (fils de Mary Lehaney, qui dépassait souvent la mesure. Une année, elle avait osé se présenter contre Cecilia à la présidence de l'association de parents – grave erreur) penchait d'un côté, comme la tour de Pise. Ce qui devait arriver arriva : tout à coup, la cage glissa, se fracassa par terre, faisant trébucher Bonnie Emmerson qui perdit son chapeau. Bonnie se décomposa tandis que Luke regardait, hébété d'horreur, sa cage froissée.

Moi aussi, j'aimerais que ma maman soit là, songea Cecilia en voyant celles de Luke et de Bonnie venir à leur secours. *Je voudrais qu'elle me réconforte, qu'elle me dise que tout va s'arranger, qu'il ne faut pas pleurer.*

En temps ordinaire, sa mère aurait été à ses côtés, à prendre des photos floues et mal cadrées de ses petites-filles avec son appareil photo jetable. Mais cette année, elle assistait au défilé de Sam dans sa fameuse école cinq étoiles où l'on servirait du champagne aux adultes. « Du champagne à la parade des bonnets de Pâques ! s'était-elle exclamée. Je n'ai jamais rien entendu d'aussi bête ! Voilà où passent les frais d'inscription ! » La mère de Cecilia adorait le champagne. À l'heure qu'il était, elle frayait probablement avec une clique de grands-mères toutes plus distinguées les unes que les autres en savourant sa chance, car l'argent la fascinait, contrairement à ce qu'elle avait toujours cherché à faire croire.

Que dirait sa mère si Cecilia lui révélait le secret de John-Paul ? Depuis quelques années, lorsqu'on lui annonçait une mauvaise nouvelle ou qu'on lui expliquait quelque chose d'un peu compliqué, les traits de son visage s'affaissaient complètement, comme si elle faisait une attaque cérébrale. L'espace d'un instant, on avait l'impression que son cerveau fermait boutique.

« John-Paul a commis un crime, commencerait-elle.

— Oh, ma chérie, tu dois faire erreur. »

Et son père, que dirait-il ? Lui qui faisait de l'hypertension, ça pourrait le tuer. Elle l'imaginait parfaitement. Un sentiment d'effroi fulgurant se lirait sur son doux visage ridé puis, la seconde suivante, il froncerait furieusement les sourcils, luttant pour se reprendre et ranger l'information dans la bonne case de son cerveau. « Qu'est-ce qu'il en dit, John-Paul ? » lancerait-il machinalement, car plus ils vieillissaient, plus ses parents semblaient s'en remettre à l'opinion de son mari.

Ses parents seraient incapables de se débrouiller sans leur gendre, incapables de vivre en sachant ce qu'il avait fait, d'affronter le déshonneur au sein de la micro-société dans laquelle ils évoluaient.

Il fallait limiter la casse. La vie n'était ni noire ni blanche. Avouer ne ferait pas revenir Janie. Ça n'apporterait rien. Les filles de Cecilia en pâtiraient. Ses parents en pâtiraient. John-Paul en pâtirait. Pour une erreur (elle le savait, ce n'était pas le mot juste pour parler de ce que John-Paul avait fait, il devait sûrement exister un mot plus fort, inutile de s'y arrêter) qu'il avait commise à l'âge de dix-sept ans.

« Voilà Esther ! » La voix de Mahalia la fit revenir à la réalité dans un sursaut. Cecilia leva le nez juste à temps pour voir Esther lui adresser un signe de tête peu amène. Les mains enfouies dans les manches de son pull-over, elle portait son chapeau bien droit et bas sur l'arrière. Cecilia avait recyclé un de ses vieux chapeaux de paille en y ajoutant des fausses fleurs et des petits œufs en chocolat un peu partout. Ce n'était pas un chef-d'œuvre mais peu importait, car Esther estimait avoir mieux à faire que participer à la parade des bonnets. « On n'apprend rien à cette parade », avait-elle déclaré dans la voiture le matin même.

« Rien sur le Mur de Berlin ! » s'était moquée Isabel.

Cecilia avait fait mine de ne pas remarquer qu'elle portait du mascara ce matin. Seule une minuscule touche de noir au-dessous de son sourcil trahissait son manque d'expérience en matière de maquillage.

Sur le balcon des sixièmes, Isabel et ses copines dansaient gaiement.

Si un gentil garçon l'assassinait sans être inquiété, si ce garçon, rongé par le remords, devenait un membre respecté de la communauté, un bon père et un gendre sans pareil, Cecilia voudrait quand même qu'il croupisse en prison. Qu'il soit condamné à mort. Non. Elle voudrait le tuer de ses propres mains.

Tout à coup, plus rien.

Puis la voix lointaine de Mahalia : « Cecilia ? »

34

Tess bougea sur sa chaise et constata, non sans un certain plaisir, que l'intérieur de ses cuisses restait sensible. *Comment peux-tu être aussi superficielle ? Tu n'es pas censée avoir le cœur brisé ? Quoi ? Tu te sépares de ton mari et il te faut à peine trois jours pour t'en remettre ?* Elle assistait à la parade des bonnets de Pâques de St Angela, distraite par l'un des trois juges et le souvenir de leurs ébats sexuels. De l'autre côté de la cour, affublé d'un bonnet pour bébé rose noué sous le menton, Connor dansait la danse des canards avec un groupe de garçons de sixième.

« Ce n'est pas formidable ? dit sa mère qui se tenait près d'elle. Quel bonheur ! Ce serait chouette si… » Elle s'interrompit.

« Si quoi ? » demanda Tess en l'observant.

L'air coupable, Lucy reprit : « Je me suis surprise à souhaiter que les circonstances soient plus heureuses – que toi et Will ayez décidé de vous installer à Sydney, que Liam soit inscrit à St Angela pour de bon. Ce serait un tel plaisir de pouvoir assister à son défilé tous les ans ! Je suis désolée.

— Ne le sois pas. C'est vrai que ce serait chouette. »

Vraiment ?

Elle regarda de nouveau en direction de Connor. Autour de lui, les garçons riaient aux éclats, probablement à une blague lourdingue qu'il venait de faire.

« Comment s'est passée ta soirée ? demanda Lucy. J'ai oublié de te poser la question. À vrai dire, je ne t'ai même pas entendue rentrer.

— Comme des retrouvailles. C'était sympa. » Tout à coup, elle revit Connor la retourner et lui chuchoter à l'oreille : « Je crois me souvenir que c'était plutôt pas mal comme ça ! »

Connor n'avait pas attendu d'avoir une grosse moto et le corps de rêve qui va avec pour être un bon amant. C'était déjà le cas à l'époque où il avait une coupe de cheveux ringarde, comme tous les petits comptables ennuyeux. Tess était trop jeune pour s'en rendre compte. Elle s'imaginait que le sexe serait toujours aussi bon. Elle bougea de nouveau sur sa chaise. Elle pouvait s'attendre à une bonne cystite. Bien fait pour elle. Sa dernière crise remontait au tout début de son histoire avec Will, au temps révolu où eux aussi faisaient l'amour trois fois d'affilée. CQFD.

Penser à Will et à leurs premiers mois ensemble aurait dû être douloureux, mais non. Pas là, en tout cas. L'assouvissement de son désir charnel lui avait donné des ailes. Ça et… le délicieux sentiment de vengeance qui l'habitait. Dire que Will et Felicity l'imaginaient en train de pleurnicher dans les jupes de sa mère alors qu'elle grimpait aux rideaux avec un ex-petit ami ! Au diable le mariage et ses câlins plan-plan ! Dans les dents, Will !

« Tess, chérie ?

— Mmmmm ? »

Lucy baissa la voix. « Il s'est passé quelque chose hier soir avec Connor ?

— Bien sûr que non. »

Qu'avait-elle dit à Connor la troisième fois ? « J'en peux plus ! » « Je parie que si ! » avait-il répondu et dans un murmure, elle avait répété : « J'en peux plus ! J'en peux plus ! J'en peux plus ! » jusqu'à ce que le contraire soit établi.

« Tess O'*Leary* ! » s'exclama Lucy. Au même moment, un garçon de la classe de CP sema la cage à oiseaux qui lui servait de chapeau. Tess croisa le regard de sa mère et se mit à rire.

« Oh, chérie », dit Lucy en prenant le bras de sa fille. « Tant mieux pour toi. Il est à croquer ! »

35

« Connor Whitby a l'air gai comme un pinson aujourd'hui, déclara Samantha Green. Si ça se trouve, il s'est enfin trouvé une chérie ! »

Samantha Green, dont l'aînée était en sixième, s'occupait de la comptabilité de l'école à temps partiel. Elle était payée à l'heure, ce qui, selon Rachel, ne l'empêcherait pas de facturer à St Angela le temps qu'elle passait dehors à regarder le défilé à ses côtés. Voilà pourquoi embaucher des mamans ne présentait pas que des avantages. Rachel se voyait mal lui demander des comptes. Tout de même, elle ne venait que pour trois heures. Ce n'était pas franchement nécessaire de faire une pause pour assister à la parade, n'est-ce pas ? D'autant que sa fille n'y participait même pas. Évidemment, Rachel n'avait pas davantage de raison de le faire, et pourtant, elle avait quitté son bureau. Elle soupira, consciente d'être peau de vache.

Rachel jeta un œil en direction de Connor, assis à la table des juges, un bonnet pour bébé de couleur rose enfoncé sur la tête. Il y avait quelque chose de pervers à voir un adulte déguisé en nourrisson. Il avait beau faire rire le groupe de garçons qui l'entouraient, Rachel ne put s'empêcher de repenser à son visage malveillant sur la vidéo. À son regard meurtrier. Oui, meurtrier. La police devrait confier la cassette à un psychologue. Ou à un genre de spécialiste de l'expression faciale. Après tout, on trouvait des experts dans tous les domaines.

« Les gamins l'adorent, reprit Samantha, qui aimait faire le tour d'un sujet avant d'en changer. Et il est toujours très courtois avec les parents. Pourtant, j'ai toujours senti un truc *pas franchement net* chez ce type. Vous voyez ce que je veux dire ? Oh ! Regardez la petite fille de Cecilia Fitzpatrick ! Elle est magnifique, vous ne trouvez pas ? Je me demande de qui elle tient ça. Où j'en étais ? Ah oui ! Ma copine Janet Tyler est sortie plusieurs fois avec Connor après son divorce. D'après elle, c'est un dépressif qui s'ignore. Cela dit, c'est lui qui l'a plaquée, au final.

— Hmmm, fit Rachel.

— Ma mère m'a parlé de Mrs Whitby, la mère de Connor, poursuivit Samantha. C'était une alcoolique. Elle ne s'occupait pas de ses gosses. Le père est parti quand Connor n'était qu'un bébé. Oh là là ! Qui est ce pauvre gamin avec la cage à oiseaux sur la tête ? Elle va tomber ! »

Rachel se rappelait vaguement avoir vu Trish Whitby à l'église. Ses enfants étaient sales. Lorsqu'elle les grondait pendant l'office, tout le monde se retournait tellement elle parlait fort.

« Je veux dire, une enfance de ce genre a forcément un impact sur la personnalité, non ? Je parle de Connor.

— C'est évident », répondit Rachel d'un ton si catégorique que Samantha en fut légèrement décontenancée.

« Mais aujourd'hui, reprit-elle, il est de bonne humeur. Je l'ai croisé sur le parking ce matin et quand je lui ai demandé comment il se portait, il m'a dit : "Comme un charme !" Ma main au feu qu'il est amoureux. Ou du moins, qu'il n'a pas passé la nuit tout seul ! Il faut que je le dise à Janet. Quoique, je ferais peut-être mieux de m'abstenir. Je crois qu'elle l'aimait bien, même si elle le trouvait bizarre. Aïe ! La cage ! Je le savais ! »

Comme un charme.

Demain, c'était l'anniversaire de la mort de Janie et Connor Whitby se portait comme un charme.

36

Cecilia décida de s'éclipser avant la fin de la parade. Il fallait qu'elle bouge, sinon elle se mettrait à cogiter. Au secours. Polly et Esther l'avaient vue et Cecilia ne manquerait que les résultats du concours. Ses filles ne risquaient pas de gagner puisque la semaine précédente – c'était dans une autre vie, non ? –, elle avait expressément demandé aux trois juges de ne pas voter pour elles. Inutile d'attiser le ressentiment des autres mères qui flairaient le favoritisme si les petites Fitzpatrick remportaient trop de prix. L'école avait déjà bien du mal à s'assurer leur participation à ses activités.

Elle ne se représenterait pas à la présidence de l'association des parents d'élèves. Elle en acquit l'absolue certitude en ramassant son sac à main par terre. Quel soulagement d'être sûre d'au moins une chose quant à l'avenir ! Quelle que soit la suite des événements, elle ne serait pas candidate. C'était tout bonnement impossible. La femme qu'elle était aujourd'hui n'avait rien à voir avec Cecilia Fitzpatrick. Elle avait cessé d'exister à la minute où elle avait lu cette lettre.

« J'y vais, annonça-t-elle à Mahalia.

— Oui, va te reposer, répondit-elle. J'ai cru pendant un instant que tu allais t'évanouir. Tu peux garder le foulard. Il te va à ravir. »

En traversant la cour, Cecilia aperçut Rachel Crowley sur le balcon du secrétariat en compagnie de Samantha Green. Toutes deux regardaient dans la direction opposée. Si elle se dépêchait, elle arriverait peut-être à leur échapper.

« Cecilia ! s'écria Samantha.

— Bonjour ! » répondit-elle en proférant un torrent d'injures intérieurement.

Elle se dirigea vers elles, ses clés de voiture en évidence, histoire de leur faire comprendre qu'elle n'avait pas que ça à faire.

« Vous tombez bien, je voulais vous voir ! » dit Samantha, obligée de se pencher par-dessus le balcon pour réduire la distance que Cecilia avait volontairement laissée entre elles. « Vous m'aviez promis ma commande de Tupperware avant Pâques ! Comme nous allons pique-niquer dimanche – si le temps se maintient –, je me demandais…

— Bien sûr », l'interrompit Cecilia en s'approchant un peu. Se tiendrait-elle à cette distance, d'ordinaire ? Les livraisons de la veille lui étaient complètement sorties de la tête. « Je suis désolée. La semaine a été… difficile. Je passerai cet après-midi une fois que j'aurai récupéré les filles.

— Parfait ! Vous m'avez si bien vendu ce set pique-nique que je suis impatiente de l'avoir ! Cecilia est une démonstratrice hors pair ! Elle vendrait de la glace à un Eskimo ! Avez-vous eu l'occasion de participer à une de ses réunions, Rachel ?

— À vrai dire, j'ai eu cette chance pas plus tard qu'avant-hier, répondit Rachel en souriant à Cecilia. J'ignorais à quel point j'avais besoin de Tupperware !

— Je peux déposer votre commande en même temps, si vous le souhaitez, Rachel.

— Ah bon ? Déjà ? Vous ne rentrez pas les pièces en fonction des commandes ?

— J'ai un peu de stock d'avance, au cas où. »

À quoi jouait-elle ?

« Livraison express spécial VIP, à ce que je vois ! » commenta Samantha, qui ne manquerait pas de s'en souvenir.

« Pas de souci », fit Cecilia.

Malgré la distance qui les séparait, elle se sentit incapable de regarder Rachel dans les yeux. C'était une femme si adorable. Les choses seraient-elles plus acceptables si ce n'était pas le cas ? Cecilia replaça le foulard de Mahalia sur ses épaules pour se donner une contenance.

« Si ça ne vous dérange pas, ce serait parfait pour moi, dit Rachel. Je dois apporter une tarte aux fruits meringuée chez les beaux-parents de mon fils dimanche ; ce serait bien pratique d'avoir une de vos boîtes magiques ! »

Rien dans la commande de Rachel ne conviendrait pour transbahuter un dessert aussi gros, songea Cecilia. Il faudrait y remédier. Gratuitement. *Tout va bien, John-Paul, j'ai offert un Tupperware à la mère de la fille que tu as assassinée, vous êtes quittes maintenant.*

« À cet après-midi, alors ! » Elle les salua d'un geste forcé, laissant tomber ses clés.

« Oups ! » fit Samantha.

37

Liam remporta le second prix du concours de chapeaux.

« Voilà ce qui arrive quand on couche avec un juge ! chuchota Lucy à l'oreille de sa fille.

— Maman, chut ! » siffla Tess en regardant par-dessus son épaule.

On n'est jamais à l'abri des oreilles indiscrètes. Et puis, elle se refusait à associer Liam à Connor. Cela compliquait tout. Son fils et son amant appartenaient à deux univers distincts et diamétralement opposés.

Elle observa son petit garçon traverser la cour en traînant les pieds pour recevoir son trophée doré rempli d'œufs miniatures. Il la chercha du regard, un sourire ravi et gêné sur les lèvres.

Quand elle raconterait ça à Will en rentrant à la maison !

Une minute. Ils ne rentraient pas à la maison.

Bon. Ils lui passeraient un coup de fil. Tess lui parlerait de cette voix enjouée et pourtant glaciale que les femmes réservent à leur ex-mari en présence des enfants. Le ton de sa mère résonnait encore dans sa tête. « Liam a une super-nouvelle à t'annoncer ! » dirait-elle à Will avant de passer le combiné à son fils. « Raconte à ton père ce que tu as fait aujourd'hui ! » C'en était fini de l'appeler papa. Désormais, ce serait « ton père ». Et elle savait à quel point ça faisait mal. Oh oui, elle savait.

Sauver leur mariage pour Liam ? C'était sans espoir. Quelle idée ridicule, illusoire, de s'imaginer qu'il suffisait d'être stratégique ! À partir de maintenant, elle agirait avec dignité. Comme si c'était une séparation ordinaire, une séparation à l'amiable, une séparation qui couvait depuis des années. C'était peut-être le cas, d'ailleurs.

Car sinon, comment expliquer ce qu'elle avait fait la nuit précédente ? Comment expliquer que Will soit tombé amoureux de Felicity ? Il y avait *forcément* des problèmes dans leur mariage. Des problèmes dont elle n'avait absolument pas eu conscience, des problèmes qu'elle serait bien en peine de définir, mais des problèmes malgré tout.

Leur dernière dispute, par exemple. C'était à quel propos ? Il serait bien utile de se pencher sur les aspects les plus négatifs de sa vie maritale à présent. Tess s'efforça de se souvenir. C'était à propos de Liam. L'histoire avec Marcus. « On devrait peut-être envisager de le changer d'école », avait suggéré Will, à la suite d'un incident dans la cour de récréation qui avait beaucoup chagriné Liam. « Pfff ! C'est totalement disproportionné », avait-elle rétorqué. Une discussion houleuse s'était ensuivie tandis qu'ils rangeaient la cuisine après le dîner. Tess avait fait claquer deux ou trois tiroirs, Will était passé derrière elle pour repositionner une poêle dans le lave-vaisselle. Elle avait fini par lui dire un truc idiot, du genre :

« Qu'est-ce que tu insinues ? Que je ne me soucie pas de Liam autant que toi ? » et Will avait hurlé : « Ne sois pas stupide ! »

Mais il avait suffi de quelques heures pour qu'ils se rabibochent. Tous deux s'étaient excusés. Sans rancune. Will n'était pas du genre à faire la tête. C'était le roi du compromis et de l'autodérision. « Tu as vu comment j'ai replacé la poêle dans la machine ! avait-il plaisanté. Pas mal, hein ? Ça t'a calmée, ça ! »

Pendant un instant, Tess sentit le petit nuage sur lequel elle flottait se dérober sous ses pieds. Comme si le moindre souvenir douloureux pouvait la déséquilibrer et la précipiter dans un océan de tristesse.

Ne pense pas à Will. Pense à Connor. Pense au sexe. Reste primaire, pragmatique, orgasmique. Rappelle-toi l'incendie qui t'a parcouru le corps hier soir. Vide-toi la tête.

Liam rejoignit son groupe et se glissa à côté de Polly Fitzpatrick, la seule enfant que Tess connaissait. Elle était d'une beauté renversante et son fils, en comparaison, faisait gringalet. La gamine lui tapa dans la main ; Liam rayonnait de bonheur.

Merde. Will avait raison. Il fallait le changer d'école.

Les larmes aux yeux, Tess se sentit submergée par la honte.

La honte. Pourquoi ? se demanda-t-elle en prenant un mouchoir dans son sac à main. Elle se moucha.

Parce que son mari était tombé amoureux d'une autre ? Parce qu'elle manquait de prévenance, de sex-appeal ou quelque chose dans ce genre-là ? Parce qu'elle était incapable de satisfaire le père de son enfant ?

À moins que ce soit à cause de la nuit précédente. Parce qu'elle avait trouvé un moyen égoïste de faire taire sa douleur. Parce qu'à cet instant précis, elle n'avait qu'une idée en tête : revoir Connor, ou plus exactement, coucher avec lui, pour que sa langue, son corps, ses mains effacent le souvenir de ce moment atroce où Will et Felicity lui avaient révélé leur dégoûtant secret. Ses pensées revinrent à ce fameux couloir, aux lattes du parquet que sa colonne vertébrale avait épousées tandis que Connor la baisait. Au fond, c'était eux qu'il baisait.

À côté d'elle, les autres mères, toutes aussi jolies et bavardes les unes que les autres, éclatèrent de rire. Des mères qui faisaient sagement l'amour au lit avec leur mari, des mères qui n'avaient pas le mot « baiser » à l'esprit en regardant leurs enfants défiler. Tess aurait dû ne penser qu'à son fils. Voilà pourquoi elle avait honte.

À moins que ce soit parce qu'en réalité, au plus profond d'elle-même, elle ne ressentait pas la moindre culpabilité.

« Merci mille fois, chers parents, chers grands-parents, d'être venus si nombreux aujourd'hui ! Ainsi s'achève notre parade des bonnets de Pâques ! » déclara la directrice dans le micro. Elle pencha la tête sur le côté et fit mine de croquer dans une carotte imaginaire comme Bugs Bunny avant d'ajouter gaiement : « *That's all, folks !* »

« Qu'est-ce que tu as envie de faire cet après-midi ? demanda Lucy tandis que tout le monde applaudissait en riant.

— J'ai quelques courses à faire. »

Tess se leva et s'étira, consciente que Connor, posté à l'autre bout de la cour, l'observait.

Elle avait toujours vécu le divorce de ses parents comme une profonde injustice. Gamine, elle avait passé des heures à imaginer la vie qu'elle aurait eue – bien meilleure, évidemment – s'ils étaient restés ensemble. Des liens plus forts avec son père. Des vacances beaucoup plus drôles. Une timidité moins prononcée (elle n'aurait su dire comment elle en était arrivée à cette conclusion). *Tout* aurait été globalement mieux. Mais la vérité, c'était que ses parents avaient divorcé en bonne intelligence et qu'ils avaient par la suite entretenu des rapports courtois. Bien sûr, c'était un peu bizarre de rendre visite à son père un week-end sur deux, mais bon ! Les mariages s'écroulaient. Les enfants n'en mouraient pas. Tess avait survécu. Le « traumatisme » n'était que dans sa tête.

Elle fit coucou à Connor.

Des dessous chic et sexy, voilà les emplettes qu'elle allait faire. Des dessous dont son mari ne verrait jamais la couleur.

38

Sitôt à la salle de gym, Cecilia régla l'inclinaison et la vitesse du tapis de course au maximum et se mit à courir comme une perdue. Le cœur battant, la vue brouillée par la transpiration qui lui coulait jusque dans la bouche, elle éprouva un immense soulagement à ne plus penser à rien. Elle aurait pu galoper ainsi encore longtemps si un moniteur ne s'était pas brusquement posté devant sa machine en lui disant : « Hé, ça va ? Vous m'inquiétez, là. »

Furieuse d'être rappelée à la réalité si brutalement, Cecilia s'apprêtait à le rabrouer mais aucun son ne sortit de sa bouche. À bout de souffle, les jambes en coton, elle chancela, obligeant le coach à la ceinturer tout en éteignant le tapis d'un coup violent.

« Il faut vous ménager, Mrs Fitzpatrick », gronda-t-il en l'aidant à descendre du tapis. Dane donnait un cours de renforcement musculaire qui attirait nombre de mères de St Angela. Cecilia y assistait souvent le vendredi matin avant de faire les commissions pour la semaine. Dane avait la peau jeune et rosée. Il devait avoir à peu près le même âge que John-Paul lorsqu'il avait assassiné Janie Crowley. « Vous êtes sûrement à votre fréquence cardiaque maximale, poursuivit-il le plus sérieusement du monde. Si vous voulez, je peux vous dresser un programme d'entraînement qui…

— Inutile, l'interrompit Cecilia d'une voix haletante. Mais merci. Je, euh, j'allais justement partir. »

Les jambes flageolantes, dégoulinante de sueur, elle s'éclipsa sans écouter les conseils pressants de Dane : *Vous devriez vous étirer, vous rafraîchir, boire de l'eau au moins, Mrs Fitzpatrick, il faut vous réhydrater !*

En rentrant chez elle, Cecilia décida qu'elle ne pouvait pas vivre une minute de plus avec ce poids, c'était impossible. John-Paul irait se livrer à la police – elle ne lui laisserait pas le choix. Il avait fait d'elle une criminelle. C'était absurde. Sous la douche, elle se ravisa : des aveux ne feraient pas revenir Janie. En revanche, les filles perdraient leur père, ce qui n'avait aucun sens. Il n'empêche – leur mariage était mort. L'idée de se réveiller à ses côtés tous les matins lui était insupportable. Voilà.

En s'habillant, elle trancha : John-Paul se rendrait après le week-end de Pâques. Rachel Crowley avait le droit de savoir. Les filles verraient leur père en prison, elles n'en mourraient pas.

Tandis qu'elle se séchait les cheveux, la réponse à son dilemme s'imposa à elle comme une évidence : ses filles comptaient plus que tout au monde, elle aimait toujours John-Paul à qui elle avait juré fidélité, pour le meilleur et pour le pire. La vie suivrait son cours. Il avait commis une terrible erreur à l'âge de dix-sept ans. Inutile d'en parler. Ne rien faire. Ne rien changer.

Elle éteignit le sèche-cheveux. Le téléphone sonnait. C'était John-Paul.

« J'appelle juste pour savoir comment tu vas », dit-il gentiment. Il ne l'aurait pas formulé autrement si elle était malade. Non. En réalité, il faisait comme si elle souffrait d'un malaise psychique typiquement féminin, d'un trouble qui la rendait fragile et insensée.

« Bien, répondit-elle. Je vais merveilleusement bien. Merci de t'en inquiéter. »

39

« Joyeuses Pâques, Rachel ! » dit Trudy à la fin de la journée. « Tenez ! Un petit quelque chose pour vous !

— Oh ! » fit Rachel, aussi touchée qu'embarrassée.

L'idée d'acheter une bricole pour sa chef ne l'avait pas effleurée. À sa décharge, l'ancienne directrice ne brillait pas par son amabilité, alors pour ce qui était des cadeaux !

Trudy lui tendit un joli petit panier garni d'œufs fort appétissants. Exactement le genre de choses que lui offrirait sa bru : cher, élégant, tellement parfait.

« Merci beaucoup, Trudy, je n'ai pas... » Elle fit un geste pour s'excuser de n'avoir rien pour elle.

« Taratata ! » répondit Trudy, toujours affublée de son déguisement de lapin, totalement ridicule aux yeux de Rachel. « Je tenais à vous dire combien j'apprécie votre travail, Rachel. Vous faites tourner la boutique à vous seule, et vous me laissez faire... ce que je fais le mieux. » Elle écarta une de ses oreilles de lapin et regarda Rachel droit dans les yeux. « Certaines de mes secrétaires trouvaient mon approche quelque peu inhabituelle. »

Tu m'étonnes, pensa Rachel.

« Vous vous concentrez sur les enfants. C'est pour eux que nous sommes là.

— Eh bien, passez de bonnes fêtes et profitez de votre adorable petit-fils !

— Comptez sur moi. Et vous... des projets ? »

Trudy, célibataire et sans enfants, ne vivait apparemment que pour l'école. Elle ne recevait jamais de coups de fil personnels au bureau. Difficile de savoir à quoi elle occuperait ce week-end prolongé.

« Oui ! Me tourner les pouces ! Je lis beaucoup. J'adore les polars. Je trouve toujours le meurtrier avant la fin... Oh ! »

Son visage se décomposa.

« Moi, je préfère les romans historiques, enchaîna Rachel en rassemblant ses affaires.

— Ah. »

Incapable de se ressaisir, Trudy avait les larmes aux yeux.

La pauvre. À tout juste cinquante ans – à peine plus âgée que Janie, si elle n'était pas morte –, elle ressemblait à une gamine vieillie prématurément avec sa chevelure fine et clairsemée.

« Tout va bien, Trudy. Il n'y a pas de mal. Je vous assure. »

40

« Salut ! » lança Tess en répondant au téléphone. Tout son être réagit instantanément au son de la voix de Connor, comme un chien à la vue d'un os.

« Qu'est-ce que tu fais de beau ? demanda-t-il.

— J'achète des brioches de Pâques. »

Tess avait tenu à faire un petit plaisir à Liam à la sortie de l'école. Contrairement à la veille, elle l'avait récupéré de mauvaise humeur. Il n'avait pas décroché un mot, même lorsqu'elle avait évoqué son prix au concours de chapeaux. Tess avait aussi toute une liste de courses à faire pour sa mère qui, s'étant subitement souvenue que les magasins seraient fermés le lendemain – toute la journée ! –, s'était mise dans tous ses états à la vue de son garde-manger.

« Des brioches de Pâques ? J'adore ça, dit Connor.

— Moi aussi.

— C'est vrai ? Encore un point commun ! »

Tess se mit à rire, sous le regard interrogateur de Liam. Le rouge aux joues, elle tourna légèrement la tête.

« Bon. J'appelais juste comme ça. Enfin… pour te dire que hier soir, j'ai trouvé ça très… chouette. » Il toussota. « Et le mot est faible. »

Oh mon Dieu ! pensa Tess.

« Je sais que ta vie n'est pas simple en ce moment, poursuivit Connor. Je n'attends rien de, euh, de spécial, je te le promets. Je ne veux pas te rendre les choses plus compliquées. Mais voilà, je voulais juste que tu saches que j'aimerais beaucoup qu'on se revoie. Quand tu veux.

— Maman ? dit Liam en tirant sur son gilet. C'est papa ? »

Tess fit non de la tête.

« C'est qui ? » demanda-t-il avec de grands yeux inquiets.

Sa mère éloigna le téléphone de son oreille et lui fit signe de se taire. « Un client. » Il n'en fallut pas davantage pour que Liam s'intéresse à autre chose.

Tess s'écarta de la file d'attente de la boulangerie.

« Ce n'est pas grave, fit Connor. Comme je disais, je n'attends…

— Tu es libre ce soir ?

— Plutôt deux fois qu'une !

— Je viendrai une fois que Liam sera au lit. » Puis, à voix basse, elle ajouta : « Avec des brioches. »

Rachel se dirigeait vers sa voiture lorsqu'elle l'aperçut.

Le meurtrier de sa fille.

La lumière éclatante du soleil sur ses lunettes noires, son casque de moto à la main, il parlait au téléphone. Tout à coup, il se fendit d'un immense sourire, visiblement ravi de ce qu'il venait d'entendre. Puis il raccrocha.

Les images de la cassette en tête, Rachel revit l'expression de son visage au moment où il s'était tourné vers Janie. Aussi clairement qu'elle le voyait à présent. Lubricité, malveillance, cruauté – le visage d'un monstre.

Et regardez-le ! En vie, et heureux avec ça ! D'ailleurs, pourquoi ne le serait-il pas ? Après tout, il avait tué quelqu'un sans même être inquiété. Si la police ne faisait pas son boulot, ce qui semblait probable, il ne paierait jamais.

Tandis qu'elle approchait, Connor aperçut Rachel. Son sourire disparut aussi vite qu'une ampoule qui claque.

Coupable, songea-t-elle. *Coupable, coupable, coupable.*

« Tiens, un colis pour toi », annonça Lucy tandis que Tess rangeait les courses dans la cuisine. « Livré par coursier. On dirait que ça vient de ton père. Je ne l'aurais pas cru capable de faire appel à un coursier. Il m'étonnera toujours ! »

Intriguée, Tess s'assit à côté de sa mère pour ouvrir le petit paquet emballé dans du papier bulle. À l'intérieur, un écrin carré et plat.

« Ne me dis pas que c'est un bijou ! fit Lucy en louchant sur la boîte.

— Non. Un compas », répondit Tess, les yeux rivés sur un magnifique instrument en bois. « Un compas de marine, comme on en voit dans les films de pirates.

— Étrange, comme cadeau », commenta Lucy en grimaçant.

Tess le sortit de son coffret. Au fond, un post-it jaune.

Ma chère Tess. C'est probablement un cadeau idiot pour une fille. Je dois avouer que je n'ai jamais vraiment su quoi t'offrir. L'idée, c'était de t'aider à retrouver ton chemin lorsque tu te sens perdue. J'ai bien connu ce sentiment. Affreux. Mais tu étais là, dans ma vie. Ton père qui t'aime.

Tess sentit son cœur se serrer.

« Plutôt pas mal », dit Lucy en manipulant le compas.

Tess imagina son vieux père en pleine expédition shopping, à la recherche du cadeau parfait pour sa grande fille. Son air mi-affolé mi-renfrogné et son regard fuyant chaque fois qu'un vendeur avait voulu l'aider l'avaient à coup sûr fait passer pour un ours mal léché.

« Pourquoi vous vous êtes séparés, papa et toi ? » avait-elle demandé à sa mère des milliers de fois. Et Lucy de lui répondre, d'un air désinvolte : « Oh, chérie, nous étions tellement *différents*, ton père et moi. » Façon de dire que *lui* était différent. Quand Tess posait la question à son père, il haussait les épaules et disait d'une voix enrouée : « Pour ça, faut que tu demandes à ta mère, ma grande. »

Tess se dit que son père souffrait peut-être aussi de phobie sociale.

Avant de divorcer, il mettait Lucy hors d'elle lorsqu'il refusait d'aller à telle ou telle soirée. « Mais tu ne m'emmènes jamais nulle part », protestait-elle pleine d'amertume.

Toute son enfance, Tess avait entendu sa mère dire aux gens à mi-voix : « Ma fille est un peu timide. Elle tient ça de son père, j'en ai bien peur. » Son ton badin cachait mal son mépris. Aussi, Tess en avait conclu que la timidité – toute forme de timidité – était un vilain défaut. *Comment ? Tu ne veux pas sortir ? Voir du monde ? Mais qu'est-ce qui cloche chez toi ?*

Pas étonnant qu'elle associe son manque d'assurance à une pathologie honteuse et inavouable.

Elle regarda sa mère.

« Pourquoi tu n'y allais pas toute seule ?

— Quoi ? fit Lucy en levant le nez du compas. Aller où ?

— Laisse tomber. Rends-moi mon compas, dit Tess en tendant la main. Je le trouve très chouette. »

En se garant devant la maison de Rachel Crowley, Cecilia se demanda pourquoi elle s'imposait une chose pareille. Elle aurait pu se contenter de lui déposer sa commande de Tupperware au secrétariat de l'école après le week-end de Pâques, délai convenu avec les invitées de Marla. Elle avait, semble-t-il, autant besoin de voir Rachel que de la fuir.

Peut-être voulait-elle la voir car si quelqu'un avait toute légitimité pour s'exprimer sur le dilemme qui l'occupait, c'était bien Rachel. Évidemment, « dilemme » était un mot trop faible. Un mot trop égoïste. Un mot qui suggérait que les sentiments de Cecilia entraient en ligne de compte.

Elle prit les Tupperware sur le siège passager et descendit de sa voiture. Peut-être qu'en réalité, elle était là car elle savait que Rachel avait toutes les raisons de la détester. Or l'idée qu'on ne l'aime pas lui était insupportable. *Je ne suis qu'une enfant*, songea-t-elle en frappant à la porte. *Une enfant de quarante ans en pleine préménopause.*

Cecilia n'avait pas repris contenance lorsque la porte s'ouvrit.

« Oh, fit Rachel visiblement dépitée. Cecilia.

— Je suis navrée. » *Si vous saviez à quel point.* « Vous attendiez quelqu'un ?

— Pas vraiment. Comment allez-vous ? demanda Rachel, soucieuse de faire bonne figure. Mes Tupperware ! Super ! Merci mille fois. Je vous propose quelque chose ? Où sont vos filles ?

— Chez ma mère. Elle a manqué leur défilé ce matin. Du coup, elle a tenu à les prendre pour le goûter, histoire de se rattraper. Bref. C'est sans importance ! Je ne veux pas m'imposer, je ne faisais que…

— Vous êtes sûre ? Je viens de mettre de l'eau à bouillir. »

Cecilia ne se sentit pas le courage de refuser. Ses jambes la portaient à peine. Si Rachel lui ordonnait de tout avouer, elle s'exécuterait. Elle en rêvait presque.

Le cœur battant, comme sous l'effet d'une menace physique, elle franchit le seuil de la porte pour découvrir une maison du même genre que la sienne.

« Allons dans la cuisine, proposa Rachel. J'y ai mis le chauffage. Ça se rafraîchit l'après-midi, je trouve.

— On avait le même lino avant ! s'écria Cecilia en entrant dans la pièce.

— Le revêtement de sol dernier cri il y a de ça quelques… décennies, non ? fit Rachel en prenant des tasses. La maison aurait besoin d'un bon petit coup de neuf, comme vous pouvez le constater, mais je n'ai pas la fibre déco ! Carrelage, moquette, peinture… tout ça ne m'intéresse pas le moins du monde ! Tenez. Lait ? Sucre ? Servez-vous.

— C'est Janie sur cette photo, non ? » demanda Cecilia, postée devant le réfrigérateur. « Avec Rob ? » Quel soulagement de dire « Janie » à haute voix ! Elle était si présente à son esprit que Cecilia craignait que son nom lui échappe à un moment incongru.

Le cliché, mal cadré et délavé, était fixé à l'aide d'un simple magnet publicitaire (*Pete, le plombier de toutes vos urgences*). Dessus, Janie et son frère cadet, debout près d'un barbecue, une canette de Coca-Cola à la main. Le visage face à la caméra, la mâchoire pendante, tous deux arboraient un air interdit, comme pris sur le vif. Un portrait plus vrai que nature qui rendait la mort de Janie d'autant plus invraisemblable.

« Oui, c'est elle. Cette photo se trouvait là quand elle est morte. Je ne l'ai jamais retirée. C'est idiot, vraiment. J'en ai de bien plus jolies. Asseyez-vous. J'ai des macarons, ces petits biscuits qui viennent de France. Vous devez déjà connaître. C'est très raffiné. Pas vraiment mon genre, soit dit en passant, mais il faut reconnaître qu'ils sont vraiment délicieux. Prenez-en un.

— Merci », dit Cecilia en s'asseyant.

Puis elle prit un macaron. Insipide et poudreux. Elle s'empressa de boire du thé et se brûla la langue.

« Merci pour les Tupperware. Je suis impatiente de m'en servir. Dès demain – pour l'anniversaire de la mort de Janie. Ça fera vingt-huit ans. »

Ne saisissant pas le lien entre les Tupperware et ce triste anniversaire, Cecilia se demanda si elle avait bien entendu.

« Je suis désolée », dit-elle. Consciente des tremblements qui agitaient sa main, elle reposa sa tasse sur sa soucoupe.

« Non, c'est moi qui suis désolée. Je n'aurais pas dû vous dire ça. C'est juste que j'ai beaucoup pensé à elle aujourd'hui. Plus encore que d'habitude. Parfois, je m'interroge : aurais-je autant pensé à ma fille si elle n'était pas morte ? Je ne pense pas si souvent à ce pauvre Rob. Je ne suis pas tout le temps en train de me faire du souci pour lui. On pourrait croire qu'après avoir perdu un de mes enfants, j'aurais peur qu'il arrive quelque chose à l'autre, mais non. C'est affreux, n'est-ce pas ? Cela dit, je m'inquiète toujours pour mon petit-fils. Jacob.

— Je pense que c'est normal », dit Cecilia.

Soudain, sa propre audace la sidéra. Un lot de Tupperware et deux ou trois platitudes pour la mère de la fille assassinée par son mari ! Dans sa cuisine, en plus !

« J'aime mon fils, vous savez », murmura Rachel, le nez dans son thé. Elle regarda Cecilia d'un air penaud puis : « Je ne voudrais pas vous donner l'impression que je ne me suis pas occupée de lui.

— Loin de moi cette idée ! »

Cecilia remarqua avec effroi une miette de macaron sur la lèvre inférieure de Rachel – détail qui faisait basculer cette femme d'ordinaire très digne dans la sénilité.

« J'ai simplement le sentiment qu'il est davantage l'époux de Lauren que mon fils à présent. C'est quoi, ce vieux dicton, déjà ? Ton fils reste ton fils jusqu'au jour de ses noces, mais ta fille reste ta fille jusqu'au seuil de ta fosse.

— Je l'ai déjà entendu, en effet. Je ne saurais dire si c'est vrai. »

Cecilia était à l'agonie. Elle ne pouvait quand même pas prévenir Rachel qu'elle avait un bout de gâteau bleu collé sur la bouche alors qu'elle parlait de Janie.

Rachel prit une gorgée de thé. Voilà qui devrait régler le problème. Elle posa sa tasse. Non. La miette logeait à présent à la commissure de ses lèvres. Cecilia ne voyait plus que ça. Elle ne pouvait plus se taire.

« Oh là là, s'exclama Rachel. Je radote, c'est affreux. Vous devez vous dire que je perds la boule ! La vérité, c'est que je ne suis plus tout à fait moi-même depuis le soir où vous m'avez ramenée. En rentrant, j'ai fait une découverte. »

Elle passa la langue sur ses lèvres. La miette disparut, au grand soulagement de Cecilia.

« Une découverte ? » Elle but une longue gorgée de thé. Plus vite elle le boirait, plus vite elle pourrait filer. C'était très chaud, comme chez sa mère.

« Une découverte qui désigne clairement le meurtrier de Janie. Une nouvelle preuve. Je l'ai donnée à la police – Oh ! Oh, mon Dieu, Cecilia, est-ce que ça va ? Vite ! Il faut vous passer la main sous l'eau froide ! »

41

À l'arrière de la moto, Tess resserrait son étreinte autour de la taille de Connor à chaque virage. Les lumières des réverbères et des devantures formaient une traînée indistincte alentour ; le vent sifflait dans ses oreilles ; son cœur palpitait à chaque accélération.

« N'aie pas peur, avait dit Connor en l'aidant à serrer la sangle de son casque. Je suis un motard prudent, voire carrément plan-plan. Je roule toujours en dessous des limitations de vitesse. Surtout quand je tiens à mon passager… » Puis il s'était approché, laissant leurs casques s'entrechoquer doucement. Bien qu'émue par son geste et sa remarque, Tess s'était sentie un peu bête. Elle était trop vieille pour se laisser séduire par ce genre de gestes et de remarques. Elle était trop mariée.

Quoique.

Elle essaya de se rappeler ce qu'elle avait fait le jeudi soir précédent, au temps où elle vivait à Melbourne, au temps où elle était toujours la femme de Will et la cousine de Felicity. Ah oui ! Elle avait préparé des muffins à la pomme. Le péché mignon de Liam pour la collation du matin à l'école. Puis elle avait rejoint Will au salon où chacun avait travaillé sur son ordinateur portable – elle, à éditer des factures, lui, à peaufiner la campagne Stoptoux – un œil sur la télévision. Ils s'étaient couchés ensemble après avoir bouquiné. Et... Non. Euh... si, si, ils avaient fait l'amour. Un petit coup rapide. Réconfortant et très agréable, comme un muffin. Aux antipodes de la torride partie de jambes en l'air qui avait eu lieu dans le couloir chez Connor. Mais c'était ça, le mariage. Comme un muffin à la pomme tout juste sorti du four.

Il avait probablement pensé à Felicity pendant qu'ils faisaient l'amour.

Cette éventualité lui fit l'effet d'une gifle.

En y repensant, il s'était montré plus tendre qu'à son habitude ce soir-là. Tess s'était sentie tout particulièrement aimée, alors qu'en réalité tout ce qu'il éprouvait pour elle, c'était de la *pitié*. Peut-être même qu'il se demandait s'ils vivaient là leur dernière nuit câline.

Une vague de chagrin l'envahit subitement. Elle se blottit contre Connor, comme si leurs corps pouvaient ne faire qu'un. Au feu suivant, il lui caressa la cuisse, provoquant chez elle de délicieuses convulsions de plaisir. Tess prit conscience que sa peine décuplait toutes ses sensations. La virée en moto, la caresse sur sa cuisse, tout était plus agréable que la normale. La semaine précédente, elle vivait dans un cocon de douceur à l'abri de la souffrance. Ce soir, elle replongeait dans l'adolescence : une plongée délicieusement douloureuse, belle et brutale à la fois.

Ça avait beau lui faire mal, elle n'avait aucune envie d'être chez elle à Melbourne. Au diable la pâtisserie, les séries télé et la facturation ! Ce qu'elle voulait, c'était filer à toute vitesse sur cette moto, ici et maintenant, le cœur battant, en vie.

À vingt et une heures passées, Cecilia et John-Paul discutaient dans le cabanon de la piscine au fond de leur jardin, à l'abri des oreilles indiscrètes – leurs filles avaient le don pour entendre ce qu'elles n'étaient pas censées savoir. Assise face à la maison, Cecilia discernait leurs visages illuminés par la télévision à travers les portes-fenêtres. Ce soir, comme à chaque début de vacances, elles avaient le droit de regarder des films en mangeant du pop-corn jusqu'à tomber de sommeil.

Cecilia regarda le bassin en forme de haricot puissamment éclairé par des spots effleurant la surface de l'eau miroitante, parfait symbole d'une vie heureuse en banlieue chic que seul le bruit discontinu du filtre de la piscine venait troubler. Voilà plusieurs semaines qu'elle avait demandé à John-Paul de s'en occuper. Il n'en avait pas trouvé le temps mais, si elle avait fait appel à un professionnel, il aurait fait un scandale. Monsieur l'aurait pris comme un affront à ses talents de bricoleur. Évidemment, le jour où il finirait par se pencher sur la question, il ne parviendrait pas à le réparer et Cecilia devrait quand même faire venir quelqu'un. Prodigieusement agaçant, n'est-ce pas ? *Faire ce que ma femme me demande tout de suite, histoire qu'elle n'ait pas l'affreuse impression d'être une casse-pieds.* Voilà le genre de choses que John-Paul aurait dû inclure dans son maudit programme de rédemption.

Elle aurait donné n'importe quoi pour être au beau milieu d'une banale dispute conjugale concernant ce satané filtre. Même une vilaine dispute dont personne ne sort indemne aurait mieux valu que l'angoisse permanente qui la tenaillait. Elle s'insinuait partout – dans son ventre, dans sa poitrine, jusque dans sa bouche. Quelles conséquences tout ça aurait-il sur sa santé ?

Elle se racla la gorge. « J'ai quelque chose à te dire. » Comment réagirait-il en apprenant que Rachel Crowley avait découvert une nouvelle preuve ? Aurait-il peur ? Prendrait-il ses jambes à son cou ? Commencerait-il une vie de fugitif ?

Rachel ne lui avait pas révélé la nature exacte de sa découverte car l'incident avec le thé (Cecilia en avait renversé partout) l'avait distraite. Cela dit, Cecilia était dans une telle panique qu'elle n'avait même pas songé à l'interroger. Elle aurait dû. Elle s'en rendait compte à présent. Ça aurait pu être utile d'en savoir plus. Eh bien ! Elle avait des progrès à faire dans son nouveau rôle d'épouse de criminel !

Si ladite preuve incriminait quelqu'un, Rachel ne savait certainement pas de qui il s'agissait, sinon, elle n'en aurait pas parlé à Cecilia, n'est-ce pas ? Elle n'arrivait pas à réfléchir.

« Je t'écoute », dit John-Paul d'une voix étrange qui lui rappela le ton faussement léger sur lequel il répondait aux filles lorsqu'il sentait une migraine arriver. Assis sur le banc en bois en face d'elle, il portait une paire de jeans et le chandail rayé à manches longues que les filles lui avaient offert pour la fête des Pères l'année précédente. Il se pencha en avant, les mains entre les jambes.

« Tu as un début de migraine ? demanda-t-elle.

— Ça va.

— Bon. Alors voilà : aujourd'hui, à la parade de Pâques, j'ai croisé…

— Et *toi*, Cecilia, est-ce que ça va ?

— Très bien, fit-elle avec impatience.

— On ne dirait pas. Tu as l'air vraiment malade. C'est moi qui te rends malade, poursuivit-il d'une voix tremblante. Tout ce que j'ai toujours voulu, c'était vous rendre heureuses, toi et les petites. Et maintenant, je t'ai mise dans une position insupportable.

— Insupportable », reprit-elle en glissant les doigts entre les lattes du banc. Elle regarda ses filles qui riaient aux éclats. « C'est le mot.

— Au bureau, aujourd'hui, je n'ai pas arrêté de me demander comment je pouvais arranger les choses, pour toi notamment. » Il vint s'asseoir près d'elle. « Évidemment, je ne peux pas. Pas vraiment. Mais sache que si tu veux que je me livre à la police, je le ferai. Je ne vais pas te demander de porter ce poids si c'est trop lourd pour toi. »

Il lui prit la main. « Quoi que tu exiges, Cecilia, je le ferai. Avouer – à la police, à Rachel Crowley ; partir, si tu ne peux plus supporter de vivre avec moi. Je dirai aux filles qu'on se sépare parce que… je ne sais pas encore mais en tout cas, je dirai que c'est ma faute. »

Les mains moites, John-Paul tremblait de tout son corps.

« Alors tu es prêt à aller en prison ? Et ta claustrophobie ?

— Il faudra bien que je fasse avec. De toute façon, c'est dans ma tête. »

Dans un élan de dégoût, elle lui lâcha la main et se leva.

« Que tu fasses avec ? Dans ce cas, pourquoi tu ne t'es pas rendu plus tôt ? Avant même qu'on se rencontre ? »

Les paumes tournées vers le ciel, le visage défait, il la regarda d'un air implorant. « Je ne peux pas répondre à cette question, Cecilia. J'ai essayé de t'expliquer. Je suis désolé…

— Et maintenant, c'est à moi de décider ? Ça n'est plus de ton ressort ! Ça dépend de *moi* que Rachel apprenne ou non la vérité ! »

Revoyant la miette bleue sur la lèvre de Rachel, elle frissonna.

« Uniquement si c'est ce que tu souhaites, répondit John-Paul au bord des larmes. Je voulais juste te rendre les choses plus faciles.

— Ah oui ? En en faisant *mon* problème ? » cria Cecilia.

Mais sa colère laissait déjà place à un immense désespoir. La proposition de John-Paul ne changeait rien. Ou pas grand-chose. C'était bel et bien son problème. Depuis l'instant où elle avait ouvert cette lettre, c'était son problème.

Elle se laissa retomber sur le banc à l'autre bout du cabanon.

« J'ai vu Rachel Crowley aujourd'hui. Je lui ai déposé sa commande. Elle m'a confié qu'un nouvel élément permettait d'identifier le meurtrier de Janie. »

John-Paul releva brusquement la tête. « Impossible. Il n'y a rien. Pas la moindre preuve.

— Je ne fais que rapporter ce qu'elle m'a dit.

— Bon. » Il ferma les yeux un instant, comme pris de vertiges. Puis : « Nous n'aurons peut-être pas à décider alors. Je veux dire, *je* n'aurai pas à décider. »

Quels avaient été les mots exacts de Rachel ? « Une découverte qui désigne clairement le meurtrier de Janie. » Quelque chose comme ça.

« Et si cette preuve impliquait *quelqu'un d'autre* ? dit soudain Cecilia.

— Dans ce cas, il faudrait que je me rende, répondit John-Paul. C'est évident.

— Évident.

— Ça semble tellement peu probable, dit-il d'une voix lasse. Tu ne crois pas ? Après toutes ces années.

— C'est vrai », admit Cecilia.

Ils se turent. John-Paul se tourna vers la maison pour regarder les filles. Le filtre de la piscine se fit entendre de plus belle, tel le râle d'un ogre rôdeur tout droit sorti d'un cauchemar d'enfant.

« Je jetterai un œil à ce filtre demain », dit John-Paul.

Cecilia ne dit pas un mot. Elle se mit à respirer au rythme de l'ogre.

42

« C'est un peu le deuxième rendez-vous dont on rêve toutes ! » dit Tess.

Assis côte à côte sur un muret en brique face à la mer, Tess et Connor buvaient du chocolat chaud dans des gobelets jetables. Le clair de lune se reflétait sur les chromes de la moto garée derrière eux. Emmitouflée dans le blouson en cuir que Connor lui avait prêté, Tess respirait le parfum de son après-rasage.

« Oui, répondit Connor. Le charme opère à tous les coups.

— J'étais déjà sous le charme après notre premier rancard ! Pas la peine de me faire le grand jeu ! »

Sa voix sonnait faux à ses propres oreilles, comme si elle essayait d'être quelqu'un d'autre, une de ces filles impertinentes, exubérantes. En fait, on aurait dit une pâle imitation de Felicity. Tout ce qu'elle avait ressenti sur la moto, la magie, l'intensité, semblait s'être estompé ; à présent elle était gênée. Le clair de lune, la virée en moto, le parfum entêtant sur le blouson, le chocolat chaud, c'était trop. Affreusement sentimental. Les grands moments romantiques, ça n'avait jamais été sa tasse de thé, au contraire, ça la faisait gentiment ricaner.

Connor se tourna vers elle, arborant une mine on ne peut plus sérieuse. « Ce qui s'est passé l'autre soir, c'était donc un premier rendez-vous ? » Dans ses yeux gris perçait une gravité aux antipodes de la gaieté qui caractérisait ceux de Will. Il n'était d'ailleurs pas homme à rire, ce qui rendait ses rares manifestations de joie d'autant plus précieuses. Tu vois, Will, ce qui compte, c'est la *qualité*, pas la *quantité*.

« Oh, eh bien… » S'imaginait-il qu'ils sortaient vraiment ensemble ? « Je ne sais pas. Ce que je veux dire…

— Relax ! fit-il en posant la main sur son bras. Je plaisantais. Je te l'ai dit. Je suis simplement ravi de passer du temps avec toi. »

Elle but une gorgée puis changea de sujet. « Qu'est-ce que tu as fait de beau cet après-midi ? Après le boulot ? »

Connor hésita un instant puis, haussant les épaules : « Je suis allé courir, j'ai pris un café avec Ben et sa petite copine, et euh, j'ai vu ma psy. À dix-huit heures. Ensuite, j'ai mangé un curry à l'indien d'à côté. Mon rituel du jeudi : séance de psy suivie d'un délicieux curry d'agneau. C'est fou, j'en reviens toujours à ma thérapie.

— Tu lui as parlé de moi, à ta psy ?

— Bien sûr que non, répondit-il en souriant.

— Menteur ! fit-elle en lui poussant doucement la jambe.

— Okay, j'avoue. Désolé. Mais quand il y a du nouveau, je la mets dans la confidence. Sinon, elle s'ennuierait !

— Et qu'a-t-elle dit ? demanda Tess en posant son gobelet sur le muret.

— Tu n'es pas une habituée du divan, toi ! Ils ne décrochent pas un mot. Ou alors, ça se résume à : "Et qu'avez-vous ressenti à ce moment-là ?" ou : "Comment expliquez-vous votre geste ?" – ce genre de choses.

— Je parie qu'elle désapprouve. »

Tess se voyait sans mal avec les yeux de la thérapeute : une ex-petite amie qui lui avait jadis brisé le cœur et qui réapparaissait subitement dans sa vie en pleine crise conjugale. *C'est un grand garçon et je ne lui donne pas de faux espoirs,* songea Tess sur la défensive. *Et qui sait ? Ça nous mènera peut-être quelque part. Ce n'est pas parce que je n'ai jamais pensé à lui après notre rupture que je ne peux pas tomber amoureuse de lui. Si ça se trouve, je suis déjà en train de tomber amoureuse de lui. Je sais que le meurtre de sa première petite amie l'a traumatisé. Je ne vais pas lui briser le cœur. Je suis quelqu'un de bien.*

À moins que… Elle prit vaguement conscience qu'il y avait quelque chose de presque honteux dans la façon dont elle avait traversé la vie jusque-là. N'y avait-il pas une forme de mesquinerie, de méchanceté même, à se couper des autres, à se réfugier derrière le rempart de sa timidité ? Ah, qu'elle était commode, sa « phobie sociale » ! Lorsque quelqu'un s'aventurait à chercher son amitié, elle tardait systématiquement à répondre aux coups de fil ou aux mails, décourageant, à son immense soulagement, toute velléité d'intimité. Elle aurait pu être une meilleure mère pour Liam si elle l'avait aidé à se faire d'autres copains que Marcus. Mais non. Elle s'était contentée de passer son temps avec Felicity, à boire des verres sur le canapé tout en se moquant du monde entier. Personne ne trouvait grâce à leurs yeux : les gens étaient toujours trop intellos, trop sportifs, trop riches, trop maigres… Les pires ? Ceux qui avaient un coach à domicile ou un petit chien, ceux qui changeaient leur statut Facebook tous les quatre matins – sans parler de leurs commentaires truffés de fautes d'orthographe –, ceux qui s'investissaient toujours à fond. Les gens comme Cecilia Fitzpatrick.

Tess et Felicity passaient leur vie sur la ligne de touche d'où elles regardaient, sans jamais se départir de leur petit sourire narquois, ceux qui voulaient bien jouer.

Si Tess avait pris la peine de développer son réseau social, Will ne serait peut-être pas tombé amoureux de Felicity. Du moins, il aurait eu tout un éventail de maîtresses potentielles à sa disposition.

À l'heure où sa vie s'écroulait, Tess n'avait personne vers qui se tourner. Pas un ami. D'où son attitude avec Connor. Elle avait besoin d'un *ami*.

« Je rentre dans le schéma, n'est-ce pas ? dit Tess tout à coup. Tu choisis toujours des femmes qui ne te conviennent pas et j'en suis une.

— Mouais. Le pire, c'est que tu n'as même pas apporté les brioches que tu m'avais promises. »

Il termina son chocolat, posa son gobelet sur le rebord du muret et s'approcha d'elle.

« Je me sers de toi, dit-elle. Je suis horrible. »

Passant sa main chaude sur la nuque de Tess, il l'attira vers lui, si près qu'elle sentait son haleine chocolatée. Puis il lui prit son gobelet des mains sans qu'elle oppose la moindre résistance.

« Je me sers de toi pour ne pas penser à mon mari. » Elle tenait à ce que ce soit clair.

« Tess, ma belle, tu crois que je ne le sais pas ? » Puis il l'embrassa.

Un baiser si profond, si absolu qu'elle eut l'impression de tomber dans le vide, de flotter, de tournoyer, telle Alice au Pays des merveilles.

6 avril 1984

Janie n'aurait jamais imaginé qu'un garçon puisse rougir. Elle avait déjà vu son frère Rob piquer un fard, mais ça ne comptait pas vraiment. Non, ce qui l'étonnait, c'était qu'un garçon comme John-Paul Fitzpatrick – beau, élégant, éduqué dans le privé – puisse rougir. Pourtant, en cette fin d'après-midi, malgré la lumière changeante qui rendait tout indistinct et confus, elle ne put ignorer l'émoi qui empourprait le visage de John-Paul. Même ses oreilles, remarqua-t-elle, s'étaient teintées d'un rose translucide.

Elle lui avait simplement sorti son petit discours : depuis quelque temps, elle en voyait « un autre », il voulait devenir « son, euh…, petit ami », pour de vrai, rendre les choses « comme qui dirait, euh, officielles », du coup, ils ne pouvaient plus vraiment se fréquenter.

Elle s'était vaguement dit qu'il valait mieux faire porter le chapeau à Connor, prétendre qu'il la forçait à rompre avec John-Paul, mais maintenant qu'elle le voyait rougir, elle se demandait s'il n'aurait pas été plus judicieux de carrément taire l'existence d'un autre garçon. Elle aurait pu se servir de son père. Dire qu'elle avait la trouille de sa réaction s'il découvrait qu'elle avait un amoureux.

Mais une partie d'elle-même avait tenu à ce que John-Paul sache qu'elle était très demandée.

« Janie, dit-il d'une voix aiguë, presque geignarde, je croyais que c'était *moi,* ton petit ami. »

Janie fut horrifiée. Son visage vira au rouge sous l'effet de la pitié. Elle détourna le regard en direction des balançoires et laissa échapper un petit rire. Un rire étrange et haut perché. C'était une mauvaise habitude, un tic nerveux qui la prenait toujours lorsque les choses ne prêtaient absolument pas à rire. Comme le jour où le principal du collège, d'un naturel enjoué, était venu dans sa classe pour annoncer d'un air triste que leur professeur de géographie venait de perdre son mari. La nouvelle l'avait bouleversée. Pourtant, du haut de ses treize ans, Janie s'était mise à rire. Elle ne pouvait pas l'expliquer. Ce jour-là, ses camarades s'étaient tous tournés vers elle d'un air désapprobateur. Elle aurait donné n'importe quoi pour disparaître sous terre.

Tout à coup, John-Paul se jeta sur elle. L'espace d'un instant, elle songea qu'il allait l'embrasser. Une stratégie de génie. Étrange, certes, mais flatteuse et excitante. Il ne la laisserait pas rompre. Il ne le tolérerait pas !

Mais ensuite, elle sentit ses mains serrer son *cou.* « John-Paul, tu me fais mal », essaya-t-elle de dire, mais pas un mot ne sortit de sa bouche. Elle n'avait plus qu'une idée en tête : éclaircir ce terrible malentendu, lui expliquer qu'en réalité, c'était *lui* qu'elle aimait, pas Connor, elle n'avait jamais voulu lui faire de la peine, oui, elle serait sa petite amie. Elle plongea son regard dans ses yeux magnifiques, essaya de lui faire comprendre, et pendant une seconde, il lui sembla y percevoir un changement, un sentiment d'horreur, une soudaine prise de conscience. Il desserra son étreinte mais il se passait autre chose : son corps était la proie d'un autre mal, un mal inconnu qui lui rappela qu'aujourd'hui, sa mère devait venir la chercher au lycée pour l'amener chez le docteur. Elle avait oublié et rendu visite à Connor à la place. Sa mère allait être furieuse.

Sa dernière pensée cohérente se résuma à deux mots : *Oh, merde.*

Ensuite, une peur panique absolue s'empara d'elle.

VENDREDI SAINT

43

« Du jus ! réclama Jacob.

— Qu'est-ce que tu veux, chéri ? » demanda Lauren à voix basse.

Du jus, répéta Rachel in petto. *Il veut du jus. Vous êtes sourde ou quoi ?*

Le jour venait à peine de se lever sur le Wattle Valley Park. Grelottants de froid, Rachel, Rob et Lauren battaient la semelle en se frottant les mains tandis que Jacob, engoncé dans une parka qui lui donnait des airs de robot, allait et venait entre leurs jambes.

Comme en toutes circonstances, Lauren portait son trench-coat, mais elle avait les traits tirés et plusieurs mèches de cheveux s'échappaient de sa queue-de-cheval d'ordinaire impeccable. Dans sa main, une rose rouge – choix idiot aux yeux de Rachel. On ne fêtait pas la Saint-Valentin, bon sang.

Elle-même tenait un petit bouquet de pois de senteur de son jardin entouré d'un ruban de velours vert identique à ceux que Janie portait lorsqu'elle n'était qu'une petite fille.

« Tu déposes les fleurs à l'endroit où Janie a été retrouvée, lui avait un jour demandé Marla. Au pied du toboggan ?

— Bien sûr, Marla, pour que des tas de gosses les piétinent, avait-elle répondu du tac au tac.

— Ah, oui, pas bête ! » avait concédé son amie.

Il lui en fallait davantage pour se vexer.

De toute façon, ce n'était plus le même toboggan. Les anciennes installations en métal avaient laissé place à une aire de jeux futuriste dont le sol, un revêtement en caoutchouc, donnait aux enfants une drôle de démarche d'astronaute.

« Du jus ! répéta Jacob.

— Je ne comprends pas, chéri, dit Lauren en ramenant sa queue-de-cheval sur son épaule. Tu veux que j'ouvre un peu ton blouson ? »

Pour l'amour du ciel. Rachel soupira. Non qu'elle ressentait vraiment la présence de Janie lorsqu'elle était ici d'habitude. À vrai dire, Rachel ne pouvait pas l'imaginer dans ce parc. L'idée même qu'elle y soit venue dépassait l'entendement. Aucun de ses amis n'avait su qu'elle le fréquentait. Évidemment, seul un garçon avait pu l'entraîner jusqu'ici. Un garçon du nom de Connor Whitby. Il avait sûrement voulu coucher avec elle et Janie avait refusé. Elle n'aurait pas dû. Tout ça, c'était la faute de Rachel. Combien de fois lui avait-elle fait la leçon ? Comme si sa virginité appartenait au sacré ! Sa vie était tellement plus précieuse. « Couche avec qui tu veux, Janie. Tâche de rester en vie, c'est tout. » Voilà ce qu'elle aurait dû lui dire.

Ed n'était jamais venu se recueillir au parc. « À quoi bon ? disait-il. Tu ne vois pas que c'est trop tard pour y aller ? Satané parc. »

Sacrément vrai, Ed.

Mais Rachel avait le sentiment qu'elle avait une dette envers Janie, qu'elle lui devait de venir ici chaque année, un bouquet de fleurs à la main. Lui demander pardon car elle n'avait pas été là au bon moment. Être là maintenant, imaginer ses derniers instants de vie, honorer ce lieu, témoin de son dernier souffle. Elle aurait donné n'importe quoi pour voir les derniers instants de Janie, ces précieuses minutes, s'imprégner du spectacle de ses bras trop longs, de ses jambes trop fines, de son visage trop anguleux. C'était idiot, n'est-ce pas ? Car si Rachel s'était trouvée là, elle n'aurait pas eu le loisir de la contempler, trop occupée à essayer de la sauver. Mais quand bien même elle n'aurait pas réussi à changer le cours des choses, elle aurait voulu être là.

Ed avait probablement raison. Ce pèlerinage n'avait pas de sens, réalité d'autant plus prégnante cette année que Rob, Lauren et Jacob semblaient plantés là, à attendre qu'il se passe quelque chose, que le rideau se lève.

« Du jus !

— Désolée, mon chéri, je ne comprends pas ce que tu veux.

— Il veut du jus », intervint Rob d'un ton si bourru que Rachel faillit prendre Lauren en pitié. Rob ressemblait tellement à son père quand il était de mauvaise humeur. « On n'en a pas, mon grand. Tiens, ta bouteille d'eau. Bois.

— Tu sais bien qu'on ne boit pas de jus de fruits, Jacob. C'est mauvais pour les dents », déclara Lauren.

La tête en arrière, Jacob but avidement tout en regardant sa grand-mère, l'air de dire : *Je bois tout le temps du jus chez toi mais c'est un secret.*

Lauren resserra la ceinture de son trench puis, se tournant vers Rachel : « Vous dites quelques mots, d'habitude ? Ou, euh…

— Non, je pense à elle, c'est tout », répondit Rachel d'un ton cassant. *Qu'elle se taise, au nom du ciel !* Pas question de se laisser déborder par ses émotions devant Lauren. « On ne va pas tarder. Il fait frisquet. Jacob pourrait attraper froid. »

Quelle idée de venir ici avec Jacob. Aujourd'hui. Dans ce parc. À l'avenir, peut-être rendrait-elle hommage à Janie d'une autre façon. Elle irait sur sa tombe, comme le jour de son anniversaire.

Faites que cette journée interminable passe, qu'on n'en parle plus. Jusqu'à l'année prochaine. Foutues minutes qui traînaient en longueur. Allez ! Circulez ! Que les cloches sonnent minuit au plus vite !

« Rob, tu veux dire quelques mots ? » demanda Lauren.

Rachel faillit répondre à sa place : « Bien sûr que non. » Mais elle s'arrêta à temps et se tourna vers lui. Le cou tendu, la mâchoire serrée, il regardait le ciel et se tenait le ventre comme quelqu'un qui fait une attaque.

C'est la première fois qu'il vient ici, songea Rachel. *La première fois, depuis la mort de Janie.* Elle s'avança vers lui. Trop tard. Lauren, plus rapide, lui avait pris la main.

« Ça va aller, murmura-t-elle. Tout va bien. Respire, mon amour, respire. »

Rachel observa, impuissante, cette jeune femme qu'elle connaissait si mal réconforter son propre fils qu'elle connaissait probablement tout aussi mal. Elle ne savait rien ou pas grand-chose de son chagrin, songea-t-elle en le voyant se pencher vers sa femme. Elle avait préféré l'ignorer. Faisait-il des cauchemars ? Réveillait-il Lauren haletant et en sueur ? Lui parlait-il de sa sœur dans la pénombre de leur chambre ?

Sentant une pression sur son genou, Rachel baissa les yeux.

« Mamie, dit Jacob en lui faisant signe de se baisser.

— Qu'y a-t-il, mon grand ?

— Du jus, chuchota-t-il au creux de son oreille. S'il te plaît. »

Chez les Fitzpatrick, toute la maisonnée fit la grasse matinée. Première réveillée, Cecilia attrapa son iPhone sur la table de chevet. Neuf heures trente. La lumière délavée du matin inondait la chambre de gris.

Comme chaque année à l'occasion du Vendredi saint, ils n'avaient strictement rien prévu, un luxe qu'en dehors du matin de Noël ils ne s'accordaient jamais. Le lendemain, elle n'aurait pas une minute à elle avec la préparation du déjeuner pascal, mais aujourd'hui, il n'y aurait ni invités, ni devoirs, ni même de commissions à faire. Aucune raison de courir. L'air était frais, le lit chaud et douillet.

John-Paul a assassiné la fille de Rachel Crowley, se rappela-t-elle, oppressée. Jamais plus elle ne connaîtrait le sentiment de paix qui l'habitait d'ordinaire le Vendredi saint à l'idée de n'avoir aucune obligation car, pour le restant de sa vie, la conscience d'avoir failli la tarauderait.

Allongée sur le côté, elle sentait le poids du bras de John-Paul sur sa taille et la chaleur de son corps derrière elle. Son mari. Son mari, le meurtrier. Aurait-elle dû savoir ? Deviner ? Les cauchemars, les migraines, les moments où il se montrait si entêté, si étrange. Ça n'aurait pas changé quoi que ce soit, mais quelque part, elle avait le sentiment d'avoir été négligente. « Il est comme ça », se disait-elle. À présent qu'elle savait, elle ne pouvait s'empêcher de voir certains moments de leur vie de couple sous un jour nouveau. Son refus d'agrandir la famille, par exemple. « Si on essayait de faire un garçon ! » avait-elle dit à l'époque où Polly commençait juste à marcher. Soit dit en passant, elle pensait qu'une quatrième petite fille aurait été un immense bonheur pour lui comme pour elle. Mais à sa grande surprise, John-Paul lui avait opposé un veto catégorique. Sans aucun doute, un autre moyen pour lui de se punir. Il devait rêver d'avoir un fils.

Penser à autre chose. Pourquoi ne pas se lever et commencer à cuisiner pour dimanche ? Comment s'en sortirait-elle avec tous ces invités, ces conversations, cette bonne humeur ? Drapée dans sa droiture, la mère de John-Paul trônerait dans son fauteuil préféré entourée de sa cour, au fait du secret. « C'était il y a tellement longtemps », avait-elle dit. Mais pour Rachel, ce devait être hier.

Cecilia se rappela avec un haut-le-cœur ce que Rachel lui avait dit : aujourd'hui, c'était l'anniversaire de la mort de Janie. John-Paul en avait-il seulement conscience ? Probablement pas. Il n'avait pas la mémoire des dates. Il oubliait son propre anniversaire de mariage ; il n'y avait aucune raison qu'il se souvienne de la date à laquelle il avait commis un meurtre.

« Au nom du ciel », dit-elle doucement alors qu'elle sentait revenir les symptômes physiques de sa nouvelle maladie. Nausée. Mal de tête. Il fallait qu'elle sorte de ce lit. Qu'elle échappe, d'une manière comme d'une autre, à ce mal. Au moment où elle allait rabattre les couvertures, elle sentit John-Paul resserrer son étreinte.

« Je me lève, fit-elle sans se retourner.

— Comment on ferait financièrement ? » demanda-t-il au creux de sa nuque. Sa voix était rauque, comme lorsqu'il avait un mauvais rhume. « Si je vais en… sans mon salaire ? Il faudrait vendre la maison, non ?

— On survivrait », répondit-elle sèchement.

C'était elle qui gérait le budget. Depuis toujours. John-Paul se réjouissait de ne pas avoir à se préoccuper des factures et des crédits.

« Tu es sûre ? On s'en sortirait ? » fit-il, pas convaincu. Issu d'une famille relativement aisée, John-Paul avait compris dès l'enfance qu'il pouvait s'attendre à gagner plus d'argent que la plupart des gens. Aussi, supposait-il tout naturellement que le ménage vivait grâce à lui. Sans vouloir l'induire en erreur quant aux sommes qu'elle avait gagnées ces dernières années, Cecilia n'avait pas pris le temps de lui en parler.

« Je me disais qu'en mon absence, poursuivit-il, on pourrait demander à Pete de nous envoyer un de ses garçons pour t'aider à entretenir la maison. Je pense aux gouttières, par exemple. C'est très important. Il ne faudra pas négliger les gouttières, Cecilia. Surtout pendant la saison des feux de brousse. Je vais te faire une liste. J'y réfléchis encore. »

Immobile, Cecilia entendait les battements de son cœur dans ses oreilles. Comment en étaient-ils arrivés là ? C'était absurde. Impossible. Étaient-ils réellement en train d'évoquer le séjour de John-Paul en prison ?

« Je voulais vraiment apprendre aux filles à conduire, dit-il, la voix chevrotante. Leur montrer comment freiner quand la chaussée est mouillée. Ce n'est pas ton fort.

— N'importe quoi », protesta Cecilia en se tournant vers lui.

Le visage déformé par les sanglots, John-Paul plongea la tête dans son oreiller, comme pour cacher ses larmes. « Je sais que je n'ai pas le droit. Pas le droit de pleurer. C'est juste que l'idée de ne pas les voir tous les matins m'est insupportable. »

Rachel Crowley ne verra plus jamais sa fille, elle.

Mais elle ne put se résoudre à être si dure. Car elle l'aimait avant tout parce qu'il aimait ses filles. Leurs enfants avaient cimenté leur union, ce qui, elle le savait, n'était pas vrai pour tous les couples. Parler d'elles, rire de leurs faits et gestes, imaginer leur avenir, tout cela les remplissait de bonheur. N'avait-elle pas épousé John-Paul parce qu'elle savait quel genre de père il ferait ?

« Que vont-elles penser de moi ? » dit-il, le visage enfoui dans les mains. « Elles vont me détester.

— Tout va bien », chuchota Cecilia, à bout. « Ça va aller. Il ne va rien nous arriver. La vie va continuer comme avant.

— Mais, je ne sais pas, maintenant que je l'ai dit à voix haute, maintenant que tu es au courant, après toutes ces années, j'ai l'impression que c'est tellement vrai, plus vrai que jamais. C'est aujourd'hui, tu sais. » Il s'essuya le nez d'un revers de la main et la regarda. « La date anniversaire, c'est aujourd'hui. J'y pense tous les ans. Je déteste l'automne. Mais cette année, ça me semble encore plus horrible que d'habitude. Comment j'ai pu faire ça ? Moi ? Faire ça à la fille d'un autre ? Et maintenant, ce sont mes filles… mes filles qui doivent payer. »

Le remords, telle une douleur intolérable qui se propage dans tout le corps, le torturait. Guidée par son instinct qui lui dictait de le soulager, de le sauver, de mettre fin à cette souffrance, Cecilia le serra tout contre elle, comme un enfant, puis lui chuchota des mots apaisants à l'oreille : « Là, là, calme-toi. Ça va aller. Cette histoire de preuve, c'est impossible, après toutes ces années. Rachel doit se tromper. Allez. Respire. »

John-Paul enfouit son visage au creux de son épaule, inondant sa chemise de nuit de larmes.

« Ça va aller. » Elle savait que ce n'était pas vrai mais, en caressant la nuque dégagée de son mari, elle comprit finalement quelque chose. Quelque chose sur elle-même.

Elle ne lui demanderait jamais d'avouer.

Elle avait vomi dans le caniveau, sangloté par terre dans son cagibi, mais tout ça, visiblement, c'était pour l'effet. Car tant que personne d'autre ne serait accusé, elle garderait son secret. Cecilia Fitzpatrick, bénévole zélée qui ne rechignait jamais à s'acquitter de ses devoirs, à sacrifier son temps, à vous apporter un ragoût, et qui savait faire la différence entre le bien et le mal, était prête à fermer les yeux. Une autre mère en souffrirait ? Qu'il en soit ainsi.

Sa bonté avait des limites. Elle aurait pu passer le reste de sa vie sans savoir où elles se trouvaient, mais à présent, elle le savait. Elle le savait parfaitement.

44

« Dis donc, toi, pourquoi tu me pleures le beurre ? » s'exclama Lucy, vêtue de sa robe de chambre matelassée rose. « Les brioches de Pâques, ça se mange avec une tonne de beurre. À se demander si c'est bien moi qui t'ai élevée !

— À se demander si tu as déjà entendu parler du cholestérol ! » répliqua sa fille tout en la resservant.

Assis au soleil dans le jardin, Tess, Lucy et Liam dégustaient des brioches grillées avec leur thé.

Une brise vivifiante avait chassé la grisaille matinale propre au Vendredi saint et la journée s'était finalement parée de ses magnifiques couleurs d'automne. Les rayons du soleil perçaient l'épais feuillage du flamboyant de Lucy.

« Maman ? fit Liam, la bouche pleine.

— Mmm ? »

Les yeux fermés, la tête en arrière, Tess se sentait détendue malgré le manque de sommeil. Après la plage, la soirée de la veille s'était terminée chez Connor, où ils avaient de nouveau fait l'amour. Leurs étreintes avaient été spectaculaires, encore mieux que la nuit précédente. Il fallait reconnaître que Connor était un amant assez… exceptionnel. Il devait avoir un manuel. Un manuel qu'il avait lu de A à Z et que Will, lui, n'avait pas même ouvert. Dire que la semaine précédente, Tess voyait le sexe comme un passe-temps agréable auquel elle s'adonnait de temps en temps pour aussitôt passer à autre chose ! Aujourd'hui, elle était dévorée par le désir, comme si, dans la vie, seul le sexe comptait, comme si, entre deux rencontres torrides avec Connor, ce n'était pas vraiment vivre.

Elle avait le sentiment de ne plus pouvoir se passer de Connor, de la courbe si particulière de sa lèvre supérieure, de ses larges épaules, de son…

« Maman !

— Quoi ?

— Quand est-ce que…

— Finis ce que tu as dans la bouche.

— Quand est-ce que papa et Felicity arrivent ? Dimanche ? »

Tess rouvrit les yeux et regarda sa mère qui haussa les sourcils.

« Je ne sais pas, répondit-elle à Liam. Il faut qu'on en discute. Il y a des chances qu'ils aient du travail.

— Pour Pâques ? Mais moi, je veux voir papa décapiter mon lapin en chocolat. »

Chaque dimanche de Pâques, Liam et son père commençaient la journée par l'exécution en bonne et due forme d'un lapin en chocolat, rituel quelque peu violent mais ô combien amusant.

« Eh bien », commença Tess qui se demandait ce qu'elle était censée faire. Fallait-il, pour Liam, réunir la famille et faire semblant d'être heureux tous ensemble ? Non, ils faisaient de bien piètres acteurs ;

son fils ne serait pas dupe un seul instant. Personne n'attendait cela d'elle, si ?

À moins qu'elle n'invite Connor ? Elle s'assiérait sur ses genoux comme une lycéenne, histoire de prouver à son ex qu'elle n'avait eu aucun mal à le remplacer – par le beau gosse de service, qui plus est. Il débarquerait sur sa grosse moto, décapiterait le lapin de Liam et, cerise sur le gâteau, infligerait une bonne correction à ce cher Will.

« On appellera papa tout à l'heure », finit-elle par dire. Le sentiment de paix qui l'habitait quelques instants plus tôt l'avait désertée.

« Non, maintenant ! décréta Liam en courant à l'intérieur.

— J'ai dit tout à l'heure, répondit Tess.

— Dieu du ciel, soupira Lucy en posant sa brioche.

— Je ne sais pas quoi faire », commença Tess, mais Liam réapparut, son portable à la main. Un bip se fit entendre tandis qu'il le lui tendait.

« C'est un message de papa ? »

Paniquée, Tess s'empara du téléphone. « Non. Je ne sais pas. Laisse-moi voir. »

Je pense à toi, Bises. Signé : Connor. Un petit sourire se dessina sur ses lèvres. Aussitôt, un deuxième bip.

« Là, ça doit être papa ! » s'exclama Liam, excité comme une puce.

De nouveau, Connor. *C'est une journée idéale pour faire du cerf-volant. Si tu es partante pour une petite sortie, rejoins-moi sur le terrain de l'école avec Liam. J'ai tout le matériel. (Si mauvaise idée, comprendrai.)*

« C'est Mr Whitby, Liam. Tu sais, ton nouveau prof de sport. »

Liam regarda sa mère d'un air ébahi. Sa grand-mère se racla la gorge.

« Mr Whitby, reprit Tess. Tu l'as eu en…

— Pourquoi il t'envoie des textos ?

— Tu ne finis pas ta brioche, mon grand ? demanda Lucy.

— En fait, Mr Whitby est un vieil ami. Tu te souviens, quand on s'est croisés au secrétariat de l'école ? On s'est connus il y a très longtemps. Avant ta naissance.

— Tess », intervint sa mère, comme pour la mettre en garde.

« Quoi ? » Connor était un vieil ami. Qu'y avait-il de mal à le dire à Liam ?

« Papa le connaît aussi ? » demanda-t-il.

Ah, les enfants ! On s'imagine qu'ils n'ont pas la moindre idée de ce qui se passe entre les adultes et tout à coup, ils font une remarque qui montre que, quelque part, ils comprennent tout.

« Non. C'était avant que je rencontre ton père. Bref, Mr Whitby m'a envoyé un message pour savoir si ça te disait de faire du cerf-volant.

— C'est ça ! » fit Liam d'un air renfrogné.

À croire qu'elle venait de lui demander de ranger sa chambre.

« Chérie, tu crois vraiment que c'est… enfin… » Lucy mit ses mains en cornet autour de sa bouche et termina sa phrase sans un son : « Approprié ? »

Tess ne releva pas. Personne n'arriverait à la faire culpabiliser. Pourquoi diable elle et Liam devraient rester enfermés à ne rien faire de la journée alors que Will et Felicity étaient ensemble à faire Dieu sait quoi ? Sans compter qu'elle tenait à ce que cette thérapeute, cette ombre omniprésente dans la vie de Connor, sache que Tess O'Leary n'était pas qu'une folle névrosée assoiffée de sexe. C'était une femme bien. Une femme *gentille.*

« Apparemment, il a un chouette cerf-volant, reprit-elle. Il s'est simplement dit que ça te plairait de le faire voler. » Elle regarda sa mère. « Il se montre *sympathique* parce que nous sommes nouveaux à l'école. » Puis, s'adressant à Liam : « Tu as envie d'y aller ? Une petite demi-heure ?

— D'accord, répondit Liam à contrecœur. Mais avant, j'appelle papa.

— Va t'habiller d'abord. Tu mets ton jean et ton polo de rugby. Il fait plus frais que je ne pensais.

— D'accord. »

Il s'éloigna en traînant les pieds.

Tess pianota sur son clavier : *Rendez-vous sur le terrain dans une demi-heure. Bises.*

Relisant son texto, elle effaça le dernier mot. La psy pourrait l'accuser de donner de faux espoirs à Connor. Elle repensa alors à tous les baisers langoureux qu'ils avaient échangés la veille. Pour de vrai. Quelle idiote ! *Grosses bises*, écrivit-elle. C'était pas un peu too much ? Allez, *bise*. Une seule ? Un peu frileux, non ? « Pfff ! » fit-elle en ajoutant un *-s* avant d'envoyer le message. Elle leva les yeux. De nouveau, le regard scrutateur de sa mère pesait sur elle.

« Quoi ? dit Tess.

— Sois prudente, répondit Lucy.

— Qu'est-ce que je suis censée comprendre ? »

Dans sa voix, une pointe d'agressivité tout droit sortie de son adolescence.

« Simplement que tu n'as aucun intérêt à t'engager dans une voie sans retour. »

Tess vérifia que Liam n'était pas à portée de voix. « Un retour vers quoi ? Tu ne vois pas que c'est fini ! Notre mariage devait sacrément battre de l'aile pour qu'on…

— Foutaises ! l'interrompit Lucy avec véhémence. Il n'y a que dans les magazines féminins qu'on lit ce genre de conneries ! Mais ce qui t'arrive, c'est la vie. Les gens merdent, un point c'est tout. On est faits pour séduire et être séduits. Ça ne veut pas dire que ton mariage battait de l'aile. Je vous ai vus ensemble, toi et Will. Je sais à quel point vous vous aimez.

— Mais, maman, Will est tombé amoureux de Felicity. Amoureux, tu entends ? On ne parle pas d'un flirt un soir de fête au bureau. Ils s'aiment. » Elle regarda ses ongles en grimaçant avant de reprendre, plus doucement : « Et il se pourrait bien que je sois en train de tomber amoureuse de Connor.

— Et alors ? On a tous des élans amoureux ! Il n'empêche que neuf fois sur dix, ça retombe comme un soufflé ! Moi, la semaine dernière, j'ai littéralement craqué sur le gendre de Beryl ! Mais c'était la semaine dernière ! Tu craques pour Connor, soit. Mais ne me dis pas que c'est parce que ça allait mal dans ton couple. » Elle croqua dans sa brioche avant d'ajouter, la bouche pleine : « Évidemment, maintenant, ça ne va pas très fort. »

Impuissante, Tess laissa échapper un rire amer. « Et voilà ! C'est foutu.

— Pas si vous mettez votre amour-propre de côté.

— Comme si ce n'était qu'une question d'amour-propre ! » rétorqua Tess.

C'était agaçant ! Sa mère disait n'importe quoi. *Le gendre de Beryl !* Non mais, au secours !

« Oh, Tess, crois-moi, à ton âge, tout n'est que question d'ego.

— Qu'est-ce que tu suggères, alors ? Je m'assois dessus et je *supplie* Will de revenir ?

— Mais non, fit Lucy en levant les yeux au ciel. Tout ce que je te dis, c'est que tu ne dois pas prendre de décision irréversible. N'oublie pas Liam. Il…

— Mais j'y pense, figure-toi. » Puis, après un silence : « Et toi, et papa, vous avez pensé à moi quand vous vous êtes séparés ? »

Sa mère lui adressa un petit sourire plein d'humilité. « Probablement pas assez. » Elle prit sa tasse de thé avant de la reposer. « Parfois, quand je regarde en arrière, je me dis : Punaise ! Qu'est-ce qu'on a *dramatisé* ! Tout était noir ou blanc. Chacun a campé sur ses positions sans jamais se laisser fléchir. Quoi qu'il arrive, Tess, ne t'enferme pas dans la raideur. La vie demande un peu de… souplesse.

— De la souplesse », répéta Tess.

Lucy prêta l'oreille. « C'est la sonnette que j'ai entendue ?

— Aucune idée.

— Si c'est ma sœur qui ose encore se pointer sans prévenir, ça va barder. » Lucy se redressa, les yeux plissés. « Surtout, ne t'amuse pas à lui proposer un thé !

— Je crois que tu as rêvé, tu sais.

— Maman ! Mamie ! »

Liam fit coulisser la moustiquaire et apparut dans l'encadrement de la baie vitrée, l'air ravi et toujours en pyjama. « Regardez qui est là ! » Puis il s'effaça et avec un geste théâtral : « Tadaaa ! »

Une superbe blonde montra le bout de son nez. Pendant un court instant, Tess fut incapable de la reconnaître. Elle ne put qu'admirer la classe éblouissante qui se dégageait de cette femme vêtue d'un gilet à grosses mailles blanc agrémenté de boutons en bois et d'une ceinture en cuir, d'une paire de jeans moulants et de bottes à talons.

« *Felicity !* » s'écria Liam.

45

« Assieds-toi avec ta mère et détends-toi, Rob, dit Lauren. Je vais chercher des brioches de Pâques et du café. Jacob, tu viens avec moi, bonhomme. »

Rachel se laissa tomber sur un canapé jonché de coussins à côté d'un poêle à bois. Confortable et moelleux à souhait. Parfait en somme, à l'image du petit cottage colonial rénové avec goût par les soins de sa belle-fille.

Ils avaient trouvé porte close devant le café que Lauren avait suggéré. « Je les ai appelés *hier* pour vérifier leurs horaires », avait-elle maugréé en découvrant la pancarte « Fermé ». Rachel l'avait regardée s'énerver d'un œil amusé mais Lauren s'était aussitôt ressaisie pour finalement proposer de se rabattre chez eux. Rachel n'avait pas trouvé d'excuse pour refuser sans paraître impolie.

Rob s'installa en face d'elle dans un fauteuil rayé rouge et blanc en bâillant. Un bâillement contagieux que Rachel tenta de réprimer en se redressant. Hors de question de piquer du nez comme une petite vieille chez sa bru.

Elle jeta un coup d'œil à sa montre. À peine huit heures. Il faudrait encore endurer de longues heures avant de voir le bout de cette journée. À cette heure-ci, vingt-huit ans plus tôt, Janie prenait son dernier petit déjeuner. Probablement une moitié de Weetabix. Elle n'avait jamais aimé petit-déjeuner.

Rachel passa la main sur le tissu du canapé. « Qu'allez-vous faire de tous ces jolis meubles quand vous partirez à New York ? » demanda-t-elle à son fils, histoire de bavarder. Le grand départ approchait. Elle pouvait en parler le jour de l'anniversaire de la mort de Janie. Pas de problème.

Les yeux rivés au sol, Rob tarda à répondre. Rachel s'apprêtait à reposer la question lorsqu'il desserra enfin les dents. « On envisage de louer la maison meublée, dit-il comme s'il éprouvait des difficultés à parler. On réfléchit encore à toutes ces questions de logistique.

— Oui, j'imagine », répondit-elle d'un ton brusque.

Ça demande de l'organisation de m'enlever mon petit-fils, hein, Rob ? poursuivit-elle in petto tout en enfonçant ses ongles dans l'étoffe duveteuse. Un sadique ne s'y serait pas pris pas autrement pour torturer un petit animal au pelage douillet.

« Tu rêves de Janie parfois, maman ? »

Interrompant son geste, Rachel regarda Rob. « Oui. Toi aussi ?

— En quelque sorte. Je fais un cauchemar dans lequel je me fais étrangler. Je suppose que je prends la place de Janie. C'est toujours le même. Je me réveille en suffoquant. Et c'est toujours pire à cette période de l'année. L'automne. Lauren s'est dit que peut-être, venir avec toi au parc… m'aiderait… à affronter mes angoisses. Mais je ne sais pas. Je n'ai pas vraiment aimé être là-bas. Évidemment, *aimer* n'est pas le mot. Je me doute que toi non plus, tu n'*aimes* pas ça. C'est juste que j'ai trouvé ça vraiment dur. D'imaginer ce qu'elle a traversé. La peur qu'elle a dû ressentir. Mon Dieu. »

Il leva les yeux au plafond, les traits déformés par l'ardeur qu'il déployait à refouler ses larmes. Exactement comme son père.

Ed aussi faisait des cauchemars. Ses cris répétés réveillaient Rachel : « Cours, Janie ! *Cours !* Pour l'amour du ciel, ma chérie, cours ! »

« Je suis désolée, dit Rachel. Je ne savais pas. » Mais qu'aurait-elle pu y faire, de toute façon ?

Rob reprit contenance.

« Ce ne sont que des rêves. Je peux vivre avec. Mais tu ne devrais pas en être réduite à aller au parc seule tous les ans, maman. Je suis navré de ne jamais t'avoir proposé de t'accompagner. J'aurais dû.

— Mon chéri, tu me l'as proposé. À de nombreuses reprises. Tu ne te rappelles pas ? J'ai toujours refusé. C'était mon moment à moi. Une folie, d'après ton père. Lui, il n'y a jamais mis les pieds. Il refusait même de le longer en voiture. »

Rob s'essuya le nez du revers de la main en reniflant.

« Désolé. On croirait qu'après toutes ces années… » Il s'interrompit brusquement.

De la cuisine parvenait la voix de Jacob qui chantait le générique de *Bob le Bricoleur*, accompagné par Lauren. Rob ne put s'empêcher de sourire. Un sourire plein de tendresse. L'odeur de brioche envahit le salon.

Rachel observa son visage. C'était un bon père. Bien meilleur que Ed ne l'avait été pour lui. Question d'époque, mais il fallait bien reconnaître que Rob avait toujours été un garçon sensible.

Bébé déjà, il débordait d'affection. Quand elle le prenait dans ses bras après la sieste, il se blottissait tout contre elle, plein de reconnaissance. Il était à croquer. « Ma parole ! Tu l'as dans la peau, ce gamin ! » répétait Ed en faisant mine d'être jaloux.

Quelle étrange sensation que de se remémorer les premières années de Rob ! C'était un peu comme remettre la main sur un livre qu'on a adoré mais qu'on n'a jamais relu. Trop occupée à ne rien oublier de l'enfance de Janie, elle prenait rarement la peine de penser à celle de Rob. À quoi bon ? Il avait trouvé le moyen de rester en vie, lui.

« Tu étais le plus beau bébé qui soit, raconta Rachel. Les gens m'arrêtaient dans la rue pour me le dire. Mais tu le sais, n'est-ce pas ? J'ai dû te le répéter cent fois !

— Non, maman, tu ne me l'as jamais dit.

— Vraiment ? Même à la naissance de Jacob ?

— Non, fit-il, incapable de cacher son plaisir.

— Eh bien, j'aurais dû. » Rachel soupira. « Comme beaucoup d'autres choses, j'imagine.

— Alors comme ça, poursuivit Rob en se penchant en avant, j'étais mignon ?

— Tu étais très beau, chéri. Tu l'es toujours, bien sûr.

— Oui, d'accord, maman ! » ricana-t-il.

Mais son visage rayonnait de bonheur. Rachel serra les lèvres, rongée par le regret d'avoir délaissé son fils de tant de façons.

« Qui en veut ? » lança Lauren en entrant dans le salon avec d'appétissantes brioches grillées disposées sur un joli plat qu'elle posa devant eux.

« Laissez-moi vous aider, proposa Rachel.

— Hors de question ! » Puis, tandis qu'elle retournait à la cuisine : « Vous ne me laissez jamais mettre la main à la pâte quand on est chez vous.

— Ah. »

Rachel se sentit étrangement mise à nu. Elle partait du principe que Lauren ne prêtait guère attention à ses faits et gestes, qu'elle ne la voyait pas comme une personne à part entière. Elle considérait en outre son âge comme une carapace qui la protégeait du regard des plus jeunes.

Elle voulait encore croire qu'elle ne laissait pas Lauren l'aider car c'était ce que ferait la belle-mère idéale, mais franchement, quand une femme refuse l'aide d'une autre, c'est qu'elle cherche à maintenir une distance, à faire passer un message : « Vous n'êtes pas de la famille ; je ne vous apprécie pas suffisamment pour vous faire une place dans ma cuisine. »

Lauren réapparut avec le café. Elle le servait toujours très chaud avec deux sucres – exactement comme Rachel l'aimait. N'était-elle pas parfaite, elle aussi ? Il n'en fallait pas moins pour dissimuler l'antipathie qu'elles éprouvaient l'une pour l'autre.

Mais à ce jeu-là, Lauren avait gagné. Elle venait de jouer sa meilleure carte : New York. Bravo.

« Où est Jacob ? demanda Rachel.

— En train de dessiner », répondit Lauren en s'asseyant. Elle prit sa tasse puis, décochant un regard plein d'ironie à Rob : « Avec un peu de chance, il ne fait pas ça sur les murs. »

Rob se contenta d'un sourire crispé. Témoin ponctuel de la mécanique secrète de leur vie de couple, Rachel se dit qu'ils ne s'en sortaient pas si mal.

Janie aurait-elle apprécié Lauren ? Si sa fille avait survécu, Rachel aurait-elle endossé le rôle somme toute banal de la belle-mère gentille mais trop présente ? Difficile à dire. Le monde tel qu'il était avec Lauren différait tant de celui que Rachel avait connu du vivant de Janie. Lauren n'aurait probablement pas existé si Janie n'était pas morte.

Rachel observa les mèches de cheveux qui s'échappaient de la queue-de-cheval de Lauren. Des mèches presque aussi blondes que celles de Janie. Sa fille aurait peut-être foncé en vieillissant.

Au lendemain de la mort de Janie, elle s'était réveillée horrifiée par l'insoutenable réalité. Depuis ce jour, elle n'avait eu de cesse d'imaginer une vie parallèle, sa vraie vie, celle qu'on lui avait volée, celle où sa fille dormait au chaud dans son lit.

Mais avec le temps, inventer cette existence s'était révélé de plus en plus compliqué. Assise en face d'elle, Lauren *vivait*. Son sang circulait dans ses veines à chaque battement de son cœur. Sa poitrine se soulevait à chaque inspiration.

« Ça va, maman ? demanda Rob.

— Oui, bien. »

Rachel voulut prendre sa tasse mais elle ne trouva pas l'énergie de lever le bras.

Parfois, le chagrin lui causait une douleur primale, absolue. À d'autres moments, une colère sourde, un besoin désespéré de mordre, griffer, tuer s'emparait d'elle. Et quelquefois, comme à cet instant précis, ses sensations se résumaient à cette morosité ordinaire qui s'installait et l'étouffait peu à peu telle une brume épaisse.

Elle était tellement, tellement triste.

46

« Bonjour », dit Felicity.

Tess lui sourit. C'était plus fort qu'elle, machinal, comme lorsqu'on remercie un policier qui nous tend une amende exorbitante pour excès de vitesse. Elle ne pouvait pas s'empêcher d'être heureuse de voir sa cousine parce qu'elle l'aimait et la trouvait incroyablement charmante. Et puis, vu les quelques jours qui venaient de s'écouler, elle en avait des choses à lui raconter !

L'instant d'après, tout lui revint en mémoire. Le choc et le sentiment de trahison furent aussi vifs qu'au moment où elle avait su. Tess lutta contre une irrésistible envie de se jeter sur Felicity, de la plaquer au sol, de griffer, de mordre, de frapper. Une femme bien comme il faut ne se comporte pas de la sorte, surtout devant un petit garçon impressionnable. Aussi, elle se contenta de passer la langue sur ses lèvres pleines de beurre tout en s'avançant sur sa chaise, réajustant au passage le haut de son pyjama.

« Qu'est-ce que tu fais ici ? demanda-t-elle.

— Je suis désolée de… » La voix de Felicity s'évanouit. Elle se racla la gorge avant de reprendre, d'une voix rauque : « … débarquer ici – sans prévenir.

— Oui, tu aurais mieux fait de passer un coup de fil avant », dit Lucy, qui s'efforçait de paraître intimidante.

Elle avait pourtant l'air plus désemparée qu'autre chose. Malgré tout ce qu'elle avait pu dire sur sa nièce, elle l'aimait beaucoup, et Tess le savait.

« Ta cheville, comment ça va ?

— Papa vient aussi ? » intervint Liam.

Tess se redressa, les yeux sur Felicity qui ne put soutenir son regard. Et voilà. Une question sur Will ? Demandez à Felicity. Elle saurait.

« Bientôt, mon grand, répondit-elle. Moi, je ne reste pas longtemps. Je suis venue pour parler de deux ou trois choses avec maman, et ensuite, je file. Je... je pars en voyage, pour tout dire.

— Tu vas où ? fit son neveu.

— En Angleterre. Je vais faire cette fabuleuse randonnée qu'on appelle le Coast to Coast Walk. Ensuite, j'irai en Espagne, en Amérique et – euh, bref, je serai partie un bon moment.

— Tu vas aller à Disneyland ? »

— Je ne comprends pas », fit Tess.

Will s'en allait-il pour vivre une aventure romantique avec elle ?

Le cou de Felicity était criblé de taches rouges. « Est-ce qu'on peut parler seule à seule ?

— Suis-moi, répondit Tess en se levant.

— Je viens aussi ! s'exclama Liam.

— Non, mon chéri.

— Tu restes ici avec moi, Liam, dit Lucy. On va manger du chocolat. »

Tess précéda Felicity dans son ancienne chambre, seule pièce de la maison qui fermait à clé. Debout près du lit, les deux femmes se jaugeaient. Le cœur battant à tout rompre, Tess se rendit compte qu'on pouvait passer toute sa vie à regarder ceux qu'on aimait sans jamais le faire en face, sans vraiment ouvrir les yeux, comme si on cherchait à rester dans le flou, si bien qu'après un événement comme celui-ci, regarder l'autre devient terrifiant.

« Que se passe-t-il ? demanda Tess.

— C'est fini.

— Fini ?

— Eh bien, pour être exacte, ça n'a jamais vraiment commencé. Après votre départ, c'est devenu…

— Moins exaltant ?

— Je peux m'asseoir ? demanda Felicity. J'ai les jambes qui tremblent. »

Tess ne tenait pas davantage sur les siennes.

« Bien sûr. Assieds-toi », dit-elle avec un haussement d'épaules.

Dans la pièce, ni chaise ni tabouret. Felicity s'assit en tailleur à même le sol, le dos contre la commode. Tess l'imita, s'adossant au lit.

« C'est ton vieux tapis, remarqua Felicity en passant la main sur la descente de lit bleu et blanc.

— Ouais. »

Tess se mit à la détailler – ses jambes fines, ses poignets délicats – en repensant à l'énorme gamine qui s'était trouvée là si souvent pendant leur enfance, dans cette même position. Son visage arrondi qui faisait ressortir ses beaux yeux verts en amande. Tess avait toujours su qu'une princesse, prisonnière, sommeillait en elle. Peut-être même s'était-elle dit qu'il ne fallait pas la réveiller.

« Tu es resplendissante », dit-elle. Pour une raison ou pour une autre, il fallait que ça sorte.

« Arrête.

— C'était sans arrière-pensée.

— Je sais. »

Silence.

« Bon, je t'écoute, dit Tess au bout d'un moment.

— Il n'est pas amoureux de moi. Il ne l'a jamais été, je crois. C'était une passade. Toute cette affaire, vraiment, ç'a été pathétique. Je l'ai tout de suite compris. À la minute où vous êtes partis toi et Liam, j'ai su qu'il ne se passerait rien.

— Mais… »

Tess leva les mains dans un geste d'impuissance. Une bouffée de honte l'envahit. Les récents événements lui semblaient tellement *stupides*.

« Pour moi, ce n'était pas juste un béguin, poursuivit Felicity sans ciller. Je l'aime. Je l'aime pour de vrai. Depuis des années.

— Ah bon ? » fit Tess avec lassitude.

Mais ce n'était pas une surprise. Pas vraiment. Elle l'avait probablement toujours su. Peut-être même que ça ne lui avait pas déplu, car Will n'en était que plus désirable, et franchement, où était le danger ? Son mari ne risquait pas d'avoir envie d'elle. Cela signifiait-il que Tess, comme tant d'autres, n'avait jamais su voir autre chose qu'une grosse fille en la personne de Felicity ?

« Mais, toutes ces années, à passer le plus clair de ton temps avec nous, ça a dû être horrible. » Tess semblait tout juste en prendre conscience. Comme si, jusque-là, elle s'était imaginé que ses kilos en trop protégeaient Felicity, qu'elle acceptait l'idée qu'aucun homme normalement constitué ne tomberait jamais amoureux d'elle. Dieu sait pourtant que quiconque aurait osé dire une chose pareille à voix haute aurait eu affaire à Tess.

« Je l'aimais, point. » Felicity froissa le tissu de son pantalon entre ses doigts. « Je savais qu'il voyait en moi une amie. Qu'il m'appréciait. Qu'il m'aimait même, comme une sœur. Ça me suffisait, de passer du temps avec lui.

— Tu aurais dû…

— Quoi ? T'en parler ? Comment ? Sans compter qu'à part avoir pitié de moi, je ne vois pas ce que tu aurais pu y faire. J'aurais dû m'en aller, vivre ma vie, au lieu de jouer l'éternelle bonne copine version XXL.

— Je ne t'ai jamais vue comme ça ! protesta Tess, piquée au vif.

— Je n'ai jamais dit le contraire. Moi, je me voyais comme ça. Un peu comme si mes kilos m'interdisaient d'avoir une vraie vie. Mais ensuite, j'ai minci et les hommes ont commencé à me regarder. Je sais que toute féministe qui se respecte est censée trouver ça dégradant, qu'on n'est pas des objets, mais quand ça ne t'est jamais arrivé, c'est… je ne sais pas, grisant. J'ai adoré ça. Je me suis sentie toute-puissante. Comme dans les comics, quand le super-héros découvre ses pouvoirs. Alors je me suis dit, tiens, je vais peut-être trouver le moyen d'attirer l'attention de Will maintenant – et puis, euh… »

Elle se tut. Dans son élan, elle semblait avoir oublié que Tess était probablement la dernière personne à vouloir entendre son histoire. Mais elle avait gardé pour elle ce lourd secret pendant des années. Qui mieux que Tess, frustrée de ne rien avoir partagé avec elle pendant une petite semaine, pouvait comprendre son besoin de tout déballer ?

« Et ça a marché. Tu as essayé tes super-pouvoirs sur lui, et ça a marché », termina Tess.

Pas franchement fière d'elle, Felicity haussa les épaules avec une petite moue que Tess ne lui avait jamais vue – séductrice et faussement coupable. Même ses mimiques avaient changé !

« Je crois que Will s'est senti tellement mal d'être, tu sais, ne serait-ce qu'un tout petit peu émoustillé, qu'il a préféré se convaincre qu'il m'aimait. Il s'est désintéressé de moi à la seconde où tu as passé la porte avec Liam sous le bras.

— À la seconde où j'ai passé la porte.

— Comme je te dis.

— C'est des conneries.

— Je te jure, c'est vrai.

— Je te crois pas. »

Felicity semblait vouloir absoudre Will de tout méfait, insinuer qu'il ne s'agissait que d'un bref moment d'égarement, une petite trahison, du même ordre qu'un baiser échangé avec une collègue lors d'une soirée boulot trop arrosée.

Tess repensa au visage blafard de Will lundi soir. Son mari n'était ni stupide ni futile. Ses sentiments pour Felicity lui avaient sans nul doute paru suffisamment réels pour qu'il entreprenne le démantèlement de sa vie.

Liam, songea-t-elle. À la minute où elle avait franchi le seuil avec Liam, Will avait pris la mesure de ce qu'il sacrifiait. Sans leur fils, cette conversation n'aurait même pas lieu. Il aimait Tess, sans nul doute, mais pour l'heure, il était *fou* amoureux de Felicity, et tout le monde sait de quel côté la balance penche dans pareille situation. C'était une bataille perdue d'avance. La raison de tant de séparations. D'où la nécessité de se barricader quand on tient à son mariage. On verrouille son cœur, son âme, on détourne le regard, on refuse de prendre un deuxième verre. Si on flirte, on ne va pas plus loin, un point c'est tout. Will avait trahi Tess au moment où il s'était laissé aller à regarder Felicity avec les yeux d'un célibataire.

« Évidemment, je ne te demande pas d'être indulgente », dit Felicity.

Oh que si, pensa Tess. *Mais tu peux toujours courir.*

« Parce que j'aurais pu le faire, poursuivit-elle. Je veux que tu le saches. Quelque part, c'est très important pour moi de te le dire : j'étais très sérieuse. Je me sentais mal, mais pas au point de ne pas passer à l'acte. Ça ne m'aurait pas empêchée de me regarder dans un miroir. »

Tess semblait consternée.

« Je cherche juste à être honnête avec toi.

— Faut-il que je te remercie ? »

Felicity ne put soutenir son regard. « Quoi qu'il en soit, j'ai pensé que le mieux serait que je parte, le plus loin possible, histoire de vous laisser arranger les choses. Will voulait te parler en premier, mais je me suis dit que ça aurait plus de sens si…

— Il est où, là ? » demanda Tess d'une voix stridente. Le fait que Felicity sache où Will se trouvait la mettait hors d'elle. « À Sydney ? Vous avez pris l'avion ensemble ?

— Euh, oui, mais…

— Ça a dû être traumatisant pour vous. Vos derniers moments ensemble. Vous vous êtes donné la main pendant le vol ? »

L'ombre qui passa sur le visage de sa cousine ne laissait planer aucun doute.

« En plein dans le mille ! » fit Tess qui voyait la scène d'ici. L'agonie, pure et simple. Les amants maudits cramponnés l'un à l'autre en se demandant s'il valait mieux s'enfuir – à nous Paris ! – ou agir selon la morale, quitte à se condamner à une vie fade et sans éclat ? Fade et sans éclat. Voilà qui à leurs yeux devait définir Tess.

« Je ne veux pas de lui. » Hors de question d'être cantonnée au rôle de la gentille petite épouse, de la femme trompée. Trop sage, elle ? Pas du tout ! Et elle allait lui faire savoir. « Il est à toi ! Tu peux le garder ! Moi, je couche avec Connor Whitby. »

Felicity en resta bouche bée. « Sérieux ?

— Sérieux.

— Eh bien, Tess, c'est… comment dire ? » Ses yeux firent le tour de la pièce, comme pour trouver ses mots avant de la regarder en face. « Il y a trois jours à peine, tu as dit que tu ne laisserais pas Liam grandir avec des parents divorcés. Que tu voulais que je te rende ton mari. Tu m'as fait me sentir comme la pire des ordures et maintenant, tu m'annonces que tu fonces tête baissée dans une liaison avec un ex alors que Will et moi, on n'a même pas... *Putain !* »

Rouge de colère, Felicity abattit son poing sur le lit de Tess avec un regard assassin.

Cette tirade, totalement injuste – à moins qu'elle soit en réalité totalement justifiée –, lui coupa le souffle.

« Fais pas ton hypocrite », dit Tess en poussant Felicity pour chahuter. Pas désagréable comme sensation. Elle la bouscula de nouveau, plus fort. « Tu *es* la pire des ordures. Tu crois que j'aurais seulement *regardé* Connor si vous ne m'aviez pas lâché votre bombe l'autre soir ?

— Tu n'as pas perdu de temps en tout cas ! Hé, arrête de me brutaliser ! »

Submergée par un désir de frapper qu'elle n'avait jamais ressenti – auquel elle n'avait du moins jamais cédé –, Tess s'autorisa un dernier coup. Tout ce qui faisait d'elle une adulte socialement adaptée semblait l'avoir désertée. En l'espace d'une semaine, la femme qui partageait son temps entre son boulot et son fils s'était volatilisée. À présent, elle s'envoyait en l'air entre deux portes et cognait sa cousine. Jusqu'où irait-elle ?

Elle respira profondément, espérant faire retomber la hargne qui s'était emparée d'elle.

« Ce qui est sûr, poursuivit Felicity, c'est que Will souhaite que ça s'arrange. Quant à moi, je pars. Alors, tu n'as qu'à faire ce que tu veux.

— Merci. Du fond du cœur. Merci pour tout », dit Tess qui se sentait molle et complètement détachée après son accès de colère.

Silence.

« Il a envie d'un autre enfant, dit enfin Felicity.

— Ne me parle pas de ce qu'il veut ou non.

— Je te dis qu'il donnerait n'importe quoi pour avoir un autre enfant.

— Un cadeau que tu lui aurais volontiers fait, j'imagine.

— Oui, répondit-elle, les yeux inondés de larmes. Désolée de te le dire, mais oui.

— Pour l'amour du ciel, Felicity, qu'est-ce que tu espères ? Que je vais te plaindre ? C'est trop facile. Pourquoi a-t-il fallu que tu tombes amoureuse de *mon* mari ? Il y en a partout, des hommes mariés.

— On ne voyait pas grand monde », dit-elle en riant à moitié.

Puis elle s'essuya le nez du revers de la main.

C'était vrai.

« Tu as été tellement malade quand tu étais enceinte de Liam qu'il ne se sent pas le droit de te demander de revivre ça. Mais ce sera peut-être moins difficile, chaque grossesse est différente, non ? Vous devriez le faire, ce deuxième bébé.

— Ben voyons ! On ne fait pas un bébé pour recoller les morceaux. Quand je pense qu'on parle de mon mariage, là ! Si encore j'avais eu conscience que ça n'allait pas !

— Je sais, je pensais juste que…

— Les nausées n'ont rien à voir. C'est à cause du relationnel que je ne veux pas un autre enfant.

— Du relationnel ?

— Les autres mères, les instituteurs, tous ces gens qui gravitent autour de ton gamin. Ça impose une vie sociale infernale, d'être parent. Il faut tout le temps donner le change.

— Je ne comprends pas, dit Felicity, médusée.

— J'ai un trouble de la personnalité. J'ai fait un quiz dans un magazine. » Tess s'interrompit avant de reprendre à voix basse : « Je souffre de phobie sociale.

— N'importe quoi !

— Je t'assure que si ! D'après le quiz…

— Tu t'improvises psychiatre en lisant un magazine féminin ?

— C'était dans le « Fil Santé » du *Reager's Digest,* pas dans *Cosmopolitan.* Et c'est vrai ! Je ne supporte pas de rencontrer des nouvelles personnes. Ça me rend malade. J'ai des palpitations. Je déteste les fêtes. Je…

— Tu crois que t'es la seule à détester les fêtes ? Arrête ton char. »

Tess, qui s'attendait à se faire consoler, s'en trouva toute décontenancée.

« Tu es timide, déclara Felicity. Tu n'es ni une braillarde ni une extravertie, mais les gens t'apprécient. Ils t'apprécient beaucoup. Tu n'as jamais remarqué ? Je veux dire, franchement, Tess, tu crois que tu serais sortie avec tous ces mecs si tu étais une petite chose fragile ? Tu as eu une trentaine d'histoires avant Will.

— Pas du tout », fit Tess en levant les yeux au ciel.

Comment expliquer à Felicity que son anxiété, telle une créature capricieuse, réclamait toute son attention ?

Qu'à certains moments, elle pouvait se montrer docile, la mettre en sourdine mais qu'à d'autres, elle se déchaînait telle une harpie incontrôlable ? Et puis, les rencontres amoureuses, ce n'était pas pareil. Les codes étaient différents. Elle maîtrisait. Un premier rendez-vous avec un homme ne l'avait jamais effarouchée. (Du moment qu'il l'invitait, bien sûr – elle ne faisait jamais le premier pas.) Mais lorsque ce même homme proposait de lui présenter sa famille ou ses amis, son anxiété réapparaissait tel un petit démon perché sur son épaule.

« Et puis d'abord, si tu souffrais vraiment de "phobie sociale", pourquoi tu ne m'en as jamais parlé ? demanda Felicity, convaincue que Tess n'avait aucun secret pour elle.

— J'ai mis un nom dessus assez récemment. Il y a quelques mois encore, j'étais incapable de décrire ce que je ressentais. »

Et parce qu'avec toi, c'était plus facile de me faire passer pour quelqu'un d'autre. De jouer les nanas totalement détachées de l'avis des autres, de prendre des airs de supériorité. Si je t'avais avoué ce que je ressentais, j'aurais dû admettre qu'en réalité, l'avis des autres ne m'indifférait pas du tout. Bien au contraire.

« Tu sais quoi, moi, je me suis vue passer la porte d'une salle de gym engoncée dans un tee-shirt taille 50 où personne n'osait me regarder en face, rétorqua Felicity avec véhémence. J'ai vu une fille donner un coup de coude à sa copine, l'air de dire "Vise un peu ce qui arrive", et je les ai entendues rire. Il y a même un type qui a meuglé sur mon passage. Alors, ne me parle pas de phobie sociale, Tess O'Leary. »

Quelqu'un tambourina à la porte.

« Maman ! Felicity ! s'écria Liam. Pourquoi c'est fermé à clé ? Laissez-moi entrer !

— Va-t'en, Liam ! répondit sa mère.

— Non ! Ça y est ? Vous avez fait la paix ? »

Felicity esquissa un sourire que Tess ignora superbement.

La voix de Lucy se fit entendre à l'autre bout de la maison. « Liam, reviens ici ! Je t'ai dit de laisser ta mère tranquille ! » Difficile de retenir un enfant lorsqu'on a des béquilles.

Felicity se leva. « Je dois y aller. Mon vol est à quatorze heures. Mes parents m'emmènent à l'aéroport. Ma mère est dans tous ses états et mon père a visiblement décidé de ne plus m'adresser la parole.

— Tu t'en vas vraiment aujourd'hui ? » demanda Tess en la regardant.

Elle songea un instant à leur agence, à tous ces clients qu'elle avait durement gagnés, à l'équilibre fragile de leur trésorerie, au suivi quotidien que réclamait leur bébé. Était-ce la fin de TWF ? Tous ces rêves. Tout ce papier à en-tête.

« Oui, répondit Felicity. J'aurais dû le faire il y a des années. »

Tess se leva. « Je ne peux pas te pardonner.

— J'en ai conscience. Je ne me pardonne pas non plus.

— Maman ! hurla Liam.

— Minute, papillon ! » s'écria Felicity. Prenant Tess par le bras, elle lui glissa à l'oreille : « Ne dis rien à Will pour Connor. »

Elles s'étreignirent dans un geste maladroit. Puis, tournant les talons, Felicity ouvrit la porte.

47

« Il n'y a pas de beurre, déclara Isabel, postée devant le réfrigérateur. Ni de margarine. »

Elle se tourna vers sa mère comme si elle pouvait en faire apparaître par l'opération du Saint-Esprit.

« Tu es sûre ? » demanda Cecilia. Comment s'était-elle débrouillée pour oublier un produit aussi basique que le beurre ? Il ne lui manquait jamais rien. Parfois, John-Paul lui passait un coup de fil en rentrant du travail pour lui demander si elle avait besoin qu'il prenne du lait ou autre chose sur le chemin. Elle répondait invariablement : « Euh, *non* ? »

« Mais, c'est Vendredi saint aujourd'hui, fit Esther. D'habitude, on mange des brioches de Pâques au petit déjeuner.

— Et c'est ce qu'on va faire », intervint John-Paul. Il rejoignit les filles à la table de la cuisine, effleurant au passage le dos de sa femme. « Les brioches de votre mère sont un délice, avec ou sans beurre. »

Cecilia le trouva pâle et fébrile, comme quelqu'un qui se remet doucement d'une grippe. Il semblait à fleur de peau.

Elle n'était guère plus sereine, s'attendant à chaque instant à entendre le téléphone ou la sonnette retentir. Pourtant, rien ne vint perturber le silence protecteur qui enveloppait la maison en ce jour saint.

« On met toujours une tonne de beurre sur les brioches de Pâques », renchérit Polly, les cheveux emmêlés et les joues rouges de sommeil dans son pyjama en pilou rose. « C'est une *tradition* dans cette famille. Tu n'as qu'à aller acheter du beurre, maman.

— Ne parle pas comme ça à ta mère. Elle n'est pas à ton service », dit John-Paul.

Esther leva le nez de son livre, puis, s'adressant à sa sœur : « Tout est fermé aujourd'hui, idiote.

— M'en fous, dit Isabel. Moi, je vais me mettre sur Skype pour…

— Il n'en est pas question, la coupa Cecilia. Nous allons *tous* manger du porridge et ensuite, nous irons nous promener du côté des terrains de sport.

— À pied ? demanda Polly avec dédain.

— À pied ou à vélo. Il fait un temps magnifique. On pourrait même faire une partie de football.

— Je me mets avec papa, dit Isabel.

— En rentrant, on achètera une plaquette de beurre à la station BP et on s'empiffrera de brioches.

— Bonne idée, chérie. Très bonne idée.

— Vous saviez que certaines personnes espéraient qu'on n'abatte pas le Mur de Berlin ? fit Esther. C'est bizarre, non, de vouloir rester coincé derrière un mur ? »

« Eh bien, j'ai passé un moment très agréable, mais il est temps que je rentre », annonça Rachel en reposant sa tasse sur la table basse. Elle s'était amplement acquittée de son devoir. Elle se pencha en avant et prit une longue inspiration, craignant de ne pas pouvoir se lever seule – le canapé était incroyablement bas. Lauren se précipiterait pour l'aider à la seconde où elle s'en apercevrait. Rob réagissait toujours avec un temps de retard dans ce genre de situation.

« Qu'avez-vous prévu pour aujourd'hui ? demanda Lauren.

— Vaquer de-ci de-là », répondit Rachel. *Compter chaque minute*. Elle tendit la main à Rob. « Aide-moi, chéri, tu veux ? »

Au même moment, Jacob trotta jusqu'à elle avec un cadre photo qu'il venait de prendre sur une étagère. « C'est papa, fit-il, le doigt sur le verre.

— C'est vrai. »

Sur le cliché, pris lors d'un séjour sur la côte Sud quelques mois avant la mort de Janie, Rob prenait la pose, les doigts en V derrière la tête de sa sœur. Difficile de comprendre pourquoi les gamins font tous ce geste.

Debout près de son fils, Rob désigna Janie. « Et qui c'est, à côté de papa, mon grand ?

— Tatie Janie », répondit Jacob.

Rachel retint son souffle. Elle et Rob montraient Janie à Jacob sur les photos depuis sa plus tendre enfance, mais c'était la première fois qu'elle l'entendait prononcer ces mots.

« Gagné ! fit-elle en lui ébouriffant les cheveux. Elle t'aurait adoré, ta tante Janie. »

Quoique, pour être honnête, Janie n'avait jamais accroché avec les enfants. Gamine, elle délaissait ses poupées pour construire des villes entières avec les Lego de son frère.

Jacob la regarda d'un air sceptique, comme s'il lisait dans ses pensées, avant de s'éloigner avec le cadre. Rachel tendit la main à Rob qui l'aida à se lever.

« Je vous remercie, Lauren », dit-elle en se tournant vers sa bru. À sa grande surprise, elle la découvrit les yeux rivés au sol, l'air absente.

« Désolée, fit Lauren en esquissant un sourire. Entendre Jacob dire "Tatie Janie" comme ça, pour la première fois, ça m'a… Je ne sais pas comment vous faites pour passer cette journée, Rachel, année après année. J'aimerais tellement pouvoir faire quelque chose pour vous. »

Pour commencer, ne m'enlevez pas mon petit-fils, songea Rachel. *Restez ici, faites un autre bébé.* Mais elle se contenta d'un signe de tête. « Merci, ma chère. Je vais parfaitement bien. »

Lauren se leva. « Je regrette de ne pas l'avoir connue. J'ai toujours voulu avoir une sœur. » Une grande douceur se dégageait de son visage rosé. Rachel détourna les yeux, peu encline à lui reconnaître une quelconque forme de fragilité.

« Je suis certaine qu'elle vous aurait beaucoup appréciée », dit Rachel d'un ton si dédaigneux qu'elle-même tressaillit en s'entendant. Gênée, elle se racla la gorge. « Bon. Je me sauve. Merci de m'avoir accompagnée au parc aujourd'hui. Du fond du cœur. » Puis de conclure avec enthousiasme : « Je me fais une joie de vous voir dimanche. Chez vos parents ! »

Mais Lauren, le visage fermé, avait retrouvé toute son assurance.

« Très bien », répondit-elle froidement avant d'embrasser Rachel. « À propos, Rob m'a dit qu'il vous avait demandé d'apporter une tarte aux fruits meringuée, mais ce n'est *absolument* pas nécessaire, vous savez.

— Oh, mais ça ne me dérange pas *du tout*, Lauren », rétorqua Rachel.

En partant, elle aurait juré entendre Rob soupirer.

« Alors maintenant, c'est Will qui va pointer le bout de son nez ? » fit Lucy en s'appuyant sur Tess de tout son poids tandis qu'elles regardaient le taxi de Felicity disparaître depuis le porche. Liam, lui, avait filé à l'intérieur. « On se croirait au théâtre. L'ignoble maîtresse sort côté jardin ; l'époux repentant entre côté cour.

— Ne sois pas si dure, répondit Tess. Elle m'a avoué qu'elle l'aimait depuis des années.

— Mon Dieu, que tu es sotte ! Faut le faire exprès pour tomber amoureuse du mari de sa cousine.

— À moins que le mari en question soit superchouette.

— Dois-je comprendre que tu es prête à lui pardonner ?

— Difficile à dire. Je ne sais pas si j'en suis capable. De toute façon, je suis convaincue qu'il revient pour Liam, pas pour moi. Je fais partie du package. Il n'a pas vraiment le choix. »

L'idée de revoir Will la plongeait dans un grand désarroi. Qu'allait-elle faire ? Fondre en larmes ? Hurler ? Lui sauter dans les bras ? Le gifler ? Lui proposer une brioche de Pâques ? Il en raffolait.

Inutile de préciser qu'il était loin de mériter ce petit plaisir. « Tu es privé de brioche, chéri ! » Le hic, avec Will, c'était que précisément, c'était Will. La situation ne souffrait ni indulgence ni légèreté. Pourtant, elle savait qu'elle aurait du mal à maintenir le cap, surtout avec Liam dans les parages. Mais, une minute ! On ne parlait pas de Will, là. Pas vraiment. Le vrai Will n'aurait jamais laissé une chose pareille arriver. Rester inflexible face à un étranger ? Pas de problème.

Consciente du regard scrutateur de sa mère, Tess espérait un conseil avisé, un mot gentil.

« J'ose croire que tu ne vas pas le recevoir dans ce pyjama informe, ma chère ? Oh, et tant que tu y es, brosse-toi les cheveux ! »

Tess leva les yeux au ciel. « C'est mon mari. Il me voit au réveil tous les matins. Et s'il s'arrête à ce genre de choses, j'aime autant qu'on se sépare.

— Oui, tu as raison, bien sûr. » Puis, l'index sur la bouche, elle ajouta : « Dis-moi, je me fais des idées ou Felicity était particulièrement jolie aujourd'hui ? »

Tess se mit à rire. Elle se sentirait peut-être plus forte si elle était habillée. « D'accord, maman. Je vais me changer et peut-être même me coiffer ! Allez, l'infirme, rentre maintenant ! Je me demande pourquoi tu as tenu à te traîner jusqu'ici.

— Pour une fois qu'il y a de l'action !

— Au fait, ils l'ont pas fait. Ils n'ont pas couché ensemble, fit Tess à voix basse en tenant sa mère par le coude.

— Tu es sérieuse ? Incroyable. De mon temps, on couchait avant d'avouer.

— Je suis prêt ! s'écria Liam en les rejoignant au pas de course.

— Prêt pour quoi ?

— Pour aller faire du cerf-volant avec le professeur de sport. Mr Whatby, ou je sais plus quoi.

— *Connor !* » s'exclama Tess qui faillit lâcher sa mère. « Merde ! Quelle heure est-il ? Je n'y pensais plus. »

Rachel venait à peine de prendre le volant que son téléphone portable sonna. Elle se rangea sur le bas-côté, persuadée qu'il s'agissait de Marla – qui d'autre l'appellerait à cette heure-ci, le jour anniversaire de la mort de Janie ? Tant mieux. Elle allait pouvoir déblatérer sur Lauren et ses délicieuses brioches de Pâques.

« Mrs Crowley ? » Une voix de femme, nasillarde et suffisante, digne de la plus snob des secrétaires médicales. « Inspecteur Strout de la brigade criminelle. Je n'ai pas eu le temps de vous contacter hier, c'est pourquoi je me permets de vous appeler ce matin. »

La vidéo, songea Rachel avec un coup au cœur. Un inspecteur qui appelle un jour férié, c'était forcément une bonne nouvelle.

« Bonjour, dit-elle d'une voix chaleureuse. Merci de vous donner cette peine.

— Bien. Je tenais à vous informer que l'inspecteur Bellach nous a fait parvenir la vidéo et que nous l'avons, euh, visionnée, commença Strout d'un ton qui se voulait professionnel. Mrs Crowley, j'ai cru comprendre que vous attendiez beaucoup de cette vidéo, que vous avez voulu y voir une découverte capitale. Hélas, je dois vous annoncer qu'à ce stade, rien ne justifie un nouvel interrogatoire de Connor Whitby.

— Mais il avait un mobile. » Rachel leva la tête. Un magnifique arbre au feuillage mordoré s'élevait dans le ciel. « Vous ne voyez donc rien ? » fit-elle, désespérée, les yeux rivés sur une feuille que le vent faisait tourbillonner.

« Je suis navrée, Mrs Crowley. Je vous le répète, à ce stade, nous ne pouvons rien faire de plus. » Une pointe de condescendance perçait dans la voix de l'enquêteuse, plus jeune qu'elle n'avait semblé de prime abord. *La mère de la victime. Une vieille dame, trop impliquée sur le plan émotionnel pour comprendre qu'il y a des procédures à respecter. Essayer de l'apaiser.*

La feuille disparut. Rachel se mit à pleurer.

« Si vous le souhaitez, je peux passer à votre domicile après le week-end de Pâques pour discuter de tout ça avec vous, proposa Strout. Y a-t-il un horaire qui vous conviendrait ?

— Ce ne sera pas nécessaire, répondit Rachel d'un ton glacial. Merci de votre appel. »

Elle jeta le téléphone au sol.

« Sale petite… incompétente, arrogante… » Sa gorge se noua. Elle remit le contact.

« Regardez, le cerf-volant, là-bas ! » s'écria Isabel.

Au sommet de la colline, Cecilia aperçut un homme avec un immense cerf-volant en forme de poisson tropical qu'il laissait rebondir derrière lui comme un ballon.

« On dirait qu'il fait faire sa promenade à son poisson », dit John-Paul d'une voix essoufflée. Penché en avant, il poussait Polly sur son vélo. La demoiselle, équipée d'un casque rose à paillettes et de lunettes de soleil de rockstar en plastique, avait décrété qu'elle ne pouvait plus avancer.

Cecilia prit une bouteille violette qu'elle avait remplie d'alcool dans son filet à provisions blanc et en but une gorgée.

« Un poisson, ça ne marche pas », rappela Esther sans lever le nez de son livre. Cette enfant avait un don pour lire tout en marchant.

« Tu pourrais pédaler un peu, princesse Polly, fit remarquer Cecilia.

— J'ai toujours les jambes en coton », répondit Polly d'une voix précieuse en se tenant bien droite sur sa selle.

John-Paul sourit à sa femme. « C'est bon. Ça me fait faire du sport. »

Cecilia respira profondément. Il y avait quelque chose de comique et d'irréel à la fois dans la façon dont le poisson cerf-volant nageait derrière le type sur la colline. Une odeur agréable flottait dans l'air, le soleil lui réchauffait le dos. Elle se tourna vers Isabel qui ornait la tresse de sa sœur Esther de petites fleurs de pissenlit qu'elle venait de cueillir. L'image d'une héroïne de son enfance, une fillette qui vivait à la montagne, jaillit dans sa mémoire. Heidi peut-être ?

« Belle journée ! » lança un homme qui prenait le thé sur le porche de sa maison.

Cecilia se rappelait vaguement l'avoir vu à l'église. « Magnifique ! » répondit-elle en souriant.

Le type au cerf-volant s'arrêta pour répondre au téléphone.

« Le monsieur ! Je le reconnais ! s'écria Polly. C'est Mr Whitby ! »

Rachel reprit la route en mode automatique, tâchant de faire le vide dans sa tête.

Arrêtée à un feu rouge, elle jeta un coup d'œil à l'horloge du tableau de bord. Dix heures. Au même moment, vingt-huit ans plus tôt, Janie devait être en classe tandis que sa mère repassait probablement la robe qu'elle porterait à son entretien avec Toby Murphy. Cette satanée robe que Marla l'avait convaincue d'acheter parce qu'elle mettait ses jambes en valeur.

Sept petites minutes de retard. Ça n'aurait peut-être fait aucune différence. Elle ne le saurait jamais.

« Nous ne reprendrons pas les investigations. » La voix guindée de l'inspecteur Sprout résonnait encore à ses oreilles. L'image figée de Connor Whitby lui revint à l'esprit. La lueur de culpabilité dans ses yeux.

Il l'a *fait*.

Elle poussa un cri – un cri abominable qui se répercuta dans la voiture – et abattit ses poings sur le volant, une fois. Son geste l'effraya autant qu'il la mit mal à l'aise.

Le feu passa au vert. Elle appuya sur l'accélérateur, submergée par une souffrance atroce qu'elle n'avait jamais connue auparavant. À moins que ce soit aussi dur tous les ans. Sûrement. L'être humain a une capacité déconcertante à oublier le pire. Les rigueurs de l'hiver. Les frissons de la grippe. Les douleurs de l'enfantement.

Les rayons du soleil lui léchaient le visage. C'était une journée radieuse, comme le jour de la mort de Janie. Dans les rues, personne. À quoi pouvaient bien s'occuper les gens, le Vendredi saint ?

La mère de Rachel, elle, faisait le chemin de la Croix. Janie aurait-elle gardé la foi ? Peu probable.

Ne pas penser à la femme que Janie serait devenue.

Ne penser à rien. Ne penser à rien. Ne penser à rien.

Rien. Voilà ce qui lui resterait, une fois qu'ils auraient emmené Jacob à New York. La mort. Chaque jour serait semblable à celui-ci. Cesser de songer à Jacob.

Un tourbillon de feuilles rouges, pareil à un vol de minuscules oiseaux affolés, s'offrit à son regard.

Marla lui avait confié que les arcs-en-ciel lui rappelaient invariablement Janie. « Pourquoi ? » avait-elle voulu savoir.

La route déserte se déployait devant elle sous une lumière aveuglante. Elle baissa le pare-soleil. Elle oubliait toujours ses lunettes noires.

Quelqu'un apparut dans son champ de vision. Tout le monde n'était pas resté enfermé finalement.

C'était un homme. Debout sur le trottoir, il tenait un énorme ballon de baudruche aux couleurs vives. En forme de poisson, apparemment. Oui, le même que dans *Nemo*. Jacob l'aurait trouvé super.

Il parlait au téléphone en regardant son ballon.

À bien y regarder, ça ressemblait davantage à un cerf-volant.

« Je suis désolée, dit Tess. On ne peut pas te rejoindre finalement.

— Ce n'est pas grave, répondit Connor. Une autre fois. »

Le timbre de sa voix, profond et râpeux, lui parvint aussi nettement que s'ils se trouvaient face à face. Elle colla le téléphone à son oreille comme pour mieux en apprécier toute la sensualité.

« Où es-tu ? demanda-t-elle.

— Sur un chemin avec un cerf-volant géant. »

Le cœur gros, Tess se sentit comme une petite fille qui rate une fête d'anniversaire à cause d'un cours de piano. Tout ce qu'elle voulait, c'était coucher avec lui une dernière fois. Courir au soleil sur le terrain de son ancienne école avec un cerf-volant. Tomber amoureuse. Être aimée pour ce qu'elle était, pas pour son fils. Au lieu de ça, elle serait bientôt en pleine conversation avec son mari dans la maison glaciale de sa mère, à essayer de recoller les morceaux.

« Je suis vraiment désolée.

— Il n'y a pas de quoi. » Puis, après une pause : « Que se passe-t-il ?

— Mon mari arrive.

— *Ah*.

— J'ai vu Felicity. Apparemment, ils ont mis fin à leur liaison avant même qu'elle ne commence.

— J'imagine qu'on peut en dire autant. »

Ce n'était pas une question.

Tess observait Liam qui jouait dans le jardin de devant en attendant son père. Il courait entre la haie d'un côté et la barrière de l'autre comme s'il s'entraînait pour l'épreuve de sa vie.

« Je ne sais pas ce que ça va donner. Mais tu sais, par rapport à Liam, je dois au moins essayer. » Elle ne put s'empêcher d'imaginer Will et Felicity main dans la main, stoïques, à bord de l'avion qui les amenait à Sydney. Putain de merde.

« Oui, bien sûr », répondit-il d'une voix chaleureuse. « Tu n'as pas à te justifier.

— Je n'aurais jamais dû…

— Je t'en prie, n'aie pas de regrets.

— Promis.

— Tu peux le prévenir que s'il te fait encore du mal, il aura affaire à moi.

— D'accord.

— Je ne plaisante pas, Tess. Ne le laisse plus te faire du mal.

— Entendu.

— Et si ça ne marche pas, euh, tu sais. Garde mon numéro.

— Connor, tu rencontreras forcément…

— Stop », dit-il brusquement. Puis il se radoucit : « Ne t'en fais pas, va ! Comme je te l'ai dit, il y a des tas de nanas qui se battraient pour sortir avec moi ! »

Elle rit.

« Je ferais mieux de te laisser, conclut-il. Si ton mec arrive. »

Sa voix, brusque, presque agressive, trahissait clairement sa déception à présent. Une partie de Tess voulait rester en ligne, flirter encore avec lui, comme s'il fallait terminer cette conversation sur des mots tendres et aguicheurs. Ensuite, elle raccrocherait et pourrait garder de ces quelques jours le souvenir d'une aventure amusante qui n'avait fait souffrir personne.

Mais il avait parfaitement le droit d'être abrupt. Elle s'était suffisamment servie de lui.

« D'accord. Bon, au revoir.

— Au revoir, Tess. Prends soin de toi. »

« Mr Whitby ! cria Polly.

— Oh, mon Dieu. Maman, fais-la taire ! supplia Isabel, mortifiée.

— Mr *Whitby* !

— Il est beaucoup trop loin pour t'entendre, soupira Isabel.

— Chérie, laisse-le tranquille, intervint Cecilia. Il est au téléphone.

— Mr Whitby ! C'est moi ! Ohé ! Ohé !

— Il n'est pas au travail, dit Esther. Rien ne l'oblige à te parler.

— Il me parle parce qu'il en a *envie* ! » rétorqua Polly. Elle agrippa le guidon et se mit à pédaler. Son père lâcha le vélo qui commença à prendre de la vitesse. « Mr Whitby !

— En voilà une qui a retrouvé toute son énergie ! dit John-Paul en se massant le bas du dos.

— Pauvre Mr Whitby, commenta Cecilia. Se faire aborder par une élève un jour de congé.

— Ce sont les risques du métier, s'il habite dans le coin.

— Mr Whitby ! »

Polly gagnait du terrain. Elle appuyait sur les pédales de toutes ses forces.

« Parfait, commenta John-Paul, elle se dépense.

— La honte, dit Isabel en flanquant un coup de pied dans la clôture d'un riverain. Moi, je reste ici. »

Cecilia se tourna vers elle. « Tu viens avec nous. Elle ne l'embêtera pas longtemps, tu peux me croire. Et cette clôture ne t'a rien fait.

— Pourquoi es-tu si gênée, Isabel ? demanda Esther. Tu en pinces pour Mr Whitby, toi aussi ?

— Pas du tout ! C'est dégoûtant, ce que tu racontes ! » protesta Isabel qui avait viré au rouge pivoine.

Incrédules, ses parents échangèrent un regard.

« Qu'est-ce qu'il a de si spécial, ce type ? demanda John-Paul en donnant un coup de coude à sa femme. Toi aussi, tu le trouves craquant ?

— Maman est trop vieille, dit Esther.

— Merci beaucoup, ma fille. Bon, Isabel, tu viens ? »

Puis Cecilia se tourna vers Polly au moment où Connor Whitby s'engageait sur la chaussée, son cerf-volant flottant derrière lui.

La petite prit le chemin en pente pour le rejoindre.

« Polly ! cria-t-elle.

— Arrête-toi tout de suite, Polly ! » reprit John-Paul.

48

L'homme au cerf-volant commença à traverser sous le regard désapprobateur de Rachel. *Fais attention, mon vieux ! Tu n'es pas sur un passage clouté !*

Il tourna la tête dans sa direction.

Connor Whitby.

Les yeux rivés sur elle, il ne marqua pas la moindre hésitation, comme si elle n'arrivait pas droit sur lui, comme si elle n'existait pas, comme si Monsieur pouvait l'obliger à ralentir si ça lui chantait. Le vent souleva son cerf-volant qui tournoya mollement au-dessus de lui.

Rachel leva le pied, s'apprêtant à enfoncer la pédale de frein.

Puis son pied écrasa l'accélérateur de toutes ses forces.

Tout se passa très vite.

Rien sur la route. Pas de véhicule. Puis, tout à coup, une petite voiture bleue. John-Paul dirait par la suite qu'il avait entendu un bruit de moteur derrière eux mais pour Cecilia, elle apparut comme par magie.

Pas de voiture. Pouf ! Une voiture.

Qui fonçait comme un boulet de canon. Pas tant parce qu'elle allait vite que parce qu'elle semblait décrire une trajectoire que rien ne pouvait arrêter, comme sous l'impulsion d'une force invisible.

Cecilia vit Connor Whitby bondir sur le trottoir d'en face à la manière d'un yamakasi en pleine course-poursuite.

La seconde suivante, Polly déboula juste devant la voiture et disparut sous les roues.

Pas de fracas. Un bruit sourd. Un froissement. Le long grincement des freins.

Puis le silence. Dans toute sa banalité. Suivi du pépiement d'un oiseau.

Dans l'esprit de Cecilia, une grande confusion. Que venait-il de se passer ?

Derrière elle, des pas lourds. Elle se retourna. John-Paul courait. Il la dépassa. Esther poussa un long hurlement. Un cri affreux. *Arrête, Esther,* pensa Cecilia.

Isabel lui saisit le bras. « Elle s'est fait renverser ! »

Elle sentit son cœur se déchirer.

Elle repoussa Isabel puis se précipita.

Une fillette. Une fillette à vélo.

Rachel resta agrippée au volant, le pied sur la pédale de frein.

Lentement, détachant chaque geste, elle actionna le frein à main, coupa le moteur, décolla le pied du plancher.

Elle regarda dans le rétroviseur. La fillette était peut-être saine et sauve.

(À ceci près qu'elle l'avait sentie. La masse sous ses roues. Comme un dos-d'âne, en plus mou. Elle savait avec certitude – une ignoble certitude – ce qu'elle venait de faire. Intentionnellement.)

Une femme qui courait, les bras le long du corps comme si seules ses jambes fonctionnaient, apparut dans son champ de vision. Cecilia Fitzpatrick.

Une fillette. Un casque rose à paillettes. Une queue-de-cheval noire. Freine. Freine. *Freine.* Son visage de profil. Polly Fitzpatrick. L'adorable petite Polly.

Rachel gémit comme un chiot. Au loin, un hurlement prolongé.

« Oui, allô ?

— Will ? »

Liam n'avait cessé de réclamer son père. Furieuse d'en être réduite à attendre, attendre que Felicity puis Will fassent leur apparition quand ça leur chantait, Tess avait fini par appeler son mari sur son portable. Elle s'était promis d'être glaciale, de rester impassible, histoire de lui donner un petit aperçu des efforts incommensurables qu'il lui faudrait déployer.

« Tess, répondit-il, étrangement distrait.

— Si j'en crois Felicity, tu es en route pour…

— Oui. Enfin, je l'étais. Mon taxi a dû s'arrêter. Il y a eu un accident à deux pas de chez ta mère. J'ai tout vu. On attend les secours. » Sa voix se brisa. Il reprit dans un murmure : « C'est affreux, Tess. Une petite fille à vélo. Pas plus vieille que Liam. Je crois qu'elle est morte. »

SAMEDI SAINT

49

Cecilia avait le sentiment d'avoir affaire à un prêtre ou à un politicien. Sa spécialité : la compassion. Les yeux doux et bienveillants, le docteur s'exprimait d'une voix magistrale et patiente, comme s'il expliquait une notion complexe à ses étudiants. Il tenait à ce que les Fitzpatrick comprennent bien. Cecilia était à deux doigts de se jeter à ses pieds. À ses yeux, cet homme avait les pleins pouvoirs. Cet homme était Dieu. Dieu dans la peau d'un Asiatique à lunettes vêtu d'une chemise à rayures bleues et blanches.

Au cours des dernières vingt-quatre heures, John-Paul et Cecilia avaient parlé à une foule de gens : secouristes, médecins, infirmiers urgentistes. Tous s'étaient montrés gentils, mais entre la charge de travail et la fatigue qui creusait leurs traits, aucun n'avait pris le temps de les regarder droit dans les yeux. À l'écart du bruit et des puissantes lumières blanches de l'hôpital, ils s'entretenaient maintenant avec le Dr Yue. Un calme quasi religieux régnait dans l'unité des soins intensifs où Polly reposait sur un lit haut, branchée à une multitude de machines derrière une cloison de verre. On lui avait administré une forte dose de sédatif. Son bras droit était bandé de gaze.

Une infirmière lui avait dégagé le front, ramenant sa frange sur le côté à l'aide d'une barrette, si bien que la fillette ne semblait plus tout à fait elle-même.

Cecilia voyait en le Dr Yue un homme brillant. L'effet combiné des lunettes et de ses origines asiatiques probablement. *Stéréotype racial ? Et alors ?* songea-t-elle. Tout ce qu'elle espérait, c'était qu'il avait grandi auprès d'une mère exigeante et autoritaire, qu'il n'avait d'autre intérêt dans la vie que la médecine. Elle vénérait le bon docteur et le dragon qui l'avait élevé.

Mais John-Paul, bon sang ! Il n'avait pas l'air de se rendre compte qu'ils parlaient à Dieu en personne. Il ne cessait de l'interrompre. Sa brusquerie frisait l'impolitesse. Mieux valait pourtant ne pas le froisser si on voulait qu'il fasse le maximum pour Polly. Évidemment, pour le Dr Yue, Polly n'était qu'une malade de plus, et ses parents un énième couple en détresse. Comme tous ses confrères, il devait se surmener et commettre des erreurs, même minimes, qui pouvaient finir en désastre. Cecilia et John-Paul devaient absolument trouver un moyen de se distinguer des autres. Lui faire comprendre que dans le cas présent, il ne traitait pas une patiente lambda. Il s'agissait de *Polly*, sa fille adorée, sa petite dernière, aussi drôle qu'exaspérante. Sa respiration s'enraya. Pendant un instant, elle ne put inspirer.

Le Dr Yue lui tapota le bras. « C'est une situation très éprouvante pour vous, Mrs Fitzpatrick. Je sais que la nuit a été longue, vous n'avez pas dormi. »

John-Paul lança un regard de biais à sa femme, comme s'il la découvrait à ses côtés. Il lui prit la main avant de déclarer, d'un ton abrupt : « Poursuivez, s'il vous plaît. »

Cecilia adressa un sourire obséquieux au docteur. « Je vais bien. Merci. »

Voyez, nous sommes des gens fort sympathiques ! On ne demande pas grand-chose !

Il fit le point sur les blessures de Polly. Une commotion cérébrale, mais le scanner n'avait pas révélé de lésion importante. Le casque rose à paillettes avait été efficace. Une surveillance s'imposait pour dépister une éventuelle hémorragie interne. Pour l'instant, RAS. À déplorer également, de graves écorchures, une fracture du tibia et une rupture de la rate. Polly avait déjà subi une splénectomie. Des tas de gens vivaient sans cet organe, mais un risque infectieux accru nécessiterait peut-être la prise d'antibiotiques…

« Son bras, l'interrompit John-Paul. Vous craigniez principalement pour son bras droit cette nuit.

— En effet. » Le Dr Yue regarda Cecilia dans les yeux et l'incita à inspirer, expirer. « J'ai bien peur que le membre ne soit pas récupérable.

— Pardon ? fit Cecilia.

— Oh, mon Dieu, dit John-Paul.

— Excusez-moi », reprit-elle en essayant de rester aimable malgré la rage qui montait en elle. « Qu'est-ce que ça signifie, *pas récupérable* ? »

Comme si le bras de Polly reposait par mille mètres de fond.

« Elle souffre d'une double fracture et de dommages irréversibles au niveau des tissus. Le bras n'est plus irrigué. Nous souhaiterions pratiquer l'intervention cet après-midi.

— L'intervention ? répéta Cecilia. Par intervention, vous voulez dire… »

Le mot, effroyable, obscène, resta coincé dans sa gorge.

« Une amputation, termina le Dr Yue. Juste au-dessus du coude. Je sais que cette nouvelle vous paraît insurmontable ; un soutien psychologique vous est…

— Non », asséna Cecilia. Elle ne le tolérerait pas. Elle n'avait pas la moindre idée des fonctions de la rate, mais un bras, elle savait à quoi ça servait. « Elle est droitière, Dr Yue. Elle a six ans. Elle ne peut pas vivre sans *son bras* ! »

Sa voix bascula dans l'hystérie maternelle qu'elle s'était évertuée à lui épargner jusqu'alors.

Pourquoi diable John-Paul ne réagissait pas ? Lui qui ne cessait de couper le bon docteur cinq minutes plus tôt. À présent, il lui tournait le dos, les yeux rivés sur Polly.

« Elle le peut, Mrs Fitzpatrick, risqua le médecin. Je suis navré, mais elle le peut. »

Un long et large couloir précédait les lourdes portes en bois qui marquaient l'entrée de l'unité de soins intensifs où seules les familles des patients étaient admises. Tels des vitraux dans une église, une rangée de hautes fenêtres y laissaient entrer les rayons du soleil où flottaient des particules de poussière. Au-dessous, assis sur des chaises en cuir marron, des gens aux visages fatigués et tendus trompaient une attente interminable avec un livre ou leur téléphone portable. De temps à autre, des manifestations d'émotion contenue brisaient le silence qui y régnait.

Les yeux rivés sur les portes, Rachel guettait l'arrivée de Cecilia ou de John-Paul Fitzpatrick.

Que dire aux parents d'une enfant qu'on a failli tuer dans un accident de voiture ?

Je suis désolée ? Ça semblait un peu court, voire insultant. Les mots qu'on lâche lorsqu'on tamponne le caddie d'un autre client au supermarché. Il y avait forcément des paroles plus appropriées.

Je suis profondément désolée. Je suis accablée de regrets. Je ne me le pardonnerai jamais.

Quelle attitude adopter lorsque l'on connaît l'étendue de sa propre responsabilité, ô combien plus importante qu'il n'y paraissait ? La veille, sur les lieux du drame, les secouristes – tout juste sortis des jupes de leurs mères – et les policiers l'avaient traitée comme une petite vieille gâteuse impliquée malgré elle dans un accident tragique. Mais dans sa tête, les mêmes mots revenaient sans cesse : *J'ai vu Connor Whitby et j'ai appuyé sur l'accélérateur. J'ai vu le meurtrier de ma fille et j'ai voulu lui faire du mal.*

Pourtant, son instinct de conservation – quoi d'autre ? – avait dû l'empêcher de parler tout haut, sinon, elle serait déjà derrière les barreaux pour tentative de meurtre.

Tout ce qu'elle se rappelait avoir dit, c'était : « Je ne l'ai pas vue. Elle est arrivée de nulle part. Je ne l'ai pas vue.

— À quelle vitesse rouliez-vous, Mrs Crowley ? lui avait-on demandé gentiment, avec respect.

— Je ne sais pas. Je suis désolée. Je ne sais pas. »

Ce qui était vrai. Elle n'en avait pas la moindre idée. Ce dont elle était certaine en revanche, c'était qu'elle aurait largement eu le temps de freiner pour laisser passer Connor Whitby.

D'après la police, un témoin avait vu la petite fille débouler juste sous ses roues depuis la banquette arrière d'un taxi. Elle ne serait probablement pas inculpée. Ils avaient ensuite voulu savoir qui prévenir. Une deuxième ambulance était sur place mais le secouriste qui l'avait examinée n'avait pas jugé nécessaire qu'on l'emmène à l'hôpital. Rachel leur avait donné le numéro de Rob qui était arrivé très vite, trop vite, blanc comme un linge, avec Lauren et Jacob. Le garçonnet, resté dans la voiture, avait fait coucou à sa grand-mère avec un large sourire tandis que ses parents écoutaient le médecin d'un air attentif : Rachel était probablement sous le choc, elle devait se reposer, bien se couvrir et en aucun cas rester seule. Un bilan complet auprès de son généraliste s'imposait.

Ensuite, ç'avait été un cauchemar. Rob et Lauren avaient suivi les instructions à la lettre et, malgré tous ses efforts, Rachel n'avait pu se débarrasser d'eux. Tout ce qu'elle voulait, c'était mettre de l'ordre dans ses idées, mais ils lui tournaient sans cesse autour : « Une tasse de thé ? Un coussin ? » Cerise sur le gâteau, le père Joe, ce jeunot qui affichait une bonne humeur à toute épreuve, avait débarqué, chagriné de savoir qu'au sein de sa paroisse, les uns se mettaient à écraser les autres. « Vous ne devriez pas être en train de célébrer la messe ? » avait demandé Rachel avec ingratitude. « Ne vous inquiétez pas de ça, Mrs

Crowley », avait-il répondu. Et d'ajouter, en prenant sa main : « Vous avez bien conscience qu'il s'agit d'un accident, n'est-ce pas, Mrs Crowley ? Un accident comme on en voit tous les jours. Vous ne devez en aucun cas vous sentir coupable. »

Que savez-vous de la culpabilité, doux jeune homme ? songea-t-elle. *Vous êtes bien naïf. Vous n'imaginez pas ce dont vos ouailles sont capables. Vous croyez vraiment qu'on vous confie tous nos péchés, à confesse ? Nos péchés les plus vils ?*

Il avait au moins eu le mérite de la tenir régulièrement informée de l'état de santé de Polly.

Elle est toujours en vie, se répétait Rachel en boucle chaque fois qu'il lui donnait des nouvelles. *Je ne l'ai pas tuée. Ce n'est pas irréparable.*

Après le dîner, Lauren et Rob avaient ramené Jacob à la maison, laissant Rachel à une longue nuit sans sommeil. Cent fois elle s'était repassé la scène.

Le cerf-volant en forme de poisson. Connor Whitby sur la chaussée, faisant comme s'il ne la voyait pas. Son pied sur l'accélérateur. Le casque rose à paillettes. Freine. Freine. Freine.

Connor s'en était sorti. Sans la moindre égratignure.

Ce matin, le père Joe l'avait de nouveau appelée. Rien de nouveau, si ce n'était que Polly était entre de bonnes mains aux soins intensifs à l'hôpital des enfants de Westmead.

Après un bref merci, Rachel avait commandé un taxi pour se rendre à l'hôpital.

Il fallait qu'elle y aille. Se prélasser chez elle, comme si de rien n'était, lui était insupportable. Restait à savoir si elle pourrait voir l'un ou l'autre des parents de Polly – en supposant qu'ils acceptent de lui parler.

Les portes battantes s'ouvrirent à toute volée pour laisser apparaître Cecilia qui descendit le couloir à la hâte, comme si une urgence l'appelait à l'autre bout de l'hôpital. Elle passa devant Rachel sans la voir puis, tout à coup, elle s'arrêta, regarda autour d'elle en clignant les yeux d'un air confus, telle une somnambule qui se réveille.

Rachel se leva.

« Cecilia ? »

Une vieille dame aux cheveux blancs apparut devant elle, vacillante. Par réflexe, Cecilia tendit la main vers son coude.

Soudain, elle la reconnut : « Bonjour, Rachel. » Pendant un court instant, elle ne vit que Mrs Crowley, la secrétaire de l'école, aussi efficace que gentille, quoiqu'un peu distante. Puis un souvenir monstrueux resurgit dans sa mémoire : John-Paul, Janie, le chapelet. Depuis l'accident, elle n'y avait pas pensé une seule seconde.

« Vous n'avez sûrement aucune envie de me voir, dit Rachel, mais il fallait que je vienne. »

Rachel conduisait la voiture qui avait percuté Polly. Cecilia se le rappelait vaguement. Une réalité qu'elle avait enregistrée sur les lieux de l'accident sans vraiment y accorder d'intérêt. Elle voyait derrière la petite voiture bleue un phénomène physique – un tsunami ou une avalanche. La responsabilité du conducteur n'était pas en cause.

« Je m'en veux tellement, reprit Rachel. Je suis terriblement désolée, affreusement désolée. »

Cecilia ne comprenait pas très bien ce qu'elle voulait dire. Entre la fatigue d'une nuit blanche et le choc lié à l'annonce que le Dr Yue venait de lui faire, son cerveau fonctionnait au ralenti. Elle remit ses neurones en action au prix d'un effort incommensurable.

« C'était un accident, finit-elle par dire, soulagée d'avoir trouvé la bonne expression.

— Oui, mais…

— Polly s'était lancée à la poursuite de Mr Whitby », poursuivit Cecilia. Les mots lui venaient plus facilement à présent : « Elle n'a pas regardé. » Elle essaya de chasser l'image de sa fille disparaissant sous la voiture. Puis, une autre formule toute faite : « Vous ne devez pas vous faire le moindre reproche. »

Incapable de réprimer son impatience, Rachel tira sur l'avant-bras de Cecilia. « Je vous en prie, dites-moi juste comment elle va. Ses blessures ? Est-ce que c'est grave ? »

Cecilia regarda la main noueuse et ridée de Rachel qui se cramponnait à elle. De nouveau, un flash : le joli bras tout fin de Polly. Un mur se dressa devant elle. Non. Ce n'était pas possible. Pas acceptable. Pas vrai. Pourquoi le bras de Polly ? Pourquoi pas *le sien* ? Un bras quelconque couvert de taches de rousseur délavées. S'il fallait absolument y laisser un bras, pourquoi pas le sien, nom de Dieu ?

« Ils disent que son bras est perdu, murmura-t-elle.

— Non. »

Rachel resserra son étreinte.

« Je ne peux pas supporter ça… ! Je ne peux pas.
— Est-ce qu'elle sait ?
— Non. »

La chose, avec ses puissants tentacules qui se déroulaient et s'entremêlaient, prenait des proportions énormes, infinies. Cecilia n'avait pas réfléchi deux secondes à la façon dont elle l'annoncerait à Polly, ni même à ce que cet acte barbare signifierait pour sa fille, car pour l'heure, ce qui la consumait, c'était ce qu'il signifiait pour *elle*. Une violence criminelle et insupportable à *son* endroit. Le prix à payer pour le plaisir et la fierté que la beauté de ses filles lui offrait depuis toujours.

À quoi ressemblait-il à présent, ce bras, sous les bandages ? *Le membre n'est pas récupérable*. Le Dr Yue lui avait assuré que Polly ne souffrirait pas.

Cecilia mit quelques secondes à se rendre compte que Rachel s'écroulait, ses jambes se dérobant sous elle. Elle la rattrapa in extremis par les bras avant de la remettre sur ses pieds. Son corps lui parut étrangement frêle pour une femme de sa taille, comme si ses os menaçaient de se réduire en poussière. Pourtant, la maintenir debout n'était pas une mince affaire : Cecilia avait le sentiment de manipuler un paquet encombrant.

Un homme qui passait avec un bouquet d'œillets roses s'arrêta et l'aida à mettre Rachel sur une chaise.

« Vous avez besoin d'un médecin ? demanda-t-il. Je devrais pouvoir en trouver un dans le coin ! »

Rachel, pâle et tremblante, refusa d'un geste catégorique. « J'ai juste la tête qui tourne. »

Cecilia s'agenouilla près d'elle avant de sourire poliment au monsieur : « Merci beaucoup.

— Pas de problème. Je file. Ma femme vient d'accoucher de notre premier enfant. Il y a trois heures à peine. C'est une fille !

— Euh… félicitations ! »

Mais il s'éloignait déjà d'un pas guilleret. C'était le plus beau jour de sa vie.

« Vous êtes sûre que ça va, Rachel ? demanda Cecilia.

— Je suis désolée.

— Ce n'est pas votre faute », dit Cecilia malgré une pointe d'impatience.

Elle était sortie pour respirer, pour ne pas hurler, mais maintenant, elle devait y retourner. Recueillir le maximum d'informations. Mettre la main sur le Dr Yue. Poser des questions. Prendre des notes. Sans se préoccuper d'être aimable. Et qu'on ne lui parle plus de soutien psychologique.

« Vous ne comprenez pas », dit Rachel d'une voix aiguë et faible, les yeux rougis par les larmes. « En réalité, *c'est* ma faute. J'ai appuyé sur l'accélérateur. Je voulais le tuer, parce qu'il a tué Janie. »

Cecilia eut le sentiment qu'on venait de la pousser du haut d'une falaise. Ne pas tomber. Elle s'agrippa à la chaise de Rachel et se releva.

« Vous cherchiez à tuer John-Paul ?

— Quelle idée ! J'essayais de tuer Connor Whitby. L'assassin de Janie. J'ai trouvé cette vidéo, vous savez. C'était une preuve. »

La preuve accablante d'une atrocité – voilà à quoi Cecilia devait désormais faire face. Comme si quelqu'un l'avait saisie par le bras pour qu'elle se retourne et qu'elle ouvre les yeux.

Elle comprit en un instant. Sans avoir à lutter.

Ce que John-Paul avait fait.

Ce qu'elle-même avait fait.

Leur responsabilité envers leur fille. Le prix que Polly aurait à payer pour leur crime.

Une violente explosion d'éclairs blancs fit rage au plus profond de son être qui se désagrégea de l'intérieur pour ne laisser d'elle qu'une coquille vide. Pourtant, elle ne trembla pas. Elle resta solide sur ses deux jambes, parfaitement immobile.

Plus rien ne comptait vraiment. Le pire était arrivé.

Seule la vérité importait à présent. Elle ne sauverait pas Polly. Elle ne les rachèterait en aucune manière. Mais pour Cecilia, c'était une nécessité, une urgence, une obligation, une priorité absolue sur sa liste.

« Ce n'est pas Connor qui a tué Janie. » Cecilia articula ces mots telle une marionnette en bois, sans autre sensation que les mouvements de sa mâchoire.

Rachel retint son souffle. Son regard se durcit. « Que voulez-vous dire ? »

La gorge sèche, un goût aigre dans la bouche, Cecilia s'entendit prononcer l'indicible : « C'est mon mari qui a tué votre fille. »

50

Accroupie à côté de Rachel, le visage tout près du sien, Cecilia parlait d'une voix basse mais claire. Rachel avait beau percevoir chacun de ses mots, son cerveau refusait de comprendre. Le message ne rentrait pas. Il se dérobait. Consciente que quelque chose de vital lui échappait, elle se laissa envahir par une peur folle.

Attendez, pensait-elle. *Attendez, Cecilia. Qu'est-ce que vous dites ?*

« Je l'ai découvert l'autre soir, poursuivait Cecilia. Après la réunion Tupperware. »

John-Paul Fitzpatrick. Essayait-elle de lui dire que John-Paul Fitzpatrick avait assassiné Janie ? Rachel lui attrapa le bras. « Vous dites que ce n'était pas Connor. Vous en êtes certaine ? Il n'a rien à voir avec la mort de ma fille ? »

Une immense tristesse assombrit le regard de Cecilia. « J'en suis absolument certaine. Connor est innocent. C'est John-Paul, le coupable. »

John-Paul Fitzpatrick. Le fils de Virginia. Le mari de Cecilia. Un homme grand, beau, bien habillé, courtois. Un parent d'élève estimé de tous qui prenait volontiers les choses en main lorsque l'école recrutait des bénévoles pour de menus travaux. Une casquette de base-ball enfoncée sur la tête, une ceinture porte-outils autour de la taille, il maniait la règle à calcul comme personne. Rachel ne manquait jamais de le saluer chaleureusement lorsqu'elle le croisait à l'épicerie ou à St Angela. Le mois précédent, elle avait vu sa fille Isabel de retour de classe de mer se jeter dans ses bras. La joie qu'elle avait lue sur son visage tandis que son père la faisait virevolter dans les airs comme une gamine de trois ou quatre ans l'avait d'autant plus émue qu'Isabel ressemblait beaucoup à Janie. Une scène qui lui avait douloureusement rappelé que sa fille et son mari, trop préoccupés par le regard des autres, ne s'étaient jamais livrés à ce genre de manifestations d'amour en public. Quel gâchis.

« J'aurais dû vous le dire. J'aurais dû vous le dire à la minute où je l'ai su. »

John-Paul Fitzpatrick.

Il avait l'air tellement parfait. Même ses *cheveux* étaient impeccables. Connor, lui, respirait la sournoiserie avec son crâne rasé. L'un conduisait une voiture familiale rutilante quand l'autre faisait pétarader sa moto crasseuse. Ce n'était pas possible. Cecilia devait faire erreur, songeait Rachel, incapable de désarmer sa haine pour Connor. Elle le détestait depuis si longtemps. Depuis que le soupçon s'était insinué dans son cœur. Le simple fait qu'il connaisse Janie et qu'il ait été le dernier à l'avoir vue en vie avaient suffi à déclencher en elle un ressentiment inextinguible.

« Je ne comprends pas, fit Rachel. Janie connaissait John-Paul ?

— Ils se voyaient en secret. Je crois qu'on peut dire qu'ils sortaient ensemble », répondit Cecilia, toujours accroupie par terre. Son visage, d'une pâleur maladive un instant plus tôt, s'empourprait. « John-Paul était amoureux de Janie, mais elle lui a parlé d'un autre garçon qu'elle lui préférait et ensuite, il a… euh… perdu les pédales. » Sa voix s'affaiblit : « Il avait dix-sept ans. C'était un coup de folie. Dit comme ça, on pourrait croire que j'essaie de lui trouver des excuses. Mais je vous jure que ce n'est pas le cas. Ce qu'il a fait est inexcusable. *Évidemment.* Impardonnable. Je suis navrée. Il faut que je me lève. Mes genoux. J'ai mal aux genoux. »

Sous le regard médusé de Rachel, Cecilia se mit debout, repéra une autre chaise qu'elle approcha avant de s'y asseoir et de se pencher vers elle, les traits tordus par l'angoisse, telle une condamnée.

Janie avait dit à John-Paul qu'elle fréquentait un autre garçon. Connor Whitby.

Non pas un, mais deux jeunes hommes la courtisaient sans même que Rachel le sache. À quel moment était-elle devenue une si mauvaise mère qu'elle ignorait tout ou presque de la vie de sa fille ? Pourquoi étaient-elles passées à côté de ces moments de confidences que mères et filles partageaient autour d'un verre de lait et de cookies dans toutes les séries américaines ? Mais Rachel ne se mettait aux fourneaux que contrainte et forcée. Janie se contentait de crackers beurrés au goûter. Si seulement elle lui avait fait des gâteaux, songea-t-elle, assaillie par un sentiment de honte féroce. Si seulement Ed l'avait fait virevolter dans les airs. Les choses auraient peut-être été différentes.

« Cecilia ? »

Les deux femmes levèrent les yeux. C'était John-Paul.

« Cecilia. On doit signer des papiers… » Il prit conscience de la présence de Rachel. « Bonjour, Mrs Crowley.

— Bonjour », répondit-elle, incapable de bouger, comme sous l'effet d'une anesthésie.

Debout face à elle se tenait le meurtrier de sa fille. Tout ce qu'elle voyait, c'étaient ses yeux rouges et sa barbe grisonnante de quelques jours. Un père épuisé et affligé. Elle n'arrivait pas à le croire. Il n'avait rien à voir avec Janie. Il paraissait beaucoup trop vieux. Trop adulte.

Cecilia le mit au courant : « Je lui ai dit, John-Paul. »

Il recula d'un pas, comme pour esquiver.

Il ferma les yeux un court instant puis les rouvrit, fixant Rachel d'un air si repentant que plus aucun doute n'était permis.

« Mais pourquoi ? » demanda-t-elle, sidérée de s'entendre évoquer le meurtre de sa fille avec la courtoisie qui lui était coutumière au beau milieu d'un couloir où des dizaines de personnes circulaient sans vraiment les voir, loin d'imaginer la gravité de leur conversation. « Je peux savoir pourquoi vous avez fait une chose pareille ? Ce n'était qu'une gamine. »

John-Paul baissa la tête et passa les mains dans ses cheveux impeccables. Lorsqu'il releva les yeux, son visage était anéanti, brisé. « C'était un accident,

Mrs Crowley. Je n'ai jamais voulu lui faire de mal, parce que, vous voyez, je l'aimais. Je l'aimais comme un fou. » Il s'essuya le nez d'un revers de la main, un geste inconvenant qui trahissait son désespoir. « Je n'étais qu'un ado stupide. Elle m'a dit qu'elle voyait quelqu'un d'autre et elle a ri. Je suis désolé. C'est la seule raison que j'ai à vous donner. Une raison qui n'en est pas une. Je l'aimais et elle a ri. »

Cecilia retenait son souffle, vaguement consciente d'un perpétuel mouvement autour d'eux. Des gens passaient en trombe, d'autres sans se presser. Des rires accompagnés de grands gestes. Des conversations animées au téléphone. Personne ne s'arrêta pour observer la dame aux cheveux blancs assise bien droite sur la chaise en cuir marron dont elle agrippait les bords en regardant l'homme qui se tenait debout devant elle, la tête baissée, le dos rond, l'air contrit. Personne ne sembla remarquer ces deux êtres figés, mutiques, enfermés dans une bulle à l'écart du reste du monde.

Cecilia bougea la main. Le contact du cuir de la chaise, frais et lisse, la sortit de sa torpeur. Elle expira longuement.

« Je dois retourner auprès de Polly », lança-t-elle en se levant si vite que la tête lui tourna.

Combien de temps s'était écoulé ? Combien de temps dans ce couloir, loin de sa fille laissée seule ? Une sensation de panique l'envahit. Elle regarda Rachel. *Je n'ai pas le temps de m'occuper de vous maintenant,* songea-t-elle.

« Il faut que je voie son médecin.

— Bien sûr », répondit Rachel.

John-Paul tendit les mains vers elle, paumes vers le haut, comme pour se laisser menotter. « Je sais que je n'ai pas le droit de vous demander ça, Rachel, euh… Mrs Crowley, je n'ai pas la moindre exigence à avoir, mais Polly a besoin de ses deux parents, là, tout de suite, j'ai juste besoin de temps pour…

— Je n'ai pas l'intention de vous éloigner de votre fille », l'interrompit Rachel d'un ton brusque, comme si elle réprimandait des adolescents impossibles. « J'ai déjà… » Elle déglutit, leva les yeux au plafond comme pour se retenir de vomir, puis : « Allez-y. Votre petite fille vous attend. Tous les deux. »

51

À la nuit tombée, Will et Tess cachaient de minuscules œufs colorés dans le jardin de Lucy.

Par le passé, ils les laissaient bien en vue ou les déposaient çà et là sur la pelouse, mais en grandissant, Liam avait réclamé une véritable chasse aux œufs. Aussi, son père avait pris l'habitude de le chronométrer tandis que sa mère fredonnait le thème de *Mission impossible*.

« J'imagine que dans les gouttières, ce n'est pas une bonne idée, fit Will en regardant vers le toit. À moins qu'on laisse une échelle dans le coin ? »

Tess se contenta du petit rire poli qu'elle réservait d'ordinaire à ses clients.

« C'est bien ce qu'il me semblait », dit-il dans un soupir. Puis il plaça un œuf bleu sur le rebord d'une fenêtre, dans l'angle, de sorte que son fils ait au moins à se mettre sur la pointe des pieds pour le récupérer.

Tess ouvrit un chocolat dont elle ne fit qu'une bouchée. Liam en avait déjà largement abusé cette semaine, songea-t-elle, les papilles en éveil. Ce qui valait également pour elle. Encore un peu, et elle finirait énorme, comme Felicity.

Cette réflexion, ô combien cruelle, lui vint si naturellement à l'esprit que Tess ne put se voiler la face plus longtemps : à ses yeux, sa cousine avait toujours été l'illustration parfaite du mot énorme. Au point que même aujourd'hui, alors qu'elle affichait une silhouette parfaite, Tess ne pouvait s'empêcher de l'associer à ces trois syllabes : é-nor-me.

« Je n'arrive pas à croire que tu aies envisagé qu'on vive tous sous le même toit ! » explosa-t-elle. Du coin de l'œil, elle vit Will se préparer à encaisser les coups.

Depuis l'instant où il s'était présenté chez Lucy, pâle et sensiblement amaigri, il supportait les variations d'humeur de Tess qui, incapable de se maîtriser, passait de la froideur à l'hystérie, du sarcasme au désespoir en moins d'une minute.

Il se tourna vers elle, le sachet de chocolats au creux de la main. « Je ne le pensais pas vraiment.

— Pourtant, tu l'as dit ! Lundi soir, tu l'as dit !

— C'était stupide de ma part. Je suis désolé. Je te le répète, je suis désolé. Je ne vois pas ce que je peux faire de plus.

— Tu parles comme un robot. Tu t'excuses mais tu n'en penses pas un mot. Tu espères juste que je finirai par la boucler. » Puis sur un ton monocorde : « Je suis désolé. Je suis désolé. Je suis désolé.

— Je le suis, Tess. Sincèrement, répondit Will d'un air las.

— Chut ! Tu vas les réveiller », fit-elle sans autre motif qu'un irrésistible besoin de le rabrouer.

Liam et sa mère, qui occupaient des chambres côté rue, jouissaient d'un sommeil de plomb. Rien ne les aurait réveillés, pas même des hurlements.

Ces hurlements d'ailleurs, Will les attendait toujours. Pour l'heure, il n'avait eu droit qu'à ces sorties amères et inutiles.

La veille, leurs retrouvailles s'étaient révélées à la fois surréalistes et affreusement banales. À vrai dire, ils ne s'étaient pas vraiment rencontrés, chacun restant muré dans ses propres émotions. Pour commencer, Liam était déchaîné. Il avait probablement senti qu'il avait failli perdre son père et la petite structure rassurante sur laquelle reposait sa vie. Son soulagement se manifestait par une frénésie propre à son âge : il prenait des voix idiotes, ricanait bêtement, sautait sans cesse sur son père pour jouer à la bagarre. Will, quant à lui, se repassait en boucle les images du drame dont il avait été témoin. Traumatisé, il ne cessait de répéter à Tess : « Tu aurais vu le visage de ses parents. Imagine si ç'avait été Liam. Si ç'avait été nous. »

Le récit de l'accident de Polly Fitzpatrick avait aidé Tess à relativiser. Si une chose pareille arrivait à Liam, rien d'autre n'aurait d'importance. Pourtant, le fait que ses sentiments soient relégués au second plan l'avait rendue agressive.

Aucun mot ne semblait assez fort pour décrire l'intensité de ses émotions. *Tu m'as fait du mal. Vraiment. Comment as-tu pu ?* C'était si simple dans sa tête. Mais dès qu'elle ouvrait la bouche, tout se compliquait.

« Tu voudrais être avec elle en ce moment », lança Tess. Inutile de le nier. Elle en était absolument certaine, aussi vrai qu'elle rêvait d'être dans les bras de Connor. « En plein vol pour Paris.

— Tu dis toujours Paris, fit Will. Pourquoi Paris ? » Dans sa voix, une pointe du Will qu'elle connaissait, celui qu'elle aimait, celui qui trouvait à rire de tout. « Tu as envie d'y aller ? »

— Non.

— Liam serait aux anges ; lui qui adore les croissants.

— Non.

— Bien sûr, il faudrait qu'on emporte un pot de Vegemite !

— Je ne veux pas aller à Paris. »

Elle s'éloigna pour cacher un œuf près d'un poteau au fond du jardin puis se ravisa : il pourrait y avoir des araignées.

« Je tondrai la pelouse pour ta mère demain, dit Will depuis la terrasse.

— Un gamin du quartier s'en charge tous les quinze jours, répondit Tess.

— Ah.

— Je sais que c'est uniquement pour Liam que tu es revenu.

— Quoi ?

— Tu as très bien compris. »

D'autant qu'elle l'avait déjà dit la veille, au lit, puis de nouveau dans la journée, lorsqu'ils étaient partis se promener. Elle se comportait comme une harpie insensée. À croire qu'elle cherchait à lui faire regretter sa décision. Pourquoi remettre ça sur le tapis alors qu'elle-même serait en train de faire l'amour avec Connor, si ce n'était pour Liam ? Elle aurait succombé à la tentation du tout nouveau, tout beau, au lieu de s'enquiquiner à colmater la brèche dans son mariage.

« Je suis là pour Liam, dit Will. Et je suis là pour toi. Vous êtes ma famille, ce que j'ai de plus cher au monde.

— Si c'était le cas, tu ne serais pas tombé amoureux de Felicity, d'abord. »

Tess excellait dans le rôle de la victime. Elle assénait les mots accusateurs avec une délicieuse facilité.

Pas sûr qu'elle saurait garder sa verve si elle devait lui avouer ce qu'elle avait traficoté avec Connor alors que, de leur côté, Felicity et lui avaient vaillamment résisté à leur désir. La nouvelle le ferait probablement souffrir. Et elle avait assez envie de le faire souffrir. Tess voyait sa liaison comme une arme secrète cachée au fond de sa poche ; elle tâchait d'en estimer les contours et la puissance avant de décider si elle devait dégainer.

« Ne lui parle pas de Connor », lui avait chuchoté sa mère à l'oreille tandis que Liam se précipitait vers Will, tout juste descendu de taxi. Les mêmes mots que Felicity. « Ça ne fera que le contrarier. Inutile. L'honnêteté n'a pas que du bon – crois-en mon expérience. »

Son expérience ? À quoi faisait-elle allusion ? Un jour, il faudrait lui poser la question. Mais pour l'instant, elle n'avait pas spécialement envie de savoir. À vrai dire, c'était le cadet de ses soucis.

« Je ne suis pas vraiment tombé amoureux de Felicity, répondit Will.

— Oh que si », rétorqua Tess, pourtant consciente du caractère puéril, voire ridicule, de tels mots.

Tomber amoureux. N'étaient-ils pas trop vieux pour s'exprimer ainsi ? À vingt ans, on évoque ses sentiments avec tant de gravité ! Amusant, non ? Car au fond, tout cela n'est que… chimique ! Hormonal ! Une vue de l'esprit ! Elle aurait pu tomber amoureuse de Connor. Sans problème. Il n'y a rien de plus facile. C'est à la portée de tous. Le vrai défi avec l'amour, c'est de le faire durer.

Elle pouvait briser leur mariage dans la seconde si ça lui chantait. Briser la vie de Liam avec une poignée de mots. « Tu sais quoi, Will ? Je suis tombée amoureuse, moi aussi. Ça tombe à pic, hein ? Allez ! Du balai ! » Clair, net, précis. Après ça, chacun pourrait aller de son côté.

Ce qui lui restait vraiment en travers de la gorge, c'était la *pureté* révoltante de leur histoire. La puissance de leur amour, resté platonique. Elle avait quitté Melbourne pour qu'ils passent à l'acte, merde ! Pas pour se retrouver, elle, avec un secret olé-olé, voire carrément cochon.

« Je crois que j'en suis incapable, dit Tess doucement.

— Incapable ? De quoi ? »

Will, qui coinçait des œufs dans le dossier d'une chaise en rotin, leva les yeux.

« Laisse tomber », répondit-elle. *De te pardonner.*

Elle disposa des chocolats à intervalles réguliers le long de la palissade latérale couverte de lierre.

« Felicity m'a dit que tu voulais un autre enfant.

— Oui, mais tu le savais déjà, Tess.

— C'est arrivé juste parce qu'elle est devenue super-belle ? Felicity ? C'est pour ça ?

— Hein ? Quoi ? » L'air paniqué de Will lui arracha un sourire. Le pauvre. Lui qui détestait les conversations sans queue ni tête ! En temps normal, il l'aurait envoyée sur les roses : « Tu ne peux pas être plus claire ? » mais il était mal placé pour se plaindre.

« Notre mariage marchait plutôt bien, non ? On ne se prenait pas la tête. On regardait *Dexter* en amoureux. Comment as-tu pu me quitter en plein milieu de la saison cinq ? »

Méfiant, Will se cramponna à son paquet de chocolats.

« Et côté sexe, c'était bien », poursuivit Tess. On ne pouvait plus l'arrêter. « En tout cas, c'est ce que je croyais. » Elle repensa à Connor, à sa façon de promener ses doigts lentement le long de son dos. Un violent frisson la parcourut. Will fronça les sourcils, comme si quelqu'un venait de l'attraper par l'entrejambe et serrait de plus en plus fort. Bientôt, elle l'enverrait au tapis.

« On ne se disputait pas. Ou si on se disputait, c'était pour des broutilles, que je sache. Du genre, euh… le lave-vaisselle ! Quand je mets la poêle dedans, il y a le machin qui cogne et ça t'énerve. Et puis, tu trouves qu'on passe trop de temps à Sydney. Mais tout ça, ce n'est pas grave, si ? On n'était pas heureux ? Moi, j'étais heureuse. Je croyais que tu l'étais aussi. Quelle idiote j'ai dû paraître, à tes yeux ! » Elle gesticula comme une marionnette. « Regardez qui voilà ! Tess la simplette, qui chantonne gaiement ! Tralala, tralala ! L'imbécile heureuse qui ne voit pas que son mari…

— Tess, ne fais pas ça », l'interrompit Will, les yeux brillants.

Elle se tut. Dans sa bouche, un goût salé se mêlait à présent à la douceur du chocolat. Elle essuya son visage d'un geste brusque, furieuse d'avoir cédé aux larmes sans même s'en rendre compte. Will esquissa un pas en avant mais elle le repoussa d'un geste de la main. Il pouvait se le garder, son réconfort !

« Et maintenant, Felicity est partie. On n'a pas été séparées plus de deux semaines depuis… depuis qu'on est nées. C'est bizarre, hein ? Pas étonnant que tu aies fini par te dire que tu pouvais nous avoir toutes les deux. Les siamoises. »

Voilà pourquoi elle lui en voulait tant d'avoir imaginé qu'ils pouvaient vivre tous ensemble : ce n'était pas si grotesque. Pas pour eux, en tout cas. Elle *comprenait* qu'ils l'aient envisagé – ce qui rendait la situation encore plus rageante car, franchement, comment était-ce possible ?

« Finissons-en avec ces œufs à la noix, dit Tess.

— Attends. On peut s'asseoir un instant ? »

Il désigna la table où, la veille, elle avait dégusté des brioches de Pâques au soleil tout en échangeant des textos avec Connor. Un million d'années s'étaient écoulées. Tess prit une chaise puis se débarrassa de son sachet de chocolats avant de croiser les bras.

« Tu as froid ? demanda Will d'un air inquiet.

— Ce n'est pas la grosse chaleur. » Les larmes avaient laissé la place à un immense détachement. « Mais ça va. Allez. Dis ce que tu as à dire.

— Tu as raison. Notre mariage marchait plutôt bien. Je n'ai rien à te reprocher, au contraire. Si j'ai eu un sentiment d'insatisfaction, c'était plutôt lié à moi-même.

— Comment ça ? Qu'est-ce que tu veux dire ? » fit Tess, sur la défensive. Un mari insatisfait ? C'était forcément à cause de sa femme : sa cuisine, sa conversation, son corps, quelque chose.

« Ça va te paraître pathétique », prévint Will. Il leva les yeux au ciel et respira un grand coup. « Ce n'est pas une excuse. En *aucun* cas, tu m'entends ? Mais il y a environ six mois – après qu'on a fêté mes quarante ans – j'ai commencé à me sentir tellement… comment dire ? Abattu. Ou… sans vie, tiens, voilà le mot.

— Sans vie.

— Tu te souviens quand j'ai eu tous ces problèmes de genou ? Puis de dos ? Je me suis dit, mon Dieu, est-ce que ma vie va ressembler à ça, maintenant ? Douleurs, docteurs, médicaments. Et ces foutues compresses chauffantes. C'est déjà terminé ? Donc, ça, et puis un jour, euh… c'est gênant. »

Il se mâchonna la lèvre avant de poursuivre : « Je suis allé chez le coiffeur, et le type qui s'occupe de moi d'habitude n'était pas là. Sa collègue, va savoir pourquoi, a voulu me montrer ma coupe de dos dans le miroir. Drôle d'idée, vraiment. Bref, en voyant ma tonsure, j'ai failli tomber de ma chaise, je te jure. Je ne me suis pas reconnu. Un moine, on aurait dit. Je ne m'en étais pas rendu compte. »

Tess ne put réprimer un petit rire sarcastique. Will sourit d'un air contrit. « Je sais, dit-il. Je sais. C'est juste que j'ai commencé à me sentir tellement… vieux.

— Tu *es* vieux.

— Merci, fit-il en grimaçant. Je sais. Bref, cette sensation d'être sans vie, c'était intermittent. Je me disais : pas de quoi fouetter un chat, ça va passer. Enfin, c'est ce que j'espérais. Et puis… »

Il s'interrompit.

« Et puis Felicity, termina Tess à sa place.

— Felicity. Je l'ai toujours beaucoup appréciée. Tu sais comment on se comportait elle et moi : tout le temps en train de se taquiner, limite à flirter. Mais ce n'était qu'un jeu. Jusqu'au jour où… j'ai ressenti une sorte d'émoi chez elle. C'était après son régime. Je crois que je me suis senti flatté. Je me suis dit que ça ne comptait pas, c'était *Felicity*, pas une femme rencontrée comme ça au hasard. Il n'y avait pas de risque. Je n'avais pas le sentiment de te trahir ; elle était ton alter ego. Mais à un moment, les choses m'ont échappé et je me suis senti… »

De nouveau, une pause.

« Amoureux d'elle.

— Non, pas vraiment. Je ne crois pas que c'était de l'amour. Ce n'était rien. À la seconde où toi et Liam êtes partis, j'ai su que ce n'était rien. Un béguin, un stupide bé…

— Arrête », dit Tess en levant la main.

Elle ne voulait ni baratin ni pieux mensonges, mais à supposer qu'il soit de bonne foi, sa loyauté – étrangement intacte – envers Felicity lui intimait de le faire taire. Comment osait-il dire que ce n'était rien alors que Felicity, elle, l'aimait sincèrement ? Sans compter qu'il était prêt à tout sacrifier pour elle. Il avait raison : ce n'était pas une femme rencontrée comme ça au hasard. C'était Felicity.

« Pourquoi tu ne m'as jamais dit que tu te sentais abattu ? demanda-t-elle.

— Je ne sais pas. Parce que je trouvais ça stupide. Un homme qui déprime parce qu'il se dégarnit. Au secours, dit-il un peu honteux. Parce que je ne voulais pas perdre ton estime. »

Tess regarda ses mains posées à plat sur la table en réfléchissant au métier de Will, passé maître dans l'art de servir aux clients des mobiles rationnels pour leurs achats irrationnels. Son mari avait-il réécrit sa « relation » avec Felicity avec sa plume de publiciste ? S'était-il demandé *Pourquoi j'ai agi comme ça ?* pour ensuite se créer une jolie petite histoire à partir d'une simili-vérité ?

« Puisqu'on en est aux confidences, moi, je souffre de phobie sociale, dit Tess d'un ton léger.

— Pardon ? fit Will en fronçant les sourcils, comme si elle venait de lui poser une devinette.

— Certaines activités sociales génèrent chez moi une angoisse absolue. Ce n'est pas un drame mais parfois, c'est tout simplement paralysant. »

Perplexe, voire effaré, Will porta une main à son front. « Euh, j'ai bien conscience que tu n'aimes pas trop les fêtes, mais tu sais, passer des heures debout à parler de tout et de rien, ça ne me passionne pas non plus.

— Je te parle de palpitations cardiaques, Will. Le grand quiz organisé par l'école par exemple », ajouta-t-elle en le fixant.

Elle se sentait totalement exposée. Jamais elle n'avait mis son cœur à nu de la sorte avec lui.

« Mais, on n'y va pas à cette soirée.

— C'est vrai. Maintenant, tu sais pourquoi.

— Rien ne nous oblige à y aller, fit-il, les mains au ciel. Je m'en fiche, moi, qu'on n'y aille pas. »

Tess esquissa un sourire. « Pas moi. Si ça se trouve, on rigolerait bien. Ou pas. Je n'en ai pas la moindre idée. C'est pour ça que je t'en parle, d'ailleurs. J'aimerais bien essayer de… m'ouvrir un peu.

— Je ne comprends pas. Tu n'es pas une extravertie mais tu vas à la chasse aux clients tous les jours ! Moi, j'en serais incapable !

— Je sais. Mais ça me tétanise. Je déteste cette partie du job et en même temps, j'adore ça. Je voudrais juste arrêter de me sentir au bord de l'évanouissement si souvent.

— Mais…

— J'ai lu cet article il y a quelque temps. On est des milliers à vivre avec cette petite névrose sans que personne ne s'en doute. Des P-DG qui s'adressent à des dizaines d'actionnaires sans problème, mais incapables de faire la conversation à la fête de Noël, des acteurs d'une timidité maladive, des médecins terrifiés à l'idée de soutenir un regard. J'ai pensé qu'il fallait que je le cache, mais ça n'a fait qu'empirer les choses. J'en ai parlé à Felicity hier, elle ne m'a pas prise au sérieux. Tu sais ce qu'elle m'a dit ? “Arrête ton char, Tess O'Leary !” Bizarrement, ça m'a libérée d'entendre ça. Comme si j'avais gardé une vilaine araignée emprisonnée dans une boîte depuis des années et qu'après la lui avoir montrée, elle m'avait dit : "Ça ? Ce n'est pas une araignée."

— Je ne veux pas la mettre au rancart, moi, ton araignée ! Je veux lui faire sa fête, l'écrabouiller. »

De nouveau, Tess sentit les larmes monter. « Moi non plus, je ne veux pas minimiser ton mal-être. »

Will lui tendit les mains, paumes vers le haut. Elle les regarda un moment avant d'y glisser les siennes. Au contact de sa peau, familier et étrange à la fois, elle se remémora leur première rencontre, ce jour où on les avait présentés dans le hall d'accueil de son ancienne boîte, où son angoisse habituelle s'était évaporée, la laissant en proie à une irrésistible attirance pour cet homme souriant aux yeux mordorés qui la regardait sans ciller.

Ils restèrent assis en silence, les yeux dans le vague. Tess ne put s'empêcher d'imaginer Will et Felicity s'agripper l'un à l'autre à bord de l'avion qui les amenait à Sydney. Elle faillit retirer ses mains mais repensa au moment où Connor lui avait caressé les doigts, tout doucement, devant le bar. Puis, étrangement, elle songea à Cecilia Fitzpatrick dans une chambre d'hôpital au chevet de la magnifique petite Polly, puis à Liam qui rêvait d'œufs en chocolat dans son pyjama de flanelle bleue à l'étage. Elle leva les yeux. La nuit était claire, le ciel étoilé. Quelque part au-dessus de leurs têtes, Felicity volait vers une autre saison, une autre vie, en se demandant probablement comment diable ils en étaient arrivés là.

Ils avaient tellement de décisions à prendre. Comment allaient-ils négocier le virage qui se présentait, cette nouvelle étape dans leurs vies ? Resteraient-ils à Sydney ? Liam finirait-il l'année à St Angela ? Impossible. Elle croiserait Connor tous les jours. *Quid* de leur agence ? Allaient-ils remplacer Felicity ? Difficile à imaginer. À vrai dire, tout lui semblait insurmontable.

Et si en fait, le ciel destinait Will et Felicity l'un à l'autre ? Ou Connor et elle ? Peut-être que personne ne pouvait répondre à ce genre de questions. Peut-être même que rien n'était écrit à l'avance. Il y avait la vie, tout simplement, le moment présent, l'idée qu'on fait de son mieux. Qu'on apprend à être « souple ».

La lumière automatique de la terrasse s'éteignit. Tous deux restèrent immobiles, à l'abri de l'obscurité.

« Donnons-nous jusqu'à Noël, dit Tess au bout d'un moment. Si tu penses toujours à elle d'ici là, si tu la désires toujours, alors je crois que tu devrais la rejoindre.

— Ne dis pas ça. J'ai été clair. Je ne…

— Chut. »

Elle serra ses mains plus fort et, tels des naufragés à l'avenir incertain, ils se cramponnèrent à ce qu'il restait de leur mariage pendant un long moment.

52

C'était fait.

Polly dormait, les paupières agitées de soubresauts. À son chevet, ses parents la regardaient comme s'ils cherchaient à deviner ses rêves.

Ignorant les larmes qui inondaient son visage, Cecilia se retrouva en pensée à côté de son mari, dans une autre chambre d'hôpital, à l'aube d'une autre journée d'automne, en train de compter les minuscules doigts de Polly. L'accouchement terminé (deux heures à peine – Cecilia avait donné naissance à ses trois filles avec une efficacité redoutable), tous deux n'avaient pu que s'émerveiller devant ce petit être parfait qu'ils recevaient comme un don.

À présent, leurs yeux revenaient sans cesse au vide laissé par son bras droit. Une anomalie, une singularité à laquelle Polly devrait désormais les regards insistants auxquels sa beauté l'avait habituée.

Décidée à ne jamais verser une larme devant sa fille, Cecilia pleura tout son soûl. Sans retenue. Son instinct lui dictait de se préparer à cette nouvelle vie qui allait commencer. Mère d'enfant infirme. Telle une marathonienne sur la ligne de départ, elle sentait ses muscles se contracter. Bientôt, moignons, prothèses et autres joyeusetés n'auraient plus de secrets pour elle. Cecilia obtiendrait le nec plus ultra pour sa fille, à coups de muffins maison et de faux compliments. Elle remuerait ciel et terre s'il le fallait. Personne n'était mieux taillé qu'elle pour cette mission.

Restait à savoir si Polly tiendrait le choc. Du haut de ses six ans, aurait-elle la force de caractère nécessaire pour vivre avec ce genre de lésion dans un monde qui attachait tant d'importance à l'apparence ? *Elle reste magnifique*, fulmina Cecilia en son for intérieur, comme si on avait osé lui dire le contraire.

« Elle est solide, dit-elle à John-Paul. Tu te souviens du jour où, à la piscine, elle voulait absolument nous montrer qu'elle pouvait nager aussi loin qu'Esther ? »

Elle ne put s'empêcher de revoir Polly fendre l'eau bleue chlorée du bassin de ses deux bras.

« Mon Dieu. *Nager* », fit John-Paul d'une voix haletante en serrant ses mains contre sa poitrine.

« Ne t'avise pas de t'effondrer », rétorqua-t-elle brusquement.

Elle se frotta les yeux, la bouche envahie par le sel de ses larmes.

« Pourquoi as-tu parlé à Rachel ? demanda John-Paul. Pourquoi maintenant ? »

Le regardant droit dans les yeux, elle chuchota : « Parce qu'elle croyait Connor Whitby coupable du meurtre de Janie. Elle essayait de l'*écraser*. »

John-Paul sembla prendre conscience de l'enchaînement des événements qui avaient mené Polly sur ce lit d'hôpital.

« Putain. » Le poing contre la bouche, il se mit à se balancer d'avant en arrière tel un enfant autiste. « Tout est ma faute. Tout ce qui est arrivé, c'est ma faute. Oh mon Dieu, Cecilia. Pourquoi je n'ai pas avoué ? J'aurais dû tout dire à Rachel Crowley.

— Arrête, siffla-t-elle. Si Polly entendait… »

Il se dirigea vers la porte, se retourna pour regarder Polly, le visage ravagé par le désespoir. Tout à coup, il se laissa tomber à genoux sur le sol, la tête baissée, les mains derrière la nuque, comme pour se protéger d'une explosion.

Cecilia resta de marbre. La veille, elle l'avait vu sangloter, éperdu de chagrin et de regrets en repensant à ce qu'il avait fait à la fille d'un autre. Cette douleur-là n'était rien comparée à celle qu'il ressentait à présent.

Elle se tourna vers Polly en songeant que la vie ne les avait pas préparés à ce drame. Car, même si l'on essaye de se mettre à la place de celui qui se noie dans les eaux glaciales de l'Atlantique ou qui vit séparé des siens à cause d'un mur, seule la tragédie qui nous frappe personnellement – pire, celle qui frappe nos enfants – nous fait vraiment souffrir.

« Lève-toi, John-Paul », dit-elle sans même le regarder.

Elle pensa à Isabel et Esther, restées à la maison avec ses parents, sa belle-mère et d'autres membres de la famille. (Cecilia et John-Paul avaient été très clairs : pas de visites à l'hôpital.) Pour l'heure, tout le monde s'occupait d'elles mais, dans ce genre de situation, les frères et sœurs finissaient toujours par se sentir abandonnés. Elle veillerait à être présente pour ses trois filles, quoi qu'il en coûte. Au diable l'association de parents d'élèves. Au diable les Tupperware.

John-Paul n'avait pas bougé.

« Lève-toi. Tu n'as pas le droit de t'écrouler. Polly a besoin de toi. Nous avons tous besoin de toi. »

Il leva la tête et regarda Cecilia, les yeux injectés de sang. « Mais je ne serai même pas à vos côtés. Rachel va tout dire à la police.

— Peut-être, oui. Peut-être qu'elle va le faire. Mais je n'y crois pas. Je ne crois que Rachel t'éloignera de ta famille. » Si rien ne lui permettait de l'affirmer, quelque part, elle en était convaincue. « Pas maintenant en tout cas.

— Mais…

— Il me semble qu'on a payé, dit Cecilia d'un ton acerbe en montrant Polly. Tu vois, le prix qu'on a payé ? »

53

Assise dans son salon, Rachel fixait la télévision sans vraiment la regarder, comme hypnotisée par le tressautement des images en couleurs.

Rien ni personne ne pouvait l'empêcher de décrocher son téléphone et d'envoyer John-Paul Fitzpatrick derrière les barreaux pour meurtre. Elle pouvait le faire là, tout de suite, dans une heure ou même le lendemain matin. Attendre que Polly rentre de l'hôpital ou se donner quelques mois. Six peut-être. Ou alors un an. Voilà. Lui accorder un an avec son père puis le lui enlever. Laisser suffisamment de temps passer pour que l'accident ne soit plus qu'un mauvais souvenir. Patienter jusqu'à ce que les petites Fitzpatrick décrochent leur permis de conduire et n'aient plus besoin de leur papa.

C'était comme si on lui avait donné un pistolet chargé avec la permission d'abattre le meurtrier de Janie à tout moment. Si Ed était en vie, il aurait déjà appuyé sur la détente. Il aurait appelé la police depuis longtemps.

Elle songea aux mains de John-Paul autour du cou de Janie, aussitôt submergée par la rage qui l'habitait si souvent. *Ma petite fille.*

Elle repensa à sa petite fille à lui. Le casque rose brillant. *Freine. Freine. Freine.*

Si elle révélait la confession de John-Paul à la police, que feraient-ils de la sienne ? Serait-elle arrêtée pour tentative de meurtre ? Connor ne devait la vie qu'à sa bonne étoile. Appuyer sur l'accélérateur n'était-il pas aussi criminel qu'étrangler Janie ? Mais ce qui était arrivé à Polly était un accident. Tout le monde le savait. La fillette s'était littéralement jetée sous ses roues. Elle visait Connor. Et s'il était mort ce soir ? Lui aussi avait une famille. Une famille qui aurait reçu ce coup de fil – celui qui fait que pour le restant de vos jours, vous avez des sueurs froides chaque fois que le téléphone sonne.

Mais il était en vie. Polly aussi. Seule Janie était morte.

Et si jamais John-Paul s'en prenait à quelqu'un d'autre ? Elle repensa à son visage ravagé par l'angoisse à l'idée de voir sa fille grandir avec un corps mutilé. « Elle a ri, Mrs Crowley. » Elle a *ri* ? Espèce de petit con égocentrique. Salaud. Ça t'a suffi pour la tuer ? Pour lui ôter la vie ? Pour la priver de toutes ces années qu'elle aurait pu vivre ? Sans parler de ses diplômes, ses voyages, son mari, ses enfants ? Rachel se mit à trembler de tout son corps.

Elle se leva, décrocha le téléphone puis, le pouce au-dessus du clavier, replongea des années en arrière, au jour où elle avait montré à Janie comment appeler la police en cas d'urgence. À l'époque, ils avaient toujours un vieil appareil à cadran rotatif vert. Janie avait eu le droit de composer le numéro pour de vrai – elle avait bien sûr raccroché avant que ça sonne –

et préparé toute une mise en scène, obligeant Rob à s'allonger par terre dans la cuisine tandis qu'elle hurlait : « Vite ! Une ambulance ! Mon frère ne respire plus ! Arrête de respirer, Rob ! » lui avait-elle ordonné. « Rob, je te vois ! Tu respires, là. » Pauvre gamin ! Il avait failli perdre connaissance en voulant lui faire plaisir.

La petite Polly Fitzpatrick vivrait sans sa main droite. Était-elle droitière ? Probablement, comme la plupart des gens. Janie, elle, était gauchère. Une religieuse de St Angela avait essayé de la contrarier mais Ed, qui ne l'entendait pas de cette oreille, lui avait dit : « Malgré tout le respect que je vous dois, ma sœur, je vous rappelle que si Janie est gauchère, c'est par la volonté de Dieu. Alors, ne changeons rien. »

Rachel appuya sur une touche.

« Allô ?

— Lauren, bredouilla-t-elle, surprise de la rapidité avec laquelle sa bru avait répondu.

— Rachel. Rob sort juste de la douche. Est-ce que tout va bien ?

— Je sais qu'il est tard, que je ne devrais pas m'imposer comme ça, d'autant que vous m'avez consacré beaucoup de temps hier, mais je me demandais si je pouvais passer la nuit chez vous. Juste ce soir. Je ne sais pas pourquoi, mais je me sens incapable de…

— Bien *sûr*, Rachel », dit Lauren. « Rob ! » cria-t-elle. Rachel entendit son fils grommeler puis : « Va chercher ta mère. »

Le pauvre. Elle le mène par le bout du nez, aurait dit Ed.

« Non, c'est inutile, protesta Rachel. Je peux conduire.

— Hors de question. Il arrive. Il ne faisait rien de spécial. Je vais vous préparer le canapé-lit. Vous verrez, il est très confortable. Jacob sera tellement content de vous trouver ici demain matin ! Je vois sa mine réjouie d'ici !

— Merci », dit Rachel. Soudain, elle se sentit bien, au chaud, prête à se laisser aller au sommeil. « Lauren ? À tout hasard, vous reste-t-il quelques macarons ? Comme ceux que vous m'avez offerts lundi soir ? Ils étaient divins. Absolument divins. »

Lauren sembla hésiter une seconde. Puis, d'une voix tremblante : « Oui, j'en ai. On va en déguster avec une bonne tasse de thé. »

DIMANCHE DE PÂQUES

54

Une pluie battante réveilla Tess avant le lever du jour. Il devait être cinq heures, tout au plus. À côté d'elle, face au mur, Will ronflait doucement. Sa présence, sa silhouette, son odeur lui étaient si familières que les événements de la semaine passée semblaient inconcevables.

Elle aurait pu le reléguer au canapé, mais il aurait fallu gérer les questions de Liam qui n'avait que trop conscience que quelque chose clochait entre ses parents. La veille, pendant le dîner, son regard nerveux qui passait constamment de l'un à l'autre et sa façon de suivre leur conversation n'avaient pas échappé à Tess. Sa petite mine soucieuse lui avait brisé le cœur, ravivant à ce point sa colère contre Will qu'elle pouvait à peine le regarder.

En proie à un nouvel accès de rage, elle s'éloigna de lui. Consciente que ça l'aidait à se calmer, elle songea à son petit secret à elle. Inavouable mais bien commode. Il l'avait trahie. Elle aussi.

Peut-être avaient-ils l'un comme l'autre perdu la raison ? Si les meurtriers pouvaient plaider la folie passagère, pourquoi pas les couples mariés ? Car quoi de plus insensé que le mariage, où mille contrariétés menacent quotidiennement le sentiment amoureux ?

À l'heure qu'il était, Connor devait dormir, cherchant déjà à passer à autre chose, à l'oublier, pour la seconde fois. S'en voulait-il d'avoir de nouveau succombé à cette femme froide et insensible ? Et pourquoi tenait-elle à se voir telle l'héroïne sans cœur d'une chanson de musique country ? C'était probablement plus facile que de se faire l'effet d'une traînée. Ou peut-être avait-elle dans l'idée que Connor aimait la country. À moins qu'elle confonde avec un autre ? Après tout, elle le connaissait à peine.

Will, lui, détestait la country.

Elle comprenait pourquoi elle avait adoré faire l'amour avec Connor : fondamentalement, ils étaient étrangers l'un à l'autre. Il était « autre ». De ce fait, leurs corps, leurs personnalités, leurs émotions, tout prenait un relief particulier, sans équivoque. Aussi étrange que cela puisse paraître, plus on connaît quelqu'un, plus ses contours deviennent flous, comme si le temps passé ensemble effaçait ce qui le distingue de vous. N'était-il pas plus excitant de se demander si l'autre aimait ou pas la country que de le savoir ?

Elle avait dû faire l'amour avec Will, quoi, un millier de fois ? Au moins. Elle commença à faire le compte mais elle tombait de fatigue. La pluie redoubla d'intensité. Liam chercherait les œufs en chocolat avec un parapluie et des bottes en caoutchouc. Elle avait sans aucun doute vécu d'autres chasses aux œufs pluvieuses mais tous ses souvenirs, drapés de soleil et de ciel azur, lui donnaient le sentiment de vivre son premier dimanche de Pâques triste à pleurer.

Le mauvais temps n'empêcherait pas Liam de crapahuter dans le jardin, bien au contraire. Ça ferait rire ses parents qui se regarderaient avec complicité pour aussitôt détourner les yeux et penser à Felicity, dont l'absence leur paraîtrait tellement étrange. Parviendraient-ils à recoller les morceaux, au nom d'un magnifique garçonnet de six ans ?

Elle ferma les yeux et tourna le dos à Will.

Maman a peut-être raison. Ce n'est qu'une question d'ego, songea-t-elle, convaincue de toucher du doigt quelque chose d'essentiel. Ils pouvaient tomber amoureux de parfaits inconnus ou avoir le courage et l'humilité de se débarrasser d'une partie essentielle d'eux-mêmes pour se dévoiler vraiment et redevenir « autre ». Connaître les goûts musicaux de son conjoint ne suffisait pas. Pourtant, c'était tellement plus simple de faire comme s'il n'y avait rien d'autre à savoir et de vivre en bons camarades que de baisser la garde et se mettre à nu. Comment partager une véritable intimité avec son époux, lui faire part de la colère enfouie au plus profond de votre être ou de vos peurs les plus banales quand la minute précédente, il se curait les dents devant vous ? N'était-il pas trop tard pour parler de ce genre de choses une fois qu'on avait fait salle de bains commune et qu'on se disputait à propos du lave-vaisselle ? Mais après ce qui venait d'arriver, ils n'avaient pas le choix. Sinon, ils finiraient par se haïr d'avoir sacrifié, au nom de Liam, ce que la vie leur réservait s'ils s'étaient séparés.

Peut-être avaient-ils amorcé ce changement la nuit dernière en parlant l'un de sa tonsure, l'autre de la soirée quiz de l'école. Partagée entre rire et tendresse, elle imagina Will se décomposer en découvrant son crâne dégarni chez le coiffeur.

Sur la table de chevet, le compas de marine que son père lui avait offert. Elle se demanda si le mariage de ses parents aurait tenu bon s'ils avaient décidé de rester ensemble pour son bien. S'ils avaient vraiment essayé, par amour pour leur fille, auraient-ils réussi ? Probablement pas. Mais elle était persuadée qu'il n'y avait pas meilleure raison au monde pour Will et elle d'être là, en ce moment même, que le bonheur de Liam.

Les mots de Will lui revinrent à l'esprit. La vilaine araignée, il voulait lui faire sa fête. L'écrabouiller.

Il n'était peut-être pas là uniquement pour Liam.

Elle non plus.

Le vent fit vibrer la fenêtre de sa chambre. La température sembla chuter, laissant Tess transie de froid. Heureusement, Liam dormait avec un pyjama chaud et une bonne couverture. Elle se tourna vers Will et se blottit tout contre lui. La délicieuse chaleur de son corps la réconforta. Glissant peu à peu dans le sommeil, elle posa les lèvres sur sa nuque, machinalement. Will se mit à bouger, lui caressant la hanche. Puis, sans un mot, ils firent l'amour dans un demi-sommeil, doucement, simplement, comme à leur habitude, en dehors des larmes qui coulaient cette fois sur leurs joues.

55

« Mamie, mamie ! »

Rachel émergea peu à peu d'un sommeil sans rêves. Pour la première fois depuis des années, elle s'était endormie aussitôt couchée et sans veilleuse malgré les lourds rideaux qui occultaient complètement la lumière dans la chambre de Jacob. À quand remontait sa dernière vraie bonne nuit ? Elle qui pensait ne plus jamais pouvoir dormir correctement ! En plus, Lauren n'avait pas menti : le clic-clac installé à côté du lit de son petit-fils était très confortable.

« Bonjour », dit-elle, devinant la silhouette de Jacob près du sofa grâce à ses yeux qui brillaient dans l'obscurité.

« Tu es *là* ! fit-il, ébahi.

— Incroyable, hein ? » répondit Rachel, n'en revenant pas elle-même.

Il fallait bien admettre que, malgré les nombreuses invitations de Lauren et Rob à passer la nuit chez eux, elle avait toujours refusé, et ce de manière catégorique. À croire que c'était contraire à sa religion.

« Il pleut », fit remarquer Jacob gravement. Elle prit conscience du bruit continu de la pluie.

Rachel parcourut la pièce des yeux. Pas de réveil. Il devait être six heures. Trop tôt pour commencer la journée. D'autant qu'elle avait promis de se joindre au repas de Pâques organisé chez les parents de Lauren, se souvint-elle, la mort dans l'âme. Elle pourrait peut-être se faire porter pâle. De toute façon, d'ici l'heure du déjeuner, elle les aurait assez vus, et réciproquement.

« Tu grimpes avec moi ? » dit Rachel.

Séduit par l'extravagance de la proposition, Jacob s'exécuta en gloussant. Il monta sur sa grand-mère et s'abandonna lourdement contre elle, le visage enfoui dans son cou. Elle pressa ses lèvres sur sa joue toute douce.

« Je me demande si… »… les cloches sont passées, allait-elle dire. Heureusement, elle se ravisa. Il aurait sauté du lit et réveillé ses parents en courant partout dans la maison à la recherche d'œufs en chocolat. Rachel ne tenait pas à jouer le rôle de la belle-mère impossible en rappelant à Jacob que c'était Pâques.

« … on ne devrait pas essayer de se rendormir », finit-elle, consciente qu'il y avait peu de chances qu'ils y arrivent.

« Non », fit-il en se frottant le nez contre son cou.

« Sais-tu à quel point tu vas me manquer quand tu seras à New York ? » murmura-t-elle à son oreille.

Jacob, qui ne pouvait pas comprendre, se contenta de gigoter pour se caler plus confortablement. « Mamie ! »

Rachel reçut un coup de genou en plein ventre. « Aïe ! »

Tout à coup, la pluie s'intensifia. Frissonnante, Rachel remonta la couverture et se mit à chantonner en serrant Jacob plus fort. « Quand j'entends la pluie / je reste endormi / quand j'entends la pluie / je suis bien dans mon lit / mais quand le soleil / chauffe mes carreaux / j'entends le réveil / et je me lève tôt.

— Encore, mamie ! »

Rachel reprit.

Ce matin, la petite Polly Fitzpatrick se réveillait estropiée à jamais à cause de ce que Rachel avait fait. John-Paul et Cecilia, indignés, resteraient sous le choc pendant plusieurs mois, avant de finalement comprendre, tout comme Rachel avant eux, que l'impensable pouvait arriver et que le monde n'en continuait pas moins de tourner : embouteillages, factures d'électricité, scandales de stars, coups d'État.

Un jour, quand Polly serait de retour chez elle, Rachel demanderait à John-Paul de lui rendre visite pour lui décrire les derniers instants de Janie. Elle voyait la scène d'ici : elle découvrirait un homme aux traits tendus et apeurés sur le pas de sa porte, l'inviterait à s'asseoir dans la cuisine, lui préparerait une tasse de thé, l'écouterait parler. Elle ne lui donnerait pas l'absolution, ne lui pardonnerait pas, mais peut-être ne le dénoncerait-elle jamais. Une fois seule, assise sur son canapé, elle fredonnerait une complainte funèbre en se balançant et pleurerait toutes les larmes de son corps. Une dernière fois. Elle ne cesserait jamais complètement de pleurer Janie, mais plus comme ça.

Puis elle referait du thé et trancherait. Pour de bon. Elle déciderait si oui ou non, John-Paul avait payé.

« … j'entends le réveil / et je me lève tôt. »

Jacob s'était rendormi. Elle l'allongea à son côté, posant délicatement sa petite tête sur son oreiller. Mardi, elle annoncerait à Trudy qu'elle prenait sa retraite. Elle ne pouvait pas retourner à l'école et risquer de croiser Polly ou son père. C'était impossible. Il était temps de se débarrasser de sa maison, de ses souvenirs, de sa douleur.

Ses pensées se tournèrent vers Connor Whitby. Avait-il croisé son regard, ne serait-ce qu'une fraction de seconde, lorsqu'il avait traversé la route ? Avait-il deviné son intention meurtrière et couru pour lui échapper ? Ce n'était peut-être que le fruit de son imagination. Connor. Le garçon que sa fille avait préféré à John-Paul. *Mauvaise pioche, ma chérie*. Janie serait toujours de ce monde si elle avait choisi John-Paul.

Janie avait-elle vraiment aimé Connor ? Était-il censé tenir le rôle du gendre dans la vie parallèle que Rachel imaginait à mesure que sa fille aurait dû vieillir ? Rachel devait-elle, au nom de l'amour que sa fille lui portait, se montrer aimable envers lui ? L'inviter à dîner ? Elle en frémit rien que d'y penser. La haine qui l'habitait ne s'éteindrait pas d'un coup de baguette magique. Elle voyait encore le mouvement de recul de Janie face à la colère qui se lisait sur le visage de Connor. Elle comprenait que ces images ne montraient rien d'autre qu'un adolescent éperdu qui avait besoin d'une réponse claire. Pour autant, elle ne lui pardonnait pas.

Elle repensa au sourire de Connor dans le film, avant qu'il ne s'emporte. C'était le sourire d'un amoureux transi. Puis elle repensa à ce cliché dans l'album de sa fille, celle où il riait de si bon cœur en la regardant.

Un jour peut-être, elle lui en enverrait une copie. Avec un petit mot. *Je me suis dit que vous aimeriez avoir cette photo.* Une façon subtile de s'excuser de la façon dont elle l'avait traité toutes ces années. Oh, et d'avoir essayé de le tuer, bien sûr. À l'abri de la pénombre, elle ne put réprimer une grimace. Mue par un irrésistible besoin de réconfort, elle plongea le visage dans les cheveux de Jacob.

Demain, j'irai à la poste retirer un dossier pour mon passeport. J'irai les voir à New York. Pas impossible même que je fasse une croisière en Alaska. Marla et Mac pourraient venir avec moi. Le froid ne les dérange pas.

Rendors-toi, maman, dit Janie. L'espace d'un instant, Rachel se représenta très clairement la femme qui, un rien condescendante, aurait aidé sa vieille maman à remplir sa demande de passeport : sûre d'elle, consciente de sa place ici-bas, autoritaire mais aimante.

Je n'y arrive pas, répondit Rachel.

Mais si, tu vas voir.

Rachel s'endormit.

56

La démolition officielle du Mur de Berlin est aussi efficace que sa construction. Le 22 juin 1990, le fameux poste de contrôle Checkpoint-Charlie, symbole de la guerre froide, est démantelé au cours d'une cérémonie étrangement prosaïque. Une gigantesque grue soulève le cabanon en métal beige d'un seul tenant sous les yeux de nombreux ministres étrangers et autres dignitaires installés sur des rangées de chaises en plastique.

Le même jour, à l'autre bout de la planète, Cecilia Bell, de retour de son voyage en Europe avec son amie Sarah Sacks, prête à se lancer dans une vie bien rangée avec l'homme qui voudra bien l'épouser, se rend à une pendaison de crémaillère dans un appartement bondé de monde dans la banlieue, à Lane Cove.

« Hey, Cecilia, tu connais John-Paul Fitzpatrick, non ? » lance la fille qui reçoit, obligée de crier à cause de la musique.

« Salut », dit John-Paul. Cecilia lui serre la main et, croisant son regard si grave, sourit comme si elle venait d'obtenir son passeport pour la liberté.

« Maman. »

Cecilia se réveilla en suffoquant, comme quelqu'un qui réchappe à la noyade. Assoiffée, elle avait dû dormir la tête en arrière, bouche grande ouverte. John-Paul était rentré à la maison pour s'occuper des filles et lui apporter de quoi se changer. Il attendait son feu vert pour amener Isabel et Esther auprès de leur sœur.

« Polly », s'écria-t-elle, prise de panique. Elle avait rêvé du petit Spiderman. Mais dans le costume bleu et rouge, c'était Polly.

« Tâchez de surveiller votre langage corporel, lui avait conseillé l'assistante sociale la veille. On n'imagine pas tout ce que les enfants décodent. Votre voix. Vos expressions. Vos gestes. »

Oui, merci. Je sais ce que c'est, le langage corporel, avait répliqué Cecilia in petto, furieuse contre cette bonne femme qui osait s'adresser à elle avec d'immenses lunettes de soleil vissées sur la tête. Où se croyait-elle ? À une fête sur la plage ? On était à l'hôpital, bon sang ! En plein milieu d'un affreux cauchemar.

Manque de chance, il n'y avait pas pire moment que le Vendredi saint pour être admis en traumatologie. Week-end de Pâques oblige, le personnel avait pour ainsi dire déserté. Aussi, Cecilia ne rencontrerait pas « l'équipe de réadaptation » de Polly avant plusieurs jours. Kinésithérapeute, ergothérapeute, psychologue, prothésiste… Savoir qu'il y avait autant de procédures et autres documentations que de spécialistes était à la fois réconfortant et effrayant. Tant d'autres parents étaient déjà passés par là. Pourtant, chaque fois qu'on lui exposait de manière totalement dépassionnée ce qui les attendait, Cecilia perdait le fil, hébétée par le choc. Ce qui était arrivé à Polly ne semblait surprendre qu'elle. Personne, ni infirmier ni médecin, n'avait pris Cecilia par le bras en lui disant : « C'est fou. Je n'arrive pas à y croire. » Cela dit, le contraire l'aurait déconcertée.

Écouter les dizaines de messages laissés par sa famille et ses amis sur son portable n'en était que plus apaisant – celui de sa sœur Bridget, tellement secouée qu'elle en était incohérente ; la voix chevrotante de son amie Mahalia d'ordinaire imperturbable ; les sanglots de l'adorable directrice, Trudy Applebee qui s'était excusée platement avant de raccrocher. Au dire de sa mère, pas moins de *quatorze* mamans avaient déjà frappé à sa porte avec un plat mijoté. Un juste retour des choses.

« Maman », répéta sa fille d'une voix faible. Mais elle avait les yeux fermés, comme si elle parlait dans son sommeil. Elle frissonna, agita la tête nerveusement, de peur ou de douleur. Cecilia esquissa un geste vers le bouton d'appel mais le visage de Polly se détendit.

Cecilia expira lentement. Sans s'en rendre compte, elle avait cessé de respirer. Ça lui arrivait tout le temps à présent. Elle oubliait de respirer.

Elle s'appuya contre le dossier de la chaise en se demandant comment John-Paul s'en sortait avec Isabel et Esther. Un accès de haine d'une violence inouïe l'assaillit sans prévenir. Elle le détestait. Le pied de Rachel Crowley sur l'accélérateur, c'était sa faute. Son ressentiment se répandit en elle tel un poison fulgurant. Elle voulait le tuer, à coups de pied, à coups de poing. Au secours. Elle ne supporterait plus d'être dans la même pièce que lui. Elle inspira doucement et regarda autour d'elle, à la recherche d'un objet à casser ou à cogner. *Ce n'est pas le moment,* se raisonna-t-elle. *Ça n'aidera pas Polly.*

Il s'en voulait terriblement. Ne pas l'oublier. L'idée qu'il souffrait la soulagea un peu. Sa haine se dilua progressivement pour devenir supportable. Elle reviendrait la submerger, sans l'ombre d'un doute. À chaque nouvelle étape du calvaire de Polly, Cecilia chercherait un responsable pour se dédouaner. Car la vraie raison de son inimitié n'était autre que la conscience aiguë de sa propre responsabilité. Elle avait sacrifié Rachel Crowley pour le bien de sa famille et cette décision l'avait menée droit à ce moment dans cette chambre d'hôpital.

Elle ne se faisait aucune illusion : son mariage était irréparable. Pourtant, elle savait aussi que, pour Polly, ils poursuivraient la route ensemble clopin-clopant, tels deux soldats blessés. Elle apprendrait à vivre avec ses bouffées de haine. Ce serait son secret. Son détestable secret.

Quand les bouffées passeraient, il y aurait toujours de l'amour. Un amour complètement différent de l'adoration simple et absolue qu'elle avait nourrie à l'égard de cet homme si beau, si grave, en descendant l'allée centrale de l'église dans sa robe de mariée. Elle savait qu'elle aurait beau le détester, son amour pour lui survivrait. Il était là, telle une empreinte dorée à jamais gravée dans son cœur.

Pense à autre chose. Elle prit son iPhone et commença à faire une liste. Le déjeuner de Pâques avait été annulé mais elle maintiendrait l'anniversaire de Polly. Une fête de pirates à l'hôpital, ça ne devrait pas poser de problème ! Ce serait la plus belle, la plus magique. Elle prévoirait un cache-œil pour les infirmières.

« Maman ? dit Polly en ouvrant les yeux.

— Bonjour, ma princesse », répondit Cecilia. Cette fois, elle était prête. En piste. « Devine qui a déposé une surprise pour toi hier soir ? »

Elle glissa la main sous l'oreiller de Polly et en sortit un œuf de Pâques doré avec un ruban rouge.

« Les cloches ? fit Polly en souriant.

— Encore mieux. Mr Whitby ! »

Polly voulut prendre l'œuf. Un voile de perplexité altéra son beau visage. Elle fronça les sourcils. Sa mère allait arranger ça.

Cecilia s'éclaircit la voix, sourit puis saisit fermement la main gauche de Polly.

« Ma chérie… »

Elle se lança.

Épilogue

Nos vies sont pleines de secrets pour nous-mêmes.

Rachel Crowley ne saura jamais que, le jour de la mort de Janie, son époux n'était pas, comme il l'avait prétendu, à Adélaïde avec des clients. Il suivait un stage intensif de tennis en espérant qu'il arriverait bientôt à prendre le service de ce satané Toby Murphy. Ses motivations n'étant guère honorables – la façon dont sa femme réagissait aux regards insistants de Toby ne lui avait pas échappé –, il ne s'en était pas vanté. Il avait ensuite gardé le silence, mû par une honte et une culpabilité irrationnelles. Il n'avait plus jamais touché une raquette de sa vie et avait emporté son stupide secret dans la tombe.

En parlant de tennis, Polly Fitzpatrick ne saura jamais que sa tante Bridget lui aurait offert une raquette le jour de son septième anniversaire si elle n'avait pas eu son accident. Deux semaines plus tard, elle aurait suivi son premier cours. Dans les vingt minutes, son entraîneur aurait chuchoté à l'oreille du responsable du club : « Viens voir cette gamine. »

Son coup droit aurait changé sa vie aussi vite que le coup de pédales qui l'avait envoyée sous les roues de Rachel Crowley.

Polly ne saura jamais non plus qu'en ce jour fatidique du Vendredi saint, Mr Whitby l'avait bel et bien entendue. Mais, bouleversé par le coup de fil de son ex-petite amie, il avait ignoré ses appels. Tout ce qu'il voulait, c'était rentrer chez lui, se débarrasser de ce ridicule cerf-volant et enterrer à jamais ses vaines espérances concernant cette maudite Tess O'Leary. Convaincu d'être responsable de l'état de Polly, Connor poursuivra sa thérapie, contribuant ainsi au financement du CM1 de la fille de sa psy, inscrite dans une école privée. Sa souffrance commencera tout juste à s'apaiser le jour où il regardera enfin la jolie propriétaire du restaurant indien où il se réfugiait après chacune de ses séances.

Tess O'Leary ne saura jamais si son mari, Will, est le père biologique de son second enfant, conçu accidentellement lors d'un étrange week-end de Pâques passé à Sydney. Ce dont elle est certaine en revanche, c'est que dans sa précipitation, elle avait oublié de prendre sa pilule ce jour-là. Elle n'évoquera jamais ses doutes. Pourtant, lorsque sa fille chérie annoncera une année à Noël qu'elle souhaite devenir professeur de sport, Lucy manquera s'étrangler avec un morceau de dinde et Felicity renversera du champagne sur le pantalon du beau Français qu'elle aura épousé.

John-Paul Fitzpatrick ne saura jamais que si Janie n'avait pas oublié son rendez-vous chez le médecin le 6 avril 1984, on lui aurait diagnostiqué un syndrome de Marfan, maladie génétique incurable due à une altération du tissu conjonctif, dont Abraham Lincoln était probablement atteint. En plus de sévères complications cardiovasculaires, on observe chez les patients une croissance excessive des membres et des doigts. Ils se plaignent de fatigue, de souffle court, de palpitations cardiaques ; en raison d'une mauvaise circulation, ils ont les pieds et les mains froids – autant de symptômes dont Janie a souffert le jour de sa mort. Probablement la maladie qui a tué la tante de Rachel, Petra, à tout juste vingt ans. Le médecin, une femme brillante élevée par une mère hyperexigeante, aurait envoyé Janie à l'hôpital. Une échographie aurait confirmé ses soupçons et Janie aurait été sauvée.

John-Paul ne saura jamais que le décès de Janie était dû à un anévrisme aortique et non à une asphyxie traumatique. Que si le légiste n'avait pas souffert d'une affreuse grippe, il n'aurait pas accédé aussi facilement à la demande des Crowley qui avaient exigé une autopsie limitée. Une autopsie complète aurait sans nul doute dévoilé la véritable cause de la mort.

Si John-Paul avait attaqué n'importe quelle autre fille ce jour-là dans le parc, elle aurait vacillé, suffoqué. Dans les quelques secondes (sept à quatorze, d'après les études) qui suffisent à un homme pour étrangler une femme, il aurait pris la mesure de son geste puis desserré son étreinte. La fille aurait pris ses jambes à son cou en pleurant, indifférente aux excuses qu'il aurait criées. Elle l'aurait dénoncé et John-Paul, condamné pour coups et blessures, aurait eu une tout autre vie.

Il ne saura jamais que, si Janie avait vu son médecin cet après-midi-là, elle aurait subi une opération chirurgicale le soir même et lui aurait brisé le cœur d'un simple coup de fil pendant sa convalescence. Elle aurait épousé Connor Whitby très rapidement pour finalement le quitter dix jours après leur second anniversaire de mariage.

Dans les six mois suivants, Janie serait tombée nez à nez avec John-Paul à une pendaison de crémaillère dans la banlieue, à Lane Cove, juste avant que Cecilia Bell ne sonne à la porte.

Les mille autres chemins que nos vies auraient pu, et peut-être dû, prendre nous restent à jamais inconnus. C'est probablement pour le meilleur. Certains secrets sont faits pour demeurer secrets. Ce n'est pas Pandore qui vous dira le contraire.

REMERCIEMENTS

Je remercie chaleureusement toute l'équipe de Penguin UK pour son professionnalisme. Un grand merci en particulier à Samantha Humphreys et Celine Kelly qui m'ont soutenue sans compter et m'ont prodigué de précieux conseils de rédaction. Merci également à Jonathan Lloyd, mon formidable agent, à Cate Paterson, Samantha Sainsbury et Alexandra Nahlous en Australie, à Amy Einhorn aux États-Unis et à Daniela Jarzynka en Allemagne.

Merci à mon amie Lena Spark qui m'a donné un incroyable coup de pouce dans le domaine médical en répondant à mes affreuses questions tandis que nous poussions nos enfants à la balançoire. S'il y a des erreurs, elles sont de mon fait.

Merci à Jaclyn Moriarty, Katrina Harrington, Fiona Ostric et Nicola Moriarty, mes sœurs qui sont toujours là pour moi. Merci à Adam pour les litres de thé, à George et Anna de m'avoir laissée travailler sur l'ordinateur. Merci à Anna Kuper d'avoir gentiment incité George et Anna à me laisser travailler sur l'ordinateur.

Merci à Dianne Blacklock et Ber Carroll, toutes deux auteurs australiennes, pour leur amitié et leur bonne humeur en tournée de promotion.

Merci surtout aux lecteurs qui prennent le temps de m'écrire. Leurs mails et commentaires sur Facebook et autres blogs me vont droit au cœur.

Enfin, le livre d'Anthony Read et David Fisher, *Berlin, The Biography of a City*, m'a été d'une aide inestimable tout au long de l'écriture de ce roman.

Le Livre de Poche s'engage pour l'environnement en réduisant l'empreinte carbone de ses livres. Celle de cet exemplaire est de :
600 g éq. CO_2
Rendez-vous sur www.livredepoche-durable.fr

Composition réalisée par NORD COMPO

Achevé d'imprimer en juin 2016 en Espagne par
CPI
Dépôt légal 1re publication : avril 2016
Édition 07 - juin 2016
LIBRAIRIE GÉNÉRALE FRANÇAISE – 31, rue de Fleurus – 75278 Paris Cedex 06

30/5471/9